버림 받은 황비

* 이 책은 ㈜디앤씨미디어가 저작권자와의 계약에 따라 발행한 것으로 저작권법의 보호를 받는 저작물입니다. 본 서의 내용을 무단 전재 및 무단 복제하는 것을 금합니다.
* 작가와의 협의에 의해 인지는 생략합니다.

THE ABANDONED
EMPRESS

버림 받은 황비

정유나 장편소설

1

아리스티아 p. 라 모니크

0. prologue · 8

1부 과거편 · 11

1. 버림받은 황비 · 13

2부 현재편 Ⅰ · 59

1. 아리스티아 p. 라 모니크 · 61

2. 알현 · 97

3. 새로운 시작 · 121

4. 알 수 없는 마음 · 151

5. 이별, 그리고 만남 · 183

6. 황태자의 성인식 · 235

7. 녹슨 자물쇠와 은빛 열쇠 · 277

8. 그렇게 각자의 시간은 흐르고 · 325

외전. 그들은 오래오래 행복하게 살았을까 · 383

부록 · 415

설정집 Ⅰ. 작위에 따른 중간 성 · 416

독자 서평 Ⅰ. 티아, 작은 은빛 아가씨 · 420

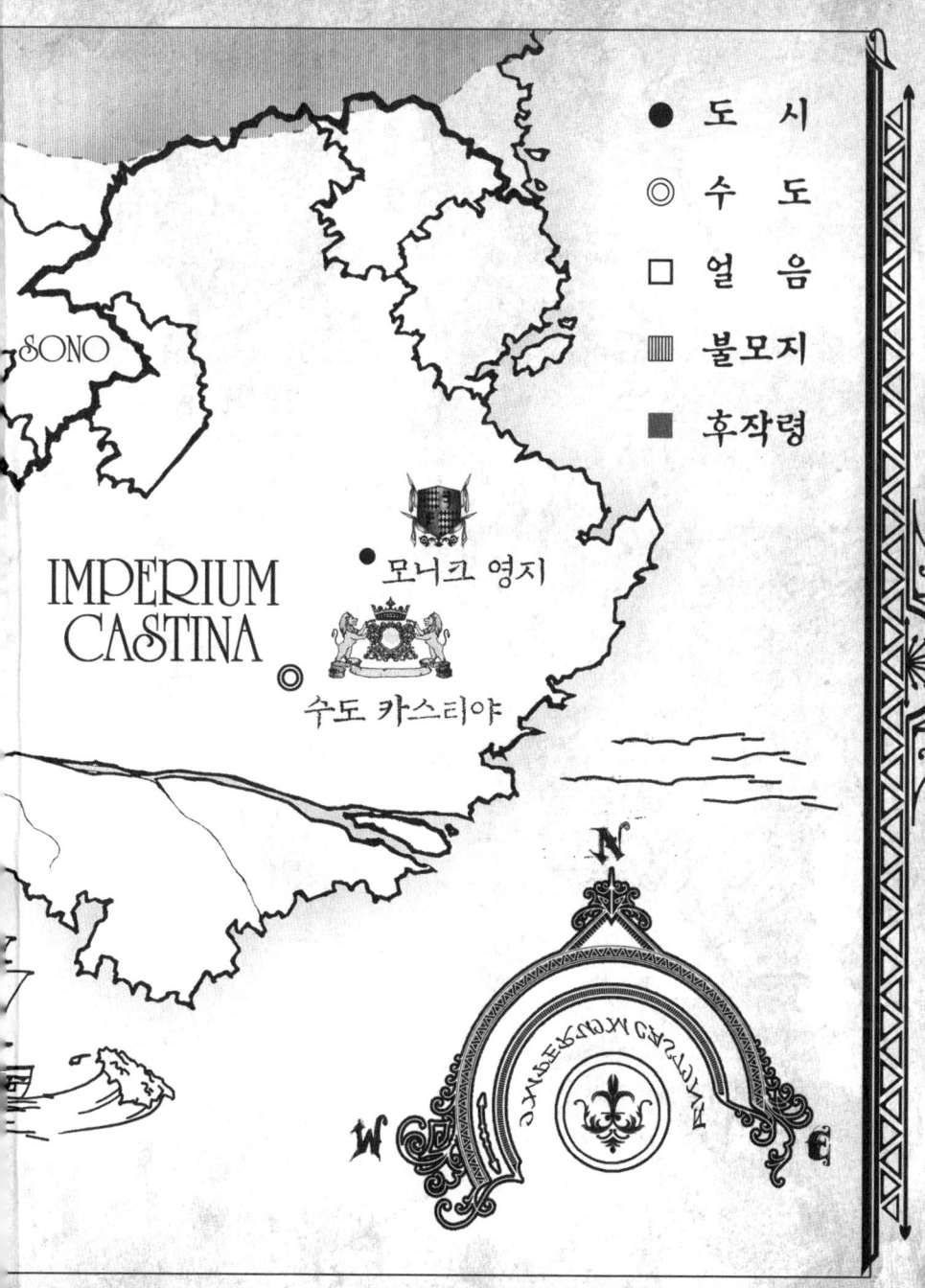

prologue

"그리하여 황비를 폐비하고……."

어디서부터 잘못되었을까?

"황비의 가문인 모니크 후작가의 작위와 영지를 비롯한 일체의 재산을 몰수하며……."

나는, 왜 여기에 있지?

"황족 시해 미수 등의 모든 죄를 물어……."

내가, 무엇을 잘못했기에?

"……참수한다."

나는, 당신을 사랑한 죄밖에 없는데.

번쩍!

사형 집행관의 도끼가 하늘 높이 치켜 올라가고 도끼날이 햇빛에 반사되어 반짝이는 순간, 나는 보았다.

그는 웃고 있었다.

처음으로 마주친 그의 눈과 입, 그 외의 모든 것이 지긋지긋한 것을 떨쳐 내어 참으로 기쁘다는 듯이, 마침내 너 같은 것을 버릴 수 있게 되어 진정 행복하다는 듯이, 그렇게 웃고 있었다.

"하, 하하."

허탈한 웃음이 나왔다.

외롭고 쓸쓸했던 세상에서 그는 유일한 한 줄기 빛이었고, 구원이었는데. 내 삶의 유일한 이유라 생각했는데.

단 한 번도 돌아봐 주지 않았어도 언젠가는 내게도 관심을 가져줄 날이 있을 거라 애써 위안했는데.

아무것도 할 줄 모르는 그의 여자 대신 모든 일을 떠안아 매일같이 밤을 지새우면서도 그에게 쓸모 있는 존재가 되었다는 생각에 마냥 기뻤는데.

그런 내가 그에게는 그저 방해물이었나 보다.

획!

도끼가 떨어지는 순간.

도저히 못 보겠다는 듯 입을 틀어막고 고개 돌린 그의 여자와 그런 그녀를 조심스럽게 감싸 안는 그가 보인다.

털썩!

데구루루.

의식이 점점 흐려진다.

눈에서 한 줄기 눈물이 흐른다.

만일 다시 시작할 수 있다면…….

다시는…… 당신을 사랑…… 하…… 지…….

1부 과거편

아리스티아 라 모니크.
황제를 위해 태어난 여자, 황제의 유일한 반려, 제국의 꽃.
그것이 나의 이름이었다.

1. 버림받은 황비

카스티나 제국은 대륙의 유일한 제국으로 약 천 년에 가까운 역사를 자랑하는 유서 깊은 곳이었다. 여러 황제의 치세하에 흥망성쇠를 거듭하던 제국은 제33대 황제인 미르칸 루 샤나 카스티나의 선정에 힘입어 다시 중흥기를 맞이하는 중이었다.

인물, 성품, 자질. 모든 분야에서 완벽했던 미르칸 황제의 유일한 단점은 혈육을 생산하지 못하고 있다는 것이었다. 제국의 황실은 대대로 핏줄이 귀했던 터라, 황제가 혈육을 생산하지 못하고 붕어할 경우 후계자 다툼으로 인해 제국이 혼란에 빠질 수도 있는 상황.

황제가 점점 시름에 잠기고 귀족들의 눈치 싸움이 갈수록 심해질 무렵, 뒤늦게 그의 유일한 혈육인 루블리스 카말루딘 샤나 카스티나가 탄생했다. 신어로 '새로운 아침의 영광을 가져올 자'라는 이름을 가진 그의 탄생에 제국은 환호했다.

다만 한 가지 문제가 있다면, 너무도 늦게 루블리스가 태어난 탓에 그와 나이가 맞는 대귀족의 딸이 존재하지 않는다는 사실이었다. 제국법상 황후는 후작 이상의 작위를 받은 대귀족 가문의 딸 중에서 책봉하게 되어 있는데, 루블리스가 태어났을 당시 가장 어린 후작가의 영애는 이미 열 살로 나이가 맞지 않았다. 게다가 이상하게도 그의 탄생 이후 후작가 이상의 가문에서 여아는 태어나지 않았다. 결국 귀족들 사이에서 제국법을 개정해야 하지 않느냐는 논의가 오가던 중, 황태자의 반려가 될 여아의 탄생을 예고하는 신탁이 내려왔다.

그리고 일 년 후, 공작가를 제외하고는 유일한 개국 공신 집안인 모니크 후작가에서 아리스티아 라 모니크가 탄생했다. 시린 달빛을 머금은 은발에 따뜻한 햇살을 담은 황금색 눈동자의 아가씨는 태어나자마자 황태자의 반려로 정해졌다. 그리고 걸음마를 뗄 무렵부터 미래의 황후로서 훈육받기 시작했다.

황태자가 스물한 살 생일을 맞이하고 얼마 지나지 않아, 미르칸 황제가 붕어했다. 그의 뒤를 이어 루블리스가 카스티나 제국의 제34대 황제로 즉위했다. 그러나 그의 옆에서 황후로서 함께 관을 받은 이는 은발에 금안을 지닌 후작 영애가 아니라 흑발 흑안의 소녀였다. 황태자가 스물한 살이 되던 해, 그리고 아리스티아가 열여섯 살이 되던 해에 갑자기 황궁 호수에 나타난 신비의 소녀.

아리스티아가 태어나기 전 내려졌던 신탁의 주인공, 즉 루블리스의 반려가 될 자는 하늘이 내려준 신비의 소녀라는 해석이 등장했고, 아리스티아는 잊혔다.

루블리스의 즉위를 온 제국이 축하하던 날. 언젠가 황후로서 그의 옆에 서게 될 때를 기대하며 아리스티아가 하루하루 손꼽아 기다리던 날. 꽃가루가 휘날리고 사람들의 환호가 넘치던 바로 그날에.

언제나 자신에게는 차갑기만 하던 루블리스가 신비의 소녀에게 미소 짓는 모습을 보며, 그들이 행복하게 손을 잡고 나란히 황제와 황후의 관을 받는 모습을 바라보면서 황제의 정비로서 키워졌던 아리스티아는 황제의 후비로서 황비의 칭호를 받았고, 언젠가는 자신이 살 집이라 여겼던 황후궁에 들어가는 소녀를 향해 허리 숙여 인사했다.

그렇게 제국 제1의 여성이 될 운명이었던 그녀는 황제의 일개 후비로서 황궁 생활을 시작했다.

"와, 은발이라니. 이런 색이 진짜로 존재하는 거였구나. 진짜 예쁘다. 안녕? 넌 이름이 뭐니?"

신탁의 아이, 제국을 위해 신이 내려 준 신비한 소녀. 모든 이에게 사랑받는 사람답게 그녀는 나를 향해 티끌 한 점 없는 얼굴로 웃고 있었다. 수많은 이들에게 순수하다 찬양받는 그 표정으로 순결하다 못해 백치처럼 보이는 미소를 보이면서.

"제국의 달, 황후 폐하께 아리스티아 라 모니크가 인사 올립니다."

정해진 운명대로였다면 카스티나의 성을 부여받았겠지만, 현재 내 이름은 아리스티아 라 모니크. 카스티나라는 성은 오로지 황제의 정비인 황후만이 받을 수 있는 것. 황제의 후비인 이상 내게는 영광스러운 카스티나의 성이 결코 허용되지 않는다.

"아리스티아? 이름이 기네. 티아라고 불러도 되지?"

"……영광입니다, 황후 폐하."

티아, 티아란 말이지. 저 여자는 알고 있을까? 귀족에게 있어서 이름이란 어느 정도 친분이 있는 사이일 때만 부를 수 있다는 것을. 그리고 애칭은 혈연관계이거나 아주 친한 친구, 혹은 연인 사이에서나 허락된다는 사실을.

"반가워. 나는 지은이라고 해. 앞으로 잘 지내 보자."

"네, 황후 폐하."

"티아는 얼굴은 예쁜데 말투가 너무 딱딱하다. 그냥 편하게 대해 주면 안 돼?"

"송구합니다, 황후 폐하."

"송구? 으윽, 사극 보는 것도 아니고 이건 뭐. 그러지 말고 편하게 불러 주라, 응? 내가 너무 불편해서 그래."

귀족과 귀족 사이에서는 격식체를 쓰는 것이 기본이며, 황실에서는 훨씬 고풍스러운 황궁 언어를 사용하는 것이 예법이다. 그러나 신의 사랑을 받는다는 신탁의 아이, 신비의 소녀라 불리는 그녀는 예법 따위는 아예 무시한 채 평민들이나 사용할 법한 저급한 말투를 구사하고 있었다. 예법이 아직 서투른 걸까. 아니면 대우해 줄 가치도 없는 후비라고 무시하는 걸까.

억측하지 말자, 아리스티아. 아직 예법이 서투른 것이겠지. 그녀는 내가 누구인지도 모르는 것 같으니.

"티아, 나랑 같이 밖에 놀러 가지 않을래?"

"어딜 말씀하시는 것인지요?"

"음, 궁 밖에 나가 보고 싶지만 그랬다가는 언니들이 가만 안 둘 것 같고. 그냥 산책이라도 같이하자, 응?"

"언니들이라니요?"

"응. 날 돌봐 주는 언니들 말이야. 어휴, 그 언니들 얼마나 무서운 줄 아니? 여기는 왜 나보다 나이 많은 사람만 있어서 불편하게 하는지."

나는 동방예의 뭐라는 말을 중얼거리면서 다짜고짜 손목을 잡아채는 그녀를 물끄러미 바라보았다. 몹시 불쾌했지만, 그보다 더 거슬리는 것이 있었다. 언니들이라니. 그녀를 돌봐 주는 사람이라면 시녀들이 아닌가. 어쩐지 요새 인덕이 넘치는 황후라느니 하는 소문이 들린다 했더니, 이것 때문이었나.

한숨이 나왔다. 아랫사람을 부드럽고 따뜻하게 대하는 것은 윗사람으로서 마땅히 갖춰야 할 덕목이다. 그러나 모든 일에는 정도가 있는 법. 지나치게 잘해 준 탓에 아랫사람이 방종해진다면 그건 바로 윗사람의 잘못이다. 시녀들에게 따뜻하게 대해 주어 그녀를 편안하고 좋은 주인이라 느끼게 하는 것은 분명 필요한 일이다. 하지만 아무리 그렇다 해도 시녀가 제국의 안주인인 황후의 행동에 참견하는 것은 주제넘은 짓이라는 걸 그녀는 왜 모를까. 아무래도 시녀들을 다시 훈육해야 할 것 같았다. 할 일이 하나 더 늘었다.

"여기 정말 예쁘지 않아?"

호리호리한 몸매에 비해 힘은 왜 그리 센지, 불쾌한 마음을 애써 삼킨 채 그녀에게 이끌려 도착한 곳은 황제의 개인 정원이었다.

어렸을 적, 며늘아기라고 부르며 몹시 예뻐해 주시던 선대 황제 폐하께서 종종 초대해 주셨던 곳. 언젠가는 반려가 되어 평생 함께할 거라 믿었던, 나의 그분을 처음 만난 곳.

"며늘아가."

살랑살랑 불어오는 바람, 알록달록한 꽃과 싱그러운 녹색으로 뒤덮인 정원. 눈을 감고도 걸을 수 있는 익숙한 이곳의 어디선가 그분의 목소리가 들려오는 듯했다. 갑자기 눈시울이 뜨거워졌다. 모두와 함께 행복할 거라 생각하며 마냥 즐거웠던, 그립고도 그리운 그때의 시간이 머릿속을 스치고 지나갔다. 항상 힘겹게 일만 하셨더랬지요. 이제는 신의 품에서 행복하십니까, 황제 폐하. 오늘따라 참으로 뵙고 싶습니다.

"티아? 괜찮아?"

"……괜찮습니다, 황후 폐하. 걱정을 끼쳐 드려 송구합니다."

고개를 갸웃하며 나를 바라보는 소녀. 속으로 혀를 찼다. 아직도 수행이 부족하구나, 아리스티아. 아무리 선황제 폐하에 대한 그리움이 짙다 한들, 타인의 앞에서 감정을 드러내다니.

"무슨 생각을 했는데 그래? 뭔가 안 좋은 일이라도 있었어?"

"아닙니다. 그저 그리운 것들을 생각하고 있었습니다."

항상 밝은 줄만 알았던 그녀의 표정이 급격하게 어두워졌다.

"그리운 것이라."

"……."

"엄마, 아빠, 말 안 듣는 지수 녀석까지……. 보고 싶다."

아, 그렇구나. 그녀에게도 가족이 있을 것이다. 올해 열여덟 살이라고 들었으니, 아직 나처럼 가족이 그리울 나이겠지. 나에게는 무뚝뚝하긴 해도 아버지가 계시지만, 그녀에겐 아무도 없지 않은가. 갑자기 가족과 떨어져서 자기 뜻과는 무관하게 황후가 된 그녀도 어찌 보면 피해자이리라.

"엄마, 아빠……."

어쩐지 그동안 그녀를 미워한 것이 조금 미안해졌다. 뭔가 위로의 말을 하고자 입을 떼었을 때, 갑자기 등 뒤에서 차가운 음성이 들려왔다.

"무슨 일이지?"

냉기가 풀풀 날리는 서늘한 목소리. 그였다. 분명 누군가가 다가오는 것 같은 소리는 전혀 듣지 못했는데, 어느새 다가왔는지 그가 싸늘한 눈으로 나를 노려보고 있었다.

"제국의 태양, 황제 폐하를 뵙습니다."

"지은, 무슨 일이오? 어째서 울고 있는게요."

"루브."

루블리스 카말루딘 샤나 카스티나. 루브. 허탈한 웃음이 새어 나왔다. 십육 년 동안 나에게는 그의 이름을 부르는 것조차 허용되지 않았는데, 그녀는 너무나도 쉽게 그를 애칭으로 부르고 있었다.

"너, 지은에게 무슨 짓을 했지? 대체 무슨 얘길 했기에 지은이 이렇게 울고 있는 것이냐!"

"폐하?"

억울했다. 어째서 다짜고짜 추궁부터 하는 것일까. 대체 내가 그녀에게 무슨 짓을 했기에?

"아니에요, 루브. 티아는 아무런 짓도 하지 않은걸. 그저 가족이 그리워서 울고 있었을 뿐이에요."

"……그런가. 지은, 먼저 가서 좀 쉬고 있으시오. 곧 따라갈 테니."

다정하게 그녀를 바라보는 눈빛이 가슴 아팠다. 내게는 단 한 번도 들려주지 않던 따뜻한 목소리로 그녀를 다독이는 모습에 심장이 아려 왔다. 그렇게도 사랑스러운지, 떠나는 그녀의 뒷모습을 하염없이 바라보는 그를 보자 가슴속에서 눈물이 흘렀다. 그녀의 모습이 완전히 사라진 후에야 겨우 나를 돌아보는 그. 차가운 눈빛에서 보이는 경멸과 냉소에도 나는 아프다 한마디 못하고 말없이 고개만 숙였다.

"경고하지."

"네? 폐하?"

"지은에게 접근하지 마라. 여리고 순수한 사람이다. 너 같은 여자가 함부로 대할 사람이 아니란 말이다."

"폐하."

말 하나하나에서 묻어 나오는 차가움에 목이 메었다.

"황후라는 지위가 너의 것이라 생각했나? 천만에. 신탁을 잘못 해석했기에 미래의 황후로서 추앙받았을 뿐, 그 자리는 애초에 네가 아니라 지은의 것이었다."

"……."

"한 번은 넘어가 주겠다. 하지만 또다시 이런 일이 있을 때엔 내 너를 가만두지 않을 것이다."

"명심, 하겠습니다."

찬바람을 일으키며 돌아서는 뒷모습에 싸늘하게 식어 내린 가슴을 부여잡았다. 내가 대체 그녀에게 무엇을 했다는 것일까. 아무 짓도 하지 않았는데, 그저 이해해 보려 했을 뿐인데.

"황비 전하, 여기 계셨군요."

"무슨 일인가."

"긴급히 결재를 요하는 서류 때문에 한참을 찾아다녔습니다. 전하께서 계시지 않으니 일이 돌아가지가 않아서……."

"……그런가. 알겠네. 돌아가세."

나는 몹시 다급한 기색의 궁내부장을 물끄러미 바라보았다. 긴급히 결재를 요하는 서류들, 내가 없으면 돌아가지 않는 궁내부의 일. 그래, 나의 존재 가치란 그런 것이겠지. 아직 예법이 서투른 그녀의 빈틈을 빠짐없이 메꾸는 것, 그것이 바로 내가 황궁에 들어온 이유이니. 한숨 섞인 목소리로 앞장서라 말하고서 나는 점점 흐릿하게 보이는 궁내부장을 따라 걸었다.

드레스에 점점이 번지는 동그란 자국을 애써 무시한 채.

"티아, 네가 황비였어?"

오늘은 또 무슨 일이람. 아침부터 눈물이 그렁그렁한 채 찾아와서는 대뜸 네가 황비였냐고 묻는 그녀를 보자 짜증이 났다. 기가 막혔다. 갑작스럽게 출현한 지 벌써 넉 달. 툭하면 찾아와서 일을 방해한 지도 두 달이 넘었는데, 내가 누군지 아직도 몰랐다는 게 말이나 되는 소리인가.

"송구합니다, 황후 폐하."

"그럼 네가 루브의 후궁이란 말이야?"

후궁이라. 황제의 정비가 아닌 다른 부인이라 해도 위계와 서열이 있는 법이다. 제국에 황후는 단 하나, 황비도 단 하나. 그렇기에 황후는 정비, 황비는 후비라는 칭호로 불린다. 호칭조차 부여받지 못하고 뭉뚱그려 후궁이라 불리는 존재들과는 견줄 수 없는 신분인 것이다. 황비는 황후 이외의 다른 부인을 모두 다스리고 아우르는 자리로, 유사시에는 황후를 대행하여 업무를 처리하는 등의 역할을 수행한다. 제11대 황제 폐하 이후 가장 총애하는 빈에게 부여하는 지위로 그 의미가 변질되었기에 제국의 역사상 자신의 역할을 제대로 수행한 황비는 거의 존재하지 않았지만.

"저는 폐하의 후비입니다, 황후 폐하."

후궁, 후비. 황후가 된 지 반년 가까이 되었는데 그녀는 아직도 그 차이를 모른다. 지금 내가 후비라고 굳이 정정하여 답하는 이유도 아마 이해하지 못하겠지. 역대 황비들과는 달리 나는 아직까지도 자신의 일을 할 줄 모르는 그녀 때문에 실질적으로는 황후의 모든 업무를 도맡아서 하고 있었다. 그런 나를 후궁이라고 부르는 것은 심한 모욕이라는 사실을 그녀는 대체 언제쯤이면 깨닫게 될까.

"그런……"

또 무슨 말을 하려고 그러는 건데. 내게 할 말이 대체 뭐야. 심한 저혈압 때문에 나는 본디 아침에는 몸 상태가 그리 좋지 못했다. 게다가 오늘따라 이상하게도 자꾸만 현기증이 나고 머리가 아파서 할 일이 잔뜩 쌓여 있음에도 자리에서 일어나지 못하고 있던 차였다. 그래서일까? 예고도 없이 갑작스레 찾아와서는 머뭇거리기만 하는 그녀를 보자 점점 짜증이 치밀었다. 밤늦게까지 사교계의 모임을 갖는 귀족들의 특성상 아침 시간은 피하는 것이 예의이거늘. 반년 가까이 예법을 배우고 있음에도 아직까지도 이런 기본적인 것조차 모르다니. 대체 그녀의 예법 선생은 뭘 가르치고 있는 건지 모르겠다.

"나, 난······. 어, 저기, 나중에 다시 올게. 미안해."

한참을 머뭇거리다가 더듬더듬 한마디를 남기고 뛰쳐나가는 그녀. 그 뒷모습을 짜증스레 바라보다가 나는 한숨을 쉬며 쌓여 있는 서류를 집어 들었다. 내년쯤엔 슬슬 업무를 넘겨야겠다고 생각하고 있었는데, 아무래도 불가능할 것 같았다.

"미안해, 티아. 정말 미안해."

다음 날, 어김없이 아침부터 찾아와 속을 뒤집는 여자를 바라보자 가슴속 깊은 곳에서 화가 치밀어 올랐다. 제발, 예고도 없이 불쑥불쑥 찾아오는 무례한 행동은 좀 그만둘 수 없어? 나는 깨질 듯 아픈 머리를 꾹꾹 누르며 애써 무표정한 얼굴로 말을 건넸다.

"어인 말씀이신지요, 황후 폐하."

"내가, 내가 정말 미안해, 티아. 정말, 정말 미안해."

작작 좀 해. 어제는 다짜고짜 후궁이냐고 물어 속을 뒤집어 놓고는 사라지더니, 오늘은 또 왜 그러는 건데? 밤새 뭘 한 것인지, 수척해진 얼굴로 들이닥쳐서는 뜬금없이 울고 있는 모습에 속이 부글부글 끓어올랐다. 고래고래 고함이라도 치고 싶은 심정이었다.

뭐가 그렇게 미안한데? 네가 벌이는 한심한 일을 전부 수습해야 하는 것? 네가 해야 하는 황궁의 안살림을 전부 나한테 떠맡긴 것? 아니면 아무리 배워도 나아지지 않는 너의 그 한심한 예법? 이제 그만 그치지 못하겠어? 내 인내심을 시험해 보고자 찾아온 것이 아니라면 적당히 해. 제발.

"나, 나는 그러니까⋯⋯."

"⋯⋯."

"네가 원래 황후로 내정된 사람이었다고 들었어. 태어나자마자 루브와 결혼이 예정된 약혼녀였다고 들었어."

아, 소식 한번 빠르시군그래. 제국민이라면 누구나 다 아는 그 사실을 황후가 된 지 반년이 되어 가고 있는 지금에서야 듣다니.

"미안해. 정말 미안해."

"⋯⋯."

"난 정말이지."

"황후 폐하께서 사과하실 일은 아무것도 없습니다."

"무슨 소리야?"

그냥 듣고만 있으려고 했는데, 한 귀로 듣고 한 귀로 흘려보내려고 했는데. 아침이라 그런지 아니면 자꾸만 쿡쿡 쑤시는 머리 때문인지, 나도 모르게 말이 툭 튀어나왔다.

"폐하의 반려는 신께서 정하셨다고 하였습니다. 그러니 신탁의 아이이신 황후 폐하께서 폐하의 반려인 것이 맞습니다. 저희가 무지하여 신의 뜻을 잘못 해석했던 것뿐이지요."

언젠가 그가 했던 말이었다. 신탁을 잘못 해석하여 잠시 내 것이라 착각했을 뿐, 그의 곁은 원래 그녀의 자리였다는 얘기는.

"어떻게 그렇게 쉽게 말을 할 수가 있어?"

"무슨 말씀이신지요, 황후 폐하."

"신? 신이 정해? 황후? 황후! 그깟 게 뭐길래 신이 정하는데?"

뭐라고? 순간 말문이 막혔다. 멍하니 자신을 바라보는 나를 향해 그녀는 악에 받친 듯 소리쳤다.

"어떻게 그렇게 당연하다는 듯이 말을 할 수가 있어? 너는 화가 나지도 않아?"

너는 진심으로 내가 그것을 당연하게 여기고 말하는 것이라 생각하는가? 네 눈에는 내가 화조차 내지 않고 덤덤하게 현실을 받아들이는 것처럼 보이는가?

"황후? 하! 나는 이깟 것 되고 싶지도 않았어! 어느 날 집에 오는 길에 동전이 떨어져 있길래 주웠을 뿐인데 이 세상에 떨어졌다고. 갑자기 추락해서는 연못에 빠지더니, 웬 서양인들이 코스프레 하는 것처럼 이상한 옷을 입고는 신기하다는 듯 바라보질 않나. 듣도 보도 못한 언어를 쓰질 않나. 어찌어찌 대화는 통한다 했더니, 여긴 내가 살던 곳이 아닌 다른 곳이라면서 신이 날 보냈다느니 어쩌느니 하고!"

무슨 소리인지 전혀 알아들을 수 없는 말을 잔뜩 늘어놓으며 고함을 지른 그녀가 숨을 몰아쉬었다.

"뜬금없이 황제라는 작자가 나타나서 나더러 황후가 되라고 하질 않나. 난 이제 겨우 열아홉 살지은은 한국 나이로 열아홉 살이라고 말하고, 티아는 카스티나식 나이로 계산했기에 지은을 열여덟 살이라고 한 것일 뿐이야, 성인도 아직 안 됐단 말이야. 그런데 다짜고짜 결혼하라고 하고!"

"……."

"황후? 난 이런 것 따위 원하지 않아. 그냥 집에 돌아가고 싶을 뿐이야. 돌아가는 때까지만 있으려고 참고 견뎠는데, 엄청 하기 싫었지만 이상한 글씨나 예법도 나름대로 열심히 공부했는데."

속에서 뜨거운 것이 점점 치밀어 오르고 있었다. 나는 부들부들 떨리기 시작하는 손으로 드레스 자락을 꽉 말아 쥐었다.

"그런데 동생처럼 여겼던 너는 알고 보니 황비였고, 원래는 황후가 될 사람이었다잖아. 나 때문에 황후가 되지 못한 거잖아. 난 지금 상황만으로도 너무 힘든데, 이제는 나쁜 년까지 되어 버렸잖아. 황후, 이깟 게 뭐라고!"

"지금, 말씀 다하셨습니까?"

머릿속에서 뭔가가 툭 끊어지는 듯했다. 나는 색색 숨을 몰아쉬고 있는 흑발 소녀를 차갑게 노려보았다. 그리고 자꾸만 치밀어 오르는 화를 문장으로 바꿔 씹어뱉듯 입술 밖으로 토해 냈다.

"황후가 뭐냐고 하셨습니까? 제국의 안주인입니다. 그렇게 이깟 것, 저깟 것이라고 말씀하실 지위가 아니란 말입니다."

"……티아?"

나는 떨리는 눈으로 바라보는 그녀를 외면했다. 이러면 안 된다 생각하면서도 머리끝까지 치솟아 오른 분노에 점점 잠식되었다.

"그저 돌아가고 싶을 뿐이라고 하셨습니까? 지금에서야 겨우 저의 존재를 알아차려 미안하다고 하셨습니까? 황후라는 자리를 대신 차지해서 미안하다고, 본인이 나쁜 사람이 되어 힘들다고 하셨습니까? 그렇다면 처음부터 왜 황후가 되겠다고 하셨습니까!"

"그건……."

"참으로 비겁하십니다. 아무것도 몰라 그리하셨겠지요. 거절하기 힘드셨으리라는 생각도 듭니다. 허나, 아무리 그렇다 하더라도 최소한 자신이 내린 결정에 대한 책임은 지셔야 하는 것이 아닙니까?"

가쁜 숨을 몰아쉬었다. 이제는 온몸을 떨고 있는 소녀를 향해 그동안 꾹꾹 담아 두었던 감정 일부를 쏟아 냈다.

"황후가 되겠다 하셨다면 최소한 어떤 자리인지는 자각하셨어야 했습니다. 글씨? 예법? 힘들지만 억지로 하셨다고요? 황후라는 자리가 그렇게 만만해 보이셨습니까? 모든 제국민의 어머니입니다. 이 나라를 다스리시는 폐하의 유일한 동반자이자 휴식처이기도 합니다. 그렇게 매일 돌아갈 생각만 하면서 눌러앉아 있을 자리가 아니란 말입니다."

"난……."

"화가 나지 않느냐고 하셨습니까? 참으로 화가 납니다. 황제 폐하가 불쌍하고, 제국민이 애처롭습니다. 무엇보다 저 자신에게 연민이 듭니다. 겨우 이런 분을 보좌하기 위해 허송세월을 했다니요."

"……."

"돌아가십시오. 이런 모습은 보고 싶지 않습니다. 부디 황후라는 것이 어떤 자리인지 자각하시길 바랍니다."

끓어오르는 증오에 온몸이 부르르 떨렸다. 나 자신이 너무 안쓰러워 견딜 수가 없었다. 겨우 이런 여자 때문에 황제의 후비가 되어야 했던 건가. 그는 무엇 때문에 나 대신 저런 여자를 자신의 반려로 세운 걸까. 그녀의 무엇이 그렇게 사랑스러웠기에.

"티아, 난……."

"말씀하십시오."

"난, 갑자기 이상한 곳으로 떨어진 것도 혼란스러웠고……."
한참을 우물쭈물 망설이던 그녀가 말했다.
"내가 있던 곳에선 너무 당연한 거라서 루브에게 다른 부인이 있다는 사실도 받아들이기 힘들었어. 하필이면 그 상대가 동생처럼 마음에 들어 했던 너라는 사실도 그랬고. 내가 두 사람 사이에 끼어든 거잖아."
"……."
"미안해. 그래서 말이 헛나왔어. 정말 미안해."
"……."
"……가 볼게."
밀려오는 피로감에 한숨을 쉬었다. 갑자기 분노를 쏟아 낸 탓에 지끈지끈 아파 오는 관자놀이를 양손으로 꾹꾹 눌렀다. 어느새 거칠어져 있는 숨을 고르기 위해 크게 심호흡했다. 감정 조절에는 일가견이 있다 자부하고 있었는데, 이상하게도 요즘 들어 자꾸만 울컥하고 화가 치밀어 올랐다.
왜 이러는 것일까. 하루 이틀 겪는 일도 아닌데.
잔뜩 쌓여 있는 서류를 보자 또다시 가슴이 답답해졌다. 본디 황후가 처리해야 할 것인데, 제 지위에 대한 자각조차 전혀 없는 저 여자가 해야 할 일인데. 황후라는 자리가 주는 특권과 그의 사랑은 잔뜩 누리면서 그에 따르는 의무는 나 몰라라 하는 한심한 작태에 헛웃음만 나왔다.
얼마나 시간이 지났을까. 시끄럽게 문이 열리는 소리에 놀라 고개를 들었다. 머리끝까지 화가 난 채 서 있는 그의 모습. 여기는 어쩐 일로 찾아온 것일까. 몹시 의아했지만, 일단 일어나 허리를 숙였다.

"제국의 태양, 황제 폐하를 뵙습니……."

짝!

고개가 휙 돌아갔다. 나는 화끈거리는 볼을 감싸며 터져 나오려는 신음성을 간신히 삼켰다.

'그의 앞이야. 추한 꼴을 보여서는 안 돼.'

한참 동안 나를 노려보던 그가 싸늘한 목소리로 말했다.

"너, 지은에게 무슨 말을 했지? 네가 정당한 황후라고 말했나?"

"아닙니다, 폐하."

"그런데 왜 지은이 울고 있는 건가. 어째서 네게 가라고 하는 거지?"

"그건……."

순간적으로 말문이 막혔다. 뭐라고 답을 해야 할지 알 수가 없었다. 망설이는 사이, 그는 이미 내가 그녀에게 악독한 말을 퍼부었을 거라 확신한 것 같았다. 경멸 어린 눈초리로 나를 내려다보는 서늘한 눈동자와 마주하자, 그와 마주할 때면 늘 그랬듯 텅 비어 버린 가슴이 아려 왔다.

그게 아닌데. 원망하긴 했지만, 그녀에게 그런 얘긴 하지 않았다. 가슴 아프지만, 그녀가 나타난 이후 그가 내 것이라 생각해 본 적은 단 한 번도 없었다. 아니, 실은 그녀가 나타나기 전에도 그랬다. 그는 내게 결코 따뜻했던 적이 없었으니까.

"그렇게 내 여자가 되고 싶나?"

"폐하?"

"무엇 때문이지? 사랑이라는 이유는 절대 아니라는 걸 안다. 뺨을 때려도 신음 소리 한 번 내지 않는 너같이 차가운 여자가 나를 사랑할 리가 없으니까. 그렇다면 무엇이지? 모니크가는 지금도 충분히 영화를 누리고 있는데, 가문을 위해서 황후가 될 이유도 없을 터. 대체 이러는 이유가 무엇인가. 역시 계파를 위해 차기 황제를 낳겠다는 심산인가."

그가 내뱉는 말 하나하나가 비수가 되어 가슴에 박혔다. 나는 그저 그의 옆에 서기 위해 노력했던 시간 동안, 호시탐탐 날 통해서 그의 흠을 잡으려는 자들에게 트집잡히지 않기 위해 노력했을 뿐이었는데. 비록 사랑받진 못하더라도 그를 마음껏 사랑할 수 있는 여자, 그가 하는 일에 도움이 되는 여자가 되고 싶었을 뿐이었는데.

"벗어라."

"……네?"

뜻밖의 말에 귀를 의심했다. 떨리는 눈으로 올려다보자 기묘하게 번들거리는 눈동자가 보였다. 잔뜩 비틀린 미소에 소름이 쫙 끼쳤다.

"그렇게 내 여자가 되고 싶다면, 내 여자로 만들어 주겠다."

"폐, 폐하?"

"왜 새삼스럽게 망설이는 척하지? 이걸 바라고 그런 말을 했던 것이 아니었나?"

"아닙니다, 폐하! 이러지 마십시오! 제발!"

나는 거세게 팔을 움켜쥐는 그에게서 벗어나려 애쓰며 이러지 말라 사정했다. 사나운 손길로 찢어 내듯 옷을 벗기는 그의 모습이 너무나도 두려웠다. 새카만 공포심이 턱 끝까지 차올랐다.

거칠게 잡아끄는 그의 손을 뿌리치기 위해 몸부림치려는 순간,

불현듯 한 가지 생각이 머릿속에 떠올랐다. 그가 단 한 번도 지은의 처소에 든 적이 없다는 사실이. 어째서인지는 모르겠지만, 그녀의 시중을 드는 시녀에게서 나온 이야기이니 확실했다.

'그렇다면……'

문득 드는 생각에 온몸이 바르르 떨렸다. 지금 그를 받아들인다면 조금은 나를 생각해 주지 않을까. 만일 아이라도 가지게 된다면 그때는 나를 돌아봐 주지 않을까. 한 점 혈육 없이 외롭게 자란 사람이 아닌가. 자신의 피를 이은 아이를 갖게 된다면 아무리 차가운 그라 해도 그 어미인 나를 조금은 위해 주지 않을까?

천천히 행동을 멈췄다. 두려움에 미친 듯 뛰는 심장을 애써 진정시키며 작게 심호흡했다. 파르르 떨리는 입술을 떼어 애써 침착한 어조로 말했다.

"비록 정후正后는 아니나, 저는 일개 후궁이 아니라 황비입니다. 이리 대하시는 것은 옳지 않습니다. 저 스스로 벗을 것이니, 부디 존중하여 주십시오."

"황비? 지금 네 지위가 황제에게 가장 사랑받는 비의 자리라고 말하고 싶은 건가? 하, 그 위치에 있다 보니 네가 진정 뭐라도 된다고 생각하는 모양인데, 착각하지 마라. 너는 내게 아무것도 아니니."

기가 차다는 듯 노려보던 그가 거칠게 나를 잡아끌었다. 사납게 옷을 벗겨 내는 손길에 눈을 질끈 감았다. 두려움에 온몸이 떨려 왔지만, 몇 번이고 괜찮다 되뇌며 차가운 손길에 얌전히 몸을 내맡겼다.

언젠가는 그와 함께할 날을 상상해 본 적은 있지만, 결코 이런 식은 아니었는데. 눈을 떠 바라본 그의 표정이 너무도 싸늘해서 가슴이 찢어질 듯 아파 왔다. 아무런 감정도 담겨 있지 않은 그 눈동자를 차마 바라볼 수가 없어 다시 눈을 감았다.

당장은 저리 차갑다 해도 점차 나아지겠지. 이렇게 몸을 섞다 보면 아무리 감정 없는 그라 해도 나를 조금은 돌아봐 줄 거야. 배려 없는 손길에 마음이 아프고 몹시 괴로웠지만 떨리는 입술을 깨물며 참아 냈다. 그저 순응하며 그를 받아들였다.

얼마나 시간이 흘렀을까. 미련 없이 떠나는 그의 뒷모습을 멍하니 바라보았다. 뿌옇게 흐려진 두 눈에서 방울방울 흐르는 눈물을 훔쳐 내며 아직 온기가 남아 있는 옆자리를 쓸었다. 언젠가는 그 온기를 오롯이 느낄 수 있었으면 좋겠다 생각하며.

온몸에 힘이 하나도 들어가지 않았다.

'하긴 이런 상황에 기운이 있는 것도 이상한 일이겠지.'

반년 전 처음으로 나를 취한 이후 그는 종종 나를 찾았다. 차갑게 나를 안고 나면 그는 매번 뒤도 돌아보지 않고 떠나곤 했다.

비참했다. 매번 차갑게 대하는 그를 맞이하면서도 언젠가는 돌아봐 줄 거란 희망을 놓을 수 없는 내가, 매일 아침이면 너덜너덜해진 몸과 마음을 추스르며 그의 여자를 대신하여 잡무를 처리하는 내가 증오스러웠다. 매일매일 나 자신에 대한 증오와 그를 향한 덧없는 희망, 그의 여자를 향한 복잡한 심정을 곱씹으면서 나는 하루하루 시들어 가고 있었다.

"후우."

답답한 마음이 조금이라도 풀어질까 싶어 크게 한숨을 쉬어 보았지만, 별로 나아지는 것 같지는 않았다. 가득 쌓인 서류를 보자 짜증이 났다. 나는 대체 무엇을 위해 이런 일을 하는 걸까. 두꺼운 종이 다발 중 가장 위에 놓여 있는 서류를 보자, 애초에 나를 한숨 짓게 만들었던 이유가 생각났다.

그녀가 제국에 나타난 지 일 년. 제국의 태양, 위대한 카스티나 제국의 제34대 황제 루블리스는 신탁의 아이이자 그의 유일한 반려인 지은이 제국에 나타난 지 일주년이 되었음을 기념하는 연회를 열라고 지시했다. 자신을 위한 연회를 스스로 준비할 수는 없는 법. 결국 이 일마저 내 차지가 되어 버리고 말았다. 어차피 그녀에게 주최하라 했어도 제대로 해내지도 못했겠지만.

하, 하하. 신의 축복을 받았다는, 신의 사랑을 받는다는 그녀가 제국에 나타난 지 일주년이란다. 다른 이들은 행복했을지 모르겠지만, 적어도 내게는 지옥과도 같은 일 년이었다.

그런데 다름 아닌 내가 그것을 기념하는 연회의 주최자라니. 참으로 웃기지 않은가?

한참 동안 실소를 터트리다가 서류 위에 적혀 있는 빼곡한 일정을 다시 한 번 훑어보았다. 어느새 연회는 내일로 다가와 있었다. 최대한 성대하게 준비하라는 그의 명에 따라 무척 호화롭게 치러질 예정이니, 신의 축복 아래 그와 그녀는 매우 잘 어울리는 한 쌍으로 보이겠지. 수많은 귀족의 주목을 받으며 그는 그녀와 다정하게 춤을 추고, 내게는 단 한 번도 보여 주지 않았던 따스한 미소를 지으며 사랑을 속삭일 것이다. 구석에 숨죽이며 서 있을 나에게는 일말의 관심조차 두지 않은 채로.

문득 며칠 전 찾아와 거듭 미안하다고 했던 그녀가 생각났다. 그녀는 말했다. 원래 나의 것이라 생각했기 때문에 그의 구애를 받아 주지 않았다고. 그리고 그녀는 말했다. 미안하다고, 그를 사랑하고야 말았다고. 자신을 그토록 따스하게 감싸 주는 그를 사랑하지 않을 수가 없었다고. 또 그녀는 말했다. 연회가 끝나면 그를 받아들일 거라고. 대신 나를 평생 아껴 주겠다고. 동생처럼 생각하며 보살펴 주겠다고. 친자매처럼 지내고 싶다고.

깊은 한숨을 쉬었다. 내일 연회가 끝나고 나면 그와 그녀는 단단하게 엮인 연인이 될 것이다. 그렇게 되면 그는 이제 두 번 다시 나를 찾아오지 않겠지. 마음 한구석을 비집고 들어오는 섭섭한 감정에 재차 한숨을 쉬었다. 나란 여자는 대체 어떻게 된 사람인지. 원망해야 마땅함에도 그를 원망할 수가 없다. 차갑게 외면받아 마음이 너덜너덜해지면서도, 경멸 어린 눈빛에 매번 상처받으면서도 그의 사랑을 갈구하는 내가 너무도 비참했다.

친자매라. 그녀가 그의 마음을 받아들이고 그가 나를 찾지 않게 된다면 나는 과연 그녀와 자매처럼 지낼 수 있을까. 그에 대한 이 지긋지긋하고도 끈질긴 사랑을 놓아 버릴 수 있을까. 언젠가는 답답한 이 마음이 시원하게 뚫릴 날이 있을까?

정말이지 모르겠다.

"오랜만입니다, 황비 전하."

"안녕하셨어요, 라스 공작. 정말로 오랜만에 뵙습니다."

다음 날, 나는 성대하게 꾸민 중앙궁의 연회장에서 바쁘게 움직이며 시종과 시녀에게 이것저것 지시를 내리고 있었다. 성대한 연회를 열라고 당부한 그의 지시에 맞춰 제국의 귀족 명부에 존재하는 모든 이들에게 초대장을 돌렸기에 정신이 하나도 없었다. 서로 다른 파벌 간의 분쟁이 없는지 살피랴, 중앙 귀족에게 잘 보이려 아첨하는 지방 귀족의 소란을 잠재우랴, 연회는 잘 돌아가고 있는지, 뭔가 부족한 것은 없는지 살피랴. 몹시 피로하던 차에 만난 반가운 이를 보자 입가에 저절로 미소가 걸렸다.

"그동안 잘 지내셨나요?"

"저야 뭐 늘 그만합니다. 그보다 황비 전하, 어째 안색이 썩 좋지 않아 보이십니다. 괜찮으십니까."

"괜찮습니다. 염려해 주셔서 감사드려요."

참으로 오랜만이었다. 누군가가 나를 걱정해 주는 것은. 나는 따스하게 빛나는 붉은 눈동자를 바라보며 살포시 미소 지었다.

제국의 검이라 불리는 라스 공작가의 수장, 아르킨트 데 라스. 개국 공신 가문 중 하나이며, 제국 의전 서열 1위에 빛나는 라스 공작가를 이끌고 있는 그는 아버지의 절친한 벗이자 나의 스승이기도 했다. 태어나자마자 황태자의 반려로 정해졌기에 나는 역대 최고라고 불릴 정도로 강도 높은 교육을 받았는데, 그런 나를 가르친 스승 중 한 사람이 바로 라스 공작이었다.

제국의 안주인으로서의 몸가짐, 그리고 책임과 의무를 늘 강조하셨지. 정세를 읽는 법을 가르쳐 주시기도 했고.

"보아하니 아무래도 연회를 준비하느라 무리하신 모양입니다.

가뜩이나 연약하신 분이 아닙니까. 보중하셔야지요."

"그리 무리하지는 않았는데. 괜한 걱정을 끼쳐 드렸네요."

"그렇습니까? 하지만 황비 전하, 정말이지 안색이 좋지 않으십니다. 정녕 괜찮으신 겁니까?"

"음, 요즘 계속 몸이 좀 좋지 않긴 했습니다만, 이 정도는 늘 있었던 일인 걸요. 아……."

고개를 젓다가, 갑자기 밀려드는 현기증에 머리를 짚었다. 세상이 빙그르르 도는 느낌. 균형을 잃는 순간, 재빠르게 나를 붙잡는 손이 있었다. 이런, 하마터면 추한 꼴을 보일 뻔했잖아. 나는 감사의 뜻을 담아 살며시 미소 지었다.

"감사합니다, 공작."

"아닙니다, 전하. 허락 없이 전하의 몸에 손을 댄 점을 용서하십시오."

"용서라니요. 감사드려야 할 일인 것을요."

비틀거리는 모습을 보인 탓일까. 제법 많은 사람이 나와 라스 공작을 주시하고 있었다. 뭐라도 마시는 것이 도움될 거라며 시종을 손짓해서 부른 그가 잔을 하나 집어 내게 건넸다. 받아 든 잔을 입가에 가져가는 순간, 음료의 강렬한 향에 속이 잔뜩 뒤집혔다. 당장에라도 안에 든 것이 올라올 것만 같아 황급히 입을 틀어막았다.

나를 빤히 바라보던 라스 공작이 의아한 목소리로 물었다.

"황비 전하?"

"라스 공작, 이런 모습을 보여 참으로……. 우읍, 욱."

맙소사, 보고 있는 사람이 이렇게 많은데. 얼굴에서 핏기가 싹 가시는 듯했다. 눈을 부릅뜨고 나를 바라보는 공작을 차마 마주

볼 수가 없어 황급히 시선을 돌렸다. 주위에 몰려 있던 사람들이 웅성거리는 소리가 들려왔다. 경악과 분노, 그리고 환희. 뭐지? 왜 저런 눈으로 날 쳐다보고 있는 걸까.

"무슨 일인가?"

서늘한 목소리에 흠칫 몸을 떨었다. 억지로 끌려온 것인지 그녀에게 소맷자락을 잡힌 채로 나타난 그가 인상을 찌푸린 채 주위를 둘러보았다. 곧이어 짜증과 경멸이 어린 눈동자가 내게 고정되었다. 서늘한 그의 눈빛이 감히 그녀를 위한 파티를 망칠 셈이냐고 일갈하는 것만 같아 자꾸 몸이 움츠러들었다.

"제국의 태양, 황제 폐하를 뵙습니다."

"제국의 태양, 황제 폐하를 뵙습니······, 욱."

아, 안 돼. 다른 사람은 몰라도 그의 앞에서는 절대로 추한 꼴을 보이고 싶지 않았는데. 자꾸만 뒤집히는 속 때문에 머리가 하얗게 비었다. 화려한 불빛과 알록달록한 색깔이 뒤섞여 주위를 빙글빙글 돌았다. 금방이라도 아침에 먹은 것이 올라올 것 같아 어떻게든 속을 진정시키려 크게 심호흡했다.

나와 그를 번갈아 가며 바라보던 라스 공작이 앞으로 나섰다. 황후를 차갑게 바라보던 그의 입가에 슬쩍 미소가 걸렸다.

"경하드립니다, 황제 폐하."

"경하?"

"아직 확실하지는 않지만, 아무래도 회임이신 것 같군요. 만약 사실이라면 분명 경하드릴 일이 아니오리까. 대대로 손이 귀한 황실이 아닙니까. 실로 홍복이라 할 것입니다."

"회, 회임?"

회임이라니. 놀란 눈으로 바라보았지만, 라스 공작은 그저 엷은 미소를 지을 뿐이었다. 환희에 찬 사람과 경악에 찬 이들, 믿을 수 없다는 눈초리와 분노의 눈길이 나를 향해 쏟아졌다.

그 순간, 외마디 비명과 함께 털썩하고 주저앉는 사람이 있었다. 검은 머리카락을 장식하고 있던 티아라가 바닥으로 굴러떨어졌다. 멍한 눈으로 나를 올려다보고 있는 여자.

기가 찼다. 저 여자에게는 사람들의 경멸 어린 눈초리가 보이지 않는 걸까. 가장 고귀한 여성으로서의 자존심과 품위는 어디에다 갖다 버린 것인지.

털썩 주저앉은 그녀를 감싸 안아 일으킨 그가 곧바로 나를 향해 엷게 미소 지었다. 처음 보는 미소에 가슴이 설레었다. 마침내 나를 조금은 돌아봐 주는 건가 하는 생각에 심장이 두근거렸다.

"황비, 그대가 회임을 하였나 보군. 이런 경사스러운 일이 있나."

"황공합니다, 황제 폐하."

뜻밖의 말과 행동에 잠시 두근거렸지만, 눈이 마주치자마자 금세 깨달았다. 그는 진심으로 기뻐서 이런 말을 하는 것이 아니라는 사실을. 이천만 제국민을 다스리는 카스티나 제국의 주인이다. 태어나자마자 황제의 반려로서 교육받은 나와 마찬가지로 탄생한 즉시 제국의 유일한 후계자로서 나보다 더한 훈육을 받은 그다. 그는 지금 군림하는 자로서 날카롭게 벼려진 이성으로 내 가문과 계파를 의식하여 따뜻한 말을 건네는 게 분명했다. 그 증거로 흐뭇한 미소를 머금고 있는 입술과는 달리 그의 눈동자는 차갑게 식어 있었다.

"신의 축복을 받은 황후를 맞이한 지 일주년이 되는 이런 좋은 날에 황비의 회임 소식까지 듣다니. 참으로 경사스러운 일이 아닌가."

"감축드립니다, 황제 폐하. 경하드립니다, 황비 전하."

짐짓 기쁜 듯 운을 떼는 그의 모습에 주위의 귀족이 모두 허리를 굽히며 축하의 말을 외쳤다.

그러나 나는 그 어떠한 반응도 보일 수 없었다. 그의 싸늘한 눈, 그녀의 혼란스러운 눈이 나를 향하고 있었으므로. 차갑기만 한 그의 눈과 질투와 배신감으로 얼룩져 나를 옭아매고 있는 그녀의 눈에서 시선을 뗄 수가 없었다. 한참 동안 나를 서늘하게 바라보던 그가 감정이라고는 전혀 담겨 있지 않은 목소리로 말했다.

"몸도 좋지 않은 것 같은데, 이만 가서 쉬는 것이 좋지 않겠소?"

"네, 황제 폐하. 그럼 먼저 물러나겠습니다."

"짐이 처소까지 배웅함이 마땅하나, 오늘의 주빈으로서 자리를 비울 수도 없는 법. 양해를 바라오, 황비. 내 곧 찾아가리다."

"……황공합니다, 폐하."

명백한 축객령. 나는 싸늘한 그와 여전히 나를 노려보고 있는 그녀를 향해 깊숙이 허리 숙여 인사한 뒤 내 궁으로 돌아왔다. 그리고 그의 명이라며 찾아온 황궁의皇宮醫에게서 회임이란 확답을 받았다.

무거운 드레스를 벗고 편안한 차림으로 침대에 누워 배를 쓰다듬어 보았다. 몹시 혼란스러웠다. 회임이라. 요새 무리해서 몸이 좋지 않은 것이라 치부했는데. 가중되는 긴장에 겹겹이 쌓인 과로 때문에 입맛이 없는 것이라고. 식사를 잘 하지 못하니 어지러운 것일 뿐이라고 생각했는데.

그런데 이 안에 아기가 있단 말이지?

아기……. 그와 나의, 아기.

　꿈을 꾼 적이 있다. 선대 황제 폐하께서 어렵사리 후손을 본 터라, 유일한 후계자인 그도 나처럼 항상 외로웠을 것이라는 생각에 꾼 철없는 꿈. 그토록 나를 경멸하고 미워하는 그이지만 혹시라도 아이가 생기면 조금은 봐 주지 않을까라는 허황된 꿈을 꾸었던 적이 있다. 그러나 꿈은 꿈이었을 뿐. 현실은 너무나도 차가웠다. 친자매처럼 지내 보자고 했던 그녀의 경악과 배신감에 얼룩진 눈은 상관없었다. 자신의 아이를 가졌다는 사실을 들었어도 한 점 변화 없던 그의 냉대에 서러웠을 뿐. 그를 향한 한 가닥 희망을 놓지 못하는 내가 너무나도 바보 같았다. 예의상 한 말임을 알면서도 혹시나 하는 마음에 그를 기다리고 있는 나 자신에 대해 깊은 회의감이 들었다.

　조만간 오겠다고 얘기를 했음에도 한 주가 지나고 보름이 지나도록 그는 나를 찾지 않았다. 한 번 내뱉은 말은 반드시 지키는 사람이라는 사실을 알고 있기에 조금 의아했다. 아무리 내가 보기 싫고 아이가 생긴 것이 맘에 들지 않는다 하더라도 분명히 찾아올 것이라 생각하고 있었는데. 이 상황을 어떻게든 해결하기 위해서는 적어도 한 번쯤은 대화가 필요할 테니까. 이제나저제나 하고 기다렸지만 그는 감감무소식이었다.

그 대신 전혀 예상치 못한 사람이 나를 찾아왔다. 오랜만에 보는 딸임에도 단 한마디의 말도 꺼내지 않은 채 묵묵히 바라보기만 하던 남자. 개국 공신 가문 중 하나이자 제국의 창, 황실의 제일가는 충신이라 불리는 모니크 후작가의 수장, 케이르안 라 모니크. 다름 아닌 나의 아버지가.

내 가문, 모니크 후작가는 정규 기사단을 맡아 단장을 역임하고 있는 유서 깊은 무가로서 대대로 황실에 충성을 다하는 전형적인 황제파 가문에 속했다. 때로는 쓴소리도 하고 황제의 폭주를 견제하기도 하는 여타 귀족과는 달리, 우리 가문은 대대로 그 어떤 일이 있어도 황실에 대한 절대적인 충성을 바쳤다. 그런 모니크가의 수장답게 내 아버지 역시 고지식하고 무뚝뚝한 전형적인 기사였다. 황비로서 입궁한 다음 날, 외척의 발호는 좋지 않다 하여 일부러 국경 지역에 파견되어 나가기를 자청했을 정도로.

회임했다는 소식을 듣고 찾아온 아버지는 점점 심해지기만 하는 입덧 때문에 초췌해진 내 모습을 보고서도 아무 말씀도 하지 않으셨다. 단지 내가 하던 일 중 일부를 가져갔을 뿐. 그리 기대하지도 않았지만, 하나밖에 없는 딸에 대한 걱정이나 염려 같은 것은 전혀 없어 보이는 모습에 씁쓸한 마음을 감출 길이 없었다.

연회가 끝난 지도 어느덧 삼 주째가 되던 날 늦은 아침, 나는 드디어 그의 부름을 받았다. 아침부터 유독 입덧이 심하고 어지러워 쉬고 싶은 마음이 간절했지만, 어쩔 수 없이 그를 알현하기 위해 중앙궁으로 향했다. 비가 오려는지 먹구름이 드리워진 하늘을 한 번 올려다보았다. 빛이 들지 않아 어두컴컴한 정원을 지나자, 그늘이 드리워져 회색으로 보이는 거대한 건물이 눈에 들어왔다. 흐릿한 날씨 탓일까? 가뜩이나 좋지 않은 몸이 오늘따라 유독 무거운 듯했다.

"거기 앉지."

"네, 폐하."

자리에 앉는 순간, 머리가 핑 돌았다. 현기증 때문인지 간신히 진정시켜 두었던 속까지 울렁거리기 시작했다. 가까스로 정신을 가다듬었다. 크게 심호흡을 하고서 그를 바라보았다.

"길게 얘기하고 싶지 않으니 본론만 말하지."

"네, 폐하."

"네 배 속의 아이가 내 자식이 아니라고는 하지 않겠다. 네가 갖고 있는 그 높은 긍지를 볼 때 그럴 리는 만무하니까."

"……."

"다만, 이것 하나는 명심하도록. 내 후계자는 황후가 낳는 아이 중에서 고를 것이다. 알아들었나?"

차가웠다. 하는 말 하나하나가 뼛속이 시리도록 차가웠다. 흠칫 몸을 떠는 나를 향해 서늘한 말이 쏟아졌다.

"왜 대답이 없지? 네가 아이 몇을 낳건, 그 아이가 얼마나 똑똑하건 상관없다. 네 아이는 절대 나의 후계자가 되지는 못할 것이다. 알아들었나?"

"네. 명심, 하겠습니다, 폐하."

"알아들었다면 이만 나가 보도록. 차후 이 일로 소란스럽게 하는 일은 없을 거라 믿겠다."

"네, 폐하. 그럼 이만 물러나 보겠습니……."

차갑고도 차가운 그 말에 아프다 한마디 못 해 보는 심장을 부여

잡고 간신히 자리에서 일어났다. 그 순간 또다시 세상이 빙그르르 돌았다.

아, 안 돼.

균형을 잃고 쓰러지는 순간, 누군가가 나를 재빠르게 잡아챘다. 울렁이는 속을 간신히 진정시키며 고개를 들자, 나를 잡고 있는 그와 뻣뻣하게 굳어 있는 그녀의 모습이 보였다.

"루브? 티아?"

검은 눈동자가 혼란으로 얼룩졌다. 멍하니 서서 우리 모습을 바라보던 그녀의 얼굴에 분노가 서서히 차올랐다.

"루브, 지금 뭐하는 거예요?"

"지은, 이건……."

날카로운 목소리로 다그치는 모습에 당황한 그가 황급히 입을 열었지만, 그녀는 말을 툭 끊으며 떨리는 목소리로 말했다.

"어떻게 이런, 내게 어떻게 이럴 수가……."

"그게 아니오, 지은! 잠시만!"

"아악!"

분노에 찬 눈길로 노려보던 그녀가 몸을 휙 돌려 알현실을 빠져나가자, 몹시 당황한 그가 자리에서 벌떡 일어났다. 균형을 잃은 나를 잡고 있었다는 사실을 망각한 채로.

숨이 턱 막혔다. 거칠게 밀쳐지는 바람에 어딘가에 몸을 부딪친 것 같았는데, 너무 아파서 숨이 쉬어지지가 않았다. 몸을 잔뜩 웅크렸다. 배가 너무 아팠다. 절로 신음이 새어 나왔다.

"아, 아아, 배가……."

"너?"

"아아······."

"거기 아무도 없나! 어서 황궁의를 불러라!"

늘 냉정하던 모습답지 않게 당황한 그가 큰 소리로 사람을 부르고 곧이어 달려 들어온 시녀들이 경악하는 모습이 보였다. 왜 그러지? 그답지 않게 왜 당황하는 거지? 시녀들은 또 왜 이러는 거고? 급하게 달려 들어온 황궁의를 향해 나를 보살피라 명한 그가 알현실을 빠져나가는 모습이 보였다. 깊게 탄식한 황궁의가 시녀들에게 나를 부축하여 침대로 옮기라 지시하는 목소리가 들렸다.

시녀들의 부축을 받아 일어나던 순간, 나는 보았다.

아버지께서 성인식 날 난생처음으로 내게 선물해 주셨던 은빛 드레스가 붉게 물들어 있는 모습을.

빙글빙글. 세상이 돌았다.

황궁의와 시녀들의 목소리가 점점 멀어졌다. 강렬한 혈향을 맡으며 나는 끝없는 나락 속으로 빠져들었다.

아릿한 통증에 눈을 떴다. 활짝 열린 커튼 사이로 햇살이 환하게 비치고, 열려 있는 창 밖에서 새 울음소리가 들렸다.

아침이구나. 여느 날과 똑같은 아침. 그런데 왜 이리 허전한 느낌이 드는 걸까.

"정신이 드십니까, 황비 전하."

황궁의의 얼굴을 보자 생각이 났다. 밀려오는 현기증에 균형을 잃고 쓰러지는 나를 그가 붙잡았던 일이. 하필이면 그때 그녀가 들어왔던 사실도. 그리고…….

"내 몇 가지 좀 묻겠네."

"하문하시지요."

"짐작은 된다만, 내 예상이 맞는가. 아이는, 유산된 것인가?"

"……송구합니다, 전하."

"역시 그렇군."

짐작은 하고 있었다. 드레스 가득 물들었던 붉은빛을 보았으므로. 하지만 막상 그렇다는 확답을 받자 뭐라 형용할 수 없는 기분이 들었다. 그러나 가장 중요한 질문은 이것이 아니었다. 몹시 두려웠지만, 차마 입이 떨어지지 않았지만 아직 확인해야 할 것이 한 가지 더 남아 있었다.

"한 가지만 더 묻겠네. 내가……, 다시 아이를 가질 수 있겠나?"

"……."

"어째서 답을 하지 않는가. 내 그대에게 묻지 않았나."

"원래 연약한 체질이셨던지라……. 송구합니다. 참으로 송구합니다, 황비 전하."

"그런가."

역시 그렇구나. 비록 고통이 더 많은 관계였지만, 갑작스럽게 생긴 아이였지만, 아직까지 모성이라는 것이 생길 만큼 자라지도 않았던, 입덧과 현기증 때문에 나를 괴롭히기만 했던 아이였지만.

그와 나의 아이는 이제 볼 수 없구나.

그와 나의 아이는, 앞으로도 영원히 존재하지 않겠구나.

"……알겠네. 이만 나가 보시게."

"네, 황비 전하. 부디 보중하십시오."

자리에서 일어날 생각조차 하지 못한 채, 한참 동안을 그저 멍하니 허공만 바라보았다. 서류 뭉치를 안고 들어오던 궁내부장이 조용히 물러나고 대기하고 있던 시녀들이 소리 없이 밖으로 나가는 모습이 눈에 들어왔지만 신경 쓸 여력이 없었다. 자꾸만 먹먹해지는 가슴을 부여잡았다.

공허하게 비어 가는 마음을 홀로 추스르고 있을 때, 제복 차림의 한 남자가 방으로 들어서는 모습이 보였다. 햇빛을 받아 빛나는 은색 머리카락, 말없이 나를 응시하는 군청색 눈동자. 갑자기 눈앞이 뿌옇게 흐려졌다.

"아버님."

"이게 다 무슨 얘깁니까, 전하."

"들으신 대로입니다, 아버님. 저는……."

"황후 폐하의 오해를 풀기 위해 급하게 일어서던 폐하께서 밀치셨다 들었습니다. 그 바람에 그리되셨다고요. 사실입니까?"

"……어떤 자가 그런 경망스러운 소문을 퍼뜨린답니까. 소녀가 불민하여 방정맞게 실족한 탓입니다. 그러니 헛소문에 귀 기울이지 마세요, 아버님."

제국과 황실에 대한 좋지 않은 말은 듣지도 입에 담지도 않는 분이셨다. 그런 아버지께서 던지시는 뜻밖의 물음에 귀를 의심했지만, 나는 애써 아무렇지도 않다는 듯 미소를 지었다.

누가 뭐래도 나는 황비. 황실의 일원으로서 제국과 황실에 누가 되는 언행을 보여서야 되겠는가.

한참 동안 말없이 나를 바라보던 아버지께서 나지막한 목소리로 말씀하셨다. 군청색 눈동자에서 쓸쓸함이 가득 묻어 나왔다.

"사실이군요."

"아버님."

"……몸이 많이 상하셨습니다. 쉬십시오."

아버지의 뒷모습을 하염없이 바라보다가 쉬라고 하신 말씀이 생각나 침대에 몸을 뉘었다.

그러나 어찌 쉴 수가 있을까? 가만히 누워 있자니 자꾸만 여러 장면이 떠올랐다. 항상 차갑던 그의 얼굴, 나를 안던 그의 싸늘한 눈동자, 자신의 아이를 가졌음에도 전혀 기뻐하는 기색 없이 네 아이는 절대 자신의 후계자가 될 수 없을 것이라 선언하던 서늘한 목소리. 그리고 피를 흘리며 쓰러진 나를 보고서도 그저 처치를 할 황궁의와 시녀들만 불러 놓은 채 황후를 쫓아 나가던 냉정한 뒷모습.

가슴이 시렸다. 아직 얼굴도 보지 못한 아이를 잃었다는 사실보다는 끝까지 그녀만을 쫓는 그의 모습이 내 가슴을 더 미어지게 했다. 어쩌면 아이를 잃었음에도 그보다는 남자의 사랑을 얻지 못했다는 사실에 좌절하는 나 같은 독한 여자에게서 아이가 태어나지 않은 것이 다행인지도 모른다. 그리고 보면, 지독하게 차가운 여자라는 그의 말이 맞을지도 모른다.

가만히 있다가는 미쳐 버릴 것만 같아서, 닥치는 대로 일을 시작했다. 아침에 일어나서 멍한 머리로 서류를 읽고, 읽고, 또 읽고. 시녀들이 모두 잠들고 새벽이 되어 동이 틀 때까지 쌓여 있는 서류를 끊임없이 읽고 또 읽었다. 더 이상 볼 것이 없을 때는 이미 다 처리한 서류를 다시 읽었다. 침대에 몸을 뉠 때마다 자꾸만 그날의 일이 떠올랐다. 쪽잠이 들 때마다 악몽을 꿨다. 눕고 싶지 않았다. 잠들고 싶지 않았다.

며칠이 지났을까. 아니 몇 주일? 어쩌면 몇 달? 몽롱한 상태에서 기계적으로 펜을 놀리는데, 문득 조용히 속삭이던 시녀들의 대화 소리가 들려왔다. 그녀가, 그의 아이를 가졌다고 했다.

"하하하."

오랜만에 듣는 웃기는 소식에 한참을 깔깔거리고 웃었다. 깜짝 놀란 시녀들이 뛰쳐나가고 아버지가 달려 들어와 말을 걸 때까지 숨을 제대로 쉴 수 없어 꺽꺽거리면서도 나는 배를 잡고 깔깔거리며 웃었다.

"전하, 이게 대체 무슨 짓입니까?"

"아버님, 참으로 웃기지 않습니까? 우리 황후 폐하, 신의 축복을 받으셨다는 그분께서 회임을 하셨답니다. 아하하하."

"전하?"

"웃기지 않습니까? 제 아이는 없어졌는데, 그녀는 회임을 했답니다. 저는 이제 평생 아이를 갖지 못한다는데, 그녀는 아이를 낳는답니다. 이 어찌 재미난 일이 아닙니까? 아하하하!"

"정신 차리십시오!"

어깨를 강하게 붙든 아버지께서 나를 앞뒤로 흔들며 소리치셨다. 고개를 갸웃했다. 어째서 이렇게 재미난 일을 반기지 않고 계시는 걸까? 왜 저런 눈으로 나를 바라보시는 거지?

"어찌 그러십니까? 아버님께서는 재미나지 않으십니까?"

눈에서 별이 번쩍했다. 아버지께 처음으로 당하는 손찌검에 정신이 번쩍 들었다. 가쁜 숨을 몰아쉬는 아버지의 얼굴을 차마 바라볼 수가 없어서 눈을 슬쩍 내리깔았다.

"……죄송합니다, 아버님."

"이제 정신이 드십니까."

"네, 못난 모습을 보여 드려 송구합니다."

"전하를 이곳에 보내는 것이 아니었습니다."

태어나자마자 그의 반려로 낙점되어 걸음마를 시작하자마자 교육받은 나. 제국 제일 충신가라는 모니크가의 수장답게 아버지는 나를 신탁의 아이로 보아 그의 반려로 삼겠다는 황실의 결정에 대해 단 한 번도 반발한 적이 없었다. 신비의 소녀가 등장하고 그녀를 황후로 삼으라는 파벌과 예정했던 대로 나를 황후로 삼으라는 또 다른 파벌 간의 알력이 있을 때에도 아버지는 황제의 충실한 신하로서 지은을 황후로 삼겠다는 말에 한마디 이의도 없이 복종했다. 그리고 본디 자신의 반려로 내정되어 있던 나를 정비가 아닌 후비로서 입궁시키라는 굴욕적인 명령 역시 묵묵히 받아들였다. 그런데 지금, 그런 아버지께서 나를 이곳에 보내는 것이 아니라는 말씀을 하신 것인가? 귀를 의심했다. 잘못 들은 것이 아닐까. 아버지께서 그런 말씀을 하실 리가 없으니.

"그게 무슨……."

"전하, 잘 들으십시오."

"……."

"이 아비는 급한 일이 있어 국경 지역에 잠시 가 봐야 합니다. 조금만 기다리십시오. 돌아오면, 전하를 집에 모셔 가겠습니다."

어딘가 결연해 보이는 표정과 단호한 빛을 머금은 군청색 눈동자. 그 모습이 몹시 낯설어 나는 떨리는 목소리로 아버지를 불렀다.

"……아버지?"

"아시겠습니까?"

"……알겠습니다. 곧 돌아오시는 거지요?"

"물론입니다. 그러니, 그때까지 마음을 굳건히 하시고 건강하게 지내셔야 합니다."

"……."

"아시겠지요?"

"네, 네, 아버지."

다시 한 번 다짐을 받은 뒤에야 아버지께서는 희미한 미소를 지으며 돌아서셨다. 그 뒷모습이 왠지 멀어 보였다. 왜 이리 불안하지. 그냥 떠나지 마시라고 할까.

몇 번이고 망설이다 입을 다물었다. 금방 돌아오시겠지. 한 번 한 약속은 반드시 지키시는 분이니까. 조금만 기다리면 금세 집으로 데려가 주실 거야. 그땐 꼭 여쭤 봐야지. 날 이곳에 보내는 것이 아니었다는, 집으로 데려가 주겠다고 하신 말씀이 어떤 의미였는지. 그리고 언제나 나보다 제국과 황실이 우선이었던 당신께서 나를 더 중요하게 생각하신 것이 맞느냐고 반드시 여쭤 볼 거야.

아버지께서 떠나신 날로부터 사흘 뒤, 그를 졸라 호위 기사를 단둘만 대동한 채 밖에 나갔던 황후는 정체불명의 괴한으로부터 습격을 받았다. 그리고 그녀는 유산했다.

아버지가 황후 습격 사건의 배후로 지목되어 반역죄로 체포된 것은 바로 그다음 날이었다.

"제 아버지를 살려 주십시오, 폐하. 간절히 부탁드립니다."

말도 안 되는 일이라 생각했다. 다른 누구도 아닌, 제국 제일 충신가의 수장인 아버지께서 그런 일을 저지르셨을 리가 없었으니까. 하지만 예상외로 돌아가는 상황이 심상치가 않았다. 흉흉한 소문이 자꾸만 떠돌았다.

때마침, 아이를 잃은 이후 단 한 번도 나를 찾지 않던 그가 황비궁을 방문했다. 알현조차 허락되지 않으면 어찌하나 안절부절못하던 차에 찾아온 그에게 나는 아버지의 목숨을 살려 달라 고개 숙여 간청했다.

"네 아비를 살려 달라?"

"목숨만은 살려 주십시오, 폐하. 저희 가문이 그동안 황실에 바친 헌신을 보아서라도……. 다른 것은 바라지 않습니다. 제발 목숨만은 살려 주십시오, 황제 폐하."

기묘하게 번들거리는 눈동자로 나를 바라본 그가 잔뜩 비틀린 웃음을 지었다.

"그래? 그렇다면 꿇어라."

"네?"

"네 아비를 살리고 싶다 하지 않았나. 내게 무릎 꿇고 머리를 조아려 간청해 보아라. 그렇다면 한 번 고려해 보겠다."

나는 황후로서, 그의 유일한 반려로서 자란 사람이다. 그와 유일하게 같은 위치에 서서 그와 함께 바라보고 판단하며 걸어가야 한다고 교육받은 사람이다. 그렇기에 내게는 그 누구보다 드높은, 심지어 나보다 지위가 높은 그녀보다도 우월하다는 긍지가 있었다. 날 때부터 최고의 스승 아래에서 기품과 교양을 갈고닦은 나와 어디서 왔는지도 모르는 그녀는 감히 비교할 수 없다는 자부심이 있었다. 그는 그 사실을 잘 알고 있었던 모양이었다. 그러니 이런 시험을 하는 것이겠지.

불과 며칠 전의 나라면 항상 나보다 황실을 우선한다고 생각하는 아버지를 위해서 드높은 자존심을 버리지 않았을지도 모른다. 아니, 항상 황실을 위하던 아버지라면 황실의 일원인 내가 이런 굴욕적인 행위를 하는 일 따위는 결코 원하지 않으리라 판단했을 것이다.

하지만 지금의 나는 그렇지 않았다. 아버지께서 내게 보여 준 부정을 보았다. 함께 황실을 떠나려고 생각했다. 자존심? 황실의 위엄? 그런 것 따위 하나도 중요하지 않았다. 아버지께 듣고 싶은 말이 있었다. 내가 정말 황실보다 소중한 것이 맞느냐고. 나를 정말 사랑하셨던 것이냐고 여쭤 보고 그동안 못 해 본 어리광을 잔뜩 피워 보고 싶었다.

나는 아버지를 반드시 살려야 했다.

울컥하고 뜨거운 기운이 치밀어 올랐지만 입술을 꽉 깨문 채 그의 앞에 무릎을 꿇었다. 천천히 고개를 숙여 이마를 바닥에 댔다.

"아버지를 살려 주십시오. 간절히 청합니다, 황제 폐하."

"하, 하하, 하하하! 그토록 잘난 척하던 네가, 그토록 도도하던 네가 이렇게 무릎을 다 꿇는구나. 하하하하!"

나는 한참 동안 미친 듯이 웃는 그 앞에서 미동도 않은 채 엎드려 있었다. 시린 기운이 온몸을 타고 올라왔지만 이를 악물었다. 내게는 해야 할 일이 있었으니까.

"천한 노예처럼 날 만족시켜 봐라. 그럼 네 아비를 살려 주마."

고개 조아린 것 정도로는 만족하지 못했던 것일까. 창녀처럼 취급하는 태도에 마지막 남은 자존심이 와르르 무너지는 것이 느껴졌다. 가슴속에서 뜨거운 기운이 확 치밀어 올랐지만 입술을 꽉 깨물었다.

그래, 이 정도쯤 못 해 줄 것도 없지. 그가 원하는 것이 나의 완벽한 복종이라면 그가 바라는 대로 해 주겠다.

열일곱 해 동안 쌓아 왔던 긍지, 자부심, 그리고 또 다른 무엇. 차가운 손이 닿는 동안, 오래도록 간직해 왔던 것들이 가슴속에서 하나둘 무너져 내렸다. 나는 뜨겁게 흐르는 눈물을 삼키며 되뇌었다.

'아버지, 아버지, 아버지……'

그것만이 텅 빈 가슴속에 남은 한 줄기 희망이었다.

얼마나 시간이 흘렀을까. 수치심에 온몸이 부들부들 떨렸지만 나는 떨리는 입술을 열어 간신히 말을 걸었다.

"이제 만족하셨는지요."

"음."

"약조하신 대로 이제 제 아비의 목숨은 살려 주시는 겁니까?"

눈을 뜬 그가 잔뜩 비틀린 미소를 지었다. 나는 왠지 모르게 자꾸만 드는 불길한 예감을 애써 누르며 눈을 내리깔았다.

"참 대단하더군. 세상에서 가장 고귀한 척, 도도하게 굴던 너도 결국 원하는 것 앞에서는 옷을 벗는 천한 여자들과 다름없었군."

"……"

"네 아비를 살려 달라 했나?"

"네, 폐하."

"네 아비는 죽었다. 오늘 아침에 처형했지."

뭐라고? 귀를 의심했다. 눈을 부릅뜨고 바라보자, 얼굴 가득 비웃음을 머금은 그가 조롱하듯 말했다.

"의외로 순진하군. 내 자식을 죽이고 나의 유일한 여인을 죽이려 했던 네 아비를 내가 살려 둘 것이라 생각했나?"

뭐라고? 아버지를 죽였다고?

허탈한 웃음이 나왔다. 아버지의 애정 같은 것, 지금까지 바라지도 꿈꿔 오지도 않았다. 하지만 적어도 지금의 나에게 그것은 믿고 싶은 단 하나의 희망이었다. 지치고 힘들어 쓰러질 것 같을 때 내게 보여 주셨던 알 듯 말 듯 하던 감정. 그걸 바랐기에 내 모든 것을 스스로 깨트렸는데. 내 자존심과 긍지, 그리고 지위를 비롯한 모든 것. 불과 일 년 전까지만 해도 미래의 황후로서 훈육 받으며 자라 왔던 내 전부를 내려놓았는데, 지금 뭐라고 한 것인가?

거친 숨을 몰아쉬었다. 나의 모든 것을 희생하여 구하고자 한, 혹시나 하는 생각에 기댔던 아버지의 그 마음을 나는 확인조차 하지 못하게 되었다. 내 모든 것을 던지고도.

아버지가 네 아이를 죽였다고 했지. 그렇다면 너는 내 아이를 죽인 것이 아니던가? 너는 내 아이를 죽여 너와의 삶을 꿈꾸었던 나의 희망을 죽였고, 아버지를 죽임으로써 내 지난 세월을 죽였다. 내 전부를 앗아 가 놓고 정작 아무것도 남겨 주지 않은 너는, 너는, 너 같은 건!

귓가에 윙윙 울리는 소리가 들렸다. 나는 타오르는 증오를 뿜어내며 머리 장식을 위해 틀어 올렸던 비녀를 잡아 뽑았다. 날카롭게 갈려 있는 끄트머리를 한 번 바라보고서 그를 향해 주저 없이 내리꽂았다.

"윽!"

붉은 피를 보자 정신이 번쩍 들었다. 내가 무슨 짓을 한 거지?

피를 흘리며 고통스러워하는 그를 향해 팔을 뻗었지만, 어느새 문을 박차고 들어온 근위 기사들이 나를 거세게 잡아끌었다.

"폐하!"

급하게 달려오는 황궁의와 경악하는 시녀들의 모습이 보였다. 겹겹이 둘러싼 인人의 장막 속. 바닷빛 눈동자와 시선이 마주쳤다. 거칠게 끌려 나가면서도 나는 피를 뚝뚝 흘리는 그에게서 눈을 뗄 수가 없었다.

가쁜 심장 소리가 울렸다. 무언가 알 수 없는 감정이 가슴속 깊은 곳에서부터 차올랐다. 이것은 뭘까? 걱정일 리가 없는 이 감정은. 흥분, 절망, 체념, 그리고 알 수 없는 마음 한 조각. 온갖 감정들이 소용돌이치며 가슴속에서 맴돌았다.

"무사하십니까, 폐하?"

겹겹이 둘러싼 사람들 사이에서 그의 안위를 묻는 황궁의의 목소리가 들렸다. 근위 기사들의 손에 이끌려 나는 그에게서 점점 멀어졌다. 귓가를 울려대던 심장 소리에도 내 시선은 그의 비틀린 웃음을 잡아냈다. 차갑게 걸려 있던 붉은 미소를 마지막으로 온 세상이 까맣게 변했다.

"그리하여 황비를 폐비하고……."

어디서부터 잘못되었을까?

"황비의 가문인 모니크 후작가의 작위와 영지를 비롯한 일체의 재산을 몰수하며……."

나는, 왜 여기에 있지?

"황족 시해 미수 등의 모든 죄를 물어……."

내가, 무엇을 잘못했기에?

"……참수한다."

나는, 당신을 사랑한 죄밖에 없는데.

번쩍!

사형 집행관의 도끼가 하늘 높이 치켜 올라가고 도끼날이 햇빛에 반사되어 반짝이는 순간, 나는 보았다.

그는 웃고 있었다.

처음으로 마주친 그의 눈과 입, 그 외의 모든 것이 지긋지긋한 것을 떨쳐 내어 참으로 기쁘다는 듯이, 마침내 너 같은 것을 버릴 수 있게 되어 진정 행복하다는 듯이 그렇게 웃고 있었다.

"하, 하하."

허탈한 웃음이 나왔다.

외롭고 쓸쓸했던 세상에서 그는 유일한 한 줄기 빛이었고, 구원이었는데. 내 삶의 유일한 이유라 생각했는데.

단 한 번도 돌아봐 주지 않아도 언젠가는 내게도 관심을 가져 줄 날이 있을 거라 애써 위안했는데.

아무것도 할 줄 모르는 그의 여자 대신 모든 일을 떠안아 매일같이 밤을 지새우면서도 그에게 쓸모 있는 존재가 되었다는 생각에 마냥 기뻤는데.

그런 내가 그에게는 그저 방해물이었나 보다.
휙!
도끼가 떨어지는 순간,
도저히 못 보겠다는 듯 입을 틀어막고 고개 돌린 그의 여자와 그런 그녀를 조심스럽게 감싸 안는 그가 보인다.
털썩!
데구루루.
의식이 점점 흐려진다.
눈에서 한 줄기 눈물이 흐른다.

만일 다시 시작할 수 있다면…….
다시는…… 당신을 사랑…… 하…… 지…….

2부 현재편 I

너는 나의 관심을 받는 자, 운명을 개척하는 자.
네가 가는 길이 곧 너의 운명이고, 네가 원하는 것이 곧 너의 길일지니.
그대의 이름은 운명을 개척하는 자,
아리스티아 피오니아 라 모니크.

1. 아리스티아 p. 라 모니크 Aristia p. la Monique

눈을 떴다. 초점이 맞지 않아 뿌연 시야에 무언가가 어른거렸다. 나는 흐릿한 눈을 깜빡이며 천천히 몸을 일으켰다. 침대에 드리워진 새하얀 휘장을 걷자, 은빛 방패와 교차하는 네 자루 창의 문장을 수놓은 카펫이 눈에 들어왔다. 같은 문장이 새겨진 은으로 테두리를 장식한 전신 거울도 보였다.

'어째서 우리 가문의 문장이 보이는 거지?'

뭔가 이상한 기분이 들어 침대 밖으로 내려와 주위를 둘러보았다. 창가로 다가가 새하얀 커튼을 걷었다. 창문 밖으로 내려다보이는 풍경에 온몸이 뻣뻣하게 굳었다.

'이게 어떻게 된 거지? 어째서 우리 집 정원이 보이는 걸까.'

잠시 넋을 놓고 멍하니 서 있다가 방 안의 풍경을 다시 한 번 훑어보았다.

이상하다. 이럴 리가 없는데. 여긴 내 방이잖아. 열여섯 번째 생일을 맞이하고 얼마 지나지 않아 떠났던, 모니크가 소유 저택에 있는 내 방.

고개를 갸웃하다가 햇살을 받아 반짝반짝 빛나고 있는 은거울 앞으로 다가갔다. 구불거리며 등까지 내려온 은빛 머리카락, 놀라움에 크게 뜨여진 황금색 눈동자. 분명 내 모습이기는 한데, 왜 이리 키가 작아 보이는 걸까. 눈매나 표정, 몸매도 기억과는 어딘가 미묘하게 다른 것이 마치 어린 시절의 나 같은…….

"좋은 아침이에요, 아가씨. 일찍 일어나셨네요."

"리나?"

거울을 보며 의아해 하다가 안으로 들어서는 갈색 머리 소녀의 모습에 눈을 휘둥그레 떴다. 리나가 왜 여기 있지? 입궁하면서 좋은 혼처를 찾아 시집보냈는데. 정말 이상하네. 어째서 리나 역시 어린 시절의 모습을 하고 있는 걸까?

"아침에는 일어나기 힘들어 하시더니, 오늘은 어떻게 이리 일찍 일어나셨어요? 역시 기쁜 소식 때문에 들뜨신 모양이지요?"

"응? 무슨 소식?"

"참, 아가씨도. 이제 본격적으로 황후 수업을 받기로 하셨잖아요. 사흘 후에는 황제 폐하를 알현하러 입궁하시기로 했고요."

답지 않게 웬 농담이냐는 듯 빙그레 웃으며 답하는 모습에 고개를 갸웃했다. 이게 무슨 소리지? 본격적인 황후 수업이라니. 그건 열 번째 생일을 보내고 얼마 지나지 않아 있었던 일이었는데.

이상하다. 혹시 악몽이라도 꿨던 것일까. 나는 분명 반역죄로 체포되어 참수당했는데……. 잠깐, 아버지?

"리나, 아버지는 어디 계셔?"

"연무장에 계시지 않을까요? 이 시간엔 주로 수련을 하시니까요."

"고마워!"

"어, 어딜 가시는 거예요, 아가씨!"

확인해야 했다. 아버지께서 무사하신지 아닌지 눈으로 직접 봐야 안심이 될 것 같았다. 내가 겪은 일이 꿈이었는지 현실이었는지, 아니면 지금 이 상황이 꿈인지 현실인지는 모르겠지만 확실한 것은 단 하나였다. 당장 아버지를 뵈어야 한다는 것. 귀족 영애라면 아무리 바쁜 일이 있어도 절대로 뛰어서는 안 되었지만, 그런 예법 같은 것은 아무래도 좋았다. 아버지가 너무나도 절실하게 보고 싶었다.

리나의 외침을 무시한 채, 거추장스러운 치맛자락을 움켜쥐고 달렸다. 내 방이 있는 2층 복도를 지나 계단을 내려가서 현관으로, 예쁘게 꾸며진 정원을 지나 연무장으로 달리고 또 달렸다.

'아버지, 아버지, 아버지!'

언제나 내가 아니라 제국을 우선으로 생각한, 대대로 황실의 충신이었던 모니크가의 주인으로서 한 점의 부족함도 없던 아버지. 그러나 마지막 순간 제국보다는 나를 생각한, 누구에게도 말할 수 없는 아픔을 알아차리고서 데려가 주겠다 약속한 아버지.

곧 돌아오겠노라며 돌아서던 아버지의 결연했던 표정이, 단호했던 군청색 눈동자가 떠올랐다. 당장 확인하지 않으면 영영 뵐 수 없을까 두려웠다.

중간에 마주친 고용인들이 놀란 눈길로 나를 바라보았지만 아랑곳하지 않았다. 턱 끝까지 차오른 숨을 몰아쉬며 주위를 둘러보자, 저 멀리 햇빛을 받아 눈부시게 빛나는 은색 머리카락이 보였다. 심장이 쿵쿵 뛰기 시작했다. 나는 다시 한 번 치맛자락을 말아 쥐며 땅을 박찼다.

"아가씨?"

"위험합니다!"

"뭐해, 어서 비켜!"

수련을 하거나 검을 맞대고 대련하던 기사들이 연무장 한가운데를 가로지르는 나를 보고 기겁하는 모습이 눈에 들어왔다. 급하게 무기를 거두는 그들 사이에서 얼핏 신음 소리가 들려온 듯도 했으나 신경 쓰지 않았다. 평소의 나라면 이렇게 그들에게 민폐를 끼치지 않을 테지만, 아니, 그 전에 연무장을 찾지도 않을 테지만, 지금 중요한 건 그것이 아니었다.

"티아?"

"아버지!"

빠른 속도로 다다르자, 평소답지 않은 모습에 깜짝 놀라 나를 바라보는 아버지가 보였다. 가슴이 벅차올랐다.

땅을 박찬 나는 두 팔을 뻗어 아버지에게 필사적으로 매달렸다. 반사적으로 나를 품에 안은 아버지의 몸이 뻣뻣하게 굳어 버리는 것이 느껴졌다. 듬직한 품에서 후끈한 열기가 전해져 왔다. 조금 전까지 수련을 하신 탓이었지만, 그 열기는 내게 너무도 강렬하게 다가왔다. 단 한 번도 느껴 보지 못한 아버지의 온기. 널찍한 가슴에 얼굴을 묻고 볼을 비비자, 다소 빠른 속도로 쿵쿵 뛰고 있는 심장 소리가 들렸다.

아아, 다행이다……. 온몸 가득 느껴지는 아버지의 온기에, 살아 있음을 알리는 생생한 심장 소리에 비로소 안심이 되었다. 지금 이 상황이 꿈이 아니기를 간절히 바랐다.

"티아?"

혹시라도 떨어질세라 조심스럽게 나를 안아 든 아버지께서 망설이는 어조로 말씀하셨다. 갑자기 시야가 뿌옇게 흐려졌다. 황후 수업을 받기 시작한 이후로 아버지께서는 내 애칭을 부르신 적이 단 한 번도 없기에.

"아버지."

"티, 티아?"

당혹스러운 표정으로 말까지 더듬으며 부르시는 모습에 목이 메었다. 걱정 어린 눈빛, 염려가 가득 담긴 목소리, 처음으로 보는 아버지의 따스한 모습. 겨우 안심이 된 탓일까. 한 번 터진 눈물은 멈출 줄도 모르고 자꾸만 흘렀다. 볼을 타고 흐르는 물줄기를 조심스레 닦아 준 아버지께서는 내게 나지막한 목소리로 물어 오셨다.

"왜? 대체 무슨 일로 그러는 것이냐, 티아?"

"아버지, 아버지, 아버지, 아빠……."

식은땀을 흘리며 어쩔 줄 몰라 하던 아버지께서 갑자기 몸을 굳히셨다. 그 바람에 조금이나마 제정신이 들었다. 크게 심호흡하며 주위를 둘러보자, 멍하니 서 계신 아버지와 어딘지 모르게 흐뭇한 미소를 짓고 있는 기사들의 모습이 보였다. 이런.

"이제 좀 괜찮느냐?"

"네."

기어 들어가는 목소리로 간신히 대답했다. 창피했다. 이렇게나 많은 사람 앞에서 어린아이처럼 펑펑 울다니. 차마 고개를 들 수가 없어서, 나는 아버지의 품에 얼굴을 푹 파묻었다.

"어찌 그리 서럽게 울었느냐? 좋지 않은 일이라도 있었던 게야?"

"그게, 그러니까……."

조심스레 나를 땅에 내려놓은 아버지께서 한쪽 무릎을 꿇으며 눈높이를 맞춰 왔다. 보기 드물게 다정하신 그 모습에 나는 두 손을 모으며 우물쭈물 망설였다. 잠시 침묵이 흘렀다.

"무슨 일이더냐, 티아. 말해 보렴."

"……어서요."

"응?"

"뵙고 싶어서요."

연무장 전체에 싸늘한 침묵이 흘렀다. 조심스럽게 주위를 살피자 딱딱하게 얼굴을 굳힌 아버지와 어딘지 모르게 멍한 혹은 부담스러운 눈빛으로 나를 바라보고 있는 기사들이 보였다. 후회가 물밀 듯이 밀려왔다.

괜히 대답했어. 사실대로 말하는 게 아니었는데. 더 민망해지기 전에 어서 빠져나가자.

누군가가 부르는 소리가 들려왔지만, 뒤도 돌아보지 않고 연무장을 빠져나왔다. 방에 돌아와 떨리는 가슴을 추슬렀다. 부끄럽기 그지없었지만, 아무려면 어떤가. 꿈일지도 모르는데. 어쩌면 애매한 신탁을 내려 내 인생을 꼬이게 만든 신의 마지막 배려일지도 모르는데.

정말 이게 꿈이라면, 언제 깨어날지 알 수 없는 노릇이었다. 그러니 꿈을 꾸는 짧은 시간 동안만이라도 그동안 하지 못했던 일들을 다 해 보고 싶었다.

하지만 막상 다시 얼굴을 뵐 생각을 하니 식은땀이 났다. 그런 추태를 보여 놓고 어찌 함께 식사를 할 수 있단 말인가. 어떻게든 가지 않으려 버텨 보았지만, 나는 결국 거듭되는 리나의 설득을 이기지 못하고 몸을 일으켰다.

"어서 오너라."

아버지께서는 이미 나를 기다리고 계셨다. 자꾸만 드는 어색한 기분에 나는 쭈뼛거리며 자리에 앉았다.

"늦어서 죄송합니다, 아버지."

응? 방금 움찔하신 건가? 워낙 미미한 동작이었던지라 제대로 본 것인지는 알 수가 없었다. 나는 침묵 속에서 포크를 놀리다 고개를 갸웃했다. 왜 저런 표정이시지? 혹시 어딘가 마음에 들지 않는 점이라도 있으신 걸까?

"음식이 맞지 않으신가요, 아버지?"

이번엔 동작이 좀 컸다. 정말 음식이 마음에 들지 않으신 건가?

"아니다."

"불편해 보이시는데, 정말 아니세요?"

"그래."

"그럼 무슨 일이신가요? 말씀해 주시면, 즉시 시정하라 이르겠습니다."

무엇 때문에 이러시나 싶어 거듭 여쭙자 딱딱하게 얼굴을 굳힌 채 한참 동안 침묵하던 아버지께서 말씀하셨다.

"왜 아까처럼 부르지 않는 게냐."

"네?"

"그러니까, 크흠, 왜 아까 연무장에서처럼 부르지 않는 게냐."

응? 연무장? 내가 아까 뭐라고 했더라?

"아…… 빠?"

얼굴이 화끈 달아올랐다. 맙소사. 나, 대체 무슨 짓을 했던 거야. 평소라면 상상조차 못했을 일을 자꾸만 저지르고 있는 내가 생소했다. 마음 가는 대로 행동해 보자 다짐했음에도 몹시 민망했다.

시선을 마주할 용기가 나지 않아 고개를 푹 숙였다. 나와 같은 기분이셨던 듯, 몇 번이고 목을 가다듬은 아버지께서 말씀하셨다.

"그래, 크흠, 그거 말이다."

"……."

"앞으로는 그렇게 부르도록 하려무나."

"네?"

"크흠, 그럼 아비는 일이 있어 먼저 일어나마."

나는 황급히 식당을 빠져나가시는 아버지의 뒷모습을 멍하니 바라보았다. 방금 앞으로는 아빠라고 부르라 하신 건가? 에이, 설마. 잘못 들은 것이겠지. 무뚝뚝하기 그지없는 아버지께서 그러실 리가 없잖아.

고개를 흔들며 자리에서 일어나는데, 문득 시중을 들던 시종과 시녀들의 멍한 표정이 눈에 들어왔다. 놀란 기색이 역력한 모습에 문득 의구심이 들었다. 뭐야. 잘못 들은 게 아니었나? 그럼 아버지께서 내게 아빠라고 부르라 하신 것이 맞단 말이야?

절로 웃음이 나왔다. 이게 꿈이라면 절대로 깨어나고 싶지 않았다. 힘겹기만 한 현실과는 달리 꿈속 세상은 행복했기에.

혹시라도 떨어질까 전전긍긍하며 나를 안은 팔에 힘을 주던 아버지의 모습이 떠올랐다. 든든하던 품과 빠르게 뛰던 심장 소리도 생각났다. 처음으로 느껴 본 아버지의 온기가 지친 마음을 따스하게 감싸 안았다.

이 순간이 계속될 수만 있다면, 이 행복을 누릴 수만 있다면, 평생 잠만 자다 죽어도 좋아. 온 힘을 다해 기도했다. 진정 이것이 꿈이라면, 영원히 깨어나지 않도록 해 달라고.

"잘 다녀오세요, 아…… 빠."

제2기사단을 맡고 계신 아버지께서는 특별한 일이 없을 때면 제1기사단의 수장인 라스 공작과 격일로 출근하셨다. 아버지께서 황궁에 가실 때면 나는 매번 꼭 필요한 예의만 차리곤 했다. 그만큼 우리는 냉랭한 사이였다.

하지만 오늘은 달랐다. 다녀오겠노라며 말을 건네는 아버지의 얼굴에 자꾸만 곧 데리러 오겠다던 마지막 모습이 겹쳐 보였다. 떨리는 손이 제멋대로 군청색 제복 자락을 붙들었다. 아버지께서 갑자기 사라지실까 두려웠다. 지금 이 손을 놓으면 따스한 꿈에서 깨어나 차가운 현실로 내팽개쳐질 것만 같았다.

"어찌 그러느냐, 티아. 내게 뭔가 할 말이라도 있는 것이냐?"

"아, 아뇨."

"그럼, 혹 어디가 안 좋기라도 한 것이야?"

"아뇨, 아니에요."

"그럼 어찌 그러는 것이더냐. 오늘따라 많이 달라 보이는구나."

손을 뻗어 내 이마를 짚어 본 아버지께서 말씀하셨다. 걱정이 가득 담긴 군청색 눈동자를 마주하자, 온몸을 잠식해 가던 불안감이 조금은 씻겨 내려가는 듯했다.

마음 가는 대로 행동하는 것과 폐를 끼치는 건 달라, 아리스티아. 이 이상 아버지를 곤란하게 해서는 안 돼. 여전히 두려웠지만, 나는 잡고 있던 제복 자락을 놓고서 아쉬움을 삼키며 말했다.

"아무것도 아니에요. 다녀오세요, 아버지."

"흠."

최대한 밝게 미소 지었지만, 아버지께서는 오히려 눈썹을 찌푸리셨다. 잠시 침묵이 흘렀다. 다시 한 번 괜찮다 말씀드리려는데, 커다란 손이 불쑥 내밀어졌다.

"같이 가겠느냐?"

"네? 황궁에요?"

"그래."

"그래도 되나요?"

"안 될 것도 없지."

"감사합니다, 아빠!"

전혀 기대하지 않았던 말씀에 나는 활짝 웃으며 아버지의 품에 매달렸다. 그때, 갑자기 웅성거리는 소리가 들렸다. 뒤를 돌아보자, 아버지와 나를 뚫어져라 바라보는 기사들의 모습이 보였다.

왜 저렇게 쳐다보는 거지?

고개를 갸웃하다 중년의 기사와 시선이 마주쳤다. 빙긋 웃어 보이는 모습에 나도 모르게 마주 미소 지었다. 그 순간, 웅성거리는 소리가 더 커졌다. 대체 왜들 그러는 거지?

한참 동안 계속되던 소란은 아버지께서 이만 출발하자는 명을 내리신 후에야 사그라졌다. 나는 언제 그랬냐는 듯 각자의 위치로 돌아가 정렬하는 기사들을 보며 다시금 고개를 갸웃했다. 나 때문인가? 오늘따라 평소와는 다른 모습을 보여서? 정말 그런 것이라면 꿈치고는 너무 사실적인데.

그렇다면 혹시 지금이 현실인 걸까? 길고 길었던 아픔의 세월은 그저 악몽이었던 것뿐일까? 나는 한 가닥 의문을 품은 채 황궁으로 향했다.

"이만 내리자꾸나."
"네, 아빠."
마차에서 내려 주위를 둘러보았다. 햇살을 받은 새하얀 건물이 금빛으로 빛나고, 짙은 녹음을 머금은 나무는 뜨거운 햇살을 피해 숨어든 이들에게 그늘을 드리워 주고 있었다. 바삐 걷는 시종과 시녀들, 서류를 한 아름 안고서 대화를 나누는 행정부의 관료들과 멋들어진 제복을 차려입은 채 임무를 교대하는 기사들. 조심스레 발을 들인 황궁은 기억 속에 생생하게 남아 있는 모습 그대로였다.

즐비하게 늘어선 건물 가운데 우뚝 솟아 있는 웅장한 궁이 보였다. 유독 커다란 그곳은 황궁의 중심이자 황제의 처소인 중앙궁이었다. 새하얀 건물을 바라보고 있노라니 또다시 불안감이 엄습해 왔다. 꿈인지 현실인지 알 수는 없지만, 비참했던 온갖 기억이 하나둘 떠올랐다. 당장에라도 그가 나타나 비틀린 웃음을 지을 것만 같아 덜덜 떨리는 손으로 아버지의 소맷자락을 움켜잡았다. 의아한 눈으로 돌아보던 아버지의 얼굴이 딱딱하게 굳었다.

"갑자기 왜 그러는 것이냐, 티아. 대체 어디가 아픈 게야."

"아……."

"안 되겠다. 어서 가서 황궁의에게 보여야겠구나."

뭐라 답변할 틈도 없이 발이 땅에서 떨어졌다. 나는 성큼성큼 걸음을 옮기는 아버지의 목에 팔을 두르고서 널찍한 어깨에 얼굴을 기댔다. 듬직한 품에서 전해져 오는 온기가 마치 다 괜찮다고, 그러니 안심해도 된다고 속삭이는 것 같았다. 그제야 비로소 떨림이 가라앉았다. 불안했던 마음이 조금씩 가라앉았다.

"각하?"

"단장님?"

여기저기에서 인사를 건네 오는 소리에 문득 정신이 들었다.

여기가 어디지?

고개를 돌려 조심스레 주위를 살피자 군청색 제복을 차려입은 기사들이 뻣뻣하게 굳어 있는 모습이 보였다. 놀람이 가득 담긴 수많은 시선이 아버지에게 집중되어 있었다. 아니, 그것은 사실 아버지가 아니라 그 품에 안겨 있는 나를 향한 것이었다. 맙소사. 나는 화끈 달아오르는 얼굴을 감추며 작게 속삭였다.

"내려 주세요, 아버지."

"조금만 더 가면 되니 그냥 있거라."

"그래도……. 내려 주세요, 아빠."

"안 된다는데도."

몇 번이고 부탁드렸지만, 아버지께서는 몹시 단호하셨다. 부끄러운데. 다들 저렇게 쳐다보고 있잖아. 나는 다시 한 번 부탁드리려다 말고 널찍한 어깨에 얼굴을 파묻었다. 깊게 가라앉은 군청색 눈동자를 마주하자 절로 말문이 막힌 탓이었다.

"단장님을 뵙습니다."

"오셨습니까, 각하."

"음, 수고가 많군."

슬쩍 고개를 돌리자, 정중하게 인사를 건네 오는 두 기사가 보였다. 어쩐지 부담스러운 눈초리에 움찔 몸이 굳었다.

뭐지, 저 표정은. 저건 마치 뭐랄까, 그래, 아끼는 강아지를 보는 듯한 눈빛이잖아.

"저, 단장님."

"뭔가."

"힘드실 텐데, 제가 대신……."

"아닙니다, 각하. 이 친구는 오늘 대련을 많이 해서 피곤하니 제가……."

"됐네. 그만 가서 일 보도록."

부담스러운 눈빛으로 바라보던 기사들의 얼굴에 아쉬움이 떠올랐다. 머뭇거리는 그들을 단호하게 물리친 아버지께서 다시 걸음을 떼셨다.

응? 이게 무슨 소리지?

모퉁이를 도는 순간, 갑자기 우르르 달려드는 발소리와 함께 낮은 비명 소리가 들려왔다. 무슨 일인가 싶어 고개를 빼 보았으나 벽에 가려진 탓에 보이지가 않았다. 어딘가 찜찜한 기분이 들었지만, 나는 큰 소란이 일어나지 않는 것으로 보아 별일은 아닐 거라 생각하며 잡념을 떨쳤다.

처음으로 보는 단장실은 기억 속의 내 집무실과 크게 다르지 않았다. 큼지막한 책상 위에 쌓여 있는 서류, 보좌관을 비롯한 방문객을 위한 테이블과 의자, 간단한 티 세트. 전형적인 집무실의 모습이었다.

몇 번이고 괜찮다 말씀드렸지만, 아버지께서는 단장실에 도착하자마자 황궁의를 부르셨다. 별다른 이상은 없다며 본디 허약한 체질이라 잠시 현기증이 온 것 같다는 황궁의의 말에 겨우 안심하신 아버지께서는 그제야 일을 시작하셨다.

산더미처럼 쌓여 있는 종이를 보자, 문득 생각 하나가 머릿속을 스치고 지나갔다. 꿈인지 모를 기억 속에서 나는 항상 수많은 문서를 처리하곤 했다. 만일 그 기억이 사실이라면, 아버지의 서류도 보고 이해할 수 있지 않을까?

보좌관용 테이블 위에 놓인 서류를 집었다. 아버지께서 한 번 쳐다 보셨지만, 크게 신경 쓰지 않는 눈치셨다. 어려울 것이라는 짐작과는 달리 두툼한 서류는 의외로 술술 읽혔다.

그렇다면 기억 속의 일들은 꿈이 아니었다는 것일까?

역시 지금이 꿈인 걸까?

떨리는 눈을 들어 아버지를 바라보았다. 잠시 쳐다봤을 뿐인데 곧바로 눈을 맞춰 오시는 모습에 황급히 고개를 숙였다. 태연한 척 가장하며 서류를 읽어 내리다가 고개를 갸웃했다.

이상하네. 뭔가 계산이 안 맞는 것 같은데.

"자네 그게 사실인가? 응? 정말이군."

"호오, 정말이구만."

갑자기 문이 벌컥 열리고 두 남자가 들어왔다. 타오르는 듯한 붉은 머리카락의 기사와 지적으로 생긴 녹색 머리카락의 남자. 익숙하기 그지없는 두 사람의 출현에 나는 자리에서 벌떡 일어났다.

라스 공작과 베리타 공작. 꿈인지 알 수 없는 기억 속에서 내게 많은 것을 가르쳐 주었던 스승님들.

"안녕하십니까, 라스 공작 전하, 그리고 베리타 공작 전하."

"오랜만이군, 영애. 지난번에 일러 준 것은 다 익혔는가?"

지난번에 일러 준 것이라니? 내게 뭘 가르쳤다는 거지? 아직 본격적인 황후 수업에 들어가지 않은 시점으로 알고 있었는데. 의아했지만, 문득 머릿속을 스치는 생각에 고개를 끄덕였다.

맞아. 황후 수업을 시작한 것은 분명 열 살 이후지만, 그전에도 가르침은 받았지. 아버지를 만나러 집에 오실 때면 이것저것 일러 주곤 하셨으니까.

고개를 끄덕이자, 희미하게 미소 지은 라스 공작이 아버지께 다가갔다. 나는 서류로 다시 관심을 돌리려다 말고 고개를 들었다. 베리타 공작이 나를 뚫어져라 바라보고 있었기에. 흥미롭다는 듯 종이를 가리킨 그가 물었다.

"지금 이것 영애가 작성한 것인가?"

"네, 그렇습니다."

"왜 이런 결론이 나왔지?"

"그게……."

내가 이상하다고 생각한 부분은 기사단 유지비 중 식자재에 관한 곳이었다. 서류에는 다음 달에 제2기사단 중 일부가 변방 영지를 시찰하러 떠난다고 적혀 있었다. 그렇다면 수도에 거주하는 기사단의 숫자가 줄어들게 되므로 유지비 중 식자재 부분이 감소해야 했다. 그런데 지금 이 서류에는 원래 줄어야 하는 양보다 감소 폭이 적게 책정되어 있었다. 혹시나 하는 마음에 지난 예산안을 찾아 식자재 비용과 물가 상승분 등을 비교해 봤지만 아무리 봐도 비용이 과다하게 산출된 것이 확실했다.

내가 이런 점을 설명하자 뚫어져라 바라보던 베리타 공작이 물었다.

"그렇다면 식자재 비용을 과다 산출하여 보고한 자를 벌해야겠군?"

"아닙니다."

"어찌해서?"

"실수했을 수도 있으니까요. 설사 고의라 하더라도 왜 그랬는지 이유조차 듣지 않고 일을 처리하는 것은 옳지 않다고 생각합니다."

고개를 끄덕인 그가 재차 물었다.

"지금 책임자를 불러와서 사유를 들어 보면 되겠는가?"

"안 됩니다."

"그건 또 어째서지?"

"실수를 했다면 간단하게 넘어갈 일이지만, 고의일 수도 있습니다. 정말 그렇다면 처벌을 면하기 위하여 거짓말을 할 수도 있겠지요. 그자의 말만 듣고 그것이 사실인지 어떻게 판단하겠습니까? 공연히 먼저 물었다가 지레 겁먹고 도망갈 수도 있음입니다. 그러니 그럴 만한 이유가 있는지 조사부터 해야 할 것입니다."

"영애의 말엔 문제점이 있군."

언제 들었는지, 라스 공작이 대화에 끼어들었다.

"비용을 절감하기 위해 과다 책정된 부분을 찾아낸 것이 아닌가. 헌데 영애의 말대로 한다면 조사 비용이 또 추가되지 않나. 책임자를 처벌하면 간단하게 끝날 일인데, 왜 그리 번거롭게 해야 하지?"

"우리는 귀족이기 때문입니다."

"그것이 무슨 의미인가?"

베리타 공작이 빠르게 되물었다.

"우리는 위로는 황제 폐하를 섬기되 아래로는 이천만 제국민을 다스리는 귀족입니다. 제국민이 보다 나은 삶을 누릴 수 있도록, 폐하께서 선정을 펼치실 수 있게끔 온 힘을 다해 보좌하는 것이 바로 우리 귀족의 의무입니다."

"그래서?"

"제국민의 피와 땀으로 이루어진 세금으로 살아가는 것이 우리 귀족입니다. 그런 의미에서 예산안의 절감은 매우 중요한 일이나,

무고한 자의 희생을 바탕으로 해서는 아니 될 것입니다."
"훌륭하군."
라스 공작은 묵묵히 고개를 끄덕였다. 슬며시 미소 지은 베리타 공작이 아버지를 돌아보았다.
그 모습에 단순한 꿈으로 치부하기에는 너무도 생생한 기억이 떠올랐다. 첫 만남부터 싸늘하기만 하던 그의 눈빛이, 내겐 차갑기만 하던 그가 다른 여자에게 지어 주던 진심 어린 미소가, 그리고 그 웃음을 보고 아파하던 내 모습이.
싸늘한 표정으로 나를 안던 그가 떠올랐다. 살을 맞대면서도 자신에게는 손끝 하나 대지 못하게 했던 차갑기 그지없던 태도도 기억났다. 자신의 아이를 가진 나를 보면서도 냉랭하기만 했던 눈빛도 생각났다.
쿵쿵, 심장이 미친 듯이 뛰었다. 곧 데리러 오겠다며 돌아서던 아버지의 뒷모습이 떠올랐다. 네 아비를 참수했다며 잔인하게 웃던 그의 모습이, 비녀에 찔려 피를 흘리면서도 비틀린 웃음을 짓던 얼굴이, 마지막 순간 시원하다는 듯 웃고 있던 눈동자가 머릿속을 빙빙 맴돌았다.
"헉!"
가슴을 쥐어뜯었다. 숨이 쉬어지지 않았다. 식은땀이 흐르고 머릿속이 윙윙 울렸다. 붉은색과 녹색, 은색이 섞여 빙글빙글 돌았다.
무어라 외치는 듯한 소리가 들렸다.
누군가가 나를 안아 올리는 듯한 느낌을 마지막으로 온 세상이 까맣게 변했다.

눈을 떴다. 온통 깜깜한 사위.

'여긴 어디지? 여긴 어디야? 설마 꿈에서 깨어 버린 것은 아니겠지?'

나는 아무것도 보이지 않는 주위를 둘러보며 터져 나오는 비명을 삼켰다. 역시 난 죽었던 걸까? 잠시 잠깐 행복했던 순간은, 일말의 양심은 있었던 신이 내게 준 마지막 선물이었나? 여긴 어디지? 여긴 어디야? 여긴 어디냐고!

미칠 것 같은 기분에 비명 지르려는 순간, 반짝이는 은색의 무언가가 보였다. 떨리는 손을 뻗자 가느다란 실 같은 것이 만져졌다. 이건 뭐지?

"깨어났구나."

조금 가라앉은 목소리가 들려왔다. 나는 익숙한 그 음성에 가슴을 쓸어내렸다. 아아, 다행이다. 아직은 꿈에서 깨지 않은 모양이다. 아니면 끔찍한 악몽을 꾼 것이거나.

하지만 그 기억이 과연 악몽에 불과할까? 이렇게 생생한데? 지금이 꿈인지, 아니면 쓰라렸던 기억이 꿈이었는지. 아무리 생각해 봐도 알 수가 없었다. 몹시 혼란스러웠다.

"아버지."

"크흠."

"아, 아빠."

"그래."

"아빠, 아빠, 아빠······."

"그래."

다시 사라지실까 두려워 아버지를 부르고 또 불렀다. 귀찮다 한마디 없이 계속 답해 오는 목소리, 손을 붙잡아 오는 강한 힘에 미칠 듯한 불안감이 조금씩 가라앉았다. 어둠에 익숙해진 덕분에 이제야 보이는 아버지의 눈동자에는 그동안 미처 알아차리지 못했던 애정이 담겨 있었다. 걱정과 염려로 가득한 군청색 눈동자는 너무나도 따뜻해 보였다.

가슴이 뭉클해졌다. 이 순간을 놓치고 싶지 않았다.

"아빠."

"음."

"저, 신전에 가 보고 싶어요."

"신전?"

"네."

"그래, 몸이 좀 나아지거든 함께 가자꾸나."

"아뇨. 내일 혼자 다녀오고 싶어요. 괜찮을까요?"

지금 이 순간이 꿈이라면 내게 내일이란 없을지도 모른다. 하지만 끔찍했던 그 기억이 꿈이라면, 한 번쯤은 신전에 가 볼 필요가 있었다. 앞날을 암시하는 신의 계시일지도 모르는 일이었으므로. 흔한 꿈이었다면 모르겠지만 하늘에서 뚝 떨어진 신비한 소녀의 등장은 분명 범상치 않은 일이었다. 혹시 그것이 예지몽이라면 비슷한 내용의 신탁이 내려오지 않았을까? 아주 중요한 사항이 아닌 한 공개하는 것이 원칙이니, 만일 신탁이 내렸다면 전해 들을 수 있을 터였다.

"그래, 다녀오너라."

"감사해요, 아빠."

"그 일은 내일 생각하고 일단은 더 자려무나."

"곁에 있어 주실 거지요?"

내일이 없을지도 모르니 마지막이라 생각하고 마음껏 어리광을 부렸다. 혼자 잠들고 싶지 않다며 떼를 쓰다, 난처한 표정으로 고개를 끄덕이시는 아버지의 모습에 밝게 미소 지었다. 나는 머리카락을 쓰다듬는 부드러운 손길을 느끼며 서서히 무의식의 세계로 발을 디뎠다.

아버지의 손을 꼭 붙잡고 잠든 덕분일까. 나는 거울 속에 비치는 어린 시절의 모습에 안도의 한숨을 쉬었다. 아, 다행이다. 아직 꿈에서 깨지 않았을 뿐이라 하더라도 적어도 오늘 하루는 행복한 삶을 누릴 수 있어.

걱정스레 바라보는 아버지께 몇 번이고 괜찮다 말씀드린 후에야 간신히 신전으로 출발했다. 기억과는 너무도 다른 모습에 가슴이 뭉클했다. 두 손 모아 기도했다. 지금 이 순간이 현실이기를. 그저 조금 길고 생생한 악몽을 꾸었을 뿐이기를.

사실 신전에 간다고 해서 명쾌한 답을 얻는다는 보장은 없었다.

신탁이 내려오지 않았을 수도 있으니까. 그렇다면 나는 또다시 불안에 시달리게 될 것이었다. 이 순간이 꿈인지 아니면 그저 악몽을 꾸었을 뿐인지 알 수 없으므로.

만일 신탁이 내려왔다 하더라도 해석하기에 따라 내용이 다를 수도 있다. 당장 내 기억 속에서도 신탁의 아이는 나라는 해석과 지은이라는 견해가 대립한 적이 있지 않았던가.

"도착했습니다, 아가씨."

이런저런 생각을 하는 사이 신전에 도착한 모양이었다. 수행 기사의 손을 잡고 마차에서 내리자, 한여름 햇살 아래 눈부시게 빛나는 순백의 신전이 보였다.

대신전 상크투스 비타Sanctus vita.

제국의 수호신, 주신 비타Vita의 신전답게 눈앞에 보이는 건물은 몹시 웅장했다. 아치형 문을 지나 신전 입구에 도착하자, 신관 하나가 다가와 고개를 숙였다.

"생명의 축복이 함께하시기를. 상크투스 비타에 오신 것을 환영합니다. 성명과 방문 목적을 말씀해 주십시오."

"아리스티아 라 모니크, 모니크 후작가의 장녀입니다. 신탁을 열람하고 싶습니다만, 가능할까요?"

"어느 시점의 신탁을 원하시는 것인지요?"

"최근에 내린 신탁을 알고 싶습니다. 혹, 요 몇 달 사이에 내려온 것은 없습니까?"

"그런 것은 없습니다. 오 년 전에 내려온 것이 가장 최근의 신탁입니다."

오 년 전이라. 그렇다면 내 기억과는 관계가 없을 가능성이 높은데. 아닐 거라는 생각은 들었지만, 나는 혹시나 하는 마음에 내가 태어난 이후의 신탁을 모두 보여 달라 요청한 뒤 기도실로 안내해 달라고 말했다. 제법 시간이 걸릴 터이니, 조용한 공간에서 기다리는 것이 나을 것 같았다.

  기도실에 들어와 작은 제단 위에 새겨진 조각을 올려다보았다. 여러 갈래로 얽힌 나무 형상, 주신 비타의 상징. 조용한 공간에 혼자 남게 되자 온갖 잡념이 밀려왔다. 어떡하지. 아무래도 내가 찾는 내용의 신탁은 없을 것 같은데. 이 상황을 대체 어떻게 이해해야 하는 거야.

  기억 속 내 나이는 열일곱. 만일 열 살의 내가 실재實在라면 나는 하룻밤 꿈속에서 무려 칠 년이라는 세월을 보냈다는 이야기가 된다. 그게 과연 가능한 일일까? 차갑기 그지없던 그의 눈빛도, 서러웠던 기억도 이렇게나 생생한데. 외롭고 슬펐던 하루하루가 이토록 선명한데.

  그렇다면 역시 지금이 꿈인 걸까? 숨이 끊어지기 전, 신이 베풀어 준 마지막 자비일 뿐일까? 조금씩 몸이 떨려 왔다. 불안감에 가슴이 바짝바짝 타들어 갔다.

  얼마나 시간이 흘렀을까. 나는 눈앞에 펼쳐진 낯선 공간에 눈을 동그랗게 떴다. 여긴 어디지? 주위를 둘러보았지만, 아무것도 보이지 않았다. 오로지 끝없는 백색의 공간만이 펼쳐져 있을 뿐. 몹시 비현실적인 그 모습에 나는 절망 어린 한숨을 쉬었다.

  역시 난 죽었던 걸까.

  "나의 아이가 왔구나."

순백의 공간 가득 울려 퍼지는 목소리에 나는 화들짝 놀라 물었다.
"누구세요?"

"나는 만물에 생명을 부여하는 자. 너희는 나를 비타라고 부르더구나."

자신을 주신이라 일컫는 목소리. 몹시 당혹스러웠다. 신이라니, 이런 일이 가능하기나 한가? 아무래도 누군가가 질 나쁜 장난을 치고 있는 것이 아닐까. 비록 나를 신탁의 아이라 부르고는 있었으나 본디 신전과 우리 가문은 그리 좋은 관계가 아니었으니.

"의심하지 마라. 내 너의 모든 것을 알고 있음이니."

"정녕 당신이 생명의 아버지라면, 제가 믿을 수 있도록 증명해 주십시오."

"의심이 많은 아이로구나. 좋다. 무엇으로 증명하면 되겠느냐?"

"제가 이곳을 찾은 궁극적인 이유를 말씀해 주십시오."
짐작대로 신전에서 장난을 치고 있는 것이라면, 신탁을 열람하러 왔다 대답할 것이 분명했다. 설령 다른 이유를 댄다 하더라도 정답은 맞추지 못할 테지. 나는 어느 누구에게도 그 이유를 발설한 적이 없으니까.

"열일곱의 너와 지금의 너 중 어느 것이 실재인지 알고 싶은 것이 아니더냐."

"어, 어떻게 그걸……."

"나는 만물을 보살피는 자. 그 어떠한 것도 내 눈을 벗어날 수는 없다. 우선 네 질문에 대한 답을 주마. 양자 모두 실재이다."

"그게 무슨?"
어떻게 그럴 수가 있지? 그건 시간을 거스르지 않는 한 절대 불가능한…….

"그렇다. 내게 주어진 생명의 권능으로 모든 생명의 시간을 되돌렸기 때문이다."

뭐라고? 생명의 시간을 돌려? 만물의 아버지라 해도 그런 일이 가능하기는 한가? 설령 그렇다 하더라도 이유가 뭐지? 그것은 분명 인과를 거스르는 일일진대.

"내 축복의 아이 때문에 많은 이들의 운명이 뒤틀렸기 때문이다."

뭐라고?

"내 축복의 아이는 원래 너의 세계에서 태어날 운명이었지만 차원의 비틀림 때문에 다른 곳으로 떨어졌다. 그리고 뒤늦게 발견한 천사에 의해 원래의 세계로 돌려졌지. 그로 인해 많은 이들의 운명이 뒤틀렸다. 너도 그중 하나란다, 아이야."

기가 막혔다. 그러니까 처음부터 '신탁의 아이'는 그녀였고, 신의 축복과 사랑을 받은 것도 그녀였으며, 그와 하나의 운명으로 묶일 사람도 그녀란 말인가? 나는 그저 그녀를 대신하기 위해 만들어졌을 뿐이란 말인가?
"그렇다면 어째서 다시 신탁을 내려 정정하지 않았죠?"

"내 축복의 아이를 잃어버렸기에 너에게도 그와 가느다란 운명의 실을 엮었기 때문이다."

"단지 그녀의 부재 때문에 저를 그와 운명의 실로 엮였단 말씀이십니까? 본디 정해진 반려가 아니었기에 그가 그토록 저를 외면했단 겁니까? 원래의 운명인 그녀가 나타났기에 곧바로 사랑에 빠졌고 대용품이었을 뿐인 저는 팽개쳤다는 건가요?"

"그렇다."

"그렇다면 이 마음은, 그토록 가슴 아팠던 내 사랑은 그저 운명의 실로 묶였기에 느꼈던 감정일 뿐이란 말니까? 그렇게나 노력했는데 관심 한 번 받지 못했던 것이 고작 정해진 운명의 상대가 아니었기 때문이라는 말인가요?"

"그렇다."

"하……."

 조금씩 숨이 가빠 왔다. 가슴 한편에서 뜨거운 무언가가 꿈틀거렸다.

 "당신은 신이 아닌가요? 만물을 공평하게 사랑하고 돌본다는 신이 아니냔 말입니다."

"그렇다."

 "그렇다고요? 당신이 진정 만물의 주관자입니까! 모든 것을 공평하게 돌본다는 신일진대, 어째서 축복의 아이가 존재할 수 있죠? 이 세상 피조물은 모두 당신의 아이가 아닙니까! 마땅히 축복받아야 할 당신의 아이 말입니다! 축복의 아이? 하, 그 아이를 대신해서 나를 만들었다고요? 그 아이를 잃어버렸기에, 내게 그녀를 대신할 운명을 엮었다고요?"

"그렇다."

 "고작 그런 이유 때문에 그리 살아야 했다고? 겨우 그것 때문에 나는 버려지고, 그녀는 모든 것을 차지했다고? 신이 무엇이관데! 창조주라면 피조물에게 마음대로 간섭해도 좋단 말인가! 운명이 무엇이기에 사람을 이토록 농락한단 말인가!"

"너희 인간에게 주어진 피할 수 없는 결정. 그것이 운명fatum이다."

"웃기지 마!"
가슴속에서 꿈틀거리던 기운이 화산처럼 터져 나왔다. 나는 지난 세월 동안 겹겹이 쌓였던 한을 담아 고함질렀다.
"피할 수 없는 결정? 웃기지 마! 바꿀 수 없는 것이 운명이라고? 그런 운명 따위, 부숴 버리겠다. 그런 운명 따위 거부하겠어! 내 영혼에 맹세코 절대로 받아들이지 않겠다!"

"인간은 결코 운명을 피할 수 없다."

"아악! 아아악!"
절로 비명이 터져 나왔다. 고작 저런 이유 때문에 어릴 때부터 자유를 박탈당해야 했단 말인가? 겨우 그것 때문에 오직 그를 위한 여자로 길러져야 했는가? 아버지의 사랑을 알지도 못한 채 세상에서 가장 외롭다 생각하고, 운명이라는 이유만으로 그를 사랑했단 말인가? 겨우 그런 이유로 그가 내 모든 것을 부순 행동이 정당화될 수 있단 말인가? 내가 그의 본래 인연이 아니었다는 이유만으로?
미친 듯 악을 썼다. 가슴속에서 치밀어 오르는 불같은 감정을 도저히 견뎌 낼 수가 없었다. 가만히 있다가는 미쳐 버릴 것만 같아서 나는 목이 다 쉬어 버릴 때까지 비명을 지르고 또 질렀다.

"너를 측은하게 생각한다. 그러나 정해진 운명은 바꿀 수 없는 법. 대신 네 운명을 뒤튼 것에 대한 보상으로 선물을 주마."

얼마나 시간이 흘렀을까. 공간을 울리며 또다시 들려오는 음성에 나는 비뚜름하게 입술을 끌어 올렸다. 절로 실소가 터져 나왔다.
이토록 처절하게 농락해 놓고 이제 와 보상을 하겠다고?
선물을 주겠다고?
뭐, 좋아. 이미 정해진 대로 미래가 다시 흘러간다 하면서 과거와는 달리 선물이라는 것을 주겠다는 신이여, 얼마나 대단한 것을 주는지 두고 보겠다. 결코 바꿀 수 없다는 운명이란 것을 부수는 데 그 보상이라는 걸 활용해 주겠어.
"그런가? 좋다. 보상이라는 것을 받겠다, 신이라 부르고 싶지 않은 그대여. 하지만 나는 결코 그대를 신이라 여기지 않을 것이다. 고마워하지도 않을 것이다. 그대는 이미 부당하게 내게서 많은 것을 앗아 갔으므로. 나는 이제 만물을 공평하게 사랑하는 신이란 존재하지 않는다는 것을 깨닫게 되었으므로."
잠시간 침묵이 흘렀다. 어쩌면 내 말에 화를 내고 있는 것이 아닐까. 내가 믿었던 신이란 한없이 자비롭고 상벌이 확실하며 정의로운 이였지만, 이미 나는 그게 아니라는 것을 알게 되지 않았던가.
조금 거슬리는 말을 했다고 화를 내? 그렇다면 신과 인간이 다

를 게 뭐지. 입술을 비집고 웃음이 터져 나오려는 순간, 지금까지
와는 달리 머릿속을 울리는 말소리가 들렸다.

"너는 나의 관심을 받는 자, 운명을 거부하는 자. 네가 가는 길
이 곧 너의 운명이고, 네가 원하는 것이 곧 너의 길일지니. 그대의
이름은 운명을 개척하는 자, 아리스티아 피오니아 라 모니크."

새하얀 공간이 빠르게 물러가기 시작했다. 잠시 눈을 감았다 뜬
사이, 어느새 나는 작은 기도실에 앉아 있었다.

나는 내 반려라 생각했던 이에게 버림받았고, 나를 제국 제1의
여인으로서 키웠던 스승님들에게 외면당했으며, 아끼고 은애하던
제국민에게도 악녀라 매도당했고, 마침내는 신에게까지 버림받았
다.
　한 번도 따뜻하게 대해 준 적 없음에도 진심을 다해 그를 섬기며
사랑했고, 황후가 아닌 황비의 관을 받았음에도 스승님들의 가르
침에 따라 살아가려 했으며, 악녀라 매도당했음에도 제국민에 대
한 원망 같은 건 하지 않았다.
　신께서 이런 시련을 주신 것은 나를 단련하기 위하심이리라. 구
르고 깨져 아파 울면서도, 치밀어 오르는 외로움에 다 포기하고

싫었어도 참고 정진했던 내 노력을 오직 신만은 알고 계시리라. 만물을 공평하게 사랑하고 돌보시는 신이시니 어렵고 힘든 만큼 더 좋은 것들을 내게 주시리라……. 그렇게 생각했다.

 하지만 막상 만나게 된 신은 너는 내 축복의 아이가 아니라고, 타인의 대리에 불과하다고, 이 모든 것은 운명이니 그저 받아들이라고 말했다.

 그에게 어울리는 여자가 되기 위해 매일 밤늦게까지 이 악물고 나 자신을 갈고닦던 시간, 힘들다 말 한마디 못 하고 모두가 잠든 밤이 되어서야 혼자 흐느껴 울던 나날, 아프고 서러워 그만두고 싶어도 그저 조용히 참고 인내하던 세월. 무심한 신의 한 마디에 그 시간은 모두 무용지물이 되었다. 나란 사람을 구성하는 그 많은 세월이 모두 소용없는 것이 되어 버렸다.

 지금까지의 내가 송두리째 부정당하는 느낌에 분노했다. 내가 지금까지 믿고 의지한 신이 허상임을 깨닫고 절망했다. 배신감에 몸부림치는 내 모습에도 무심하기 그지없는 목소리에 이성을 잃었다. 그리고 모든 것이 끝난 지금, 참을 수 없는 극도의 공허함이 나를 감쌌다.

 난 무엇을 위해 살아온 거지?

 나란 존재는 뭐지?

 난 뭐야?

 난…….

 마음속 어딘가에서 절망의 파도가 쳤다. 한 점의 빛도 없는 새까만 바다가 거세게 밀려왔다. 검은 파도가 나를 집어삼켰다.

"……아."
정적을 깨며 누군가의 목소리가 들려왔다.
"……아!"
뭐야, 시끄러워.
"티아! ……라!"
날 좀 내버려 둬.
"티아!"
날 부르지 마. 날 찾지 마. 어차피 나라는 존재는 아무것도 아니었잖아. 왜 자꾸 귀찮게 하는 거야. 그냥 좀 내버려 둬. 더는 내게 뭘 바라지 마.
거듭 부르는 목소리에 짜증이 났다. 그저 지은의 대용품이었을 뿐, 나란 존재는 아무것도 아니었잖은가. 그렇게 지독하게 이용해 먹었으면 됐지, 뭘 더 바라 이리도 귀찮게 군단 말인가.
난 지금 이곳이 좋아. 나가지 않을 거야. 아무도 날 사랑하지 않고 귀하게 여겨 주지 않는 세상 따위, 나도 필요 없어. 날 그냥 좀 내버려 둬.
"티아! 정신 차려라!"
사라져 주기를 바랐지만, 목소리의 주인공은 떠날 생각이 없는 모양이었다. 몹시 귀찮아 인상을 찌푸렸다. 이번에는 뭘 바라길래 이토록 집요하게 찾는 거야. 더는 너희에게 줄 게 없어. 내 노력,

내 긍지, 내 눈물, 내 사랑, 결국에는 내 존재까지 모두 부정해 놓고서 뭘 더 바라는 거야. 나한테 왜 이러는 건데.

"제발."

당신은 누구길래 이토록 나를 간절히 부르는 거지?

"제발 정신 좀 차려 보거라. 부탁이다."

툭.

온통 까맣기만 하던 공간 어디선가 물방울이 떨어졌다.

툭, 툭, 투두둑. 여기저기서 물방울이 떨어지기 시작했다. 한 방울, 두 방울씩 떨어져 내리던 그것은 어느새 물줄기가 되어 사방에서 쏟아져 내리기 시작했다.

"제발 깨어나다오."

쏴아아아. 사방에서 쏟아지는 물줄기가 주위의 암흑을 걷어 내고 있었다. 어둠이 녹아내린 곳에 빛줄기가 쏟아져 내렸다. 새하얀 빛이 나를 덮쳤다.

여긴 어디지?

흐릿한 눈을 깜빡이며 주위를 둘러보자, 흰색과 녹색이 섞여 기하학적 무늬를 그리고 있는 기둥이 보였다. 신전이구나. 그런데 왜 이리 답답하지? 등은 또 왜 이리 축축하고? 천천히 시선을 내리자 나를 감싸 안고 있는 넓은 어깨와 탄탄한 등이 보였다.

"아버지?"

잔뜩 갈라지고 쉰 목소리. 아주 작은 음성이었음에도 즉각 반응하여 고개를 번쩍 든 아버지께서 말씀하셨다.

"일어난 게냐? 이제 정신이 든 것이야? 응? 대답해 보거라, 티아!"

아무 말도 할 수가 없었다. 아버지의 눈에서 눈물이 흐르고 있었기에. 늘 딱딱하던 아버지께서 너무도 간절하게 나를 부르시는 모습과 난생처음 보는 아버지의 눈물에 말문이 막혀 버렸다.

"정신이 드신 거예요? 이제 괜찮으세요? 말씀 좀 해 보세요, 아가씨!"

흐르는 눈물을 닦을 생각도 하지 않고 계속해서 날 부르시는 아버지, 울먹이며 괜찮으냐고 묻는 리나, 안절부절못하며 날 살펴보는 이름 모를 가문의 기사 두 사람, 그리고 아버지의 예복을 챙겨든 채 걱정 어린 눈초리로 쳐다보는 보좌관.

그 모습에 비로소 깨달았다.

아아, 그랬다. 나는 이 세상에 홀로 존재하는 것이 아니었다. 마지막 순간까지 믿고 의지한 신이 나를 버렸음에 존재를 부정하며 절망하였지만, 나는 관심도 사랑도 받지 못하는 하찮은 존재가 아니었다. 내게는 평생을 지켜 온 신념을 저버릴 정도로 나를 깊이 사랑한 아버지와 어릴 적부터 늘 함께했던 친구 리나, 그리고 내 안부를 걱정해 주는 가문의 식솔들이 있었다.

신의 구원만을 갈구하며 주변을 돌아보지 못한 나에게 이렇게 많은 사람이 있었음을, 손 내밀면 잡아 줄 사람들이 얼마든지 있었음을 나는 신마저 나를 버렸다고 생각했을 때에서야 비로소 깨달았다. 오직 신만이 날 알아줄 거라 믿었던 나 자신을 버리고 난 후에야 간신히 깨우치게 되었다.

앞으로는 이들을 바라며 살리라. 신을 위한 삶 같은 것은 결코 살지 않으리라. 내가 원할 때에는 외면하더니 정작 버림받고 나서야 이 삶을 떠안긴 그를 더는 갈구하지 않으리라. 눈을 마주치고, 함께 웃으며, 힘들면 힘들다고 이야기하고, 투정도 부려 보면서 예전과는 다른 삶을 살리라.

걱정스레 바라보는 이들에게 고개 숙여 인사했다.

감사해요, 아버지.

고마워, 리나.

고맙습니다, 여러분.

항상 공허했던 가슴이 가득 채워지는 듯했다. 나는 아버지의 목을 끌어안으며 활짝 미소 지었다. 소중한 사람들을 향한 감사의 뜻을 담아서.

2. 알현

눈을 떴다. 황급히 몸을 일으키는데, 햇살에 반사되어 반짝이는 은색 머리카락이 보였다.

곤히 주무시는 아버지를 바라보았다. 피곤하실 만도 하지. 요 며칠 평소와는 전혀 다른 모습만을 보여 드렸으니. 울고, 혼절하고, 심지어는 넋을 놓기까지 하지 않았던가.

한숨을 쉬었다. 꿈일지도 모른다 생각했을 때는 괜찮았는데, 현실임을 깨닫게 되자 오히려 기분이 가라앉았다. 열일곱의 기억도, 열 살인 지금도 모두 진짜라니. 덜덜 떨던 나를 안아 올리던 듬직한 팔뿐만 아니라, 아무런 설명 없이 그저 황비가 되라던 무정한 말씀도, 곧 데리러 오겠다며 돌아서던 뒷모습도 전부 허상이 아니었다니.

허탈했다. 죽을힘을 다해 열심히 살아왔는데 그 모든 노력이 모두 없던 일이 되다니. 그토록 가슴 시리게 사랑한 사실도 뼈아프게 외면당한 기억도 오직 내 머릿속에서만 존재할 뿐, 현실에서는 아직 일어나지조차 않은 일이라니.

그래서일까. 과거와는 다르게 살아갈 수 있는 기회라는 것을 알고 있음에도 자꾸만 씁쓸한 기분이 들었다. 가슴속이 텅 빈 것만 같았다.

"일어났구나."

조금 잠긴 목소리. 꼿꼿하게 몸을 일으켜 세운 아버지께서 흐트러진 머리카락을 정리하며 나를 바라보셨다.

"안녕히 주무셨어요?"

"그래. 어제는 마차에 타자마자 기절하듯 잠들더구나. 이제는 괜찮은 것이냐?"

군청색 눈동자 가득 걱정스러운 빛이 번졌다. 이리저리 나를 살피시는 모습에 절로 웃음이 나왔다. 공허하던 가슴이 조금은 채워지는 듯한 기분.

"괜찮아요. 걱정 끼쳐 드려서 죄송해요, 아버……. 아니, 아빠."

"다행이구나. 흠, 티아."

"네?"

"혹, 신전에서 무슨 일이 있었는지 얘기해 줄 수 있겠느냐?"

"그게……."

말문이 막혔다. 무슨 말씀을 드릴 수 있겠는가. 열일곱에 반역으로 몰려 목숨을 잃었는데, 눈을 떠 보니 열 살이었다는 것? 사실 나는 선택받은 아이의 대용품이었을 뿐 아무것도 아니었다는 사실? 그것도 아니면 주신을 섬기는 신관 중에서도 선택받은 자만 들을 수 있다는 신언을 직접 들었다는 얘기?

아무것도 말할 수가 없어서 입을 꾹 다물었다. 어쩌면 내가 미쳤다고 생각하실지도 모르는 일이었다. 열일곱의 기억은 오직 내 머릿속에서만 존재할 뿐, 아직 일어난 일이 아니었으므로.

침묵하는 나를 바라보던 아버지께서 말씀하셨다.

"네가 기도실에 있던 사이 신탁이 내려왔단다. 그 바람에 황궁이 발칵 뒤집혔다."

뭐라고?

"그게 말이다. 네게 이름을 부여한다는 내용의 신탁이었다."

그러고 보면 피오니아라는 이름을 부여할 때만 유독 공간 전체가 웅웅 울리는 대신 머릿속에서 음성이 들려왔던 것 같았다. 그게 신탁이었단 말인가? 맙소사, 보상이라는 게 이거였어?

"그런……."

"그래서 말이다, 티아. 폐하께서 널 좀 보자고 하시는구나."

"폐하께서요?"

"그래."

그런 신탁을 받았는데, 부르지 않을 리가 없겠지. 불안한 마음에 크게 한숨을 쉬었다. 과거에도 이맘때쯤 폐하를 알현하기는 했지만, 그때와 지금은 달랐다. 예전에는 그저 미래의 며느리가 어떤 아이인지 본다는 의미가 강했다면, 신탁으로 이름을 부여받게 된 지금은…….

"알겠습니다. 알현 날짜는 언제인가요?"

"네가 깨어나는 대로 보자고 하셨다."

"그렇군요. 바로 준비하겠습니다."

"그래."

아버지께서 방을 빠져나가신 후, 나는 시녀들을 독촉해서 황궁으로 갈 채비를 했다. 폐하를 오래 기다리시게 할 수는 없었기에 최대한 빠르게 준비를 마친 뒤 서둘러 마차에 올랐다.

"케이르안, 마침 자넬 여기서 만나다니. 다행이군."

"아르킨트."

"안녕하십니까, 단장님."

중앙궁을 향해 걷는데, 제복을 차려입은 두 남자가 다가왔다. 붉은 머리카락과 붉은 눈동자, 똑 닮은 생김새. 라스 공작 전하와 그의 장남인 라스 경이었다. 나는 고개 숙여 인사를 건네며 살며시 미소 지었다. 볼 때마다 느끼는 거지만, 정말 많이 닮았단 말이지.

"어딜 가는 중이었나? 흠, 영애와 함께 온 것을 보니 폐하를 알현하러 가는 길인가."

"그렇다네."

"너무 걱정하지 말게. 현명하신 분이 아닌가."

"그야 그렇다만."

"마침 보고 드릴 일도 있고 하니, 함께 가세나."

아버지의 어깨를 가볍게 두드린 라스 공작이 말했다. 다음에 또 뵙겠노라며 고개 숙이는 라스 경에게 마주 인사하고서 나는 아버지와 라스 공작과 함께 중앙궁으로 향했다. 알현실에 도착해 주위를 둘러보며 심호흡을 했다. 심장이 세차게 뛰기 시작했다.

"제국의 태양, 황제 폐하께서 드십니다."

자리에서 일어났다. 육중한 문이 열리고 곧이어 머리가 희끗희끗하게 센 초로의 남자가 안으로 들어섰다.

"제국의 태양, 황제 폐하를 뵙습니다."

"어서 오게, 공작, 그리고 후작. 이쪽은 영애인가."

"그렇습니다, 폐하."

"제국의 태양, 황제 폐하께 아리스티아 라 모니크가 인사 올립니다."

서서히 쇠락하던 제국을 다시 일으켜 세운 황제, 미르칸 루 샤나 카스티나. 저벅저벅 알현실로 들어서는 남자에게서는 지배하는 자에게서만 나올 수 있는 자신감과 당당함, 그리고 위압감이 묻어 나오고 있었다. 그의 뒤를 따라 녹색 머리카락의 남자가 들어섰다.

"모두 물러가라."

시종장을 비롯한 궁내부원들이 전부 물러나는 동안 침묵하던 폐하께서는 모두가 자취를 감춘 후에야 천천히 입을 여셨다.

"마침 잘됐구먼. 그대들과 상의할 것이 있는데."

"하문하십시오, 폐하."

"아직까지도 제국에 대해 불손한 생각을 갖고 있는 왕국이 있는 것 같더군. 본때를 보여 줄 필요까진 없다 하더라도 최소한 대비는 해야 하지 않겠는가. 해서 기사단과 병사를 증원할까 하네."

"그러하십니까."

미간을 찌푸린 라스 공작이 잠시 생각에 잠겼다가 말했다.

"병사의 충원은 어렵지 않을 것 같습니다. 몇 해 동안 계속 평작을 밑도는 수준이었던지라 사정이 어려운 평민이 많이 늘었을 터. 굳이 징병까지 하지 않더라도 충분히 모집할 수 있다고 봅니다."

"하오나 폐하, 기사단의 증원에는 만만치 않은 자금이 들어갈 터인데, 재정에 무리가 없겠습니까?"

아버지 역시 걱정스러운 어투로 말을 꺼냈다.

"그렇겠지. 해서 기부금을 받을까 한다네."

"어떻게 말입니까?"

"방법이야 여러 가지가 있지 않겠는가. 승급 신청 시 가산점을 준다든가 하는 방식도 있고."

"하오나 그리하신다면 기사단의 질이 떨어질 것입니다, 폐하."

딱딱하게 굳은 목소리가 들렸다. 하긴 기사로서 자부심이 강한 아버지로서는 용납할 수 없는 일이겠지.

하지만 지금 중요한 것은 그게 아니었다. 나는 고개를 갸웃하며 녹색 머리카락의 남자를 돌아보았다. 어째서 침묵하고 있는 거지? 손꼽히는 수재라는 그가 폐하의 말씀에서 문제점을 발견하지 못했을 리가 없는데.

"어쩔 수 없는 상황이지 않은가. 대신 크게 실력이 떨어지지 않는 자들에게만 혜택을 줄 것이니, 훈련의 강도를 높인다면 큰 문제가 되지는 않을 게야."

"알겠습니다, 폐하."

석연치 않은 기색으로 수긍하는 아버지를 향해 빙그레 미소 지은 폐하께서 말씀하셨다.

"그리고 세금을 인상할까 하네. 한시적으로 기존보다 일 할을 올리는 것이지. 영지가 있는 귀족의 경우 삼 할을, 상단을 소유한 귀족은 사 할을 납부하게 할까 하네만."

한숨 쉰 라스 공작이 말했다.

"젊은 시절부터 그리도 혹독하게 부려 먹으시더니, 어찌하여 아직까지도 이리 괴롭히십니까. 기사단의 증원만으로도 난리일 텐데, 거기에 덧붙여 세금까지 인상한다고 하란 말씀이십니까. 이 친구야 황실에 대한 충성밖에 모르니 그러려니 하고 따지지도 않지만, 이런 일이 있을 때마다 계파에서 들들 볶이는 건 저란 말입니다."

"내 그러니 미리 얘기하는 것이 아닌가."

"반발이 만만치 않을 테지만, 알겠습니다. 어쩔 수 없지요."

라스 공작은 하는 수 없다는 듯이 대답했다. 베리타 공작과 아버지 역시 마찬가지였다.

이건 아냐. 문득 떠오른 것이 있었다. 과거의 내 기억 속, 미르칸 황제 폐하의 치세에서 단 하나의 오점이라고 불린 정책. 리사 왕국의 불온한 움직임으로 인해 제국 역시 군비를 증강하기로 함에 따라 제국민에게 부담 지우지 않기 위하여 귀족을 대상으로 세금을 더 부과한 일이 있었다.

의도 자체는 나쁘지 않았으나 결과적으로 가중세는 대부분 제국민의 부담으로 떠넘겨졌기에 원성을 살 수밖에 없었다. 삼 년이 지난 후에 베리타 공작의 차남, 희대의 천재라고 불리던 알렌디스 데 베리타가 제안한 새로운 과세 방법이 채택되었을 때, 사람들은 조금만 일찍 그 정책을 시행했더라면 좋았을 것이라 말했다.

그러니 지금 이 시점에서는 아무리 베리타 공작이라 해도, 희대의 천재라는 그의 아들이라 해도 가중세의 문제점은 모를 수도 있다. 하지만 그때에도 기부금 정책은 없었던 걸로 기억하는데. 어째서 베리타 공작은 가만히 있는 거지?

"이거 지루한 대화만 너무 길게 하였군. 미안하네."

"아닙니다, 폐하."

"그래, 내 영애의 총명함에 관해서는 익히 들었지. 어떤가, 방금 들은 것에 대해 어찌 생각하는지 궁금하군."

이것이었나. 내게 이런 것들을 들려준 이유가.

"소녀, 아직 어리고 둔하여 아는 것이 없습니다."

"그런가."

미심쩍다는 듯 반문한 폐하께서 베리타 공작을 돌아보셨다.

"공작, 그것을 이리 주게."

서류를 받아 간 폐하께서는 인장을 꺼내 들며 재차 물으셨다.

"정말로 이의 없는가, 영애?"

눈을 질끈 감았다. 알고 있었다. 폐하께서 나를 시험하고 있다는 사실을. 모르는 척 넘어간다고 해서 기부금 정책이 그대로 시행될 리가 없다는 것도. 내가 알고 있는 베리타 공작이라면 문제점을 못 알아챌 리가 없었으니까.

하지만 인장을 찍으시도록 두었다가, 만에 하나 가중세 정책이 이대로 시행되기라도 한다면? 그렇게 된다면 나는 무사하겠지만, 제국민들은 몇 년 동안 헐벗고 굶주리며 폐하를 원망하게 될 것이 아닌가.

어찌해야 하나. 신탁으로 이름을 부여받은 이상 지나치게 주목받는 것은 위험한데. 그렇다고 해서 모르는 척하자니 제국민이 걱정되고. 어떻게 해야 하지? 어떻게 해야 하나?

한참을 망설이다 눈을 떴다. 씁쓸하게 웃으며 입을 열었다.

"안 됩니다."

"어찌해서?"

"기부금을 받고 혜택을 줄 경우 기사단 전력 및 사기의 저하를 초래할 수 있으며, 혜택을 받아 입단한 자와 그렇지 않은 자 사이의 갈등을 유발하여 내부 분열을 불러올 수 있습니다."

"흠."

"또한 당장은 작은 혜택으로 끝나겠지만, 장래에는 점차 변질되어 보다 큰 것을 바라게 될 수 있습니다. 역사상의 예를 보더라도 그렇습니다. 작은 혜택이 나중에는 작위 및 관직의 매매 등으로 변질되어 나라에 큰 해악을 끼치곤 하지 않았습니까. 그렇기에 기부금 혜택은 처음부터 주어서는 안 된다고 생각합니다."

그럴 줄 알았다는 듯 고개를 끄덕이시는 모습에 잠시 갈등했다. 이 정도면 충분하지 않을까. 어차피 여기까지가 시험이었을 텐데. 하지만 그럴 수는 없었다. 처음부터 나는 기부금 정책이 아닌 가중세 때문에 입을 열기로 결심한 것이었으니.

"또한 가중세 정책 역시 시행해서는 안 된다고 생각합니다."

"그건 어째서지?"

흥미롭다는 듯한 눈초리로 나를 바라본 폐하께서 물으셨다. 베리타 공작 역시 고개를 들어 나를 바라보았다.

"의도는 훌륭합니다. 제국민의 부담을 덜어 주기 위하여 귀족에게 가중세를 부과하는 것이니까요. 하지만 과연 귀족의 부담일까요?"

"그것이 무슨 말인가?"

"어차피 귀족이 내는 세금은 영지민으로부터 나오는 것이 아닙니까. 결과적으로, 영지민에게 부담이 돌아갈 것입니다."

"지금 영애가 무슨 소리를 하는 것인지 알고 있는가? 그 말인즉, 귀족들이 감히 황명을 어기고 제국민을 착취할 것이라는 뜻임을 알고 하는 얘기냔 말일세."
 차갑게 가라앉은 푸른 눈동자가 나를 향했다. 압도당하는 느낌. 당장에라도 죽음을 선고할 것만 같은 기세에 조금씩 몸이 떨려 왔지만, 나는 애써 태연한 표정을 유지하며 말했다.
 "송구합니다만, 그렇습니다."
 "허."
 "진정 반발이 없을 거라고, 자신의 소유가 적어지는 것이 싫어 제국민을 착취할 자가 전혀 없을 거라고 생각하십니까?"
 "제국법상 영지를 가진 귀족이 제국민에게서 걷을 수 있는 세금 비율은 엄격하게 규제하고 있다. 누가 감히 이를 무시하고 세금 부담을 가중시킬 수 있단 말인가?"
 물론 그랬다. 대규모 흉년만 없었더라면, 이십 년이 넘도록 제국법의 엄정한 집행을 주관한 황제 폐하의 눈을 피해 제국민을 착취할 귀족은 없었을 것이었다. 하지만 흉년으로 인해 소출이 적어진 하급 귀족들이 늘어난 세금을 내기 위해 영지민을 수탈한 것이 문제였다. 흉년만 아니었다면, 제국민을 위한 제도가 그들을 착취하는 이유로 둔갑할 일은 없었을 것이었다.
 "제국에는 대략 삼, 사십 년에 한 번씩 대규모의 흉년이 듭니다."
 "갑자기 무슨 소리인가?"
 "그 흉년의 전조는, 몇 년씩 계속되는 평작 이하의 소출이라고 하였습니다."
 "잠깐, 그렇다면?"
 불충이라는 것도 잊은 것인지, 감히 폐하께서 말씀하시는 데 끼어든 베리타 공작이 침음을 삼키며 말했다.
"설마……."
"짐작하시는 바와 같습니다. 몇 년 이내에 대규모 흉년이 들지 않을까 생각됩니다."
"그렇군! 그래서 지금 이 시점에서 가중세의 부담은 위험하다고 한 것이군."
무릎을 탁 친 베리타 공작이 말했다.
"맞습니다, 폐하. 미처 알아차리지 못했지만, 과거의 예를 보면 영애의 말대로 몇 년 내에 큰 규모의 흉년이 들 것입니다. 이런 상황에서 가중세를 부과할 수는 없습니다."
"허나 군사력을 증강하는 것도 꼭 필요한 일이네. 재정이 부족한 것도 사실이고. 이를 어찌한다."
고민에 잠긴 폐하를 바라보다 작게 한숨을 쉬었다. 기왕 이렇게 된 것, 끝까지 이야기해야 할 것 같았다. 나는 과거 이 정책을 고안해서 명성을 얻었던 베리타 공자를 향해 마음속으로 사죄하며 입을 열었다. 몹시 미안했지만, 이 상황을 해결하기 위해서는 어쩔 수가 없었다.
"방법은 있습니다."
"그것이 무엇인가?"
"사치세를 부과하면 됩니다."
"사치세?"
"귀족이 사용하는 물품 중에는 생활에 꼭 필요하지 않은 사치품이 많습니다. 그런 것을 소비하는 데 세금을 부과하면 됩니다."
"반발이 있을 텐데?"

"물품 대금에 세금을 붙이면 됩니다. 세금을 포함한 가격으로 판매하도록 한 다음 상인에게서 세금을 받으면 되는 것이지요."

"그렇군."

크게 고개를 끄덕인 베리타 공작이 말했다.

"좋은 방법입니다, 폐하. 보통 사치품을 구입할 때는 가격을 크게 신경 쓰지 않을 뿐만 아니라, 오히려 고가의 물건일수록 자랑거리가 되지 않습니까. 영애가 말한 것과 같은 방법으로 세금을 부과한다면, 별다른 반발 없이 재정을 확보할 수 있을 것입니다."

"좋군. 그대로 시행하게."

가라앉은 목소리로 말씀하신 폐하께서 나를 돌아보셨다.

"영애의 총명함에 대해서는 익히 들어왔다만, 직접 보니 상상 이상이구나. 제국의 홍복이로다."

"과찬이십니다. 황공합니다, 폐하."

"이전 같았으면 내 마냥 기뻐했을 것이다만⋯⋯."

긴 한숨 소리가 들렸다. 잠시 침묵하던 폐하께서 말씀하셨다.

"아까 말일세. 내가 모를 거라 생각한 것도 아닐 텐데, 어째서 풀 네임을 말하지 않았지?"

"송구합니다, 폐하. 지금이라도 다시 인사 올리겠습니다. 제국의 태양, 황제 폐하께 아리스티아 피오니아 라 모니크가 인사 올립니다."

"그걸 말하는 게 아니라는 것쯤은 영애도 알고 있지 않나."

"무슨 말씀이신지 모르겠습니다."

싸늘하게 식은 눈으로 주시하는 모습에 오싹 소름이 돋았다. 그것은 미래의 며느리를 바라보는 따스한 눈빛이 아니었다. 기억 속의 그와 너무도 닮은 푸른 눈동자에 어린 빛은……

"그 '이름'의 의미를 알고 있기에 주위 사람을 의식하여 말하지 않은 것이 아닌가."

"무슨 말씀이신지, 소녀는 잘 모르겠습니다."

"그 누구도 예상하지 못한 대규모 흉년을 예견하고 깊이 고민함도 없이 훌륭한 정책을 내놓을 만큼 영명한 영애가 설마 신어로 된 중간 이름이 황위 계승권을 의미함을 모른다고 주장할 셈인가."

자신의, 혹은 제 후계자의 정적政敵을 바라보는 '황제'의 눈빛이었다.

"폐하."

"끼어들지 말게. 난 영애에게 물었어."

여전히 눈길을 내게 고정한 폐하께서 싸늘하게 말씀하셨다. 나는 침묵하는 두 공작과 아버지를 한 번 돌아본 뒤, 최대한 담담한 목소리로 입을 열었다.

"제가 황태자 전하께 위협이 되는 존재라고 생각하십니까?"

"열 길 물속은 알아도 한 길 사람 속은 모르는 법. 그거야 알 수 없는 일 아니겠는가?"

"정녕 그리 생각하십니까."

오래도록 빤히 쳐다보던 폐하께서 빙긋 미소 지으셨다.
"그 전에 확인할 것이 하나 있네만."
"하문하십시오."
"시험하고 있음을 알았을 텐데, 어째서 모른 척하지 않았는가?"
"그것은……."
"믿는 구석이 있기 때문이기도 하지만, 영애는 제국민의 삶이 피폐해지는 것을 예방할 수 있음에도 자신의 안전을 위해서 모른 척할 수 없었던 게야. 그래서 시험에 응했던 게지. 맞는가?"
"……그렇습니다."
폐하께서는 허허 웃으며 말씀하셨다. 언제 싸늘하게 봤느냐는 듯 그는 무척 평온한 표정이었다.
"영애가 황태자에게 위협이 될 거란 생각은 처음부터 하지도 않았네."
"……."
"이 자리가 어디 황위 계승권이 있다는 사실만으로 오를 수 있는 위치던가. 신탁으로 받은 것이니만큼 상당한 의미가 있긴 하다만, 겨우 그것 하나로 자기 자리를 위협받을 만큼 내 자식을 허투루 키우지는 않았다네."
"폐하!"
라스 공작이 몹시 억울하다는 듯 외쳤다.
"애초에 그런 생각도 하지 않으셨으면서 왜 그리 분위기를 잡으셨답니까. 이 친구 표정 못 보셨습니까?"
"아직 얘기에 끼어들어도 좋다고 허락하지 않았네, 공작."
무심한 어조로 일침을 가한 폐하께서 다시 나를 돌아보셨다.

"그럼에도 영애를 시험한 것은, 만에 하나 위협이 될 만한 싹이 보인다면 어떻게 해야 할지 생각을 정리하기 위함이었지. 하지만 영애는 황제의 재목은 되지 못하는군."

"……."

"잘 모르는 사람들은 영애가 무척 이성적이고 냉철한 사람이라 하겠지. 하지만 내 눈엔 그렇게 보이지 않아. 영애는 무척 마음씨가 따뜻한 사람이야. 자신의 안전보다 제국민의 삶을 중요시하여 보다 냉정하게 판단하지 못할 만큼."

과거, 주위 사람들은 모두 나를 몹시 차갑고 이성적인 사람이라 보았다. 아랫사람에게는 엄격한 주인이었고, 아버지에게는 냉랭한 딸이었을 뿐만 아니라 내 자리를 빼앗은 그녀에게조차 흐트러짐 없는 태도를 취했기에.

그런 내 모습을 그는 몹시 싫어했다. 인형 같은 여자라 칭하면서 경멸 어린 눈으로 바라볼 만큼. 그런데 그런 내가 따뜻한 사람이라고? 난생처음 들어 보는 얘기였다. 왠지 기분이 묘해졌다.

"황제는 항상 차가운 이성을 유지해야 하네. 그리고 무엇보다 자기애가 강해야 하지. 물론 그렇다고 해서 제국민의 삶이 피폐해지는 걸 외면해도 좋다는 뜻은 아니네. 다만 다른 가치를 위해 자신을 희생하는 선택을 해서는 안 된다는 것이야."

"……."

"황제는 제국민 모두를 이끌어야 하네. 황제가 없다거나 바뀐다고 하여 제국이 없어지는 것은 아니지만, 정상적인 황위 교체가 아니라면 제국이 몹시 혼란스러워지지. 그렇게 되면 결국 피해를 보는 것은 제국민일세. 따라서 황제는 자신을 좀 더 아껴야 한다네."

이미 식어 버린 차를 한 모금 마신 폐하께서 다시 말씀을 이으셨다.

"그렇다면 아까와 같은 상황에서 어떻게 해야 했는가? 내가 영애였다면 당장 그 상황에선 모른 척했을 것이야. 물론 그렇다 해서 정말로 아무것도 모른다 생각하진 않을 테지. 하지만 위협이 된다는 직접적인 증거도 없으니, 영애를 어떻게 하지는 못할 것이 아닌가."

"……."

"정책을 시행하려면 제법 긴 시간이 필요하다는 것쯤은 알고 있지 않은가. 내가 영애였다면 일단 모른 척한 뒤, 뒷공작을 통해서 흉년의 징조가 있음을 알렸을 것이야. 방법이야 무궁무진하지 않은가."

"아."

"그랬더라면 안전을 꾀하면서도 바라던 바 역시 이룰 수 있었겠지. 아니 그러한가."

"그렇습니다."

탄식하듯 답했다. 그런 방법이 있을 거라고는 전혀 생각지 못했다.

"그렇기에 영애는 황제의 재목은 아니나 아주 이상적인 황후감일세. 그토록 제국민을 위하는 마음씨 하며, 영명한 머리와 따스한 성품까지. 아주 제격이 아닌가. 해서 나는 지금 몹시 안타깝다네."

"어째서입니까?"

베리타 공작이 조심스럽게 끼어들었다.

"그대들도 알고 있지 않은가. 내 자식 농사를 잘못 지었다네."

"어인 말씀이십니까, 폐하."

"유일한 후계자라 떠받들려 자라서인가, 항상 자신이 제일 잘나야 하는 녀석이네. 최고의 지위에 있다고 해서 무엇이든 최고여야 한다는 것은 아닌데, 그걸 몰라. 못난 놈, 내 그리 타일렀는데도. 만약 그 아이가 지금 영애를 본다면 어떻게 나올 것 같은가."

한숨 쉰 폐하께서 말씀하셨다.

"반려로 자라났으니 동등한 지위에, 신으로부터 이름을 부여받은 자. 게다가 영명하기까지 하니, 누구에게나 이상적인 황후로 보일 터. 영애가 그토록 칭송받는다면 오만하기 짝이 없는 그 아이가 어떻게 나올까."

"그런……."

"그렇기에 두 공작의 칭찬을 들을 때마다 내심 그 아이 성정과 잘 맞을지 걱정하였어. 신탁을 받았다고 해서 더욱 근심했지. 그리고 지금 이렇게 보니 내 걱정이 단순한 기우가 아니었음을 알았네. 분명 이상적인 황후감이나, 너무 과해. 분명 사달이 날 것이야. 더욱이 황위 계승권까지 있는 것을 알기라도 한다면……."

온몸에 한기가 엄습했다. 설마, 설마.

"어찌할 것인가. 차라리 이름을 받지 않았다면 수월했을 것이야. 그러나 지금은 이러지도 저러지도 못하게 됐군. 황위 계승권이 있으니 다른 나라에 보낼 수도 없고, 예정대로 황태자의 반려로 올리자니 훗날이 걱정되고. 그렇다고 해서 타 가문에 시집보낼 수도 없으니……."

"폐하, 섭섭합니다. 저희 가문이 있지 않습니까."

라스 공작의 말에 피식 웃은 폐하께서 말씀하셨다.

"몰라서 하는 말은 아닐 테지, 공작? 차기 황후 후보였던 이가, 그것도 황위 계승권이 있는 영애가 공작가의 안주인이 된다? 이보다 더 큰 세력의 연합이 있을까. 황제로서 절대로 인정 못할 일이지, 암."

"폐하!"

"농담일세. 허나 내가 왜 이런 말을 하는지는 자네도 알고 있지 않은가."

아무렇지도 않게, 그러나 신하 된 자에게는 이보다 더 곤란할 수 없는 발언을 툭 던진 폐하께서 나를 다시 돌아보며 물으셨다.

"영애는 어떻게 생각하는가?"

"……."

"괜찮네. 솔직한 생각을 듣고 싶군."

"폐하, 저는……. 저는 어떤 형태로든 황태자 전하의 비妃가 되고픈 마음이 없습니다."

"알아차렸는가."

부전자전이라고 했던가. 어쩌면 부자가 이리도 똑같은지. 속에서 쓴물이 올라오는 것 같았지만, 이를 악물었다. 여기서 잘해야 해. 절대로 과거와 같은 삶을 다시 반복할 수는 없어.

"황위 계승권이 있으니 다른 곳에 보낼 수도 없으실 겁니다. 신탁으로 부여받은 것이기에 포기도 못하지요. 차기 황후로 올리자니 미래가 걱정된다고 하셨습니다. 그렇다면 저를 태자빈, 즉 미래의 황비로 삼으려 하시는 것이 아닙니까."

"맞네."

"싫습니다."

"……."

"불충스러운 발언을 용서하십시오. 허나 이 말씀은 올려야겠습니다. 저는 황태자 전하와 어떠한 형태로든 엮이고픈 마음이 없습니다."

"어찌해서? 영애는 태어나서부터 황태자의 반려로 정해진 사람이 아닌가."

크게 심호흡을 했다.

"황태자 전하의 반려가 저란 보장은 없지 않습니까. 콕 집어서 저라고 하기엔 어폐가 있지요."

그래, 보장이 없는 게 아니라, 내가 아니었지. 마음 같아서는 그건 육 년 뒤에 올 지은의 자리라고 말하고 싶었다. 그러나 누가 믿을 것인가. 내가 예언자도 아닐진대. 더욱이 그의 반려가 지은이라는 사실은 나를 또다시 황비로 삼겠다는 것과는 별개의 문제가 아닌가.

"그렇다면 영애는 대체 이 상황을 어찌하겠다는 것인가?"

"제게 시간을 주십시오. 해결책을 찾아오겠습니다."

"시간을 달라?"

"폐하께서 제게 알려 주시지 않으셨습니까. 당장 급한 것이 아니라면 우선 피한 뒤 냉철하게 생각하여 양쪽 모두의 이익을 챙기면 된다고 말입니다. 어차피 어떻게 결정하시건 간에 대외적으로는 계속 황태자 전하의 반려로 두실 것이 아니었습니까? 갑작스럽게 파혼을 발표하면 황가와 모니크가 사이에 갈등이 생겼나 오해하는 자들이 있을 테니 말입니다."

"맞네."

놀랍다는 듯 바라본 폐하께서 말씀하셨다.

"좋네. 어차피 황태자가 성년이 될 때까지 시간이 있으니, 그동안 영애에게 해결책을 생각해 볼 시간을 주도록 하겠네."

"황공합니다, 폐하."

"그럼 이만 나가 보게나. 아 참, 공작과 후작은 잠시 남게."

"네, 폐하. 그럼 이만 물러가겠습니다."

알현실을 나와 터벅터벅 걸었다. 머리가 복잡했다. 한참 동안 멍하니 걷다 문득 주위를 돌아보았다. 여기가 어디지? 분명히 기억에 있는 곳인데. 잠시 이곳저곳을 살펴보며 기억을 더듬다 화들짝 놀랐다. 여긴!

"누구냐? 이곳은 황제 폐하 소유의 정원이다. 아무나 들어올 수 있는 곳이 아니야."

싸늘한 목소리가 들렸다. 흠칫, 몸을 떨었다. 기억 속에 남아 있는 음성. 결코 잊을 수 없는 이 목소리는……!

소리가 들린 방향으로 천천히 고개를 돌렸다. 살랑살랑 부는 바람에 살짝 흩날리는 푸른 머리카락, 바닷빛을 담은 눈동자. 마지막으로 보았던 때보다 훨씬 어려 보이는 소년이 눈에 들어왔다.

그 순간, 온몸이 뻣뻣하게 굳었다. 나를 바라보는 그의 눈빛에서 알 수 없는 적의가 느껴지는 것만 같았다. 뻑뻑한 눈을 느릿하게 깜빡이자, 무감정한 바닷빛 눈동자가 눈에 들어왔다. 잘못 본 것일까. 그저 이전의 그를 이 어린 소년에게 덧씌워 보고 있기에 그렇게 느껴진 것일까.

차갑게 가라앉은 눈과 마주치자, 절로 지난 기억이 떠올랐다. 등

줄기를 타고 서늘한 기운이 흘렀다. 그것과는 반대로 뜨거운 피가 온몸으로 뻗어 나갔다. 나를 취하던 그의 무표정한 얼굴이, 아버지를 죽였다 말하며 짓던 잔혹한 웃음이, 붉은 피를 뚝뚝 흘리며 비뚜름하게 입술을 끌어 올리던 모습이 내 피를 뜨겁게 달구는 것만 같았다.

바람이라도 스치고 지나간 것일까. 어쩐지 목 뒤가 서늘했다. 마치 도끼날이 내리치던 때와 흡사한 그 느낌에 몸이 부르르 떨렸다. 눈앞이 까맣게 타들어 가기 시작했다. 새카맣게 변한 시야에 조금 전 마주쳤던 소년의 눈동자가 떠올랐다. 마지막 순간 마주쳤던 그의 눈빛, 웃음을 머금은 희열의 눈동자가 소년의 그것에 겹쳐 보였다.

그 순간, 뜨겁게 내달리던 피가 서늘하게 얼어붙었다. 심장부터 퍼지기 시작한 차가운 기운이 온몸으로 번져 나가 옴짝달싹할 수 없도록 나를 옭아맸다.

"은발이라. 모니크가의 여식인가."

"……."

한참 동안 침묵하던 그가 말했다. 예를 갖춰야 한다는 것은 알고 있었지만, 손끝 하나 까딱할 수가 없었다. 답을 해야 하는데 꽁꽁 얼어붙은 입술이 움직이기를 거부하고 있었다. 입도 벙긋하지 못한 채 눈만 깜빡이는 내게 그가 말했다.

"아무리 모니크가의 여식이라고는 하나, 몹시 건방지군. 설마 내가 누군지 몰라서 이러는 것은 아닐 테고. 지금 이 태도는 뭐지?"

"……."

기가 차다는 듯한 목소리. 얼굴에서 핏기가 싹 가셨다. 심장을 타고 흐르던 뜨거운 기운이 사라진 지금, 당장에라도 과거가 반복될 것 같은 공포만이 머릿속을 가득 채웠다.

"대답 안 하나?"

"……."

"하, 참으로 오만하기 짝이 없군. 계파의 모든 이가 떠받든다더니, 그것을 믿고 이리 기고만장하게 구는 건가."

짜증 어린 목소리에 가슴이 철렁 내려앉았다. 파르르 떨리는 입술을 떼어 보려 갖은 애를 썼지만, 얼어붙은 그것은 꼼짝도 하지 않았다.

"정말이지. 후우, 됐다. 더 얘기해 봤자 소용없을 것 같군."

뭔가를 더 얘기하려던 그는 말을 삼키며 돌아섰다. 점점 멀어지던 발소리가 완전히 들리지 않게 되어서야 비로소 굳어 있던 몸이 풀렸다. 온몸을 옥죄고 있던 올가미가 풀리는 듯한 느낌에 털썩 주저앉았다. 하얗게 질린 손이 바들바들 떨리고 있었다.

얼마나 시간이 지났을까. 나를 향해 다가오는 발소리에 흠칫 몸을 굳혔다. 설마 그가 다시 돌아오고 있는 것일까? 흔들리는 눈으로 뒤를 돌아보자 햇빛에 반사되어 반짝이는 은색 머리카락이 보였다.

아버지?

성큼성큼 다가온 아버지께서 나를 향해 팔을 뻗었다. 차갑게 식었던 심장이 그제야 조금씩 뛰기 시작했다.

"여기 있었구나, 티아."

"……아빠."

나는 떨리는 손을 뻗어 군청색 제복 자락을 꽉 움켜쥐었다. 의아하다는 듯 내려다본 아버지의 눈동자에 걱정이 가득 들어찼다.

"어찌 이리 심하게 떨고 있는 것이냐. 무슨 일이라도 있었던 게야?"

"……."

도리질을 하며 듬직한 품으로 파고들자 뭔가를 더 물으려던 아버지께서 말없이 나를 안아 올리셨다. 맞닿은 몸을 타고 전해져 오는 온기. 마치 따스한 햇살을 받은 눈처럼 얼어붙은 피가 조금씩 녹아내렸다. 주위를 감싸고 있던 차가운 공포가 차츰 사라져 갔다.

등을 토닥이는 부드러운 손길에 나도 모르게 눈이 스르르 감겼다. 깜깜해진 시야에 문득 얼어붙은 바닷빛 눈동자가 어른거렸지만, 그것은 이내 눈 녹듯 사라져 버렸다.

아버지가 무어라 얘기하는 소리가 점점 멀리 들리기 시작했다. 어느새 나는 잠의 세계로 빨려 들어가고 있었다.

3. 새로운 시작

 황제 폐하를 알현하고 난 뒤, 나는 두문불출하며 평화로운 나날을 보냈다. 항상 치열한 삶을 살았던 탓일까. 별다른 일을 하지 않고 하루하루를 보내는 이 시간이 내게는 매우 낯설면서도 소중했다.
 늦은 아침 일어나 수련을 마치고 오시는 아버지와 함께 아침 식사를 하고, 책을 읽거나 산책을 하면서—연무장 쪽은 되도록 가지 않기로 했다. 근처를 걸을 때마다 기사들이 힐끔힐끔 보는 게, 아무래도 수련하는 데 방해가 되는 것 같아서— 오후를 보냈다. 저녁 식사 이후에는 집무를 보시는 아버지 옆에서 서류를 들춰 보거나 조용히 책을 읽으면서 함께 시간을 보내다가 잠이 드는, 평범하지만 한 번도 겪어 보지 못한 삶에 몹시 행복했다.
 평화로운 나날을 보낸 지 삼 주가 조금 지나던 날, 뜻밖의 방문객이 나를 찾아왔다.
 "누가 찾아왔다고, 리나?"

"베리타 공작가의 차남, 알렌디스 데 베리타 공자께서 찾아오셨습니다, 아가씨."

"베리타 공자가 나를? 아버지가 아니고?"

"네, 아가씨."

"음, 알았어."

조마조마한 마음으로 자리에서 일어났다. 불과 몇 주 전에 나는 과거 그가 발표했던 과세 방법을 내가 생각한 것처럼 주청 드리지 않았던가. 혹시 이 시점에 그는 이미 그 방법을 고안했던 것일까? 그래서 내게 그걸 어떻게 알았느냐고, 본래 자신이 생각했던 것이라고 따지러 온 것일까?

뭐, 일단 가 보면 알겠지. 상념을 떨치며 응접실로 향했다. 리나를 뒤에 딸린 채 안으로 들어서자, 크림색 소파에 앉아 있던 소년이 자리에서 일어났다. 나는 낯선 소년을 향해 천천히 고개 숙여 인사했다.

"처음 뵙겠습니다, 베리타 공자. 아리스티아 라 모니크입니다."

"만나서 반갑습니다, 모니크 영애. 알렌디스 데 베리타입니다."

"반갑습니다, 공자. 앉으시지요."

간단하게 인사를 나눈 뒤 자리를 권했다. 나는 상석을 비워 둔 채 소년과 마주 보고 앉아 말했다.

"리나, 차 한 잔 부탁해. 로즈마리로."

"네, 아가씨."

나는 리나가 차를 준비하는 동안 베리타 공자를 찬찬히 관찰했다. 봄철 새싹처럼 싱그러운 연두색 머리카락과 베리타 가문 특유의 녹안. 에메랄드색 눈동자는 그의 아버지와 마찬가지로 이지적으로 빛나고 있었고, 매일 책만 보고 산다는 소문이 사실인 듯 피부는 그을림 하나 없이 하얗기만 했다. 남자치고는 예쁘장하지만 결코 유약해 보이지는 않는 인상이었다.

과거의 나는 그와 스치듯 지나간 적만 있을 뿐, 이처럼 직접 대면해 본 적은 없었다. 그나마 그때 이미 그는 성인이었으므로 소년의 모습은 당연히 처음 보는 것이었다. 나보다 세 살인가 많았던 걸로 기억하니 아마도 올해 열세 살인가.

"차를 들이겠습니다, 아가씨."

"그래."

조심스럽게 차를 따른 리나가 조용히 문을 닫았다. 로즈마리 특유의 상쾌한 향이 은은하게 퍼졌다.

"항상 책과 함께 지내시는 분이라 들었기에 머리가 맑아진다는 로즈마리로 준비해 보았습니다. 괜찮으신가요?"

"즐겨 마시는 차랍니다. 배려에 감사드립니다, 영애."

잠시 침묵을 지키며 차를 마셨다. 로즈마리는 그 자체의 맛보다는 코끝에 감도는 솔잎 향이나 입안에 오래도록 남는 잔향이 좋아서 즐기는 차였다. 과거에는 저혈압과 만성 두통에 시달렸기에 이 차를 거의 달고 살았다.

얼마나 시간이 지났을까. 소리 없이 잔을 내려놓은 그가 말했다.

"갑작스러운 방문에 놀라셨지요? 실은 영애께 여쭤 보고 싶은 것이 있어 결례를 무릅쓰고 찾아뵙게 되었습니다."

"제게 묻고 싶으신 것이라고요?"

"그렇습니다. 이번에 새로 도입된 사치세를 제안한 사람이 영애가 맞습니까?"

예상이 맞았던 것일까. 뭐라고 대답을 해야 하지?

"맞군요."

"……그렇습니다."

"이럴 수가, 놀라워! 겨우 열 살이라고 들었는데, 너야말로 진정한 천재구나!"

"고, 공자?"

벌떡 일어난 그가 내 손을 덥석 잡으며 외쳤다. 나는 소년의 갑작스러운 변화에 놀라 더듬거리며 반문했다.

"공자가 뭐야, 딱딱하게. 그냥 알렌디스라고 불러. 그동안 내가 이름을 허락한 사람은 하나도 없지만, 너라면 충분한 자격이 있는 것 같다."

"네?"

"아리스티아라고 불러도 되겠지? 여태까지 또래와는 말이 통하지 않아 답답했는데, 너랑은 대화가 될 것 같아 기쁘다."

"그……."

"자, 불러 봐. 알렌디스."

정신이 하나도 없었다. 어쩌다가 이렇게 된 거지? 에메랄드색 눈동자를 빛내며 능청스럽게 아리스티아, 라고 부르는 모습에 말문이 막혔다. 차분해 보이던 그의 갑작스러운 태도 변화에 놀라 얼떨결에 고개를 끄덕였다.

그제야 만족스럽다는 듯 슬쩍 미소 지은 그가 주전자를 들어 찻잔을 채웠다. 은은하게 퍼지는 솔잎 향에 혼란스러웠던 마음이 차츰 가라앉았다. 한결 차분해진 머릿속에 문득 한 가지 의문이 떠올라 망설이며 입을 열었다.

"저, 공자."

"이름으로 부르라니까? 말도 편안하게 하고."

"그래도……."

"괜찮아. 부담 갖지 말고 불러, 어서."

"음, 아, 알렌디스."

"응, 왜?"

"저, 그걸 어떻게 아신 건가요? 아, 아니, 어떻게 안 거…… 야?"

과거의 나는 항상 차기 황후로서 존중받았기에 누군가에게 이름을 불린 적이 단 한 번도 없었다. 게다가 오직 그 하나만을 바라고 살았을 뿐 친한 사람 하나 없었던 탓에 누군가의 이름을 불렀던 기억도 없었다. 그 때문일까? 눈앞의 소년을 이름으로 부르는 것도, 그에게 이름이 불리는 것도 몹시 어색했다. 더듬거리며 묻자, 싱긋 미소 지은 그가 말했다.

"그거야 조금만 생각하면 간단하지."

"어떻게 말입니……. 아니, 어떻게?"

"어느 날 황궁에 다녀온 아버지께서 심각한 표정으로 사치세라는 걸 검토하시더라고. 그런데 난 아버지께서 그런 걸 고안하시는 것을 본 적이 없거든. 그렇다면 다른 누군가가 제안했단 얘기잖아?"

"그렇죠. 아니, 그렇지."

"게다가 그날 뜬금없이 너를 며느릿감으로 거론하셨단 말이지."

"그게 무슨……."

갑자기 웬 며느리? 공작 전하께서? 고개를 갸웃하는 내게 그가 말했다.

"거기에 얽힌 복잡한 과정은 나중에 얘기하도록 하고. 차기 황후라는 영애를 며느릿감으로 거론했다면 그 영애에게 뭔가 있거나 반역을 하겠다는 소리겠지. 후자는 아닐 테니 전자란 소린데, 하필 그날 사치세 얘기가 나왔단 말씀이야? 그렇다면 그 영애가 그걸 제안했을 가능성이 높지 않겠어?"

"그렇구나."

신기해 하면서 답했다. 그런데 그의 추론은 여기서 끝이 아니었다. 우아한 동작으로 찻잔을 들어 올린 그가 말했다.

"헌데 말이지. 아버지께서 혹시라도 반역의 의사로 보일지도 모르는 발언을 함부로 하실 리는 없는데. 왠지 황태자비 자리에 대해서도 뭔가 사연이 있는 것 같다는 생각이 자꾸만 든단 말이야."

"……."

"뭐, 대충은 알 것 같긴 한데. 내 생각이 맞다면 제법 심각한 일일 테니 이 이상 왈가왈부하지는 않겠어. 그보다 난 궁금한 건 못 참거든. 그 사치세를 고안한 게 너인지도 궁금하고 어떻게 생각했는지도 궁금해서 도저히 못 참겠더라. 그래서 초면에 실례인지 알면서도 다짜고짜 찾아온 거야."

궁금하다는 듯 바라보는 모습에 조금 난감해졌다. 뭐라고 해야 하지? 이미 알고 있었다고 답할 수는 없고, 어설프게 변명하면 금세 알아차릴 것 같은데. 나는 잠시 고민하다 머릿속으로 생각을 정리하며 천천히 입을 열었다.

"사실 그거 내가 생각한 건 아닌데."

"응? 무슨 소리야?"

"음, 그게……. 어떤 낡은 책에서 본 거야. 고대에는 그런 제도도 있었다고 하던걸."

"책? 무슨 책? 제목이 뭔데?"

아차, 속으로 혀를 찼다. 왜 하필 그런 핑계를 댔지? 눈앞의 소년은 수많은 재상을 배출한 베리타 공작가의 직계이니, 분명 엄청나게 많은 책에 둘러싸여 자랐을 텐데. 실수했다는 생각이 강하게 들었지만, 이제 와 말을 바꿀 수도 없는 노릇이었으므로 나는 애써 태연한 척 표정을 유지하며 말했다.

"제목이 없는 책이었어. 황궁 도서관에서 우연히 봤는데, 다음에 가 보니 아무리 찾아봐도 없었어."

"흐음. 그래?"

"으, 응."

미심쩍다는 듯 되물은 소년이 아무래도 좋다는 듯 어깨를 으쓱이며 자리에 앉았다. 안도의 한숨을 내쉬다 문득 떠오르는 생각에 고개를 들었다. 이렇게 되면 이름으로 부르라는 건 취소인가. 사치세를 창안한 사람이라 생각해서 친근하게 군 것이었을 테니.

사람의 마음이란 어찌 이리도 간사한지. 조금 전까지만 해도 다짜고짜 이름을 부르는 모습에 몹시 당혹스러웠는데, 막상 다시 격식을 차려야 한다 생각하자 왠지 섭섭했다.

"그럼, 이름을 부르라는 건 취소인가요, 베리타 공자?"

"응?"

에메랄드색 눈동자가 휘둥그레지며 나를 바라보았다. 잠시 나를 바라보던 소년이 빙그레 웃으며 말했다.

"사치세를 처음 생각해 낸 게 아리스티아, 네가 아니라는 사실을 알았으니 내가 이름을 부르라고 한 걸 취소할 거라고 생각한 거야?"

"……."

"그럴 리가. 난 단순히 그 사실 때문에 너에게 이름을 허락한 게 아니야. 이거 좀 섭섭한걸?"

"그럼 뭔데?"

고개를 갸웃하며 묻자 슬쩍 혀를 찬 그가 말했다.

"물론 열 살짜리가 그런 걸 생각했다는 게 놀랍기도 했지. 어떤 면이 마음에 들었기에 아버지께서 며느릿감으로 거론하셨는지 궁금하기도 했고 말이야."

"……."

"네가 생각한 게 아니라는 것 자체도 좀 의심스럽고, 사실이라고 해도 뭐 어디에 있는지도 모를 그런 책까지 읽었다는 것만으로도 충분해. 다른 영애들이라고 다 바보라는 건 아니지만, 너라면 충분히 심도 있는 대화가 통할 것 같아 기쁘다고. 스스로 생각한 게 아니라 읽은 것에 불과하다 해도 아무나 다 자기 걸로 소화해서 제안할 수 있는 건 아니잖아?"

"……."

"그리고 가장 중요한 건 따로 있어."

갑작스러운 침묵에 고개를 들었다. 시선이 마주치자 빙그레 미소 지은 소년이 그제야 다시 입을 열었다.

"난 네가 맘에 들었거든."

"응?"

"물론 외모도 마음에 들었지만, 그것보다는 침착한 모습이 좋았어. 갑작스레 변하는 내 태도를 보고 크게 당황하거나 화를 낼 법도 한데, 잠시 움찔했을 뿐 시종일관 차분한 표정을 유지했지. 예법에 밝은 모습이나 똑똑한 것도 마음에 들고. 게다가 내 아버지께서도 탐내고 계시지. 그래서 말인데, 아리스티아. 사정이 복잡한 것은 알겠는데, 나중에 그게 다 정리된다면 너, 내게 시집오지 않을래?"

"뭐, 뭐라고?"

"절대 안 된다."

갑작스러운 말에 잔뜩 당황해서 더듬거리며 반문하는데, 갑자기 응접실 문이 쾅 열리며 날카로운 기세를 담고 있는 목소리가 들려왔다.

"아, 아버지."

"오랜만에 뵙습니다, 후작 각하."

어쩔 줄 몰라 하는 나와는 달리, 알렌디스는 마치 이런 일이 있을 줄 알았던 사람처럼 침착한 어조로 인사를 건넸다.

"티아, 이리 오너라."

성큼성큼 다가온 아버지께서 나를 등 뒤로 끌어당기셨다.

"이런, 따님을 정말로 아끼시나 봅니다. 더욱더 맘에 드는군요. 사랑을 받아 본 사람이 주는 것도 잘하는 법이니까요."

"……안 된다고 했을 텐데."

"제 어떤 점이 마음에 들지 않으십니까?"

기분이 이상했다. 나서부터 그의 약혼녀였던 내게는 이런 일이 생긴 적이 단 한 번도 없었으므로. 아니, 지금 이 상황은 정략결혼을 하는 것이 보편적인 대부분의 귀족 영애에게는 일어나기 힘든 일이 아닐까. 이건 마치 시녀들이 즐겨 본다던 소설 속의 이야기와 비슷하잖아.

"공자는 이전에 내 딸과 만난 적이 없다고 아는데."

"그렇습니다."

"그럼 오늘 처음 만났단 소리인데. 초면에 다짜고짜 청혼하는 것이 말이 된다고 생각하는가?"

"그럴 수도 있지요. 첫눈에 반했을 수도 있지 않습니까."

"허."

아버지께서는 기가 차다는 듯 말씀하셨다.

"공자, 올해 열셋이라고 들었는데."

"그렇습니다, 각하. 하지만 나이가 어리다고 사랑까지 못하는 것은 아니잖습니까?"

"한담은 여기까지 하지. 일단 앉게나. 티아, 너도 앉거라."

냉정하게 알렌디스의 말을 끊은 아버지께서 말씀하셨다. 왠지 끼어들면 안 될 분위기라, 나는 말없이 자리에 앉았다.

"아무리 희대의 천재라 불린다 한들, 고작 열세 살인 아이와 논쟁할 만큼 나는 한가하지도 어리석지도 않네. 본론만 얘기하지. 내 딸에게 바라는 것이 무엇인가."

"말씀드렸잖습니까. 전 따님을 사랑……. 아, 알겠습니다. 진지하게 말씀드릴 테니 살기는 그만 거두어 주시겠습니까."

싸늘한 기세에 움찔한 알렌디스가 웃음기를 거두며 진지한 어조로 말했다.

"어디까지 들으셨는지 모르겠습니다만, 저는 정말로 따님이 마음에 듭니다. 하지만 각하께서 말씀하신 대로 저희는 아직 사랑을 논하기엔 많이 어리지요."

"그래서?"

"하지만 아리스티아에게 호감이 간 것도 사실입니다. 아리스티아도 저를 싫어하지는 않는 것 같으니, 차후에는 호감이 사랑으로 발전할 수도 있지 않겠습니까. 그러니 이렇게 하심이 어떠실는지요?"

왠지 내 이름이 강조되어 들린 것 같은데, 착각이겠지?

"우선, 돌아가는 상황을 보아하니 아리스티아가 황태자비가 되지 않을 가능성이 제법 있는 것 같습니다만. 맞습니까?"

"……."

"맞나 보군요. 일단 이건 아리스티아가 황태자 전하와 혼인하지 않는다는 가정하에 말씀드리는 겁니다. 황실과의 혼약이 파기된다면 다른 귀족들이 어떻게 생각할까요. 따님에게 문제가 있어서라고 떠들어 댈 것이 뻔합니다."

"내가 가만있지 않을 것이네."

알렌디스의 말은 나 역시 한 번 생각했던 것이었지만, 딱히 해결할 방법도 없었기에 어쩔 수 없다 생각하고 넘긴 문제였다.

"사교계의 모든 입을 어떻게 단속하실 겁니까. 그리고 그렇게 되면 괜한 흠집이 잡힌 후이니 청혼해 오는 자 중 쓸 만한 이는 전무할 것입니다. 어떻게든 모니크가와 엮여 보고자 하는 하급 귀족이나, 어중이떠중이들만 있겠지요. 그 모욕을 어찌 감당하시렵니까."

"……."

"저를 허락해 주신다면, 그런 상황에서 매우 유용할 것입니다. 제 입으로 이런 말 하긴 그렇지만, 아직 어려서 그렇지 저도 제법 괜찮은 신랑감입니다. 어떠십니까."

"……내 딸의 의사가 가장 중요하네."

"물론입니다. 만일 그때에 따님과 저의 관계가 발전했다면 정식으로 청혼을 드리고, 따님에게 사랑하는 다른 사람이 생긴다면 그 사람이 쓸 만하다는 전제하에 깔끔하게 포기하겠습니다."

나를 화제로 삼았지만 대상자를 철저하게 배제한 대화는 어느새 종반을 향해 치닫고 있었다.

"좋네. 공자를 사윗감으로 생각하는 것은 아니지만, 한 가지 조건만 충족한다면 일단 티아의 친구로서 곁에 있는 것을 허락하지. 하지만 주의해야 할 것이네. 아직 내 딸은 황태자 전하의 약혼녀이니까 말일세."

"물론입니다. 그런데 그 조건이란 무엇입니까?"

활짝 미소 지은 알렌디스가 말했다. 질문에 대한 답은 하지 않은 채 자리에서 일어난 아버지께서 나를 돌아보며 말씀하셨다.

"티아, 아비는 황궁에 가 봐야 한단다. 사실 이미 출발했어야 했는데 조금 늦어졌구나. 이따 저녁에 보자꾸나."

"아, 출근하시는 날이었군요. 다녀오세요, 아빠."

"그래."

알렌디스에게는 눈길조차 주지 않고 걸어가던 아버지께서 몸을 살짝 돌리며 말씀하셨다.

"내 딸 곁에 있으려면, 위기 상황에서 저 아이를 지켜 줄 수 있어야 하네. 베리타 공작은 무武와는 전혀 친분이 없는 사람이니, 내일부터 날 찾아오도록 하게. 직접 지도해 주도록 하지."

"어, 어느 정도의 성취가 있어야 하는 겁니까?"

"뭐, 내 딸을 지키려면 기사단 하나 정도는 가뿐하게 이겨야 하지 않겠나. 그럼 내일 보기로 하지."

아무렇지도 않다는 어조로 아무렇지도 않은 것이 아닌 내용을 던지고서 나가 버리시는 아버지를 멍하니 바라보던 소년이 털썩 주저앉았다.

"기사도 아니고 기사단 하나? 망했다."

절망적으로 보이는 표정에 왠지 웃음이 나왔다. 입을 가린 채 소리 죽여 웃는 나를 힐끔 돌아본 알렌디스가 한숨을 쉬며 말했다.

"웃지 마. 우리 집안은 대대로 몸치란 말이야. 나도 그럴까 봐 몸 쓰는 일은 여태껏 한 번도 안 해 봤다고."

"아, 그런 거였어? 어쩐지 베리타 공작가에서는 기사가 하나도 나오지 않는다 했지."

"응. 대대로 머리 굴리는 건 잘하지만, 이상하게 몸 쓰는 일은 못한단 말씀이야. 그래도 어쩔 수 없지. 예쁘고 똑똑한 아내를 얻으려면 이 정도 노력은 해야 하지 않겠어?"

조금 전의 진지한 모습은 다 어디로 갔는지, 알렌디스는 다시 원래 모습대로 돌아와 있었다.

"참, 미안해. 아리스티아."

"응?"

"너와 관계된 대화를 하면서도 네 의사는 전혀 고려하지 않은 것 말이야."

"아……."

그리 기분이 나쁘지는 않았는데. 아니, 기분이 나쁠 틈이 없었다고 해야 하나. 갑작스러운 발언에 이어서 등장한 아버지, 곧바로 이어진 둘의 설전 때문에 계속 정신이 없었으니까. 하지만 정중하게 사과하는 모습을 보니 왠지 기분이 좋아져서 나는 살포시 미소 지으며 말했다.

"뭐, 사과는 받아들일게."

"감사합니다, 영애."

정중하게, 하지만 장난스럽게 웃은 알렌디스가 말했다.

"일단은 후작 각하께서 말씀하신 대로 네 친구에서부터 시작하기로 할게. 하지만 티아."

"응?"

"나중에 성인이 되었을 때, 네 진정한 가치를 가장 먼저 알아차리고 함께하고자 청한 사람이 나라는 사실은 반드시 기억해 줬으면 해."

"……그래. 고마워, 알렌디스."

가슴 한쪽이 알싸하게 아려 왔다. 그토록 그것을 내게 청해 주길 바랐던 사람이 있었다. 하지만 그는 끝까지 나를 돌아봐 주지 않았다. 심지어는 과거에서 돌아온 이 시점에서조차도.

그런데 지금, 그가 아닌 다른 사람이 내게 함께하기를 청하고 있었다.

"고마워할 게 있나? 내가 억지를 부리고 있는 건데."

의아하다는 듯 고개를 갸웃하던 알렌디스가 혀를 차며 말했다.

"아, 이런. 또 정작 중요한 네 의사는 묻지 않았네. 미안."

"응?"

"일단 미래의 일은 잠시 접어 두고 말이야, 아리스티아. 내 친구가 되어 주겠어?"

밝게 웃으며 손을 내미는 모습에 아려 왔던 가슴이 묵직해졌다.

과거, 내게는 친구라고 부를 만한 사람이 단 하나도 없었다. 또래의 고위 귀족가 영애가 없었던 데다가 태어나자마자 황태자의 반려로 낙점되었던 탓에 나는 오로지 동경 혹은 시기의 대상이었을 뿐 그 누구와도 친구가 되지 못했다. 비슷한 지위의 영식들 역시 괜한 오해를 살까 두려워 나를 기피했다. 그녀, 지은으로 인해 황비의 지위로 떨어졌을 때에는 비웃음과 동정의 대상이 되었을 뿐이었고.

친구란 대등한 지위에 있는 사람을 의미하는 것. 그랬기에 내게는 단 한 번도 친구라는 존재가 있었던 적이 없는데. 난생처음으로 들어 본, 친구가 되어 달라는 알렌디스의 말은 생소하면서도 몹시 따스하게 느껴졌다.

"그래, 앞으로 잘 부탁해."

나는 알렌디스가 내민 손을 맞잡으며 밝게 미소 지었다. 누구에게나 있는 것, 하지만 내게는 유독 허락되지 않았던 존재. 동등한 지위에서 함께할 수 있는, 친구라 부를 수 있는 사람이 내게도 생겼다는 사실에 가슴이 벅차올랐다.

반짝이는 에메랄드색 눈동자를 바라보며 생각했다. 애써 외면해 오고 있던 현실을 이제는 조금 받아들일 수 있을 것 같다고. 이제야 비로소 과거와 다른 삶을 살아가고 있다는 사실을 조금이나마 실감할 수 있을 것 같다고, 그렇게 생각했다.

"내일 보자, 아리스티아."

"그래, 조심해서 가."

이런저런 대화를 나누다 보니 어느덧 저녁 식사 시간이 가까워져 오고 있었다. 초대를 받지 않은 이상 방문한 집에 저녁까지 있는 것은 예의에 어긋나는지라 알렌디스는 더 있지 못하고 자리에서 일어났다.

알렌디스를 배웅하고 나서 잠시 쉬고 있을 때, 오늘은 좀 늦을 것 같다는 아버지의 전언이 왔다. 아쉬운 마음에 한숨을 쉬었다. 조금만 일찍 알려 주셨더라면 알렌디스에게 함께 저녁을 들지 않겠냐고 묻기라도 했을 텐데. 어느새 아버지와 함께하는 것이 몸에 배어 버렸는지, 혼자라고 생각하니 왠지 입맛이 없었다.

"리나, 오늘은 저녁을 준비할 필요가 없다고 전해 줘. 아버지께서는 늦으신다고 하고, 나도 별생각이 없네."

"그게 무슨 말씀이세요, 아가씨. 그렇잖아도 툭하면 쓰러지시는 분이."

"한 끼 정도 안 먹는다고 어떻게 되지는 않아."

"그래도······."

"괜찮아. 참, 집사에게 고용인 명단을 들고 오라고 좀 전해 줄래?"

"네, 아가씨."

나는 리나를 내보낸 뒤 서재로 향했다. 아버지께 드릴 말씀이 있었는데 늦으신다고 하니 우선 다른 일부터 처리해야 할 것 같았다. 잠시 해야 할 일을 속으로 정리하고 있을 때, 노크 소리가 들려왔다.

"들어와."

"찾으셨습니까, 아가씨."

단정한 차림의 집사가 들어와 정중하게 인사했다. 올해 삼십 대 초반 정도 되는 집사는 얼마 전 은퇴해서 영지로 내려간 전前 집사의 맏아들로, 정식으로 인수인계를 받은 지 얼마 되지 않았음에도 무척 능숙해 보이는 모습이었다. 뭐, 어릴 때부터 집사 교육을 받았을 테니 그럴 만도 하지.

"생각 없다고 하셨지만, 그래도 걱정이 되어 가져왔습니다. 조금만 드시지요, 아가씨."

"아, 신경 써 줘서 고마워."

새하얀 케이크를 조그맣게 잘라 내어 입에 넣자, 그는 두꺼운 책을 내밀며 말했다.

"말씀하신 고용인 명단입니다."

"음, 몇 가지 물어볼 게 있는데."

"하문하십시오."

"여기 기재된 각자의 인적 사항, 다 정확한 것인가?"

"물론입니다, 아가씨."

당연하다는 듯한 말에 나는 우선 명단을 넘기며 살펴보았다.

"이름, 인상착의, 나이, 출생 영지와 일자, 가족 관계, 거주지. 음, 괜찮네. 그런데 집사, 한 가지만 더 조사해 줬으면 좋겠는데."

"어떤 것을 조사하면 되겠습니까?"

"고용인 가족의 인적 사항을 조사해 줬으면 해. 하는 김에 지금 기재된 부분이 정확한지도 다시 한 번 확인해 주면 좋고."

"알겠습니다, 아가씨."

"번거롭겠지만 부탁해."

"최대한 빠르게 조사해서 보고 드리겠습니다."

명단을 도로 건네받은 집사가 인사하고 나가는 모습을 바라보다 문득 떠오르는 것이 있어 다시 불렀다.

"아 참, 집사."

"네, 아가씨. 말씀하십시오."

"모레가 전 집사의 생일이었던 것 같은데?"

"맞습니다."

그런 것까지 알 거라고는 미처 생각지 못한 듯, 무표정한 얼굴에 놀라움이 떠올랐다. 나는 조금 감격한 것처럼 보이는 집사에게 살며시 미소 지으며 말했다.

"전 집사가 간식 종류를 좋아했지? 내일부터 닷새간 휴가를 줄 테니, 영지에 다녀오도록 해. 수석 주방장에게 말해서 케이크랑 쿠키 같은 것 가져가고, 노환에 좋다는 약초도 좀 챙겨 가고."

"감사합니다, 아가씨."

"안부 전해 줘. 조심해서 다녀오고."

"네, 아가씨."

허리를 깊게 숙여 인사한 집사가 밖으로 나갔다. 고용인의 인적 사항에 대한 조사는 조금 늦어지겠군. 어차피 그리 급한 것은 아니니 천천히 받아도 될 거라 생각하며, 나는 얇은 책 한 권을 펼쳐 들었다.

"아가씨."

"응?"

"각하께서 돌아오십니다."

"아, 그래. 어서 내려가야겠다."

리나의 부름에 책에서 눈을 뗐다. 서둘러 아래층에 내려가자 절도 있는 걸음걸이로 다가오는 아버지의 모습이 보였다.

"다녀오셨어요?"

"그래, 늦어서 미안하구나. 날씨가 제법 쌀쌀한데 어서 들어가자."

"네. 오늘은 일이 많으셨나 봐요."

"음, 그럴 일이 좀 있었단다."

이 시간까지 황궁에 있다가 오신 것 같지는 않은데. 조금 의아했지만, 나는 더 이상 묻지 않고 다른 질문을 했다.

"혹시 많이 피곤하신가요?"

"아니, 괜찮다. 왜 그러느냐?"

"잠시 드릴 말씀이 있어서요."

"그래? 그럼 따라오너라."

"네, 아빠."

먼저 대화를 나눌 생각이신지, 아버지께서는 먼저 가 있으라는 말씀 대신 곧바로 집무실로 향하셨다. 군청색 제복 재킷을 벗어 든 아버지께서 자리에 앉으며 말씀하셨다.

"그래, 내게 할 말이란 게 무엇이더냐?"

"우선 드릴 말씀이 있어요, 아빠. 실은 집사에게 내일부터 닷새간 휴가를 줬어요. 모레가 전 집사의 생일이길래 영지에 다녀오라고 했습니다."

"그래, 잘했구나."

"그것과 관련해서 한 가지 드릴 말씀이 있어요. 음, 이제부터 집안의 안살림은 제가 관리해도 될까요?"

"네가?"

의아한 표정으로 바라본 아버지께서 물으셨다.

"네. 지금은 아빠 혼자서 모든 일을 다 하고 계시잖아요. 조금이나마 보탬이 되어 드리고 싶어요. 안살림이란 본디 여자의 일이기도 한데다가 어리다고 해서 마냥 의존하는 것은 옳지 않은 일이라는 생각도 들었고요."

"그랬구나. 하지만 티아, 너를 믿지 못하는 것은 아니지만, 그래도 아직은 힘에 부치지 않겠느냐?"

"어려운 일이 있으면 도움을 요청할게요. 어머니께서 계시지 않는 이상, 어차피 언젠가는 제가 해야 할 일이잖아요? 그저 남들보다 조금 일찍 시작할 뿐이라 생각해 주세요."

"그래, 알았다. 집사가 휴가에서 돌아오는 대로 네게 인수인계 하라 이르마. 힘든 일이 있으면 언제든지 이야기하렴."

"그럴게요. 감사해요, 아빠."

어차피 언젠가는 해야 하는 일이었지만 흔쾌히 허락하시는 모습에 내심 놀랐다. 귀족 가문의 안살림을 맡는 자가 된다는 것은 집안의 금전 출납까지도 일차적으로 집행할 수 있는 막대한 권한을 손에 쥐는 것이어서 언뜻 보기에 좋아 보일 수도 있지만 사실은 많은 의무가 따랐다. 고위 귀족일수록 가문의 규모는 커지기에 그 책임은 더욱더 막중했다. 그렇기에 아무리 여주인이 없다 하더라도 열 살짜리 아이가 가문의 안살림을 맡는 일은 없었다. 그것이 후작 가문이라면 더더욱.

하지만 아버지께서는 내가 과거에 황궁의 안살림까지 했다는 사실을 전혀 알지 못하심에도 막중한 권한과 의무를 갖는 이 일을 내게 선선히 내주셨다. 물론 당분간은 내가 하는 것을 지켜보시면서 최종 검토를 하시겠지만, 그렇다 해도 아버지께서 내게 보여 주신 것은 매우 큰 신뢰였다. 이야기를 꺼낸 나조차 놀랄 정도로.

"그래, 이 이야기를 하려고 보자 한 것이냐, 티아."

"아뇨, 한 가지가 더 있어요. 음, 이건 꼭 허락해 주셨으면 좋겠어요."

"일단 들어 보자꾸나."

"음, 그러니까……."

"말해 보렴."

"제게 검술을 가르쳐 주셨으면 해요."

"검술?"

나는 잔뜩 긴장하며 아버지를 바라보았다. 의아하다는 듯 턱을 쓰다듬던 아버지께서 말씀하셨다.

"그 전에 뭔가 한 가지 물어봐도 되겠느냐?"

"네, 말씀하세요."

"지난번에 폐하께 말씀드리는 것을 보고도 이상하다 생각했다만, 어째서 황태자 전하를 그리도 꺼리는 것이더냐. 혹, 무언가 기억이 돌아오기라도 한 게냐?"

흠칫 몸이 굳었다. 설마 내가 열일곱까지의 기억을 갖고 있다는 사실을 알고 계신 건 아니겠지? 어쩔 줄 몰라 침묵하는데, 아버지께서 덧붙여 말씀하셨다.

"네가 어렸을 때의 기억 말이다."

"어렸을 때?"

아니구나. 나는 속으로 안도의 한숨을 삼키다 말고 고개를 갸웃했다. 그를 꺼리는 것과 어린 시절의 기억 사이에 무슨 관계가 있다는 거지? 그와 처음 만났던 것은 내가 열 살 때가 아니었던가.

뭔가 찜찜했지만, 지금 중요한 것은 그게 아니었다. 하긴 생각도 잘 나지 않는 어린 시절 따위가 무슨 상관이야. 어차피 다시는 그와 엮이지 않을 건데.

"아닌가 보구나. 흠, 그렇다면 어째서 그러는 것이더냐?"

"저는 결혼 같은 건 하고 싶지 않아요. 그냥 지금처럼 아버지와 함께 행복하게 살고 싶어요."

"그렇구나."

뭔가 더 하실 말씀이 있는 듯 입술을 달싹이던 아버지께서 끝내 입을 다무셨다. 계속되는 침묵에 불안한 눈으로 바라보자, 딱딱하게 굳어 있던 입가에 희미한 미소가 걸렸다.

"그래, 알았다. 그리하자."

"감사해요, 아빠!"

활짝 웃으며 답하자, 자리에서 일어나신 아버지께서 팔을 뻗어 나를 안아 올리셨다. 나는 어느새 익숙해진 품에 얼굴을 묻었다. 머리카락을 쓰다듬는 부드러운 손길이 느껴졌다.

"다 큰 줄 알았더니, 아직 아기였구나."

"……"

"좋다. 그럼 내일부터 시작하자꾸나. 하지만 이것 하나는 기억해 두거라. 아비는 제법 엄한 스승이라는 것을 말이다."

"물론이에요, 아빠. 정말 감사드려요."

"그래. 그것 말고 더 할 얘기는 없는 것이지?"

"네."

"제법 시간이 늦었구나. 어서 잠자리에 들어야지. 내일부터 훈련을 받아야 하니 푹 쉬어야 하지 않겠니. 가자, 아비가 데려다 주겠다."

절도 있는 걸음을 따라 몸이 기분 좋게 흔들렸다. 푹신한 침대 위에 나를 내려놓은 아버지께서 잘 자라 인사하며 이불을 꼭꼭 여며 주셨다.

긴 하루를 보내서 피곤했던 탓일까. 나는 순식간에 잠의 세계로 빠져들었다.

새로운 일을 한다는 설렘 때문일까. 해도 뜨지 않은 이른 시간부터 잠에서 깼다. 리나를 독촉해서 최대한 간편한 복장을 찾았지만 온통 치마뿐, 적당한 옷을 골라낼 수가 없었다. 나는 바지를 몇 벌 맞춰야겠다고 생각하며 그나마 나아 보이는 승마복으로 갈아입었다.

"벌써 일어난 게냐?"

"안녕히 주무셨어요, 아빠?"

"그래, 너도 잘 잤느냐?"

"네."

"오늘따라 유독 기분이 좋아 보이는 것을 보니 많이 설레었나 보구나. 그럼 가 볼까."

아버지와 함께 연무장으로 향했다. 이제 막 날이 밝아 오고 있는데도 벌써 많은 기사들이 나와 새벽 수련을 하고 있었다. 설렘 반 긴장 반으로 발을 들이자, 무심코 돌아보던 기사들이 우르르 달려와 인사했다.

"여기는 어쩐 일이십니까?"
"이렇게 이른 시간부터 승마하시려고요?"
"오랜만에 뵙습니다, 아가씨!"
"모두 거기까지."

낮은 목소리가 연무장을 울리자, 주위를 둘러싸고 있던 기사들이 뻣뻣하게 굳었다. 무서운 상관이라 하시더니 정말인가 보구나. 아버지의 지시에 따라 연무장 가장자리를 뛰려고 하는데, 저 멀리서 달려오는 연두색 머리카락의 소년이 보였다.

"아리스티아!"
"알렌디스, 왔구나. 난 네가 오지 않을 줄 알았어."
"그럴 리가. 그런데 여긴 어쩐 일이야? 설마 고생하는 날 응원해 주려고?"

반갑게 인사를 하다 어쩐지 이상한 느낌이 들어 주위를 둘러보았다. 아버지뿐만 아니라 수련을 하던 기사 모두가 나와 알렌디스 쪽을 노려보고 있었다.

'이런, 너무 시끄럽게 인사했나.'

나는 서둘러 기사들에게 사과한 뒤 최대한 작은 목소리로 말했다.

"아냐, 나도 오늘부터 검술을 배우기로 했거든."
"정말? 잘됐다!"

알렌디스는 크게 기뻐하며 나를 와락 껴안았다. 화들짝 놀라 떼어 내려다가 말없이 등을 토닥여 주었다. 나처럼 그도 떨리겠지. 하지만 자발적으로 배우겠다고 한 나와는 달리 그는 반강제로 배우게 된 것이니, 아무래도 설렘보다는 두려움이 더 크지 않을까.

그가 조금 안정될 때까지 이대로 있어야겠다고 생각했지만, 갑자기 누군가가 나를 확 끌어당겼다. 눈썹을 추켜세운 채 나를 품에 안은 아버지께서 말씀하셨다.

"이게 무슨 짓인가, 베리타 공자."

"아, 이런. 그런 의도는 아니었습니다, 각하."

"됐네. 일단 연무장 서른 바퀴부터 돌고 시작하지."

응? 나는 열 바퀸데, 알렌디스는 왜 서른 바퀴지? 남자라서 그런가? 의아했지만, 일단 알렌디스와 함께 뛰었다. 기사들의 눈초리나 아버지의 표정이 왠지 마음에 걸렸지만, 어쨌든 상쾌한 하루의 시작이었다.

"헉, 헉."

"하아, 하아."

숨이 턱까지 차올랐다. 나는 열 바퀴를 간신히 채우고서 풀리는 다리를 주체하지 못하고 털썩 주저앉았다. 품위 없어 보일 텐데, 라는 생각이 들었지만 몸이 말을 듣지 않았다. 과거에도 허약한 편이기는 했지만, 체력이 이렇게까지 형편없었는지는 미처 몰랐다.

 어떡하지. 이제 겨우 시작했을 뿐인데, 기초 체력마저도 이렇게 없어서야. 과연 제대로 검술을 배울 수는 있는 걸까.

 "알렌…… 디스, 괜찮, 아?"

 "헉, 헉, 괘, 괜찮……."

 열일곱 바퀴를 달리고서 내 옆에 무너지듯 주저앉은 알렌디스가 숨을 몰아쉬며 답했다.

 "생각한 것보다는 괜찮군. 흠, 오늘은 첫날이니 이 정도만 하지."

 "알겠, 헉, 습…… 니다, 각하."

 "당분간은 체력 단련만 하고 어느 정도 되었다 싶을 때부터 본격적으로 훈련을 하도록 하겠네. 티아, 너도 마찬가지다. 베리타 공자, 그럼 내일 보도록 하세."

 "네, 아빠."

 가볍게 내 어깨를 토닥인 아버지께서 몸을 돌리셨다. 나는 한참 동안 호흡을 고른 후에야 겨우겨우 말문을 열었다.

 "괜찮아, 알렌디스?"

 "후우, 이제 좀 괜찮네. 첫날부터 장난이 아닌데?"

 "미안. 괜히 나 때문에 네가 고생하네."

 "무슨 그런 말을. 괜찮아. 어제도 얘기했잖아. 예쁘고 똑똑한 아내를 얻으려면 이 정도는 해야 하지 않겠어?"

 싱긋 미소 지은 알렌디스가 자리에서 일어나 옷을 툭툭 털었다.

 "앞으로 같이 지내야 할 텐데, 너희 가문 기사들 소개 좀 해 줄래?"

"아, 그래. 가자."

하긴. 앞으로 검술을 배운다면 계속 기사들과 함께 지낼 테니 간단한 소개와 인사 정도는 해 두는 것이 좋겠지. 나는 흐트러진 머리와 옷을 정돈하고서 알렌디스와 함께 훈련을 감독하고 있는 중년의 기사에게 다가갔다.

"음, 리그 경?"

"제 이름을 기억해 주시다니. 영광입니다, 아가씨!"

확신이 서지 않아 망설이며 불렀는데, 다행이었다. 겨우 이름을 맞췄을 뿐인데 몹시 좋아하는 모습을 보니 문득 미안해졌다. 다른 사람도 아니고 가문의 기사들 이름 정도는 외웠어야 했는데.

과거의 나는 무武와는 전혀 다른 삶을 살았을 뿐만 아니라 관심도 없었기에 집안에서 일하는 다른 고용인들의 이름은 모두 외웠지만, 기사들까지는 전부 기억하지 못했다. 그에게 어울리는 반려가 되겠다는 생각에 황후로서 요구되는 덕목만을 배우기에도 벅차 무가武家의 딸이었음에도, 그것도 제국의 창이라 불리는 모니크 후작가의 딸이었으면서도 가장 기본적인 것조차 등한시했다니. 몹시 부끄러운 동시에 나 자신에게 화가 났다.

나란 아이는 대체 한 가지에만 맹목적으로 매달려 얼마나 많은 것들을 외면하고 살아왔던 것일까. 직접 배우지는 않더라도 최소한 관심은 가졌어야 했다. 관심은 없었다 하더라도 가문을 지탱하는 기사들의 이름 정도는 외우고 있어야 했다.

"아가씨?"

"아리스티아?"

표정이 일그러지기라도 했던 것일까. 걱정스레 부르는 알렌디스와 리그 경의 목소리가 들렸다.
"이런, 미안해요, 리그 경. 잠시 다른 생각을 했네요."
"아닙니다. 저는 괜찮습니다!"
사과의 말을 듣자마자 리그 경은 괜찮다며 우렁차게 소리쳤다. 탄탄하지만 결코 큰 체격은 아닌 아버지와는 달리 리그 경은 몸집이 커서 그런지 목소리도 컸다. 우렁찬 목소리를 듣자 어쩐지 어두운 과거의 상념이 모두 날아가는 것만 같았다.
그래, 새롭게 시간을 부여받은 이상, 과거에 부족했던 부분은 앞으로 열심히 노력해서 채우면 되는 거야. 이제라도 깨달았으니 됐어. 앞으로 잘하면 돼, 라고 생각하며 나는 중년 기사를 향해 방긋 미소 지었다.
"오늘부터 정식으로 아버지께 검술을 배우기로 했답니다. 앞으로 잘 부탁드려요."
"헛, 그게 정말이십니까?"
"네. 그리고 이쪽은 저와 함께 검술을 배우기로 한 알렌디스 데 베리타 공자입니다. 알렌디스, 이쪽은……."
"프리어 센 리그입니다."
눈치 빠르게 답하는 리그 경을 향해 알렌디스가 고개 숙여 인사했다.
"반갑습니다, 리그 경. 앞으로 잘 부탁드립니다."
"반갑네, 베리타 공자. 비록 신분의 차이가 있다 하나 자네는 신입이고 나는 선임이니, 말은 놓도록 하겠네."
"네, 그러십시오."
왜 나는 아가씨고 알렌디스는 신입이지? 뭔가 이상한 기분이 들었지만, 대화가 길어질수록 기사들의 수련을 방해할 것 같아 일단 의문을 접었다.

"수련에 방해가 되지 않는다면 다른 분들과도 인사를 나누고 싶은데, 괜찮을까요?"

"물론입니다, 아가씨. 저들도 기다리고 있을 겁니다."

기사들은 원래 모두 목소리가 큰가? 소개를 모두 마치고 나니 귀가 윙윙 울리는 것 같았다. 어쨌든 인사를 모두 마친 뒤, 나는 무리에서 떨어져 나와 알렌디스에게 물었다.

"아침 먹고 갈래?"

"그러고 싶지만, 아무래도 불청객이 될 것 같은데? 솔직하게 얘기하자면 힘들어서 그런지 별로 입맛도 없고."

"하긴 나도 그렇긴 하네. 그럼 내일 보자, 알렌디스. 앞으로 잘 부탁해."

"그래, 나도 잘 부탁해, 아리스티아."

싱그럽게 빛나는 연두색 머리카락의 소년을 향해 방긋 미소 지었다. 가볍게 손을 흔들며 돌아서는 소년의 뒷모습 위로 아침 햇살이 환하게 내리쬐고 있었다.

4. 알 수 없는 마음

 알록달록 물들었던 세상이 순백으로 가득 뒤덮이고 앙상한 가지 위에 피어난 서리꽃이 어린 새순에 자리를 내주며 자취를 감추었다. 연두색 치맛자락을 흔들며 뛰놀던 봄 아가씨가 까르르 웃음 짓고 그 미소에 갓 피어난 꽃잎들이 수줍게 얼굴을 붉혔다. 싱그러운 오월의 햇살 아래 은색 검날이 반짝이며 빛을 뿜었다.
 눈부신 빛무리 사이로 낯선 그림자 하나가 더해졌다. 잔뜩 움츠러든 채 주위를 두리번거리던 시종이 다가와 말했다.
 "황궁에서 전령이 왔습니다, 아가씨. 각하께서 어서 들어오라고 하십니다."
 "전령? 내게? 무슨 일이지?"
 "그건 잘 모르겠습니다."
 "그래, 알았어."
 서둘러 저택으로 향했다. 황급히 복장을 갖춰 입고 응접실에 들어서자, 아버지께서 나를 돌아보셨다. 이제 오느냐는 말씀에 고개를 끄덕인 후 대기하고 있던 시종에게 손짓했다. 곧이어 가슴팍에 궁내부원 표식을 달고 있는 전령이 시종의 안내를 받아 안으로 들어왔다.

"모니크 후작 각하와 영애를 뵙습니다. 저는 중앙궁의 시종으로 황제 폐하의 전언을 가지고 왔습니다."

"그래, 내 딸에게 보내신 전언이라고?"

"그렇습니다. 폐하께서는 오늘 오후 중앙궁 정원에서 가벼운 티타임을 갖고자 하시니, 영애께서 반드시 참석하셔서 자리를 빛내 주었으면 한다고 말씀하셨습니다."

"그런가. 알겠네."

나는 전령을 내보내는 아버지를 바라보며 생각에 잠겼다.

'폐하께서 왜 나를 찾으시는 거지?'

알현 당시의 힘들었던 기억 때문일까. 덜컥 겁이 났다. 내 역량으로는 황태자 전하에게 위협이 되지 않으니 신경 쓰지 않는다 하셨으면서 결국은 신탁으로 이름을 부여받은 것이 거슬리셨던 걸까? 혹시 전하와는 어떤 형태로든 엮이고 싶지 않다고 말씀드렸던 것이 마음에 들지 않으셨던 걸까? 그것도 아니면 해결책을 찾아올 시간을 주겠노라 하신 말씀을 철회하시기 위함일까?

무서웠다. 내 의지와는 관계없이 또다시 타인에게 휘둘려 지옥 같은 삶을 반복하게 될까 봐 몹시 두려웠다. 나는 떨리는 팔을 들어 차갑게 얼어붙은 온몸을 감쌌다.

그때, 멍해진 귓가에 깊은 한숨 소리가 들려왔다.

"티아."

"……네? 부르셨어요?"

"그저 단순히 차 한 잔 마시는 것이잖느냐. 폐하께서는 한 번 약조하신 것은 결코 번복하지 않는 분이시란다. 그렇게까지 두려워하지 않아도 된다. 가벼운 마음으로 다녀오려무나."

"아, 그럴게요. 감사해요, 아빠."

왠지 불안했지만 아버지께 괜한 걱정을 끼쳐 드리고 싶지는 않아 그저 미소 지었다. 무거운 가슴을 안고 방으로 올라와 황궁으로 갈 채비를 했다.

시녀들이 정성 들여 꾸며 준 모습을 거울에 비춰 보며 작게 한숨 쉬었다. 어두운 마음과는 달리 화사하기 그지없는 차림새. 봄철 새싹의 싱그러움을 안고 있는 연두색 치마가 유려한 곡선을 그리고, 소매에 달린 병아리색 앙가장뜨_{팔꿈치 길이의 소매에 얇은 레이스나 모슬린에 주름잡은 플레어 모양의 3단 러플을 덧댄} 것이 나풀나풀 흔들렸다. 돌돌 말아 양 옆으로 살짝 묶어 내린 머리카락을 한 번 만져 보고서 나는 황궁을 향해 출발했다.

"이쪽입니다, 모니크 영애."

시종의 안내를 받아 황제 폐하의 정원으로 향했다. 과거의 기억을 떠올리며 연두색으로 물든 세상을 둘러보았다. 저만치 걸어가면 하얀 테이블이 보이곤 했지. 조심스레 인사하면 다정하게 미소 짓던 폐하를, 정에 주린 내게 사랑을 퍼 주시던 그분을 당시의 나는 몹시 따랐다. 그랬는데.

씁쓸한 마음으로 자리에 앉았다. 과거에는 무척 소중한 시간이었는데, 어쩌다가 이렇게 되어 버린 걸까. 그토록 손꼽아 기다리던 때를 불편하게 느끼게 될 날이 올 줄 누가 알았을까.

찻잔을 만지작거리다가 저 멀리 푸른빛이 어른거리는 것 같아 몸을 일으켰다. 점점 가까워지는 인영을 살피다 흠칫 몸을 굳혔다. 어째서 그가 여기에 온 거지?

"……너, 왜 또 여기에 있는 건가."

심해의 어두운 색을 담고 있는 눈이 나를 직시하고 있었다. 싸늘한 눈빛 속에서 아른거리는 무언가를 보았다고 느낀 순간, 시선을 거둔 그가 눈썹을 찌푸렸다. 흔들리는 시야 속에 너는 내게 아무것도 아니라며 거칠게 잡아끌던 과거의 그가 서 있었다. 세상이 좌우로 기묘하게 늘어졌다. 푸른빛이 이리저리 어지럽게 흐트러졌다.

"물러가라. 지금은 길게 얘기할 시간이 없으니 이 무례에 대한 질책은 나중에 하겠다."

"……."

윙윙거리는 소리 사이로 차가운 음성이 토막토막 들려왔다. 가쁜 숨을 내쉬며 눈을 감았다가 뜨자, 냉기를 뿜어내던 청년 대신 무표정한 얼굴의 소년이 나를 바라보고 있었다. 손바닥을 깊게 파고든 손톱 사이로 뜨거운 무언가가 흐르는 것이 느껴졌다. 화끈하면서도 얼얼한 그 느낌에 허공을 부유하던 정신이 비로소 땅에 발을 디뎠다.

"이전에도 느꼈지만, 참으로 오만하기 짝이 없군. 어째서 아직도 거기 있는 거지? 분명 물러가라고 했을 텐데."

"……전하."

얼어붙은 입술을 떼어 겨우겨우 한 단어를 밖으로 토해 냈다. 떨리는 가슴을 진정시키려 크게 심호흡했다. 침착하자, 아리스티아.

새로운 삶을 얻었다는 사실을 받아들이겠다고 했잖아. 굳게 다짐했잖아. 과거와는 다르게 살아가겠다고.
"하, 이번에는 그래도 답은 하는 건가?"
"저는……."
마른침을 삼켰다. 두려워하지 마, 아리스티아. 지은이 올 때까지 눈에 띄지 않고 조용히 살면 돼. 황비가 되는 운명만 피할 수 있다면 최소한 과거와 같은 일을 반복하지는 않을 거야.
하지만 차분하게 행동하자고 생각하면 할수록 그렇지 않아도 불규칙하던 숨이 점점 가빠 왔다. 자꾸만 아득해지려는 정신을 붙잡으며 거듭 되뇌었다. 지금 내 눈앞에 있는 건 그가 아니라고. 저 소년은 그저 그를 닮은 무언가일 뿐이라고. 그렇게라도 하지 않으면 한겨울 북풍처럼 휘몰아치는 감정이 나를 집어삼킬 것만 같았다.
"저는, 황제 폐하의 명을 받고…… 왔습니다, 전하."
"부황 폐하의 명이라고?"
싸늘하게 나를 바라보던 그가 눈썹을 추켜세웠다. 그 모습에 절로 움츠러드는 몸을 애써 곧추세웠다. 짜증스럽다는 표정으로 뭔가를 말하려던 그가 옆을 돌아보았다. 바닷빛 눈동자가 향하는 곳에는 안절부절못하며 그와 나를 바라보고 있는 시녀가 하나 있었다.
"무슨 일이냐?"
"황제 폐하께서 보내신 전언입니다, 전하."
주춤주춤 다가온 시녀가 곱게 접힌 쪽지를 그에게 내밀었다. 종이를 펼쳐 내용을 읽은 그가 피식 웃었다.
"하, 답지 않은 행동을 하시는 게 영 이상하다 했더니, 이것 때문이었나."

"……."
"거기 앉지. 부황 폐하의 명마저 무시할 생각이 아니라면 말이야."
"그게 무슨…….."
"직접 읽어 보도록."
 마주 보고 놓여 있는 두 개의 의자 중 하나에 앉은 그가 들고 있던 쪽지를 내밀었다. 나는 깊게 팬 손바닥이 보이지 않도록 조심하며 종이를 받아 들었다. 시녀가 차를 은찻잔에 따르는 동안, 고급스러운 종이에 적혀 있는 내용을 읽어 내렸다.

  명색이 약혼한 사이인데 이렇게 소원해서 되겠나?
  두 사람에게 오늘 오후를 함께 보낼 것을 명하노라.

 이것이었나? 난데없이 티타임을 갖자며 초대하신 이유가.
 해결책을 생각해 낼 시간을 주겠다고 하셨지만, 황실에서 벗어나는 것은 그리 마음에 들지 않으신다는 의미겠지. 나는 당장에라도 도망치고 싶은 마음을 억누르며 조심조심 자리에 앉았다. 침착하자 계속 되뇌면서 투명한 찻물에 시선을 고정했다.
"차 한 잔 정도면 되겠지."
"네?"
"이 자리가 탐탁지 않은 것은 상호 마찬가지인 듯하니, 차나 한 잔 마시고 일어나자는 말이었다."
"아……. 네, 전하."
 귀찮음이 역력한 목소리에 조용히 고개를 끄덕였다. 그의 말처럼 나 역시 이 자리를 어서 벗어나고 싶었으므로. 나는 말없이 찻잔을 기울이는 그의 눈치를 살피며 조심조심 팔을 뻗었다.
 사실 아직 확신할 수가 없었다. 이 어린 황태자가 그인지, 아니면 그가 아닌지를. 여전히 불규칙한 호흡을 고르며 생각했다. 정확한 판단이 서지 않는다 하더라도 당장은 눈앞의 소년이 그가 아니라 생각하자고.
 찻잔을 내려놓던 그가 나를 흘낏 바라보았다. 거듭 호흡을 고르는 모습이 이상해 보일 법도 한데, 무심하기 짝이 없는 눈빛에 절로 숨이 멎었다. 과거의 그도 나를 저런 눈으로 바라보곤 했지. 내가 아파하건, 슬퍼하건, 괴로워하건 간에 자신은 아무런 관심도 없다는 듯한 표정으로. 그저 주변의 사물을 돌아보듯 무심한 눈으로. 늘 그렇게.
 허탈한 웃음이 나왔다. 그렇게 다른 사람이라 거듭 되뇌었는데, 음성도 행동도 아닌 고작 눈빛 하나에 생생하게 떠오르는 과거의 모습이라니. 결국 나는 그 기억에서 자유로워질 수 없는 걸까? 이미 가슴속 깊숙한 곳에 남겨진 과거의 상흔을 결코 지워 낼 수 없는 걸까?
 불현듯 목이 탔다. 황폐해진 정신과 말라붙은 몸을 축이려 찻잔을 집어 들었다. 떨리는 팔을 간신히 움직여 노란 찻물을 입안으로 흘려 넣었다.
 조금씩 젖어 드는 목을 느끼며 잔을 내려놓는 순간, 손아귀에서 힘이 빠져나갔다. 튀어 나간 찻물이 테이블보 위로 흩어졌다. 노란색으로 점점이 물드는 하얀 천을 바라보자 얼굴에서 핏기가 싹 빠져나가는 것 같았다. 쭈뼛거리며 고개를 들자, 나를 물끄러미 바라보던 그가 자리에서 일어났다.

"먼저 일어서지."
"아, 아, 네, 전하."
 더듬거리며 하는 답을 채 듣지도 않은 소년이 일말의 망설임도 없이 몸을 돌렸다. 흔들리던 푸른빛이 마침내 자취를 감출 때까지 오월의 햇살 아래 연두색으로 물든 세상 속에서 나는 홀로 서 있었다. 허무감에 비어 버린 가슴을 끌어안은 채.

 흙바닥에서 올라오는 열기에 뜨거운 숨을 내뱉었다. 한여름의 강렬한 태양 아래, 천근만근 무거운 다리를 움직였다. 짙은 초록빛을 머금은 나뭇잎이 드리운 암녹색 그늘을 간절하게 바라보며 숫자를 셌다. 앞으로 오십 회 더. 끝없이 솟아오르는 땀이 등을 타고 주르르 흘러내렸다. 썩 유쾌하지 않은 그 느낌에 눈썹을 찡그렸다. 아, 더워. 게다가 끈적끈적해.
"헉, 힘들다. 괜찮아, 아리스티아?"
"후우, 후우, 응."
 나는 겨우겨우 할당량을 다 채우고서 나무 그늘에 그대로 무너져 내렸다. 곧이어 내 옆에 쓰러지듯 주저앉은 알렌디스가 숨을 몰아쉬며 물었다. 나는 두 손으로 볼을 감싸며 고개를 끄덕였다. 팔월의 햇볕 아래 달궈진 탓인지, 얼굴이 온통 뜨끈뜨끈했다.
"오늘은 여기까진가?"

"응."

"그래. 후우, 진짜 죽을 거 같다."

"더워서 더 그런 것 같아. 음, 들어왔다 갈래?"

"그럴까, 그럼. 초대해 줘서 고마워."

싱긋 미소 지은 알렌디스가 몸을 일으키며 손을 내밀었다. 그 손을 잡고 일어나려다가 나는 불쑥 내미는 또 다른 손에 고개를 들었다. 어느새 가까이 다가온 중년 기사가 나를 바라보고 있었다.

"잡으십시오, 아가씨."

"아, 고마워요, 리그 경."

왠지 엄하게 들리는 목소리. 내가 뭔가 잘못했나. 나는 고개를 갸웃하며 리그 경의 손을 잡고 일어났다. 흐트러진 차림새를 정돈하는 나를 힐끗 바라본 그가 알렌디스에게 말했다.

"베리타 공자, 아가씨께 잠시 따로 드릴 말씀이 있으니, 자리를 좀 비워 주겠나?"

"알겠습니다. 먼저 가 있을게, 아리스티아."

"응. 알았어."

의아한 눈으로 리그 경을 올려다보았다. 내게 무슨 할 얘기가 있다는 거지? 수련에 대한 것이라면 굳이 자리를 비워 달라 할 필요가 없을 것 같은데. 알렌디스의 모습이 완전히 사라지고서야 굳게 다물었던 입을 연 리그 경이 말했다.

"아가씨."

"네, 말씀하세요."

"베리타 공자 말입니다. 너무 그리 마음 주지 마십시오."

"네? 그게 무슨?"

전혀 예상치 못했던 말에 눈을 동그랗게 떴다. 물끄러미 나를 바라보던 리그 경이 한숨 섞인 목소리로 말했다.
"처음에는 그래도 조금 경계하는 듯하시더니, 요새는 좀 풀어지신 것 같아 드리는 말씀입니다."
"하지만 베리타가는……."
"우리 가문과 뜻을 함께하는 곳이란 말씀이지요? 물론 그렇기는 합니다만, 베리타 공자는 남자가 아닙니까. 자칫 잘못하면 오해를 사기 십상입니다."
"……."
"게다가 애초에 검술을 배우겠다는 의도 자체도……. 흠흠, 험담 같아 자제하겠습니다만, 이것만은 기억해 주셨으면 합니다. 그는 근본적으로 문관 가문의 사람입니다. 아무리 같은 계파라 하더라도 무관 가문인 우리와는 의견이 자주 엇갈릴 수밖에 없습니다. 정치적 이해관계는 아가씨께서 생각하시는 것보다 많이 냉혹하답니다. 현재 아무리 친하다 한들, 뜻이 맞지 않으면 언제고 갈라설 수도 있다는 점을 유의하십시오."

무어라 말을 하려다 그냥 고개를 끄덕였다. 아무것도 모르는 어린아이 취급을 하는 것은 조금 그랬지만, 정치적 이해관계에 대한 말은 분명 틀린 소리는 아니었으므로. 공연한 구설수에 오를 필요는 없다는 얘기도 그랬고.

저택으로 돌아와 땀범벅이 된 몸을 씻고서 간편한 평상복으로 갈아입었다. 응접실에 들어서자 이미 자리에 앉아 있던 알렌디스가 이제 오느냐며 싱긋 미소 지었다. 곧이어 따라 들어온 시녀가 뜨거운 물이 담긴 주전자와 찻잔을 내려놓았다. 책을 즐겨 보는 알렌디스를 위해 레몬밤^{제국의 귀족은 다양한 종류의 차를 즐기며, 주로 향이 좋거나 약용으로 쓰이는 식물의 잎이나 줄기 등을 우려내어 마신다. 이러한 차 문화는 제국이 건국되기 전부터 내려온 것으로, 차의 종류는 수백 가지 이상이며 가격도 천차만별이다. 따라서 좋은 찻잎과 티 세트의 보유는 그 가문의 권세를 가늠하는 척도가 되기도 한다}을 다소 진하게 우려내어 건네주자, 차를 한 모금 들이켠 그가 말했다.

"아, 역시 네가 끓이는 차가 최고야."

"응? 칭찬 고마워."

"어때? 오랜만에 체스^{황제와 귀족들이 즐기는 놀이로, 제3대 황제 시절 황태자의 스승이었던 대마법사 알랑드가 전쟁놀이에서 착안해 만듦. 주로 나라를 이끌어 갈 인재들에게 전쟁에서 이길 수 있는 전술을 익히게 하거나 통치술을 가르치는 데 사용되고 있다. 귀족의 기본적인 교양} 한판?"

"좋아. 오늘은 꼭 이길 거야."

달칵달칵. 검고 하얀 말이 체스판 위에 놓였다. 나는 한참 동안 집중해서 말을 움직였다. 흑색 룩으로 백색 나이트를 잡자마자 대각선으로 세 칸 이동한 백색 비숍이 흑색 나이트를 잡아냈다. 나는 남은 말의 위치를 살펴보다 속으로 혀를 찼다. 이런, 룩이 아니라 퀸을 움직였으면 되는 거였잖아.

시간이 흐를수록 패색이 짙어지는 것 같아 한숨을 내쉬었다. 에메랄드색 눈동자를 빛내며 생각에 잠겨 있는 알렌디스를 바라보다가 나는 아까 전부터 머릿속을 맴돌고 있던 질문을 입 밖으로 냈다.

"알렌디스."

"응?"

"너는 나중에 뭘 하고 싶어? 아무래도 행정부에 들어가려나?"

"글쎄, 아직 정하지는 않았지만 아무래도 그렇지 않을까."
"그렇구나."
역시 그런가. 하긴 리그 경의 말처럼 베리타가는 본래 문관 가문이니까. 이미 짐작하고 있는 사실이었지만 막상 확인을 받자 왠지 섭섭했다. 어차피 지금처럼 함께 시간을 보낼 수 있는 건 사람들의 이목에 상대적으로 노출되지 않는 어린 시절뿐, 나이가 차서 사교계에 데뷔하면 점점 멀어질 수밖에 없다는 것을 알고 있으면서도.
가라앉은 기분으로 흑색 퀸을 만지작거리다 문득 떠오르는 생각에 깜짝 놀랐다. 리그 경의 말이 맞았어. 언제부터 내가 그에게 이렇게 마음을 쏟고 있었던 거지? 갑작스러운 태도 변화에 놀라 얼떨결에 친구라는 이름을 허락했지만, 오래도록 학습해 온 대로 분명 어느 정도의 경계와 계산을 품고 있었는데.
"표정이 왜 그래?"
"응? 아무것도 아냐."
"아닌 것 같은데."
의아하다는 듯 바라보던 알렌디스가 백색 비숍을 내려놓고는 몸을 바로 세웠다.
"혹시 내가 기사가 되지 않는다고 해서 섭섭한 거야?"
"……아냐, 그런 거."
"아마 내가 기사로서 서임 받을 일은 없을 거야. 검술도 재미있긴 하지만 아무래도 머리를 쓰는 쪽이 나랑 더 맞는 것 같거든."
"그야……."
"왜? 많이 섭섭해?"

"무슨 소리야."

일말의 섭섭함조차 없다고 하면 거짓이겠지만 저렇게 찔러 오는 말에는 쉽게 긍정할 수 없었다. 나를 물끄러미 바라보던 알렌디스의 입가에 미소가 걸렸다.

"아리스티아, 혹시 옛날이야기 속 기사의 서약을 알아? 레이디에 대한 부분 말이야."

"알긴 알지만, 지금은 유명무실해진 거 아닌가? 몇 백 년 전에나 있었던 거잖아. 갑자기 그건 왜?"

기사의 레이디에 대한 서약. 그것은 역사 속에만 남아 있는 이야기였다. 주군에게만 충성을 맹세하는 지금과는 달리 레이디에 대한 서약까지 있던 시절의 얘기. 역사서에 따르면 당시의 기사는 언제고 죽을 수 있는 충성을 군주에게 바치는 대신, 생을 계속하는 동안 영원한 사랑을 바칠 것을 레이디에게 맹세했다고 했다. 그런데 갑자기 그 얘기는 왜 꺼내는 거지?

"너도 옛날이야기처럼 너만을 바라봐 줄 기사가 있으면 하는 건가 해서. 생각보다 욕심쟁이인데."

"……그런 거 아니라니까."

갑자기 왜 그런 얘기를 꺼내나 했더니, 놀리려고 그랬던 건가. 고개를 젓는 나를 바라보던 알렌디스의 미소가 조금 더 짙어졌다. 에메랄드색 눈동자에 무언가 알 수 없는 빛이 스치고 지나갔다.

"그래, 결정했다. 네가 그렇게 레이디가 되길 원한다면야 비록 정식으로 되지는 못할지언정 하나뿐인 소중한 친구를 위해 기꺼이 기사가 되어 줄게. 너만을 위한 기사가."

"응? 그게 무슨 소리……."

뜬금없는 말에 고개를 갸웃거리는데, 자리에서 일어난 그가 내 앞에 한쪽 무릎을 꿇었다. 천천히 고개를 숙인 그가 내 오른손을 잡아 손등 위에 가볍게 입술을 가져다 댔다. 화들짝 놀라 손을 빼내려 했지만 잡고 있는 손에 힘을 꽉 주어 나를 저지한 그가 말했다.

"저, 알렌디스 데 베리타는 그대, 아리스티아 라 모니크를 저만의 레이디로 받들 것을 맹세하고자 합니다. 저를 그대만의 기사로 받아 주시겠습니까?"

흠칫 몸이 굳었다. 오직 나만을 위한 기사가 되어 주겠다는 말에 내심 기쁘면서도 그와 동시에 어딘가 어색하고 불편한 기분이 들었다.

'왜 이러는 걸까? 내게 뭘 바라는 것이 있기에.'

나는 여전히 한쪽 무릎을 꿇은 채 나를 올려다보고 있는 알렌디스를 바라보았다. 가볍게 걸려 있는 미소, 호의로 가득 차 있는 에메랄드색 눈동자.

나를 올려다보는 순수한 그 눈빛을 마주하자 차마 거절할 수가 없었다. 리그 경이 한 말을 생각한다면 지나치게 가까워지는 것을 경계해야 하는데, 장난치지 말라는 등의 말은 도저히 꺼낼 수가 없었다.

"……그리하겠습니다."

한숨을 삼키며 답했다. 어차피 시간이 지나면 저 순수함은 흐려지고 오늘의 이 일도 한낱 빛바랜 추억으로 남을 뿐이겠지. 그러니 내게서는 이미 한참 전에 사라진 저 순수함을 오래도록 볼 수 있도록 지금은 그저 내버려 두자고. 그렇게 생각했다.

내일 보자는 인사를 남긴 알렌디스가 떠난 뒤, 얼마 지나지 않아 아버지께서 돌아오셨다.

"티아, 잠시 아비 좀 보자꾸나."

함께 저녁 식사를 마치고 방으로 올라가려는데, 나를 불러 세운 아버지께서 말씀하셨다. 뭔가 특별히 하실 말씀이라도 있나? 집무실에 들어선 이후에도 한참 동안 망설이시는 모습에 고개를 갸웃했다. 무슨 일이기에 저러시는 거지? 혹시 리그 경이 뭐라 말씀드리기라도 한 걸까.

"무슨 일이세요, 아빠?"

"음, 그러니까, 그게 말이다."

"네."

"흠흠, 내일은 네 생일이 아니더냐?"

"아, 네. 그렇네요."

그러고 보니 정말 그랬다. 내일이면 나도 열한 살인 건가. 과거에서부터 돌아온 것이 열 번째 생일이 조금 지난 시점이었으니, 회귀한 지도 벌써 일 년. 새삼 세월의 빠름을 실감하고 있는데, 헛기침을 한 아버지께서 말씀하셨다.

"그래서 말이다. 흠, 받거라."

"이게 뭔가요, 아빠?"

"크흠, 네 생일 선물이란다."

"생일 선물이오?"

뜻밖의 말씀에 눈을 동그랗게 떴다. 웬 생일 선물? 그건 원래 성년 이후부터 챙기는 것이 아니었던가? 고개를 갸웃하며 아버지께서 건네주시는 상자를 받았다. 거의 내 몸의 절반 정도 되는 크기.

뭐가 들었기에 이렇게 크지? 군청색 리본을 풀고 뚜껑을 열자, 안에는 커다란 인형이 들어 있었다. 반짝이는 금색 머리카락을 양 갈래로 묶은 채 예쁜 드레스를 입고 있는 여자 인형이.

순간적으로 말문이 막혔다. 아버지께서야 나를 어리다 생각해서 이런 것을 선물하셨을 테지만, 열일곱까지 살아 본 경험이 있는 내게 인형이란 조금 당혹스러운 선물이었다. 과거의 기억이 없더라도 그랬을 터인데, 하물며 지금에야.

"마음에 들지 않는 게냐? 크흠, 실은 기사들이 네 나이 또래 아이들은……."

"아니에요, 아빠. 정말 기뻐요!"

변명하듯 말씀하시는 모습에 환하게 미소를 지었다. 아무려면 어때? 아버지께서 내게 주시는 선물인데. 부러 그럴 필요는 없다는 말씀에 몇 번이고 아니라며 고개를 흔들고 나서야 비로소 아버지의 입가에 희미한 미소가 걸렸다. 머리카락을 쓰다듬는 부드러운 손길에 몸을 맡기며 나는 스르르 눈을 감았다.

"크흠, 인형은 별로 좋아하지 않는 모양이로구나."

함께 아침을 들던 아버지께서 지나가듯 하시는 말씀에 나는 움찔 몸을 굳혔다. 며칠 동안 보관만 해 두고 정작 가지고 놀지는 않는 나 때문에 영 섭섭하신 눈치였다.

방에 돌아와 인형을 바라보며 한숨을 쉬었다. 리나가 열심히 관리한 덕인지 양 갈래로 묶여 있는 금색 머리카락에서 윤이 자르르 흘렀다.

어쩔 수 없지. 나는 재차 한숨 쉬며 인형을 품에 안아 들었다. 정말 이러고 싶지는 않지만, 아무래도 한동안 가지고 다녀야 할 것 같았다. 커다란 인형 탓에 시야가 좁아져서 나는 한 손으로는 인형을 끌어안고 다른 손으로는 난간을 잡으며 조심조심 아래층으로 내려갔다.

"헛, 아가씨?"

"그래, 바로 저 모습!"

현관 앞에 도착하자 여기저기서 급한 숨을 들이켜는 소리가 들려왔다. 아버지를 수행하기 위해 대기하고 있던 기사들의 눈이 휘둥그레졌다. 무어라 소리치는 젊은 기사의 입을 틀어막은 또 다른 기사가 어색하게 웃음을 지었다. 놀라워하는 고용인들을 보자 몹시 민망했다. 이럴 줄 알았어.

"티아?"

아래층으로 내려오시던 아버지의 눈이 조금 커졌다. 왠지 부끄러워 얼굴을 붉히자, 아버지의 입가에 웃음기가 번졌다. 불쑥 내미는 손에 고개를 갸웃하는데, 어어, 하는 사이 발이 허공에 떴다. 나는 반사적으로 인형을 꽉 끌어안으며 어느새 높이가 같아진 군청색 눈동자를 바라보았다.

"아빠?"

"같이 가자꾸나."

"네? 황궁에요?"

"그래. 흠, 혹 싫은 것이더냐?"

"아, 아뇨."

황급히 고개를 젓자, 아버지께서는 그대로 걸음을 옮기셨다. 뚫어져라 바라보던 기사들의 부담스러운 시선이 마차의 벽에 가로막히고 나서야 잠시 잊고 있던 인형의 존재가 생각났다.

'이런, 이건 놓고 왔어야 했는데.'

황궁에 가까워질수록 불안했다. 설마 이걸 갖고 들어가야 하는 건 아니겠지. 무슨 방법이 없을까 고민하다 한숨을 삼켰다. 흐뭇하게 바라보시는 아버지의 모습이 눈에 들어왔기에. 하는 수 없지. 조금 민망하긴 하지만 저렇게 좋아하시는데 어쩌겠어.

고개를 숙인 채 마차에서 내리는데, 품 안 가득 끌어안은 인형 때문에 시야가 가려 잘 보이지가 않았다. 나는 조심조심 발을 떼며 한 손으로 아버지의 소맷자락을 붙들었다. 여기저기서 따끔따끔한 시선이 느껴졌다. 보지 않아도 그들이 어떤 표정을 짓고 있는지 알 것 같아 나는 발갛게 달아오른 얼굴을 푹 숙인 채 열심히 걸음을 옮겼다.

"단장님, 잠시 나와 보셔야 할 것 같습니다."

"무슨 일인가?"

"대련 중에 사고가 나서 기사 둘이 크게 다쳤습니다. 즉시 조치하라 이르고 오는 길입니다."

"알았다. 당장 가도록 하지."

단장실에 들어와 인형을 내려놓고 잠시 쉬고 있는데, 숨을 몰아쉬며 달려온 라스 경이 말했다. 자리를 박차고 일어난 아버지께서 곧장 사라지시자, 혼자 남은 단장실에는 금세 정적이 찾아왔다.

'이럴 줄 알았으면 책이라도 챙겨 오는 건데.'

무료함에 몸부림치다 몸을 일으켰다. 어차피 나중에 배워야 하니 전술에 대한 책이라도 좀 볼까.

개중 쉬워 보이는 책을 뽑아 와 자리에 앉았다. 그리 두껍지는 않지만, 난생처음 접해 보는 생소한 내용이었기에 집중해서 읽었다. 음, 생각보다는 어렵지 않네. 기본적인 틀은 정치나 외교와 비슷하잖아. 이래서 정치나 외교를 무기 없는 전쟁이라 한 거였나. 그저 단순한 비유인 줄 알았더니.

신기해 하며 읽다 보니 어느새 마지막 페이지였다. 아버지께서 늦으시네. 제법 시간이 흐른 것 같은데 아직도 오시지 못하는 것을 보면 다쳤다는 두 기사의 상태가 심각한 건가. 다른 책이라도 읽을까 싶어 몸을 일으키는데, 문득 옆자리에 놓아둔 인형이 눈에 들어왔다.

"음······."

천천히 들어 올린 인형을 무릎 위에 세웠다.

푸른 눈동자를 한참 동안 들여다보고 있노라니 문득 따스한 기운이 가슴 가득 번졌다. 무뚝뚝한 아버지께서 처음으로 주신 생일 선물. 엄밀하게 얘기하면 과거 성인식 때 받은 것도 있지만, 새롭게 얻은 삶에서는 분명 이것이 처음이었다. 게다가 성년 이전에는 생일을 챙기지 않는 제국의 관습도 무시하고 주신 것이 아니던가.

좀 더 소중히 다뤄야겠다고 생각하며 인형의 비뚤어진 치마를 잡아서 펴는데, 문이 열리는 소리가 들렸다. 이제야 돌아오시는 건가? 천천히 고개를 돌리다 화들짝 놀라 자리에서 일어났다. 안으로 들어선 사람은 아버지가 아니라 푸른 머리카락의 소년이었다.

"제, 제국의 작은 태……."

황급히 허리를 숙이다가 작게 비명을 지르며 흘러내리는 인형을 끌어안았다. 간신히 붙잡는 것에는 성공했지만, 등골을 스치고 지나가는 서늘한 기운에 온몸이 뻣뻣하게 굳었다.

'맙소사, 내가 지금 뭘 한 거야.'

마른침을 삼키며 고개를 들자, 바닷빛 눈동자에 무언가가 스치고 지나가는 것이 보였다. 하지만 그것은 아주 잠시였을 뿐, 이내 평소처럼 무표정한 얼굴로 돌아온 그가 말했다.

"후작은?"

"대련 중에 사고가 났다고 하여……."

"그렇군. 뭐, 기왕 왔으니 기다리지."

나는 절로 새어 나오는 한숨을 삼키며 고개를 숙여 보였다. 앉으라는 냉랭한 목소리에 쭈뼛쭈뼛 자리에 앉았다. 몹시 어색해서 말없이 품에 안긴 인형의 머리카락만 만지작거렸다. 시선이 느껴졌지만, 모르는 척 고개를 숙인 자세를 유지했다.

얼마나 시간이 흘렀을까. 두런두런 대화를 나누며 안으로 들어서던 두 남자가 멈칫 멈춰 섰다. 황급히 예를 갖추는 아버지와 베리타 공작을 향해 고개를 끄덕인 푸른 머리카락의 소년이 말했다.

"부황 폐하의 명을 받들어 잠시 시찰차 나왔소."

"그러하십니까. 어느 점부터 살피시겠습니까?"

"훈련은 얼마 전에 봤으니 괜찮소. 오늘은 재정에 관한 서류를 좀 보았으면 하는군."

두 사람이 대화를 나누는 사이, 무척 의외라는 듯 나를 바라보던 베리타 공작이 말했다.

"늘 어른스럽던 영애에게 이런 면이 있는 줄은 몰랐군. 이제야 제 나이처럼 보이는군그래."

"……."

"허나 그렇다고 해서 공부를 게을리해서는 안 될 것이네. 알겠는가."

"네, 공작 전하. 항상 유념하겠습니다."

"하기야 내가 뭐라 하지 않아도 알아서 잘하고 있겠지. 하나를 가르치면 대여섯을 아는 영애가 아니던가. 일전에 사치세를 도입하자 주장했을 때엔 무척 놀랐다네. 고작 열 살밖에 되지 않은 영애가 어찌 그런 것을 생각해 낼 수 있단 말인가. 참으로 대단하이."

"과찬이십니다. 모두 공작 전하의 지도 편달 덕분입니다."

고개 숙여 감사를 표하자, 빙그레 미소 지은 베리타 공작이 가볍게 내 어깨를 두드렸다. 한참 동안 이야기를 나누다 문득 조용조용 이어지던 대화 소리가 끊어진 것 같아 고개를 돌렸다. 어느새 보고를 마친 것인지 서류를 챙기고 있는 아버지와 우리 쪽을 바라보고 있는 소년이 눈에 들어왔다.

그를 돌아본 베리타 공작이 흐뭇한 목소리로 말했다.

"고작 열 살인데 이토록 영특하다니. 참으로 제국의 홍복이 아닙니까, 전하."

"그렇군. 총명한 약혼녀를 두어 본인 역시 무척 기쁘오."

가볍게 고개를 끄덕인 그가 슬쩍 입꼬리를 끌어 올리며 말했다. 몹시 흡족해 보이는 얼굴로 깍지를 끼며 등받이에 등을 기대는 모습에 심장이 서늘하게 식어 내렸다. 그것은 무언가가 굉장히 마음에 들지 않을 때 그가 주로 짓던 표정이었으므로.

황급히 아버지와 베리타 공작을 돌아보았지만, 두 분은 아무것도 모르시는 눈치였다. 그저 잔잔하게 미소 짓고 있을 뿐. 불안한 마음으로 다시 그를 바라보았다. 웃음기 어린 바닷빛 눈동자에 무언가 다른 감정이 겹쳐 보이는 듯했다. 적의, 혹은 원망처럼 보이는 무언가가.

얼굴에서 핏기가 싹 가시는 것이 느껴졌다. 이제는 조금 나아졌나 했는데, 차갑게 식은 손끝이 또다시 떨리기 시작했다. 나는 아직도 안고 있던 인형의 치맛자락을 꽉 움켜쥐었다. 나를 돌아보던 아버지의 얼굴이 딱딱하게 굳었다.

"얼굴이 창백하구나, 티아. 괜찮으냐?"

"아. 네, 괜찮아요."

"송구합니다, 전하. 이만 물러날 것을 허락하여 주십시오. 딸아이가 요즈음 많이 허약해진 터라, 휴식을 취하게 해야 할 것 같습니다."

"그리하시오."

"하지만 아버지, 업무는……."

"괜찮다. 오늘은 급히 처리해야 할 일이 있어 잠시 왔던 것뿐이니."

팔을 뻗어 나를 안아 올리는 아버지를 물끄러미 바라보던 소년이 자리에서 일어났다. 넓은 어깨너머로 싸늘하게 가라앉은 바닷빛 눈동자와 시선이 마주쳤다. 심해의 어둠을 담은 그 눈에서는 완연한 적의와 원망, 그리고 무언가 알 수 없는 감정이 일렁이고 있었다.

어째서 그렇게 바라보는 거지? 왜 나를 적대하고 원망하는 거야? 어째서 나를 저런 눈으로 쳐다보는 걸까? 대관절 내가 무엇을 어찌했기에. 차갑게 내쳤던 것도, 오롯이 바쳤던 마음을 외면한 것도, 아픔과 상처를 주었던 것도 모두 그였는데. 원망하고 증오심을 불태워야 할 사람은 그가 아니라 나인데.

뜨거운 숨을 내쉬었다. 억울했다. 피해자는 나인데, 정작 나는 원망 대신 과거를 되풀이할지도 모른다는 공포로 떨고 있다는 사실이. 황실에 묶인 가문의 운명 때문에 그를 적대조차 할 수 없다는 현실이. 아프고 서러웠던 과거의 기억이 아직도 이토록 생생한데, 정작 그는 아무것도 기억하지 못한다는 것이.

시선을 거둔 그가 아버지를 스쳐 지나갔다. 소년에게서 뿜어져 나오는 냉기가 전신으로 파고드는 것만 같았다.

나는 어느새 차갑게 식어 버린 몸을 부르르 떨며 아버지의 품에 얼굴을 묻었다. 한 조각 온기에 위안을 얻기 위해.

"좋은 아침이에요, 아가씨."

"응, 리나. 너도 좋은 아침."

어린 시절로 돌아오면서 체질도 바뀐 것일까. 황비이던 시절에는 그토록 아침에 일어나는 것이 힘겨웠는데, 요즘은 별다른 어려움 없이 눈이 떠졌다. 과거에는 늘 무겁던 몸도 깃털처럼 가벼웠다. 나는 부쩍 일찍 일어나신다며 놀라워하는 리나에게 미소를 지어 주며 침대에서 일어났다.

"창밖을 한번 보세요, 아가씨. 눈이 왔어요."

"그래?"

창문을 가리고 있던 커튼을 젖히자 밤새 순백으로 뒤덮인 세상이 눈에 들어왔다. 얼어붙은 땅 위에 소복하게 쌓인 하얀 구름과 앙상하던 나뭇가지에 피어난 새하얀 눈꽃. 커다란 빗자루를 들고 눈을 쓸어 내는 하인들의 입에서는 뽀얀 김이 피어오르고, 저택 경비를 서는 기사들의 휘장에는 하얗게 서리가 내려앉아 있었다.

"많이 왔네. 한가한 날이었으면 산책도 좀 하고 그럴 텐데."

"그러게요. 아쉬워요, 아가씨."

"뭐, 어쩔 수 없지. 시간 없으니까 빨리 준비하자."

"네, 아가씨."

회귀한 이후 벌써 두 번째로 맞이하는 신년 아침이었다. 제국에서는 본디 새해 첫날을 그리 큰 명절로 생각하지 않지만, 이번만큼은 달랐다. 올해는 황제 폐하께서 즉위하신 지 이십오 주년이 되는 해였으므로.

그간 스러져 가던 제국을 일으켜 세운 폐하의 업적을 기리기 위해 행정부에서는 대대적인 행사를 계획했다고 했다. 그중 하나가 바로 연극 공연이었는데, 수도에 사는 귀족이라면 빠짐없이 관람해야 했다. 의무는 아니었지만, 감히 불참할 만큼 간 큰 자가 있을 리가 만무하니 결국은 강제와 다름없었다.

될 수 있으면 황실과 엮이고 싶지 않지만, 그 의무 아닌 의무에서 나 역시 자유롭지 못했으므로 당연히 참석해야 했다. 그 때문에 평소보다도 더 일찍 일어나야 했던 것이었고.

오랜 시간에 걸쳐 준비를 마친 후 아버지와 함께 도착한 곳은 수도의 중심가에 있는 극장귀족 문화 중 하나인 궁정극의 시초는 제11대 황제 시절 그가 사랑하던 황비를 위해 광대들을 초청해 유흥거리를 제공하도록 한 것이다. 그 후 천재 극작가 베나르의 등장으로 본격적인 궁정극의 시대가 열렸으며, 황실 궁정극의 역사는 대략 삼백 년 정도이다. 극작가와 배우들은 모두 황실의 후원을 받으며, 황실과 귀족의 입맛에 맞는 연극을 만드는 것이 주된 임무이다. 현재 아리스티아가 도착한 극장은 선대 황제가 새롭게 개축한 것으로, 호화로운 실내 장식과 유흥을 위해 각 좌석 사이의 공간을 차단할 수 있도록 만든 것이 특징이다이었다. 오직 귀족만이 관람 가능한 그곳은 무대를 중심으로 하여 반원형으로 좌석이 배치되어 있었다. 극장은 계단식 구조로, 무대를 정면으로 바라보는 위치에 황족, 그를 감싸는 형태로 후작가 이상의 대귀족, 그 밖으로 여타 귀족들을 위한 좌석이 있는 형태였다.

"제국에 영광을. 황제 폐하와 황태자 전하를 뵙습니다."

"모두 자리에 앉도록."

배정된 자리에 앉아 아버지와 도란도란 대화를 나누고 있을 때, 근위 기사들의 호위를 받으며 황제 폐하와 황태자 전하께서 들어오시는 모습이 보였다. 이미 착석해 있던 귀족 전부가 자리에서 일어나 두 사람을 향해 허리를 숙이며 예를 갖췄다. 근엄하게 앉으라고 명한 황제 폐하께서 시종을 불러 무어라 말씀하시는 모습이 보였다.

"모니크 영애, 황제 폐하께서 부르십니다."

"나를? 알았다. 다녀오겠습니다, 아버지."

"그리하거라."

잠시 후 다가온 시종이 하는 말에 나는 왠지 불안한 마음으로 자리에서 일어났다. 나를 왜 부르시는 거지? 이번에는 또 무슨 말씀을 하시려는. 불길한 예감은 곧 현실이 되어 나타났다. 폐하께서 비어 있는 당신의 옆자리에 앉으라고 명하신 탓이었다.

"하오나 폐하."

"영애는 공식적으로 태자의 약혼녀가 아닌가. 앉게나. 내 미래의 며느리와 함께 공연을 관람하고 싶군."

"……."

"어찌 그러는가. 짐의 말에 뭔가 틀린 점이라도 있는 것인가."

"……아닙니다."

유예 기간의 존재는 오직 폐하와 두 공작 전하, 그리고 아버지와 나만이 알고 있는 것이었기에 무어라 반박할 말이 없었다. 몹시 불편한 마음으로 조심조심 폐하의 왼편에 앉았다. 마치 목에 뭔가 걸린 것만 같은 기분. 나는 탐색하듯 바라보는 눈길을 애써 무시하며 하나둘 등장하는 배우들을 향해 시선을 고정했다.

"그래, 요즘은 어찌 지내고 있는가?"

갑자기 들려오는 목소리에 고개를 돌렸다. 당신의 업적을 기리기 위한 것임에도 폐하께서는 약간 지루해 보이는 기색이셨다.

"황은에 힘입어 잘 지내고 있습니다. 폐하께오선 무탈하신지요?"

"그럭저럭 괜찮네. 흠, 그나저나 후작에게는 조금 미안하군. 외로이 관람 중일 테니."

"아……."

"그리고 보니 후작가도 참으로 단출하구먼. 후작과 영애, 단둘뿐이니. 흠, 젊은 사람이 그리 일찍 가 버릴 줄이야."

일찍 가 버리다니? 혹 어머니를 말씀하시는 걸까? 의아한 눈으로 돌아보는데, 무대에만 시선을 고정하고 있던 푸른 머리카락의 소년이 고개를 돌렸다. 그 눈길을 아는 것인지 모르는 것인지 폐하께서는 가볍게 내 손을 토닥이며 말씀하셨다.

"후작 부인이 좀 더 오래 살았다면 좋았을 것을. 아직도 그 모습이 눈에 선하거늘. 참으로 여러 사람에게 못할 짓을 하고 갔군."

안타까운 표정을 짓고 계신 폐하와 알 수 없는 눈빛으로 나를 바라보고 있는 전하.

이럴 땐 뭐라고 답해야 하는 걸까. 어머니에 대한 기억이 없는 나로서는 맞장구를 칠 수도, 그렇다고 해서 그저 침묵할 수도 없었다. 어찌할 바를 몰라 망설이다 문득 머릿속을 스치고 지나가는 생각에 고개를 살짝 기울였다. 분명 과거에도 이와 비슷한 대화를 나눈 적이 있던 것 같은데. 그땐 내가 뭐라고 답했더라? 정확하게 기억나지는 않았지만, 그리 살가운 답변은 아니었을 것 같았다. 애초부터 어머니에 대해 별로 관심을 가진 적이 없었으니까.

과거 나는 비단 어머니뿐만 아니라 주변인 모두에 대해 별다른 생각을 해 본 적이 없었다. 내 관심은 오로지 황후로서 갖춰야 하는 소양을 쌓는 것에, 그리고 그의 사랑을 얻는 것에만 쏠려 있었으므로. 그 무관심은 지금도 별반 다를 바가 없었다. 주변을 돌아보는 법은 조금씩 깨우치고 있지만, 그렇다 해도 내게 어머니란 처음부터 없는 존재와 마찬가지였다. 기억이 없으니 이렇다 할 감정이 생길 리도 만무했거니와 아버지를 비롯한 가문 사람들 역시 이상하리만큼 어머니에 대한 언급을 삼갔기 때문이었다.

하지만 어머니에 대한 이야기를 꺼내는 폐하의 모습으로 보아 그리 답하면 안 될 것 같았다. 어떡하지? 뭐라고 답해야 하나. 고민을 거듭하고 있는데, 때마침 우레와 같은 박수 소리가 들려왔다.

그새 1막이 끝난 모양이었다. 무대로 시선을 돌리며 손뼉 치는 폐하와 전하의 모습에 다행이라 생각하며 나 역시 배우들을 향해 손뼉을 쳤다.

여기저기서 웅성거리는 소리가 들렸다. 슬쩍 한숨을 쉬었다. 잠시 아버지께 다녀오고 싶었지만, 자리를 뜨실 생각이 없어 보이는 폐하 때문에 어찌할 방도가 없었다. 근위 기사들에게 아무도 들이지 말라 이른 폐하께서 빙그레 미소를 지으며 말씀하셨다.

"그러고 보니 영애, 일전에 무척 귀여운 모습으로 황궁에 들렀다지? 제2기사단을 중심으로 소문이 파다하더군."

"폐, 폐하."

"황태자와도 만났다고 들었는데. 그래, 태자가 보기엔 어떠했는가. 정녕 그리 귀여운 모습이었던가?"

어째서 그 일이 폐하의 귀까지 들어간 거지? 당혹스러운 마음에 고개를 숙이다가 깜짝 놀라 옆을 돌아보았다. 일순간 바닷빛 눈동자와 시선이 마주쳤다. 무표정하게 나를 바라보던 그가 슬쩍 입꼬리를 들어 올리며 말했다.

"그렇긴 했습니다, 부황 폐하."

"호오, 그러했는가."

그렇긴 했다니, 대체 무슨 의미인 걸까. 껄껄 웃음 짓는 폐하의 모습이 흐릿해지고, 소년과 청년의 경계에 서 있는 황태자의 모습만이 선명하게 눈에 들어왔다. 단정하게 빗어 넘긴 푸른 머리카락과 새하얀 예복, 무엇을 생각하는지 깊이 가라앉은 눈, 그리고 입가에 미묘하게 걸려 있는 미소.

처음으로 눈앞의 소년에게서 늘 겹쳐 보이던 과거의 그 대신 또 다른 그가 떠올랐다. 붉은 웃음을 지으며 나를 바라보던 그가 아닌, 최후의 순간 희열에 찬 눈빛으로 바라보던 그도 아닌, 지은이 나타나기 전 지금 저 소년과 마찬가지로 내게 별다른 감정을 보이지 않았던 과거의 황태자가.

문득 가슴에 알싸한 아픔이 밀려왔다. 대체 어디부터 꼬였던 것일까. 간간이 적의를 보이기는 했어도 기본적으로는 그저 냉담했을 뿐이었는데, 어느 시점에서부턴가 부쩍 잔인하게 굴던 그. 무엇 때문에 과거의 그는 내게 그토록 잔인하게 굴었던 것일까. 나의 어떤 점이 그렇게 거슬렸기에.

"그리고 마침내 고귀한 피를 이을 미래의 태양이 탄생하셨도다."

뿌옇게 흐려지는 눈을 깜빡이며 머릿속을 비우려 애쓰다 황태자 전하의 탄생을 알리는 도입부에 깜짝 놀라 고개를 들었다.

'언제 3막이 시작된 거지?'

2막이 끝나고 3막에 들어가는 것조차 모를 정도로 깊이 생각에 잠겼단 말인가. 나는 황급히 폐하의 눈치를 살폈다. 그리 불쾌해 보이지는 않는 모습에 안도의 한숨을 삼키며 무대로 눈길을 돌렸다.

"내일의 태양을 어여삐 여기사 신께서 손수 고귀한 반려를 내리시니, 신탁의 아이에게 축복 있으라."

신의 축복을 받아 탄생한 황태자 전하께서는 반드시 이름처럼 제국에 새로운 아침의 영광을 가져올 것이라는 찬양 일색의 내용을 듣다가 이어지는 대사에 움찔 몸을 굳혔다. 뭐야, 여기에 내 얘기는 왜 나오는 거지?

'혹시 이럴 줄 알고 나를 당신의 옆자리에 앉히신 걸까.'

미심쩍은 기분으로 폐하를 돌아보는데, 문득 그 옆에 앉아 있는 소년의 얼굴이 눈에 들어왔다. 물끄러미 무대를 바라보던 그가 깍지를 끼며 무척이나 흡족해 보이는 미소를 지었다. 무언가가 마음에 들지 않을 때 나오는 특유의 그 표정에 오싹 소름이 돋았다. 내 얘기가 나오는 것이 그리도 싫은 걸까.

찬물을 뒤집어쓴 것만 같은 기분에 씁쓸하게 미소를 지었다. 나는 대체 무슨 착각을 하고 있던 걸까. 저 모습을 봐, 아리스티아. 겉으로 드러내지 않고 있을 뿐, 지금의 그 역시 너를 싫어하는 것이 분명하잖아.

"태양의 반려, 고귀한 달……."

한숨을 쉬며 무대를 바라보았다. 그 순간, 갑자기 무대를 밝히고 있던 샹들리에가 요란한 소리를 내며 아래로 떨어졌다. 여기저기서 비명이 터져 나왔다. 삽시간에 주위가 어두워지고 혼란에 빠진 사람들이 웅성거리는 소리가 귀를 울렸다.

"폐하, 무탈하십니까?"

"괜찮네. 태자와 영애도 무탈한가?"

그리 놀라지도 않으신 것인지 폐하의 음성은 무척이나 평온했다. 하지만 나는 무탈하느냐는 폐하의 물음에 답할 수가 없었다. 등골을 타고 올라온 서늘한 기운이 온몸을 잠식한 탓이었다. 산산이 부서진 샹들리에에, 어둠에 잠긴 무대를 보자 차갑게 식은 손이 바르르 떨렸다. 절로 호흡이 거칠어졌다.

분명 두 사람이 손을 맞잡는 순간이었다. 그와 나의 역할을 맡은 배우가 영원을 맹세하며 서로를 바라보던 바로 그때, 하늘에서 무거운 샹들리에가 떨어져 내렸다. 마치 둘은 이루어져서는 안 된다는 것처럼, 그들에게 펼쳐질 불길한 미래를 암시하는 것처럼.

소름이 돋았다. 어쩌면 이것은 이미 한 번 겪었던 것과 같은 암담한 앞날이 나를 기다리고 있음을 의미하는 것은 아닐까. 아니면 운명을 벗어나겠다고 아무리 발버둥 쳐 봐야 소용없다는 신의 비웃음?

"황제 폐하, 황태자 전하, 그리고 귀족 여러분."

소음을 뚫고 들려오는 커다란 소리에 허공을 부유하던 의식이 수면 위로 떠올랐다. 나는 흐릿해진 눈을 깜빡이며 크게 심호흡했다. 조금씩 밝아 오는 시야에 얼굴 가득 미소를 짓고 있는 한 사람이 들어왔다. 엉망으로 흐트러진 무대 위에서도 홀로 평온해 보이는 남자가.

"고귀한 태양과 달이 행차하시니, 휘황찬란하던 샹들리에조차 제 빛이 부끄러워 낯을 떨구는군요. 황제 폐하께, 그리고 미래의 태양과 달께 무궁한 영광이 있으시기를."

우레 같은 박수 소리가 터져 나왔다. 삽시간에 분위기를 장악한 그가 깊숙이 허리를 숙이며 연극의 재개를 알렸다. 남자의 놀라운 임기응변 덕일까. 조금 전의 일에 대해 마음을 두는 사람은 없는 것 같았다. 하긴 불길하다고 생각한다 한들 감히 그 말을 입 밖으로 꺼낼 수는 없겠지. 황실의 일에 대해 잘못 입을 놀렸다가는 크게 경을 칠 수가 있으니.

고개를 돌려 두 사람의 눈치를 살폈다. 입가에 흐뭇한 미소를 걸고 있는 폐하와 무표정한 얼굴로 무대에 시선을 고정하고 있는 푸른 머리카락의 소년. 두 사람은 과연 속으로 무슨 생각을 하고 있을까? 노인의 말과 같은 미래? 아니면 내가 느꼈던 것처럼 불길하다는 생각?

'무슨 상관이야.'

고개 저어 상념을 떨쳐 냈다. 비록 눈앞의 저 소년이 과거의 일을 기억하지 못한다 하더라도 과거의 그와 마찬가지로 나를 꺼리는 이상 언제든 똑같은 일이 되풀이될 수 있었다.

따라서 내게 남은 미래는 오직 하나뿐이었다. 과거를 반복하지 않기 위해 그와 엮이는 운명을 피해야 한다는 것. 그러니 조금 더 열심히 하자고 생각하며, 나는 무대로 다시 시선을 돌렸다.

5. 이별, 그리고 만남

　열두 번째 생일이 지나고 사흘째 되던 날, 뜻밖의 손님이 집을 찾아왔다. 그들은 다름 아닌 라스 공작 전하와 라스 경이었다. 뭐가 그리도 급한 것인지 집사가 알리기도 전에 다짜고짜 집무실에 들이닥친 라스 공작이 말했다.
　"자네, 일전에 영애가 말했던 것을 기억하나? 흉년에 관한 일 말일세."
　"물론일세. 갑자기 왜 그러나?"
　"아무래도 영애의 예견대로 올해 대규모 흉년이 들 모양일세."
　"……그렇군. 그런데 무엇이 문제인가? 그 일에 대해서는 철저히 대비하지 않았던가."
　"물론 그랬지. 그런데 한 가지 문제가 생겼네. 그토록 당부하였음에도 일부 영지에서 수탈을 자행한 모양이야. 그 바람에 몇몇 곳에서 폭동이 일어날 조짐이 있다는군."

깊은 한숨을 내쉰 공작이 답답하다는 듯 재킷의 윗단추를 풀었다. 물끄러미 그를 바라보던 아버지께서 말씀하셨다.

"그 말인즉, 폭동을 잠재우기 위해서 기사단을 파견해야 한다는 것인가?"

"그렇다네. 그와 더불어 구휼 작업의 감독도 겸하게 하려 하네."

"감독이라."

"워낙 극심한 흉년이 예상되는 터라, 관리만 보내기엔 걱정이 앞선다 하더군. 국경 지역이야 황실 직할군이나 일곱 개의 후작가가 버티고 있으니 괜찮다 하나, 소규모 영지는 아무래도 불안하다는 것이 중론일세."

하긴 그랬다. 우리 가문이야 특수한 경우지만, 나머지 후작가들은 건국 이래 대대로 국경을 수호하느라 바빠 중앙에 진출하지 못했다. 그것은 전부 그들의 영지를 국경 근방에 정하신 초대 황제 폐하 때문이었다. 그 바람에 비록 중앙에서의 힘은 떨어질지언정 그들의 자체 군사력은 매우 높은 편이었다. 물론 그런 그들을 견제하기 위해 국경을 수호하는 정규군 역시 따로 존재하기는 했지만.

그러니 국경 지역은 그리 신경 쓸 필요가 없었다. 자체적인 방위력이 부족한, 그리고 자산이 적어 영지민을 수탈할 가능성이 상대적으로 높은 하급 귀족들의 영지가 문제였을 뿐. 공작 전하의 말대로 굶주린 제국민이 언제 폭도로 변할지 모르는 이상 문관만 파견할 수도 없는 노릇이었다.

"만약의 사태를 대비해서 근위 기사단과 제1기사단의 일부는 남아야 하네. 하지만……"

"제2기사단 전원과 내 기사들은 모두 출동해야 한다는 것이군."

"그렇다네. 더불어서 내 가문의 기사들도 모두 보낼 생각이야."

"그런가. 아무래도 남는 것은 아르킨트, 자네가 되겠군."

"폐하께서야 솔직히 말 안 듣는 나보다는 무조건 충성하는 자네를 남기고 싶으셨겠지. 하지만 다른 귀족들의 눈이 있지 않은가. 미안하네, 케이르안. 대신 내 아들을 보낼 생각일세."

역시 그런 것인가. 아버지와 라스 공작의 말을 종합해 보면 제1기사단의 일부, 제2기사단 전원, 그리고 라스 공작가와 우리 가문의 기사 전원이 출동해야 했다. 그들을 통솔하기 위해 아버지와 라스 경도 가야 했고.

심하면 몇 년 동안 아버지를 뵐 수 없을지도 모른다는 사실에 두려웠다. 만에 하나 아버지께서 돌아오지 않으시기라도 한다면 어떻게 하지? 곧 돌아오겠다는 말씀만 남기고 영영 떠나셨던 과거의 아버지가 떠오르자 불안한 마음은 점점 더 커져만 갔다.

생각하지 말자, 아리스티아. 고개를 살짝 흔들었다. 불길한 생각을 하면 불행한 일이 닥쳐온다고 했다. 과거와 지금은 달라. 아버지께서는 무사히 돌아오실 거야.

"그렇군. 알겠네. 대신이라고 하기엔 뭣하지만, 아르킨트, 내가 없는 동안 딸아이를 부탁하네."

"영애를?"

"그렇다네. 총명한 아이니 내가 없어도 잘해 나갈 거라 믿네만, 그래도 아직 어리지 않은가. 가끔씩 자네가 들여다보고 작은 도움이라도 주었으면 하는군."

"그 정도야 쉽지. 알겠네."

흔쾌히 승낙하는 라스 공작을 향해 고개를 살짝 끄덕여 고마움을 표시한 아버지께서 다시 말씀하셨다.

"고맙네. 그리고 한 가지만 더 부탁해도 되겠는가?"

"얼마든지."

"저 아이가 요즘 내게 검술을 배우고 있네. 이제 막 기초를 뗀 단계라 부단한 노력이 필요할 때지. 헌데 나와 가문의 기사단 전원이 떠난다면 조언해 줄 사람이 없네. 힘들겠지만 자네가 가끔 지도해 줄 수 있겠는가?"

"흠, 세세하게 지도해 줄 시간이 되려나 모르겠군. 그래, 이건 어떤가? 내 둘째 아이 말일세."

"검술의 천재라는 그 아이 말인가?"

"내 입으로 그렇다고 말하기엔 민망하구먼. 어쨌든 그 아이 말일세. 그 아이와 함께 수련하도록 하고, 내 가끔 두 아이를 함께 봐 주기로 하지. 어떤가? 영애보다 수련한 시간도 훨씬 길고 하니 그럭저럭 도움이 될 걸세."

검술의 천재, 라스 공작가의 차남. 두 가지를 조합하자 문득 한 가지 기억이 떠올랐다. 분명 그런 사람이 있었다. 검술에 있어서는 타의 추종을 불허한다는, 백 년에 한 번 나올까 말까 하다는 천재가. 다방면에서 천재인 알렌디스와는 달리 오직 검술에서만 두각을 보이기는 했지만.

카르세인 데 라스.

남자는 열여덟 번째, 여자는 열여섯 번째 생일에 성인식을 치르는 제국의 관습상 전무후무한 기록을 달성한 최연소 기사. 열여덟 살 생일에 성인식을 치름과 동시에 그토록 되기 어렵다는 정식 기사로 임명된 자. 그 바람에 한동안 라스 공작가의 후계자는 장남인 라스 경이 아니라 차남 카르세인이 되어야 한다는 의견이 분분했던 기억이 났다.

그런데 결국 누가 후계자가 되었더라? 기억을 더듬어 보았지만, 도무지 생각나지 않았다.

"그렇게 하지."

"좋네. 그럼 언제 떠날 셈인가?"

"한시가 급한 일이니 준비가 갖춰지는 대로 떠나야겠지. 밤새도록 편성을 끝내면 내일 오후엔 출발할 수 있을 것 같네."

"그런가. 그렇다면 배웅을 못할 수도 있겠군. 조심해서 다녀오게, 케이르안. 영애의 걱정은 하지 말고."

"고맙네. 그럼 잠시 황궁에 들러야 할 것 같군."

"그리하게. 아, 케이르안, 잠시 따로 할 얘기가 있네만."

"그럼 저는 먼저 일어나겠습니다, 공작 전하."

자리를 피해 달라는 간접적인 말씀에 나는 재빨리 몸을 일으켰다. 함께 집무실 밖으로 나온 라스 경이 나를 돌아보며 인사했다.

"오랜만에 뵙습니다, 영애."

"정말 그렇군요. 오랜만에 뵙습니다, 라스 경."

"헌데 검술을 배우신다고요?"

"네. 아직 보잘것없는 실력이라 부끄럽지만, 그렇습니다."

"그렇군요. 고생이 많으시겠습니다."

살짝 미소를 지었다. 아직 얼마 되지도 않았거니와 이 정도 고생으로 힘들다고 할 거였으면 애초에 배우겠다고 하지도 않았을 것이었으므로.

먼 길 잘 다녀오시라 인사한 뒤 돌아서다가 나는 문득 떠오르는 것이 있어 그를 다시 돌아보았다.

"저, 라스 경."

"말씀하십시오, 영애."

"동생 되시는 라스 공자는 어떤 분이신가요?"

"……."

라스 경은 대답이 없었다. 혹 실례가 되는 질문이었을까? 과거에 후계자 자리를 놓고 서로 말이 많았던 사이였으니, 만일 지금도 그렇다면 별로 좋지 않은 형제지간일 수도 있었다. 공연한 질문을 했다는 생각에 서둘러 사과하고자 했지만, 그보다 앞서 라스 경이 입을 열었다.

"……알고 보면 성격 나쁜 녀석은 아닙니다. 아, 각하."

아버지께 인사하는 그를 보며 고개를 갸웃했다. '알고 보면' 나쁜 성격은 아니라고? 어쩐지 석연치 않은 느낌이 들었지만, 아버지의 일을 도와야 하는 그를 계속 붙잡아 둘 수는 없었다.

"그럼 영애, 다시 뵙는 날까지 보중하십시오."

"감사합니다. 무사히 임무를 마치고 돌아오시길 기원하겠습니다. 다녀오세요, 아버지."

"그래, 오늘은 조금 늦을 것 같으니 먼저 잠자리에 들려무나. 라스 경, 이만 가지."

간단한 말씀을 남긴 아버지께서 곧장 돌아서셨다. 아무래도 오늘 안에 돌아오기 힘드실 테지. 각 영지에 파견할 기사의 수와 명단을 정하려면 시간이 오래 걸릴 테니.

조심해서 다녀오시라 인사하고서 수련용 복장으로 갈아입고 연무장으로 향했다. 되도록 다른 기사들의 수련을 방해하지 않기 위해 사람이 적은 곳을 찾는데, 연무장 한쪽 구석에서 반짝이는 연두색 머리카락이 보였다.

"알렌디스?"

재차 부르려다 그 자리에 멈춰 섰다. 꽉 다문 입술, 진지한 눈빛, 절도 있는 자세. 지난 이 년 동안 한 번도 보지 못했던 알렌디스의 집중하는 모습.

차마 방해할 수가 없어 망설이다가 문득 스치고 지나가는 생각에 멈칫했다. 그러고 보니 알렌디스는 어떻게 해야 하는 거지? 아버지께서는 공작 전하께 나를 지도해 달라 부탁하셨을 뿐, 알렌디스에 대해서는 일언반구도 하지 않으셨는데.

"아리스티아? 언제 왔어?"

"응, 방금."

생각을 지나치게 열심히 한 모양이었다. 어느새 수련을 마친 연두색 머리카락의 소년이 나를 바라보고 있었다.

"어떻게 된 거야? 원래 이 시간에는 오지 않았잖아."

"응. 너한테 할 얘기가 생겨서 다시 왔어."

"그래? 설마……."

"라스 공작 전하께서 오셨다더니, 그새 뭔가 언질을 받은 모양이구나."

씁쓸하게 웃는 알렌디스를 보자 무슨 말이 이어질지 대충 짐작이 갔다.

"너도 떠나는 거야?"

"응. 그렇게 됐네."

"그렇구나."
"아무래도 각하께서도 떠나시는 모양이지?"
"기사들도 같이."
알렌디스는 걱정이 가득한 표정으로 말했다.
"그럼 너 혼자 남는 건데. 괜찮겠어, 아리스티아?"
"괜찮아. 제국의 귀족으로서 당연히 감수해야 할 일인걸."
"그래도……."
"정말 괜찮아. 음, 저녁이라도 들고 갈래? 오늘 헤어지면 한동안 못 볼 테니."
"그렇게 할게. 초대해 줘서 고마워."
화제를 돌리려는 의도를 알아차린 걸까. 알렌디스는 순순히 내 초대에 응했다.

"둘이서 하는 식사는 처음인가? 항상 후작 각하께서 계셨으니까."
"음, 그러고 보니 그러네."
"바쁘신가 보지?"
"응. 최대한 빨리 출발하셔야 한다고, 오늘 안에 편성을 다 끝내실 거라고 하셨어."
"그렇구나. 그럼 각하껜 인사를 못 드리고 가겠네."
나는 살짝 고개를 끄덕이며 답했다.
"아버지껜 내가 전해 드릴게."
"고마워, 아리스티아. 아, 이거 맛있네. 매번 느끼는 거지만 너희 가문 조리장, 솜씨가 좋구나."

"그래? 조리장이 들으면 아주 좋아하겠는걸. 그 얘기도 전해 줄게."

"그럼 나야 고맙지. 너희 가문에서 나는 별로 인기가 없는 것 같아서 말이야. 점수를 좀 딸 필요가 있다니까."

부정하고 싶었지만, 일전에 리그 경이 한 말이 떠오르자 차마 아니라고 할 수가 없었다. 애매한 미소만 짓는 내게 싱긋 웃어 보인 그가 말했다.

"괜찮아. 너만 날 싫어하지 않으면 돼."

"아, 물론이지."

"그럼 됐어. 그보다 아리스티아, 내가 어디로 떠나는지는 묻지 않는 거야?"

"베리타 공작 전하와 함께 떠날 거라고 짐작했는데. 구휼 작업을 감독하러 가시는 것일 테니, 일정한 거처 없이 계속 이동할 거라고 생각했지."

"맞았어. 그러니 아마도 돌아올 때까지 전갈도 많이 못 보낼 것 같아."

"……그렇구나."

작은 소리로 대답했다. 문득 가슴이 답답해졌다. 아버지, 알렌디스, 가문의 기사들. 언제까지나 그들에게 둘러싸여 살 수는 없다는 것은 알고 있었지만 생각보다 너무 빨랐다. 자꾸만 기분이 가라앉았다.

그런 내 심정을 알아차린 걸까. 아니면 그 자신의 마음도 썩 좋지는 않았기 때문일까. 묵묵히 접시에만 몰두하는 알렌디스와 그리 입을 열 생각이 없는 나 때문에 식당에는 정적만이 흘렀다.

"아리스티아."

"응?"

한참 동안의 침묵을 깨고 들려오는 말에 상념에서 벗어났다. 어느새 디저트식사의 마지막 코스에 입가심의 의미로 먹는 것으로, 주로 향신료와 소스를 가미한 육류 위주의 식사를 하기에 입안의 텁텁함을 지우기 위해 달콤한 맛이 나는 후식을 들기 시작한 것이 정형화되었다는 게 다수의 견해다. 설탕이 비싸기에 귀족이나 부유한 평민들이 주로 즐기며, 고위 귀족들은 케이크, 파이, 초콜릿, 셔벗 등을 선호한다를 들 차례가 되었던 것일까. 눈처럼 새하얀 케이크를 한 조각 잘라 입에 넣자, 입안 가득 퍼지는 달콤한 맛에 우울했던 기분이 조금 풀리는 듯했다.

"기분은 좀 나아졌어?"

"아, 미안, 알렌디스. 기껏 초대해 놓고서 실례했네."

"아냐, 너랑 나 사이에 무슨."

부드럽게 답한 알렌디스는 냅킨을 들어 입가를 닦고서 자리에서 일어났다. 나는 그가 내미는 손을 잡고 일어나 저택 현관을 향해 걸음을 옮겼다.

"초대 고마웠어. 좀 더 시간을 보내다가 가고 싶은데, 일정이 빠듯해서 말이야. 미안해."

"괜찮아. 어서 가 봐야지. 조심해서 다녀와, 알렌디스."

"그래, 자주 연락할게."

"힘들다며. 너무 무리하지는 마."

물끄러미 바라보던 알렌디스가 나를 자신의 품으로 끌어당기며 말했다.

"두고 가자니 영 마음이 안 좋네. 그냥 확 납치해서 데려갈까."

"아, 알렌디스?"

"나 없는 사이 다른 영식들과 친하게 지내면 안 돼? 황태자 전하는 특히 조심하고. 알았지?"

"……."

"다녀올게. 그동안 잘 지내고 있어야 해, 내 아가씨."

이마에 촉촉한 것이 잠시 닿았다가 떨어졌다. 연두색 머리카락이 점점 멀어지다가 마침내 어둠에 묻혀 사라졌다.

"전하."

"……."

"일어나십시오, 전하."

부드럽게 흔드는 손길에 눈을 떴다. 결연해 보이는 표정과 단호한 빛을 머금은 군청색 눈동자. 나는 황궁으로 가실 때와는 어딘가 조금 달라 보이는 아버지의 모습에 고개를 갸웃했다. 그새 무슨 일이라도 있으셨던 걸까.

"전하, 잘 들으십시오."

"……."

"이 아비는 급한 일이 있어 국경 지역에 잠시 가 봐야 합니다. 조금만 기다리십시오. 돌아오면, 전하를 집에 모셔 가겠습니다."

언젠가 들어 본 적이 있는 듯한 내용에 눈을 동그랗게 떴다. 대체 지금 무슨 말씀을 하시는 거지? 그제야 내 모습이 눈에 들어왔다. 열두 살 생일을 갓 넘긴 내가 아니라, 반쯤 미쳐 가고 있던 열일곱의 내가.

"그러니 그때까지 마음을 굳건히 하시고 건강하게 지내셔야 합니다. 아시겠지요?"

안 돼. 몹시 혼란스러웠지만, 일단은 아버지를 막는 것이 먼저였다. 이대로 가시게 하면 다시는 뵐 수 없을 것이 분명했다. 절대로 그렇게 둘 수는 없었다.

"가지 마세요."

"전하?"

"안 돼요, 아버지. 가지 마세요."

다급하게 만류하며 붙잡으려 했지만 아버지께서는 점점 멀어지기만 하실 뿐이었다. 속이 바짝바짝 타들어 갔다. 이대로 가시게 두면 안 되는데.

"제발 가지 마세요."

"……."

"제발, 아빠."

필사적으로 뻗던 손끝에 무언가 빳빳한 것이 잡혔다. 뭔지 알 수는 없지만 나는 손에 잡힌 그것을 꽉 움켜쥐며 온 힘을 다해 매달렸다.

"지금 가시면 안 돼요."

"티아."

"절대……."

"이제 괜찮다, 티아. 눈을 떠 보려무나."

다정한 속삭임에 눈을 떴다. 걱정으로 가득한 군청색 눈동자가 보였다. 서둘러 주위를 둘러보자 저택의 내 방이 눈에 들어왔다. 아버지의 셔츠 자락을 꽉 움켜쥐고 있는, 아직 어린 내 모습도.

'꿈이었구나.'

안도의 한숨을 내쉬었다. 조심스레 팔을 뻗어 나를 품으로 끌어당긴 아버지께서 가볍게 등을 토닥이며 말씀하셨다.

"악몽을 꾸었나 보구나."

"……."

"괜찮다. 그저 한낱 꿈일 뿐이야."

천천히 머리카락을 쓸어내리는 손길에 가쁘던 숨이 점점 고르게 가라앉았다. 나는 든든한 온기를 좀 더 느끼려 아버지의 품으로 파고들었다. 이제야 비로소 안심이 되는 것 같았다.

"아직 한참 어리거늘. 아비가 미련하여 자꾸만 네 나이를 잊는구나."

"아빠."

"아비가 떠나는 것이 그리도 섭섭했더냐. 미안하다. 미처 네 생각을 하지 못하였구나."

"아니에요. 걱정 끼쳐 드려서 죄송해요. 그보다 가셨던 일은 잘 되었나요?"

"그래, 생각보다는 일찍 마쳤단다. 내일 오전에 떠날 것이란다."

"내일 오전……."

"최대한 빨리 돌아오려고 노력하겠지만, 아마도 내년 봄에나 돌아올 수 있을 게다. 미안하구나."

"아니에요."

거듭 미안하다 말씀하시는 모습에 섭섭한 마음을 다잡으며 고개를 저었다. 귀족으로서, 그리고 기사로서 당연히 해야 할 일을 하실 뿐인데, 먼 길을 떠나시는 분의 마음을 무겁게 해서야 되겠는가. 나는 한숨을 쉬시는 아버지를 향해 최대한 밝은 목소리로 말했다.

"정말 괜찮아요. 그러니 제 걱정은 마시고 부디 무사히 다녀오세요."

"……그래. 이제 그만 다시 자야지? 잠을 설쳐 몹시 곤할 것이 아니더냐."

조심스레 나를 품에서 떼어 낸 아버지께서 말씀하셨다. 이불을 끌어당겨 덮어 주는 아버지를 보자 심장이 다시 불안하게 뛰기 시작했다. 잘 자라는 인사를 남기며 일어서시는 모습에 나도 모르게 몸을 일으키며 옷자락을 붙들었다.

"티아?"

"아, 죄송해요. 저도 모르게 그만."

의아하다는 듯 나를 바라보던 아버지의 입가가 부드럽게 풀렸다. 천천히 침대 끄트머리에 걸터앉은 아버지께서 나를 도로 눕히며 젖혀진 이불을 다시 덮어 주셨다.

"잠들 때까지 곁에 있으마."

"피곤하실 텐데……."

"괜찮다. 네가 잠든 모습을 봐야 아비도 마음 편히 잘 수 있을 것 같구나."

"그래도……."

"괜찮다는데도. 그보다 티아."

"네?"

단호하게 말을 막은 아버지께서 나지막한 목소리로 말씀하셨다.

"아비가 없는 동안 가문의 모든 일은 네게 맡기마. 다만, 당장 인가가 필요한 일만 처리하고 나머지는 그냥 두도록 하려무나. 그렇지 않아도 할 일이 많은 너이니, 공연히 무리할 필요는 없다."

"네, 그렇게 할게요."

"되도록 바깥출입은 삼가고, 집에서 지내도록 해라."

"네, 걱정하지 마세요."

"그래, 잘 지낼 거라 믿으마. 그러니 너도 아비 걱정은 너무 많이 하지 말고 수련은 적당히 하도록 해라. 요즘 들어 조금 나아졌다고는 하나 본디 연약한 체질이 아니더냐."

"네."

"그리고……."

베개 위에 흐트러진 머리카락을 쓸어 넘기는 손길에 까막까막 졸음이 밀려오기 시작했다. 조곤조곤 들려오는 목소리가 점점 멀어졌다. 눈을 감았다 뜨는 시간 간격이 점점 길어졌다. 그렇게 나는 천천히 잠의 세계로 빠져들었다.

다음 날.

이른 아침임에도 후텁지근한 공기에 살짝 눈살을 찌푸렸다. 이러면 이동하는 데 더 힘드실 텐데. 연무장에 들어서자 투레질하는 말을 달래며 정렬해 있는 기사들 앞, 군청색 제복이 너무도 잘 어울리는 은발의 기사가 나를 돌아보았다.

"왔느냐?"

"네, 아버지. 조심해서 다녀오세요."

"그래, 너도 잘 지내고 있거라. 무슨 일이 생기거든 일단 라스 공작에게 도움을 청하고."

"네, 그럴게요."

"그래, 그럼 다녀오마."

"아, 아버지, 잠시만요."

머리를 한 번 쓰다듬고 뒤돌아서던 아버지께서 다시 돌아보셨다.

"어찌 그러느냐?"

"이거."

군청색 눈동자가 살짝 커졌다. 놀라신 듯한 모습에 서둘러 말했다.

"그냥, 무사히 돌아오시라는 뜻으로……."

"고맙구나."

어제 저녁 내내 씨름한 끝에 간신히 완성한 은청색 수술을 받아 든 아버지께서 약간 잠긴 목소리로 말씀하셨다. 한참 동안 들여다 보던 수술을 조심스레 검에 다시는 모습에 엷게 미소를 짓다 눈을 동그랗게 떴다. 아버지께서 셔츠 소매를 장식하고 있던 커프스단추를 떼어 내게 주신 탓이었다.

"이걸 떼시면……."

"여벌이 있으니 괜찮다. 귀중한 선물을 받았으니 무언가 보답을 해야 하지 않겠느냐."

밝게 미소 지으시는 모습에 놀라 멍하니 서 있는데, 갑자기 시끌벅적한 소리가 들려왔다.

"제 것도 받아 주십시오!"

"제 것도!"

"여기도 있습니다!"

"저희에겐 뭐 주실 것 없습니까, 아가씨?"

정렬해 있던 기사들이 너, 나 할 것 없이 손을 내밀었다. 그들의 한쪽 소매는 모두 풀어져 바람에 펄럭이고 있었다. 당황스러운 마음에 순간적으로 말문이 막혔다. 어떡하지?

그때, 아버지의 서늘한 목소리가 들렸다.

"모두 출발한다."

"하지만 각하!"

"이것만 아가씨께 드리고 가면 안 되겠습니까?"

"저희도 아가씨께 무사히 돌아오라는 기원의 말씀을 듣고 싶습니다!"

기사들 사이에서 들려오는 마지막 말에 멈칫했다. 하긴 섭섭할 수도 있겠네. 그래도 매일 같은 연무장에서 수련하는 사이인데 아버지께만 무사히 귀환하시라 말씀드렸으니.

"모두 무사히 다녀오세요."

"네, 무사히 돌아오겠습니다!"

"그동안 잘 계셔야 합니다, 아가씨. 능구렁이 같은 놈들은 조심하시고요."

"맞습니다. 다행히 베리타 공자가 떠난다고는 하지만, 또 어떤 놈이 주위를 배회할지 모르는 일 아닙니까. 주의하셔야 합니다, 아가씨."

"네? 아, 네. 조심할게요."

무시무시한 기세에 눌려 순순히 고개를 끄덕였다. 몇 걸음 걷고 뒤돌아보기를 거듭하는 기사들을 보며 살포시 미소 지었다.

마침내 모두의 모습이 사라지자 시끌벅적하던 연무장은 금세 정적에 휩싸였다. 나는 손바닥 위에 곱게 놓여 있는 백금 단추를 하염없이 들여다보다 천천히 돌아섰다. 조심스레 쥔 주먹 사이로 느껴지는 단추의 온기가 허전해진 가슴속으로 파고드는 듯했다.

아버지가 떠나시고 난 후, 며칠 동안은 평소와 같은 나날을 보낼 수 있었다. 체력이 받쳐 주는 한계까지 수련을 하고 소소한 일을 하거나 책을 읽으면서. 조금 쓸쓸하긴 했지만 이 정도면 나쁘지 않다고 생각했다.

하지만 혼자서 수련한다는 건 생각했던 것보다 훨씬 더 어려운 일이었다. 갑자기 막혀 버린 검술은 아무리 매달려도 그저 알쏭달쏭하기만 할 뿐, 도저히 진전이 없었다.

그렇게 보름, 이대로는 안 되겠다 싶어 라스 공작가에 방문 허락을 요청하는 서신을 띄운 나는 다음 날 티타임에 참석해 달라는 답신을 받았다. 되도록 폐를 끼치지 않으려 했는데, 혼자 힘으로는 어찌할 도리가 없었다.

"만나 뵙게 되어 영광입니다, 공작 부인. 저는 모니크 후작가의 장녀, 아리스티아 라 모니크라고 합니다."

"반가워요, 모니크 영애. 에르니아 샤나 데 라스입니다. 앉으세요."

라스 공작 부인은 기억 속 모습과 크게 다르지 않았다. 붉은색 머리카락과 눈동자 때문에 강렬하면서도 따스한 인상을 주는 공작 전하나 라스 경과는 달리 그녀는 짙은 하늘색 머리카락과 푸른 눈동자의 소유자로, 무표정한 얼굴 때문에 몹시 차가워 보이는 인상이었다.

"얘기는 전해 들었어요. 후작께서 떠나기 전에 검술 지도를 부탁했다고요."

"네, 그렇습니다."

"그럼 길게 얘기할 필요는 없겠군요. 작은 아이에게 사람을 보냈으니, 곧 올 겁니다."

"아, 네. 감사합니다, 공작 부인."

쌀쌀맞은 말투에 잠시 움찔했지만 나는 미소를 유지하며 감사를 표했다. 어차피 처음 보는 태도도 아니었으니까. 과거에도 유독 내게 차갑게 굴던 그녀가 아닌가. 이유는 모르겠지만, 공작 전하와 달리 그녀는 나를 무척 싫어했다. 같은 계파 소속임에도.

싸늘한 침묵 속에서 찻잔을 기울이고 있을 때, 문이 벌컥 열리는 소리가 들렸다. 천천히 고개를 돌리자 알렌디스 또래로 보이는 소년이 신경질적인 표정으로 걸어 들어오는 모습이 눈에 들어왔다.

"귀찮게 왜 자꾸 부르고 그러세요?"

"앉거라. 손님도 계시는데, 이게 무슨 추태니."

"흥, 손님이 무슨 대수……."

코웃음을 치며 내 쪽을 돌아보던 소년이 갑자기 입을 다물었다. 왜 그러는지는 알 수 없지만 나는 살짝 미소 지으며 인사를 건넸다.

"처음 뵙겠습니다, 라스 공자. 저는 모니크 후작가의 장녀, 아리스티아 라 모니크라고 합니다."

"……카르세인 데 라스."

공작 전하의 머리카락과 공작 부인의 눈동자를 그대로 빼닮은 소년은 어머니 쪽을 더 닮아서인지 차가워 보이는 인상이었다. 서늘한 분위기 때문일까. 나를 똑바로 응시하는 소년의 푸른 눈동자에서 다른 누군가가 연상되는 듯했다. 어쩐지 등골이 서늘했다.

"잠깐, 모니크? 그럼 얘가 걔란 말씀이세요? 이런 애랑 같이 검술 수련을 하라고요?"

"말투가 그게 뭐니, 세인. 아무래도 예법 교육을 다시 받아야겠구나."

"됐어요. 검술 수련할 시간도 부족한데 무슨……."

"세인."

"아, 알았어요. 정중하게 대하면 되잖아요."

공작 부인의 엄격한 부름에 마지못해 답한 소년은 무척이나 못마땅한 기색이었다. 한참 동안 나를 노려보던 그가 딱딱 끊어지는 목소리로 말했다.

"그럼 가 보실까요, 영애."

"어딜 말씀이신가요, 공자?"

"저와 검술 수련을 함께하기 위해 왔다 하지 않으셨습니까. 함께 수련할 만한 실력이 되시는지 확인은 해 봐야지요. 그렇지 않습니까, 영애?"

"세인."

"아, 또 왜요? 정중하게 대하고 있잖아요."

깊게 한숨 쉰 공작 부인이 관자놀이를 꾹꾹 누르며 내게 말했다.
"어떻게 하겠어요, 영애? 본디 오늘은 인사나 나누라 할 생각이었지만, 이 아이의 제안을 받아들일 생각이라면 갈아입을 옷을 가지러 사람을 보내도록 하지요."
"아, 네. 그럼 그렇게 해 주시겠습니까? 배려에 감사드립니다."
"그럼 옷을 가져올 때까지 잠시 기다리며 차를 즐기도록 합시다. 앉거라, 세인."
소년은 어딘가 불만스러운 표정이었지만 더는 반발하지 않은 채 조용히 자리에 앉았다. 나는 싸늘한 적의를 드러내는 모자 사이에서 반쯤 식어 버린 차를 마시며 한숨을 삼켰다.
'이럴까 봐 혼자 해 보려고 한 건데.'
옷을 가지러 간 시녀가 돌아오자마자 공작 부인은 티타임을 파했다. 나는 그녀에게 초대해 주셔서 감사하다 인사드린 뒤 수련용 복장으로 갈아입었다. 그리고 시종의 안내를 받아 연무장으로 향했다.
"옷 한 번 갈아입는데 오래도 걸리는군."
"⋯⋯늦어서 죄송합니다, 라스 공자."
"아버지께서 나와 함께 검술 수련을 하라고 하셨다고?"
"그렇습니다."
"하, 웃기는군. 검이란 것이 그렇게 만만한 줄 아나? 아무나 다 배우겠다고 설칠 수 있는 것이 아니라고."
카르세인 데 라스. 아마도 현재 열넷 혹은 열다섯. 전무후무한 기록을 달성한 최연소 기사이자 검술에 있어서는 타의 추종을 불허한다는, 백 년에 한 번 나올까 말까 하다는 천재. 기억 속 그는 그런 사람이었다. 과거에는 전혀 접점이 없던 자였기에 그를 만나러 오는 내내 어떤 사람일까 궁금해 하며 상상의 나래를 펼쳤다. 묵묵히 검을 수련하는, 말수가 적은 사람일 거라 막연히 생각했다. 마치 내 아버지처럼.

하지만 눈앞의 그는 상상과는 전혀 달랐다. 초면에 다짜고짜 말을 놓는 것 하며, 시종일관 무시하는 것 등, 예의라고는 눈을 씻고 찾아봐도 볼 수 없는 태도. 소년과 함께 장차 제국을 이끌어 갈 천재라고 불리는 알렌디스, 친절하고 상냥한 그와는 너무나 대조되는 모습이었다. 오만하게 내려다보는 얼굴을 마주하자 가슴속에서 무언가 뜨거운 기운이 올라왔다.

"저는 장난으로 검을 배우겠다고 한 것이 아닙니다, 라스 공자."

"하, 어차피 대충 몇 년 배우겠다고 덤비다가 결혼이다 뭐다 하면서 그만둘 것 아닌가. 그게 장난이 아니면 뭐지?"

"저는……!"

"이러쿵저러쿵 변명 늘어놓을 필요 없어. 장난이 아니라면 그만한 실력과 의지를 보여 주면 되는 것 아닌가?"

천천히 입을 다물었다. 그의 말이 맞았으니까. 아무리 떠들어 봐야 그것으로 의지를 증명할 수는 없는 법. 행동으로 보여 주면 될 일이 아닌가. 어쨌든 아쉬운 쪽은 그가 아니라 나인 것을.

"옳으신 말씀이로군요. 어떻게 증명하면 되겠습니까?"

"……일단 기본이나 제대로 됐는지 보자고."

뭐가 또 불만인지 순순히 대답하는 나를 못마땅한 기색으로 노려보던 소년이 말했다.

텅 비어 있는 연무장 구석, 가지런히 놓여 있는 수련용 검 중 그나마 가벼워 보이는 것을 골라 들었다. 팔짱을 낀 채 말없이 바라보고 있는 붉은 머리카락의 소년 앞에서 그동안 배운 검술을 시연해 보였다. 홀로 수련하다 막힌 부분까지 전부.

"형편없네. 이런 실력으로 검술을 배우겠다고?"

"……."

"기본 검술은 그럭저럭 탄탄하게 배운 것 같은데, 그 뒤에 그건 뭐지? 아주 형편없잖아."

한심하다는 듯한 말투에 또다시 울컥했지만 무표정을 유지했다. 참아, 아리스티아. 아쉬운 사람은 너잖아. 나는 숨을 크게 들이쉬고서 최대한 담담한 목소리로 말했다.

"보시는 대로입니다. 혼자 수련을 해 봤습니다만, 영 진전이 없더군요."

"당연하잖아. 자세부터 다 흐트러졌는데, 될 턱이 없지."

"그럼 어떻게 하면 되겠습니까?"

문제점을 바로 지적하는 모습에 뭔가 해결책을 주지 않을까 싶어 묻자, 소년은 귀찮다는 듯 답했다.

"알게 뭐야. 내가 왜 네 수련을 도와줘야 하지? 알아서 잘해 봐, 귀찮게 하지 말고."

"……공자."

"왜?"

"공자께서도 잘 아실 것이 아닙니까. 해도 해도 진전이 없을 때의 답답함을. 어디가 틀렸는지 알 수도 없어서 혼자 끝없이 고민할 때의 그 막막함을."

"글쎄? 난 그런 적이 없어서 잘 모르겠는데?"

정말이지 얄미웠다. 잠시 노려보다 천천히 돌아섰다. 계속 이야기해 봤자 해답을 얻을 것 같지도 않았고, 눈앞의 소년에게 자꾸만 덧씌워지는 다른 사람의 그림자 때문에 더는 마주하고 싶지도 않았다.

"바로 포기하는 걸 보니, 역시 애초에 진지하게 할 생각 따윈 없었던 것 같군그래?"

"……사람을 가지고 장난치는 분과 대화를 섞고 싶은 생각은 없습니다."

등 뒤에서 들려오는 비웃는 듯한 목소리에 싸늘하게 일갈했다.

"넌 그 검술을 수련하기에는 아직 근력과 체력이 딸려. 그러니까 안 되는 거야. 좀 더 단련하고 검술 운운하지그래?"

잠시 멈춰 섰다. 역시 그런 것이었나. 체력과 근력이라. 한숨이 나왔지만, 해결책을 찾았다는 생각에 무거웠던 가슴이 조금은 시원해지는 것 같았다. 더불어 오기가 생겼다. 두고 봐. 결코 이대로 물러서진 않겠어.

"다녀오셨습니까, 아가씨."

집에 돌아오자 모든 고용인이 나와서 나를 반겼다. 나는 고개를 끄덕여 그들의 인사를 받아 준 뒤 집사를 불렀다.

"집사, 잠시만."

"무슨 일이십니까, 아가씨?"

"앞으로 보다 강도 높은 수련을 할 거야. 내일부터는 영양식 위주로 식사할 테니, 조리장에게 얘기해 줘."

"지금보다 더하시겠단 말씀이십니까?"

"응."

주춤하며 되묻는 집사를 향해 고개를 끄덕였다. 잠시 침묵하던 그가 무거운 목소리로 답했다.

"알겠습니다. 하지만 아가씨, 너무 무리하지는 마십시오."

"그럴게."

나는 걱정스레 바라보는 집사를 뒤로하고 방으로 올라왔다. 라스 공자와의 대화를 곱씹어 보고 있을 때, 노크 소리와 함께 들어온 리나가 물었다.

"아가씨, 공작저에서 무슨 일이라도 있으셨어요?"

"응? 뭐……. 왜?"

"오시자마자 식단을 바꾸라고 하셨다면서요. 혹 라스 경의 동생이라는 공자님과 다툼이라도 하신 거예요?"

"……."

"맞나 보네요. 우리 아가씨는 누구랑 다투실 분이 아니니 그분이 뭐가 단단히 잘못하셨나 보네요. 힘내세요, 아가씨! 절대 지시면 안 돼요!"

"그, 그래."

나보다 더 열을 올리는 리나에게 어색한 미소를 지어 주고서 나는 내일부터 해야 할 일을 속으로 정리했다. 어쨌든 문제점을 깨달았으니 지금부터 열심히 노력하면 될 거라 생각하며 잠자리에 들었다.

다음 날부터 나는 본격적으로 근력 운동에 들어갔다. 다른 기사들이 단련하는 모습을 본 기억을 토대로 리나에게 부탁해서 내게 맞추어 만든 모래주머니를 팔목과 발목에 찼다. 그리고 평소와 마찬가지로 기초 체력 운동을 하고, 기본 검술을 끊임없이 연습했다. 숨이 턱까지 차올라서 목에서 피 내음이 느껴질 때까지 달리고 또 달리고, 팔에 마비가 올 때까지 검을 휘두르다가 저녁조차 먹지 못하고 쓰러지다시피 잠을 자는 생활이 반복됐다.

그렇게 며칠이나 지났을까. 집사와 리나를 비롯한 집안사람들의 걱정스러운 눈초리가 하나둘 늘어가는 것을 알면서도, 아침에 일어날 때마다 천근만근 무거운 몸과 점점 핼쑥해지는 얼굴을 보면서도, 이런 수련 방식으로는 문제점이 개선될 수 없다는 것을 깨달았음에도 나는 계속해서 아침 해가 뜨기 전에 연무장에 나가 짙은 어둠이 깔리고 나서야 저택으로 돌아오는 일과를 거듭했다.

이 무모한 짓을 멈출 수가 없었다. 검술은 황실과 엮이는 운명을 피할 수 있는 유일한 방법이었으므로.

"너 미쳤어?"

그러던 어느 날, 뜻밖의 손님이 나를 찾아왔다. 자신의 머리카락처럼 붉게 달아오른 얼굴로 나타난 소년이 버럭 고함을 질렀다.

"지금 이따위 걸 수련이랍시고 하고 있는 거야? 엉? 그런 거냐고!"

"그렇습니다만. 공자께서, 후우, 단련이나 더하고 검을 논하라고, 하지 않으셨습니까."

"누가 이딴 식으로 하라고 했어! 평생 검 못 잡고 싶어서 그래? 당장 그만둬!"

"무슨 상관이십니까?"

"뭐라고?"

어이가 없다는 듯 반문하는 소년을 향해 말했다.

"귀찮게 왜 도와줘야 하느냐고 말씀하시지 않았습니까. 도와 달라 하지 않을 것이니, 참견하지 말고 그만 돌아가시지요."

"……너, 증명해 보라고 해서 지금 이러는 거야? 시위하는 거냐고."

"도와줄 마음이 없다면 방해도 하지 마시지요. 그럼 전 바빠서 먼저 가 보겠습니다. 살펴 가십시오."

"야, 너!"

뭐라 말하려는 그를 무시하고 땅을 박찼다. 열 걸음 남짓 뛰었을까. 욕설과 함께 나를 쫓는 발소리가 들렸다. 못 들은 척 한 걸음을 더 디뎠을 때, 갑자기 무릎이 푹 꺾였다. 휘청하며 균형을 잡으려는 순간, 눈앞이 하얗게 변했다.

"이런 제……. 야, 야! 정신 차려!"

뿌옇던 시야가 붉은 실로 가득 메워지고, 곧이어 온 세상이 깜깜해졌다. 누군가 나를 강하게 끌어당기는 듯한 느낌을 마지막으로 나는 정신을 잃었다.

눈을 뜨자 익숙한 천장이 보였다.

씁쓸하게 웃었다. 열 살로 돌아온 이래 꾸준히 체력을 단련했는데도 툭하면 기절하는 이 상황에 실소가 터져 나왔다. 과거와는 다른 삶을 살고자 그토록 발버둥 치고 있건만, 새로운 삶을 살기 위한 길은 어찌 이리도 어려운 것일까.

"깨어나셨어요, 아가씨?"

"……리나."

"우선 물부터 드세요. 여기요."

리나가 건네준 물을 마시고 나서 간신히 몸을 일으켜 앉았다. 팔목과 발목을 구속하고 있던 모래주머니는 모두 제거했는지 보이지 않았고, 주머니를 꽉 묶은 탓인지 손과 발이 조금씩 부어 있었다. 작게 한숨을 내쉬었다. 어떡하지? 이 길마저 봉쇄된다면 대체 어떻게 해야 과거에서 벗어날 수 있는 걸까.

"아가씨."

"응?"

"저, 라스 공자께서 방문해 계십니다."

"라스 공자?"

"실은 그날 공자께서 혼절하신 아가씨를 저택까지 데려다 주셨어요. 그 후로 매일 찾아오셨답니다."

뜻밖의 말에 눈을 크게 떴다. 쓰러지는 나를 잡아 준 거나 저택까지 데려다 준 것은 그렇다 쳐도 어째서 매일 찾아오기까지 한 거지? 몹시 의아했지만, 이유야 어쨌든 일단 고마움을 표하기는 해야 할 것 같아 그를 데려오라 말했다.

"……."

"……."

"어, 그, 음……. 괜찮아?"

"괜찮습니다. 감사합니다, 공자."

"어, 뭐, 뭐가?"

"그날 쓰러지던 저를 잡아 주신 것 말입니다. 덕분에 크게 다친

곳은 없는 것 같군요. 감사드립니다."

 여전히 얄밉기는 했지만, 일단 고개 숙여 감사 인사를 했다. 눈에 띄게 당황한 기색으로 소년은 붉은 머리카락을 연신 쓸어 넘겼다. 그의 시선은 나를 똑바로 향하지 못한 채 이곳저곳을 방황하고 있었다. 안절부절못하는 모습 때문일까. 첫 만남과는 달리 푸른 눈동자 위에 겹쳐 보이던 다른 누군가의 그림자가 보이지 않았다. 한결 편안해진 마음으로 바라보자, 크게 숨을 들이쉰 소년이 조금 전보다는 훨씬 차분해진 표정으로 말했다.

"너 말이야. 이따위 수련은 당장 그만둬."

"……."

"자칫 잘못하다가는 정말로 평생 검을 못 잡게 될 거야. 후작께서 네게 왜 그런 수련을 시키지 않으셨을 거라 생각해?"

"……."

"어린 나이에 모래주머니 같은 것을 달고 다니면 관절이 전부 상해. 그러니 후작께서도 무리하게 단련시키지 않으신 거야."

 수긍했다. 선천적으로 근력이 떨어짐에도 아버지께서 나를 따로 단련시키지 않으신 것은 분명 저 이유 때문이리라. 같은 세월 동안 함께 배웠음에도 알렌디스의 성취가 나보다 훨씬 뛰어난 까닭은 물론 재능의 차이 때문이지만, 타고난 체력과 근력의 차이도 분명 존재했을 것이었다. 여기사가 아예 없는 것은 아니지만, 제국의 기사 대부분이 남자인 것도 아마 그 때문일 테지.

 하지만 아무리 어렵다 하더라도, 타고난 신체적 조건 때문에 불리하다 하더라도 나는 검술을 배워야만 했다. 결코 포기할 수 없었다. 내게는 과거에서 벗어나야 한다는 절박한 이유가 있었으므로.

"너, 어째서 검술을 배우려는 거지? 왜 이렇게 서두르는 거야?"
"……."
"모니크가의 유일한 적자여서? 가문의 후계자가 되려는 건가?"
"……."
"좋아, 그렇다고 쳐. 하지만 그래도 뭔가 이상해. 경쟁자가 있는 것도 아닌데 이렇게까지 서두를 이유가 없잖아? 그럼 대체 무엇 때문이지? 왜 그렇게 자신을 혹독하게 몰아세우는 거야?"
"그만 돌아가 주십시오, 공자."
깔깔한 목을 가다듬으며 말했다. 내게 아무것도 아닌, 나를 무시하고 비웃기만 했던 그에게는 이런 깊은 질문을 할 권리가 없었다.
"공자께선 제 일에 참견하실 이유도 권리도 없으십니다. 요 며칠 폐를 끼친 것에 대해서는 죄송하게 생각합니다. 더는 귀찮게 하지 않을 것이니, 이제 그만 돌아가십시오."
"……야."
"짧은 인연이나마 소중히 생각하는 마음에서 한 가지만 말씀드리겠습니다. 한 방면에서 천재적인 면모를 보인다 하여 다른 흠이 모두 덮어지는 것은 아닐 터. 공작 전하와 귀문貴門의 명예를 생각하시어 앞으로는 보다 귀족다운 행동거지를 갖추도록 하십시오."
"뭐, 뭐라고?"
줄을 당겼다. 근처에서 대기라도 하고 있었던 것인지 리나는 그가 뭐라고 반박의 말을 하기도 전에 나타났다. 그를 저택 밖까지 안내해 드리라고 지시하고서 붉은 머리카락의 소년을 향해 살짝 고개 숙여 인사했다.

"죄송하지만, 몸이 좋지 않아 배웅은 하지 못하겠군요. 그럼 안녕히 가십시오."

"야! 너!"

"안내하겠습니다, 공자님."

점점 작아지는 고함 소리를 들으며 이불을 뒤집어썼다. 아무와도 만나고 싶지도, 대화를 섞고 싶지도 않았다. 서서히 눈을 감으며 나는 혼자만의 세계로 침잠했다.

무리한 수련 때문에 드디어 탈이 난 것일까, 아니면 갑자기 맥이 빠진 탓일까. 다소 무례하게 라스 공자에게 축객령을 내린 날 이후 나는 한동안 몹시 아팠다. 온몸이 두들겨 맞은 것처럼 욱신거리고 열이 펄펄 끓었다. 줄줄 흐르는 식은땀 때문에 하루에도 몇 번씩 침대 시트를 갈아야 했고, 속이 메슥거려 아무것도 먹을 수가 없었다. 리나가 발을 동동 구르고, 평소 고저가 거의 없는 집사의 목소리에도 걱정스러움이 잔뜩 묻어날 정도로 심했다. 허약했던 과거에도 이 정도로 아팠던 적은 손에 꼽을 정도였다.

며칠이 지나도 차도가 없자, 집사는 아버지께 편지를 보내겠다고 말했다. 그러지 말라 당부했다. 걱정 끼쳐 드리고 싶지 않았던 데다가 내가 앓고 있는 이유가 뭔지 알 것 같았기 때문이었다. 분명 그동안 쌓인 마음의 상처가 터진 탓이리라.

집착하다시피 검술에 매달렸던 건, 그것이 과거의 삶을 반복하지 않기 위해 머리를 짜내어 생각해 낸 거의 유일한 방책이었기 때문이었는데. 그 길이 너무도 요원함에 나는 절망했다.

알고 있었다. 내게는 알렌디스나 라스 공자와 같은 특출한 재능이 없다는 것을. 주어진 시간 안에 원하는 성과를 내기는 힘들다는 사실도. 그래서 더욱 나 자신을 속이면서 암시를 걸었다. 노력해서 되지 않는 것은 없노라고. 사실 내게는 재능이 좀 더 있을지도 모른다고. 단시간에 해결될 문제가 아니라는 것을 알고 있으면서도 끝까지 자신을 기만하며 무리한 수련을 강행했다. 그 결과가 바로 이것이었다.

한숨을 쉬었다. 시간이 없는데 단축할 길은 보이지 않는 현실이 몹시 답답했다. 약속한 기한이 하루하루 다가올 때마다 속이 바짝바짝 탔다.

유예를 요청할까 생각해 보았지만, 받아들여질 가능성이 거의 없었다. 어떻게든 나를 황실에 엮으려고 하는 폐하께서 순순히 동의하실 리 만무했으니까.

절망스러웠다. 지은이 나타날 때까지 버텨야 하는데, 시간이 너무도 부족했다. 아니, 이 상태로는 어찌어찌 버텨 낸다 하더라도 문제였다. 최소한의 자격을 갖추지 못한다면 그녀가 온다 하더라도 황비의 운명에서 벗어날 수 없을 테니까. 과거에도 그렇지 않았던가.

검술을 통해 운명에서 벗어나겠다는 꿈이 멀어질수록 마음속 깊은 곳에 도사리고 있는 어둠은 점점 짙어져만 갔다. 쓰린 웃음을 머금었다. 운명을 거부하겠다고 했는데, 신마저 부정하며 새로운 삶을 살겠다고 했는데. 그저 오만이었던 것뿐일까. 과거에서 벗어나는 방법은 정녕 없는 것일까.

"저, 아가씨. 아가씨께 서찰이 왔습니다."

병석에 누운 지 일주일째 되던 날, 약을 가져온 리나가 머뭇거리며 서찰 하나를 내밀었다. 겉봉에 찍혀 있는 문장이 눈에 들어왔다. 포효하는 황금 사자. 그것은 다름 아닌 황가의 문장이었다.

가슴이 덜컥 내려앉았다. 불안하게 뛰는 심장 위에 손을 얹고 크게 숨을 들이쉬었다. 떨리는 손으로 서찰을 펼쳐 내용을 읽어 내리다 고개를 갸웃했다. 고급스러운 종이에는 그저 폐하를 알현하러 오라는 말만 적혀 있었다. 대체 무슨 일이지? 통상적인 서신이라면 용건을 밝히는 것이 보통인데.

"리나."

"네, 아가씨."

"황궁에 가야 할 것 같아. 준비해 줘."

"네? 하지만 아가씨……."

"황명을 거역할 수는 없잖아. 부탁해."

한참을 망설였지만 리나는 결국 거듭되는 내 말에 마지못해 고개를 끄덕였다. 나 역시 이런 몸으로 황궁에 가고 싶지는 않았지만 그러기에는 어딘가 찜찜했다. 그저 단순한 누락일 수도 있지만, 만에 하나 서신에 적을 수 없을 정도로 중한 용무라면 어찌한단 말인가.

휘청이는 몸을 일으켰다. 따뜻한 물로 목욕을 하고, 겹겹이 두꺼운 옷을 걸친 뒤 거울 앞에 섰다. 창백한 얼굴과 푸석한 머리카락, 그리고 열에 부르튼 입술.

'나, 정말 이대로 가도 되는 건가?'

지금이라도 못 간다는 답신을 띄울까. 공연히 책만 잡히면 어떡하지. 잠시 망설이다 리나의 걱정스러운 얼굴을 뒤로한 채 황궁으로 향했다.

"제국의 태양, 황제 폐하께 아리스티아 라 모니크가 인사 올립니다."

"오랜만이군, 영애. 그런데 혹 어디 아픈 것인가?"

"그간 몸이 조금 좋지 않았습니다. 이런 모습을 보여 드려 송구합니다."

"이런, 아픈 줄 알았으면 다른 날 보자 하였을 텐데. 미안하군. 아, 그래. 내 황궁의를 보내 주도록 하지."

"아닙니다, 폐하. 괜찮습니다."

"황명일세."

"……황은에 감사드립니다."

마지못해 답하자 고개를 끄덕인 폐하께서 말씀하셨다.

"후작이 없어 쓸쓸하겠군. 어찌 지내고 있는가?"

"황은에 힘입어 평안하게 지내고 있습니다."

"음, 내 궁금한 것이 있어 보자 하였네. 영애의 호위는 누가 하고 있는가. 남아 있는 기사는 있나?"

"없습니다, 폐하."

"역시. 원, 사람하고는. 두엇 정도는 남겨 둘 것이지, 어찌 그리도 융통성이 없단 말인가. 아무런 보호자도 없이 영애 혼자 저택을 지키고 있다니, 아니 될 소리. 내 오늘부로 당장 근위 기사오직 황실과 직계 황족만을 수호하는 기사를 파견하겠네."

눈을 크게 떴다. 근위 기사라니? 그들은 오로지 황족의 안위를 지키기 위해 존재하는 자들이 아닌가. 지나치게 파격적인 대우였다. 정통 황족이 아닌 이상 그 누구도 근위 기사의 호위를 받을 수는 없는 법. 아무리 황태자 전하의 약혼녀라는 위치에 있다 하더라도 나는 아직 일개 후작 영애에 불과하지 않은가.

"거두어 주십시오, 폐하. 제게는 과분한 처우이십니다."

"과분하다니. 영애는 차기 황후가 아닌가."

"폐하."

"이 일을 빌미로 삼아 영애를 어찌하지는 않겠다고 약조하겠네. 어떤가. 이래도 사양할 것인가?"

"……황공합니다, 폐하. 황은에 그저 감읍할 따름입니다."

죄어 오는 목을 가다듬으며 간신히 감사를 표했다. 바짝 타오르는 입술을 축이고 있을 때, 황태자 전하께서 도착하셨다는 외침이 들렸다. 소리 없이 열린 문 사이로 푸른 머리카락의 소년이 들어섰다. 나를 힐끔 쳐다본 그가 말했다.

"부르셨습니까, 부황 폐하?"

"왔느냐, 태자. 흠, 본래는 영애와 더불어 차나 한잔할까 하여 불렀다만."

나는 나를 돌아보시는 폐하의 모습에 서둘러 입을 열었다.

"저는 괜찮습니다. 심려치 마십시오."

"아닐세. 아무리 그래도 아픈 사람을 두고 그럴 수야 있겠는가. 어서 물러가서 쉬게나. 아, 그럼 이렇게 하지. 태자, 영애를 데려다 주고 오겠느냐? 다녀오는 동안 차를 준비하라 이르마."

"아, 아닙니다, 폐하. 정말 괜찮습…….."

"알겠습니다, 부황 폐하. 그리하지요. 그만 일어나지."

극구 사양하려 했지만, 서늘한 목소리가 말을 잘랐다. 무표정한 얼굴과 마주하자 흠칫 몸이 굳었다. 차갑게 가라앉은 바닷빛 눈동자가 어서 일어나지 못하겠느냐고 재촉하는 것만 같아 쭈뼛쭈뼛 몸을 일으켰다. 흐뭇하게 바라보는 폐하를 향해 겨우겨우 예를 갖추고서 알현실을 빠져나왔다.

숨 막히는 침묵 속에서 걸음을 옮겼다. 잔뜩 긴장한 탓일까, 아니면 옆에서 뿜어져 나오는 냉기 때문일까. 갑자기 열이 오르는 것이 느껴졌다. 꼭 다문 입술을 비집고 뜨거운 숨이 새어 나왔다. 머리가 지끈지끈 아파서 나도 모르게 치맛자락을 꽉 말아 쥐었다.

'조금만 더 버티자, 아리스티아.'

축 늘어지려는 몸을 곧추세우며 걷는 데 집중하기를 한참, 저 멀리 마차가 늘어서 있는 넓은 공간이 보였다. 다 왔구나. 나는 속으로 안도의 한숨을 내쉬며 푸른 머리카락의 소년을 향해 고개를 숙였다.

"데려다 주셔서 감사합니다, 전하. 그럼 이만 돌아가 보겠습니다."

"란크 경."

인사를 무시한 채 몸을 돌린 그가 몇 발자국 떨어진 곳에서 따르던 근위 기사를 불렀다. 곧바로 다가와 고개를 숙이는 젊은 기사를 향해 서늘한 목소리가 떨어졌다.

"최대한 빨리 마차를 대령하라 이르도록. 모니크가로 갈 것이다."

"명을 받듭니다."

눈을 동그랗게 떴다. 이게 무슨 소리야.
 시종에게 무언가를 지시하는 기사를 일별한 그가 나를 돌아보았다. 귀찮다는 빛이 역력한 바다색 눈동자. 일순간 깨달음이 머릿속을 스치고 지나갔다. 그렇구나. 폐하께서 어디까지라고는 말씀하지 않으셨기에 그는 만에 하나라도 책잡힐 일이 없도록 아예 집까지 데려다 주려는 모양이었다.
 황급히 눈을 아래로 내리깔았다. 공연히 마주 보다 그렇지 않아도 불편해 보이는 그의 심기를 더 자극할까 두려웠다. 자꾸만 힘이 풀리는 몸을 가누려 애쓰며 입술을 잘근잘근 깨물었다. 조금만 더 버티자고 자신을 다독였다.
 얼마나 시간이 흘렀을까. 황가의 문장이 새겨진 화려한 마차가 다가오는 모습이 보였다. 드디어 왔나. 나는 몰래 가슴을 쓸어내리며 마차에 올랐다. 무릎 위로 맞잡은 손에만 눈길을 고정하다 문득 시선이 느껴져 고개를 들었다. 무슨 생각을 하고 있는 것인지 알 수 없는 빛이 서린 바다색 눈동자가 나를 물끄러미 바라보고 있었다. 온몸을 타고 올라오는 긴장감에 크게 숨을 들이쉬는 순간, 내게서 시선을 뗀 그가 창밖을 응시했다. 또다시 무거운 침묵이 마차 안을 지배했다.
 겨우겨우 저택 앞에 도착해서 근위 기사의 손을 잡고 마차에서 내렸다. 살 것 같았다. 오늘따라 집으로 돌아오는 길은 왜 이리도 먼지. 조금만 더 그와 단둘이 있었더라면 그대로 질식했을지도 모른다. 매무새를 가다듬고 예를 올리자, 내가 내릴 때까지도 창밖에 시선을 고정하고 있던 소년이 말했다.
 "그럼 들어가 보도록."

"네, 전하, 감사드립니……."

탁. 문이 닫혔다. 인사를 채 마치지도 못했는데, 휑하니 사라지는 마차의 뒷모습을 멍하니 바라보다 쓴웃음을 머금었다. 지끈지끈 아파 오는 이마에 손을 올린 채, 나는 저택을 향해 무거운 발걸음을 옮겼다.

황궁의란 역시 다른 걸까. 황궁에 다녀온 지 사흘, 간신히 병석에서 벗어났지만 가벼워진 몸과는 달리 마음은 여전히 무거웠다.

방문을 열자마자 보이는 하얀 제복에 한숨을 쉬었다.

'어쩌다가 일이 이렇게 된 거지?'

폐하께서는 정말로 근위 기사를 파견하셨다. 그것도 두 명씩이나. 시모어, 쥬느라고 자신을 소개한 두 사람은 교대로 나를 호위했다. 심지어는 모두가 잠든 시간이 가장 위험하다는 이유로 매일 침실 앞에서 밤을 지새우기까지 했다.

폐하께서는 왜 이런 명을 내리신 걸까? 각자의 영지를 챙기느라 바빠 계파 간의 분쟁을 벌일 여력도 없는 현 상황에서 누군가가 나를 해하려 들 일은 거의 없을 것인데. 게다가 지금은 정규 기사단의 절반 이상이 수도를 비우는 바람에 기사 하나하나의 책임이 더욱 커진 상태가 아니던가. 그런 상황에서 하나도 아니고 둘씩이나, 그것도 황족만을 수호하는 근위 기사를 보내시다니. 이건 역시 폐하께서 나를 놓아주려는 생각이 없으시다는 것을 의미하는 걸까.

되도록 의식하지 않고 생활하려고 노력했지만, 낯선 사람이 계속 따라다니는 데 신경 쓰이지 않을 수가 없었다. 문득 웃음이 나왔다. 황족일 때에는 받아 보지 못한 황족을 위한 기사의 호위를 황족이 아닌 지금에서야 받게 되다니. 정작 황비였던 시절에는 한 번도 받아 보지 못한 근위 기사의 호위가 아니던가.

"아가씨, 서신이 왔습니다. 베리타 공자께서 보내신 것이에요."

모순된 상황에 실소를 머금고 있을 때, 리나가 들어와 편지 하나를 건넸다. 모두가 떠난 후 한 달여 만에 처음으로 받은 전갈. 가슴이 두근거렸다. 나는 리나가 건네는 편지를 받아 곧바로 봉인을 뜯었다.

보고 싶은 내 아가씨에게.

오랜만이야. 그동안 연락하지 못해서 미안해. 계속해서 이동하다 어제야 간신히 제법 큰 영지에 도착했거든. 지금은 주위 마을에 병사를 보내 식량을 나눠 준다고 알리고 있는 중이야.

최악의 상황을 생각하고 왔는데, 생각보다는 그리 심하지 않아서 다행이야. 아니, 흉년이 극심하지 않다기보다는 대비를 잘했다고 해야겠지. 올해는 수확할 것이 거의 없어 보이지만, 황실에서 그동안 꾸준히 식량을 비축해 둔 덕분에 생각보다는 양호한 상태라고나 할까. 올겨울만 잘 버티면 최악의 상황은 면할 것 같아. 앞으로 몇 년간은 꾸준히 구휼해야겠지만 말이지.

그건 그렇고, 잘 지내고 있니? 너는 아니라고 할지 모르겠지만,

내가 본 너는 겉으로는 강해 보일지 몰라도 속은 무척 여리고 외로움을 많이 타는 사람이거든. 그래서인지 각하께서도, 네 가문의 사람들도 네 곁에 없다고 생각하니 걱정되고, 이런 식으로 떨어지게 되어 몹시 속상해. 나라도 네 곁에 있어야 했는데. 미안해, 함께 있어 주지 못해서.

서신을 쓰는 김에 얼굴을 보며 말한다면 네가 화낼 것 같아 차마 하지 못했던 말을 적는다. 검술 수련은 어떻게 하고 있니? 혹시나 무리하게 수련하고 있는 건 아닌지 걱정돼. 요즘 너는 왠지 무언가에 쫓기는 사람처럼 보였거든.

만일 그렇다면, 도를 넘은 참견일지 모르겠지만 한마디만 할게. 너무 조급해 하지 마. 땀은 결코 거짓말하지 않는다는 말도 있잖아? 너는 노력하는 사람이니, 지금처럼 열심히 한다면 반드시 원하는 결과를 얻어 낼 수 있을 거야. 그럴 리야 없겠지만, 만약 최선을 다했는데도 성과가 미비하다면 그땐 내가 도와줄게. 그 전에 각하께서 나서시겠지만 말이지.

부디 내 걱정이 기우였기를. 그래서 네가 이 편지를 보며 웃어 넘기고 있기를 바란다. 그건 네가 외롭지도 무리하지도 않은 채 잘 지내고 있다는 얘기일 테니까.

벌써 창밖이 밝아 온다. 이만 아버지를 도우러 나가 봐야 할 것 같아. 몸 건강히 잘 지내고 있어. 다음에 또 연락할게.

너의 기사, 알렌디스.

봄철 새싹처럼 싱그러운 연두색 머리카락이 떠올랐다. 따스한 빛을 머금은 에메랄드색 눈동자도 생각났다. 빼곡하게 적혀 있는 글자를 보고 있노라니 귓가에서 조곤조곤 말을 건네 오는 그의 목소리가 들리는 것 같았다.

'걱정해 줘서 고마워, 알렌디스.'

다정하기 그지없는 위로의 말을 되뇌자, 불현듯 눈앞이 뿌옇게 흐려졌다. 나는 젖어 가는 눈을 들어 천장을 올려다보았다. 시야를 밝게 하려 눈을 깜빡이고 있을 때, 노크 소리가 들렸다. 곧이어 집사가 안으로 들어왔다.

"아가씨."

"무슨, 일이야?"

잔뜩 가라앉은 목소리가 흘러나왔다. 추태를 보일까 봐 필사적으로 목에서 올라오는 것을 참았지만, 집사는 이미 내 상태를 알아차린 것 같았다. 조용히 봉투 하나를 내려놓은 그가 리나에게 눈짓했다.

나는 소리 없이 나가는 두 사람을 바라보다 집사가 놓고 간 봉투를 집어 들었다.

딸, 티아 보아라.

아비는 지금 제국 남부에 내려와 있다. 이곳에 오기 전 모두 각자가 맡은 곳으로 이동했기에 지금은 몇 명만 데리고 있단다. 급한 일을 처리하다 보니 연락이 늦어졌구나. 걱정을 끼쳤다면 미안하다.

아무도 없는 집을 지키느라 고생이 많겠구나. 요새 수련은 잘하고 있느냐? 요즘 들어 부쩍 조급해 하던 너를 떠올리니 걱정이 앞서는구나. 혹시나 하는 마음에 사족을 붙인다.

내 딸, 티아야. 서두르지 말거라. 무리하지 말고.

이유는 짐작하고 있다만, 그래도 조급해 하지 말거라. 너는 지금 충분히 잘해 나가고 있단다. 그러니 너 자신을 좀 더 믿으렴.

홀로 나아가기를 바라는 것 같아 말하지 않았으나, 아비는 언제고 너를 도울 준비가 되어 있단다. 네가 원하기만 한다면 어떤 수단과 방법을 동원해서라도 그 바람을 이뤄 줄 것이다. 그러니 마음을 좀 더 편안하게 가지고 여유를 되찾았으면 좋겠구나.

그럼 잘 지내고 있거라. 다음에 또 연락하마.

"아버지……."

떨리는 손으로 입을 막았다. 가슴속 깊숙한 곳에 도사리고 있던 어두운 절망과 좌절, 그리고 처절한 자괴감이 뜨거운 눈물과 함께 녹아내렸다.

바보 같았다. 아버지를 오해했던 나 자신이.

어째서 그랬을까? 이토록 나를 걱정하고 계시는데. 겉으로 드러내지 않았을 뿐, 말없이 뒤에서 지지해 주고 계셨는데.

믿지 못했다. 검술을 배운다 했을 때 군청색 눈동자를 스치고 지나가던 웃음기를 보았기에. 정직한 이유 대신 아버지와 함께 살고 싶어서라는, 마치 어린아이의 투정과도 같은 답을 한 것은 나였음에도. 허락해 주신 것 자체가 내게 큰 믿음을 보여 주신 것이라는 사실을 간과했다. 내게 늘 든든한 버팀목이 되어 주셨음에도 아버지를 신뢰하지 못해 어떻게든 혼자 해 보려고 전전긍긍했다.

신에게 의지하는 대신 주위를 돌아보며 살자 다짐했는데. 눈을 마주치고, 함께 웃으며, 힘들면 힘들다 이야기하고, 투정도 부려

보면서. 그렇게 살겠다고 했는데. 어째서 나는 그 결심을 까마득히 잊고 있었던 것일까. 더 이상 나는 혼자가 아닌데. 이토록 나를 아끼고 도와주려는 사람들이 존재하는데.

알렌디스가 보고 싶었다. 뒤를 돌아보면 언제나 시선이 마주치던 그가. 아버지를 뵙고 싶었다. 과거의 그림자에 사로잡힐 때마다 나를 안아 주던 그분을.

그리웠다. 어느새 또다시 외면하고 있던 소중한 사람들이.

내게 보여 주던 그들의 애정 어린 눈빛이. 따뜻한 손길이.

방울방울 떨어지는 눈물을 훔치며 되뇌었다. 아버지 말씀대로, 그리고 알렌디스의 말대로 더는 조급해 하지 말자고. 홀로 서야 했던 때와는 달리 내게는 이제 언제든 손 내밀면 잡아 줄 사람들이 있다고. 부족한 점은 다른 이들이 채워 줄 것이니 나는 그저 최선을 다해 노력하면 된다고, 몇 번이고 반복해서 다짐했다.

"잠시 들어가도 되겠습니까, 영애."

얼마나 시간이 흘렀을까. 문밖에서 들려오는 낮은 음성에 정신을 차렸다. 황급히 거울을 들여다보았다. 발갛게 변한 코, 붉은 기가 도는 눈동자. 이걸 어떻게 수습하지?

아무리 해도 안 될 것 같아 그냥 들어오라 말하자, 문이 열리고 곧이어 하얀 제복 차림의 기사가 안으로 들어섰다. 내 얼굴을 보고 잠시 움찔한 그는 의외로 아무것도 묻지 않은 채 용건만을 이야기했다. 하긴 황족을 지근거리에서 호위하는 근위 기사이니만큼 이보다 더한 모습도 많이 봤겠지. 나는 교대 사실을 알리고 고개 숙여 인사하는 젊은 기사를 바라보다 천천히 입을 열었다.

"시모어 경."

"말씀하십시오."

"저를 좀 도와주실 수 있겠습니까?"

"무엇을 말씀이십니까?"

"음, 먼저 장소를 옮길까요? 말로 하는 것보다 그게 더 빠를 것 같습니다만."

나는 의아하게 바라보는 금발의 기사를 향해 엷게 미소 지었다. 라스 공자와의 일이 틀어진 지금, 처음부터 차근차근 다시 해 나가기 위해서는 그의 조력이 필요했다.

"검을 배우고 계셨습니까?"

연무장에 들어설 때부터 의아한 표정이던 시모어 경은 능숙하게 수련용 검을 집어 드는 나를 향해 놀란 목소리로 물었다.

"네, 그렇습니다."

"하지만 영애께서는······."

"장차 황가의 일원이 될 제가 어째서 검술에 시간을 소모하고 있느냐는 말씀이신가요?"

"그렇습니다."

"저는 제국의 창, 모니크가의 직계입니다. 다른 이유가 더 필요한가요?"

"······아닙니다."

천천히 고개를 가로젓는 금발의 기사. 우리 가문은 제국에서 손꼽히는 무가 중 하나이니, 그럴 수도 있다고 생각하는 모양이었다.

"아버지께서 떠나시고 혼자서 수련을 하다 보니 막히는 곳이 많더군요. 해서 혹 괜찮으시다면 경께 가르침을 청하고 싶습니다."

"그건."

"부탁드립니다. 경께도 나쁘기만 한 제안은 아닐 거라 생각합니다. 하루 종일 답답하게 호위만 하는 것보다는 저를 지도하며 수련도 겸하시는 편이 낫지 않겠습니까?"

"……알겠습니다, 영애. 그리하지요."

"정말 감사합니다, 시모어 경. 앞으로 잘 부탁드려요."

새로운 마음으로 다시 시작하자. 천천히, 조급해 하지 말고, 최선을 다해서. 그것이 그간 노력해 온 나 자신과 나를 믿어 준 이들에게 보답하는 길일 테니. 나는 속으로 다시 한 번 다짐하며 햇살 아래 반짝이는 금발의 기사를 향해 활짝 미소를 지었다.

가을이 온다고 생각한 것이 엊그제 같은데, 어느새 완연한 겨울에 접어들고 있었다. 입에서는 하얀 김이 뿜어져 나오고, 검을 잡은 손이 붉게 얼어붙었다. 올해는 유독 추위가 빨리 오는 것 같았다.

"자세가 흐트러졌습니다, 영애."

그날 이후 시모어 경은 자신의 수련을 하는 틈틈이 나를 도와주고 있었다. 서로 비전을 보여 줄 수는 없는 탓에 기본적인 지도에 그치기는 했지만, 막힌 부분을 넘어서기에는 그것만으로도 충분했다. 덕분에 요즘 들어 실력이 일취월장하는 중이었다.

"수고하셨습니다."

"오늘도 감사했습니다."

꽁꽁 언 몸을 따뜻한 물에 녹이고 돌아오니 시모어 경은 어느새 눈처럼 하얀 약식 제복으로 갈아입은 상태였다. 나는 극구 사양하는 그에게 자리를 권하고 맞은편에 앉아 책을 펼쳤다. 그동안 너무 검술에만 집중했던 것 같아서 틈틈이 다른 공부도 하려고 노력하는 중이었다.

"누군가가 다가오고 있습니다. 주의하십⋯⋯."

말없이 자신의 앞에 놓인 차를 마시던 금발의 기사가 갑자기 자리에서 일어났다. 주의하라는 말이 채 떨어지기도 전에 벌컥 문이 열렸다. 깜짝 놀라 고개를 돌리는 순간, 하얀 제복이 시야를 가렸다.

"누구십니까? 신분을 밝히십시오."

"⋯⋯근위 기사? 황족을 수호해야 하는 근위 기사께서 왜 여기에 계십니까?"

분명 들어 본 적 있는 목소리였다. 그가 여긴 웬일이지? 다시는 오지 않을 거라 생각했는데. 복잡한 기분이 들었지만, 우선은 시모어 경의 경계부터 풀어야 할 것 같았다.

"괜찮습니다, 시모어 경. 아는 분입니다."

"알겠습니다, 영애."

젊은 기사가 살짝 옆으로 비켜나자, 타오르는 듯 선명한 붉은 머리카락이 눈에 들어왔다. 역시. 나는 속으로 한숨을 삼키며 천천히 자리에서 일어났다.

"오랜만입니다, 라스 공자."

"그러게."

"어쩐 일이십니까? 다시는 저를 보지 않으려 하실 거라 생각했습니다만."

소년은 답이 없었다. 대신 그는 시모어 경 쪽을 흘끔 돌아보았다. 잠시 자리를 비켜 달라 부탁하자, 금발의 기사는 의외로 선선히 고개를 끄덕였다.

문이 닫히자마자 눈을 치켜뜬 붉은 머리카락의 소년이 말했다.

"야, 너."

"말씀하시지요."

"생각하면 생각할수록 화가 나서 말이야. 그냥 넘어갈 수가 있어야지."

"……."

"아버지와 가문의 명예를 생각해 귀족다운 행동거지를 갖추라고 했던가? 그러는 너도 품위 없이 함부로 말한 거 알아? 아무리 같은 계파라고 해도 자칫 잘못하면 가문 대 가문의 싸움으로 번질 수도 있는 발언이었다고."

"알고 있습니다."

정곡을 찌르는 말에 순순히 고개를 끄덕였다. 감정적으로 많이 몰려 있던 상태에서 아무렇게나 던진 말이었지만, 당시 발언은 확실히 자칫 잘못하면 큰 분쟁으로 번질 수도 있는 성질의 것이었으니까.

"그때는 제가 경솔했습니다. 죄송합니다, 공자. 사과드리겠습니다."

"……야, 너."

"왜 그러십니까?"

"귀족으로서의 행동거지 운운하면서 그렇게 쉽게 사과해도 되는 거냐?"

나는 어처구니없다는 듯 바라보는 라스 공자를 향해 살포시 미소를 지었다. 재밌네. 황후 수업 당시 공작 전하께서 내게 가르쳤던 덕목을 이제는 내가 그의 아들에게 전달하는 건가.

"사과를 하는 행위는 명예를 실추시키는 것이라 생각하십니까?"

"당연하잖아?"

"어째서죠? 잘못했음에도 사과하지 않는 것, 은혜 입었음에도 감사를 표하지 않는 것, 이러한 것이야말로 명예롭지 못한 일이 아닙니까. 공연한 자존심 때문에 뒤에서 손가락질 받는다면, 그것이 과연 귀족다운 행실이라 할 수 있을까요?"

"……"

"그렇기에 저는 스스로 잘못했다 생각한 점에 대해서 사과드린 것뿐입니다. 그리고 공자?"

"엉?"

"알고 계십니까? 공자께서 제게 지금껏 하대하신 행동 역시 충분히 가문 대 가문의 싸움으로 번질 수 있는 일이라는 사실을 말입니다."

나는 입꼬리를 한껏 끌어 올리며 그를 바라보았다. 의미가 담긴 웃음. 바보가 아니라면 지금 내 미소가 무슨 의미인지 알아차렸겠지. 아니나 다를까, 소년의 표정이 서서히 일그러졌다.

"어, 그건 그러니까……"

"말씀하시지요."

"미안. 아니, 죄송합니다, 영애."
"사과는 받아들이겠습니다, 공자."
"나는, 아니, 저는, 어, 그러니까……."
잔뜩 당황한 표정으로 말을 더듬는 소년이 왠지 조금 귀여워 보였다. 처음에는 나로 하여금 과거를 떠올리게까지 한 사람이었는데, 어쩔 줄 몰라 하는 소년에게서는 더 이상 다른 누군가의 그림자가 느껴지지 않았다.
"아, 몰라! 애초에 이렇게 생겨 먹은 것, 그냥 반말할래. 불만 있으면 정식으로 이의를 제기하든가."
"알겠습니다. 그럼 공작 전하께 말씀드리면 되겠습니까?"
"윽, 야!"
"왜 그러십니까? 명예를 중시하는 귀족가의 일원으로서 설마 한 입으로 두말하시는 건 아니겠지요."
"……해라, 해. 까짓것 한 번 죽지 두 번 죽냐."
고개를 푹 숙이며 중얼거리는 소년을 보자 참았던 웃음이 터져 나왔다. 난생처음이었다. 소리를 내어 웃어 본 것은. 어쩐지 가슴이 뻥 뚫리는 듯한 기분이었다. 황태자 전하의 약혼녀로서 품위 있게 행동해야 한다는 강박관념에 사로잡혀 있던 탓에 예법에 따라 늘 소리 없이 미소 지었을 뿐, 그동안 나는 단 한 번도 이렇게 웃어 본 적이 없었다.
"어, 너도 웃을 줄 아네?"
"……."
"뭘 또 다시 정색하고 그러냐."
나는 눈을 크게 뜨고 바라보는 소년의 모습에 황급히 표정을 수습했다. 작게 중얼거린 그가 헛기침을 삼키며 말했다.

"야."

"네, 공자. 말씀하십시오."

"저기, 어, 서로 사과도 했으니, 뭐 화해한 셈이잖아?"

"그래서요?"

"그러니까……. 이제는 우리 집에 다시 와도 된다고."

우물쭈물 망설이던 소년이 내뱉듯 던지는 말에 나는 빙그레 미소를 지었다.

"저는 이제 공작저에 갈 필요가 없습니다만."

"어, 왜? 너, 설마 포기한 거야? 엉? 그토록 무리하면서도 잡고 있던 검술을 관둔 거냐고?"

"그런 적 없습니다."

나는 잔뜩 흥분해서 말하는 그를 향해 차분하게 답했다. 크게 숨을 들이쉰 소년이 망설이며 물었다.

"그, 그럼 왜 안 온다는 건데? 아직도 화난 거야?"

"아뇨. 그저 공자와 함께 수련을 할 필요가 없어졌다는 것뿐입니다."

"무슨 얘기야, 그게?"

"시모어 경께서 저를 지도해 주시기로 했거든요. 부족한 실력이기에 누가 되지 않기만을 바라고 있답니다."

"시모어 경? 설마 아까 그 근위 기사?"

뭐가 맘에 안 드는 건지 표정을 구긴 그가 말했다.

"대체 근위 기사가 왜 널 호위하는 건데? 넌 황족도 아니잖아."

"……명목상 예비 황족입니다만."

"예비 황족? 네가?"

"네, 일단은 그렇습니다. 모르셨습니까?"

"어, 그러고 보니 황태자 전하의 약혼녀가 모니크가의 영애라고 했지. 그리고 모니크가의 영애란, 어, 너 하나밖에 없구나."

"……."

"그랬군……. 젠장."

기억을 더듬던 소년이 그제야 생각난 듯 말끝을 흐리며 침묵했다. 말없이 그가 만들어 낸 정적에 동참하고 있는데, 잔뜩 인상을 쓴 소년이 머리를 벅벅 긁으며 말했다.

"뭐, 아무래도 좋아. 어쨌든 아버지께 명령을 받은 이상 그냥 넘어갈 순 없다고. 그럼 이렇게 하자. 넌 그 기사에게 지도를 받아. 대신 내가 찾아올 테니."

"공자께서 이리로 찾아오시겠다고요?"

"그래. 뭐, 겸사겸사 근위 기사는 어느 정도 실력인지도 알아보고 지도받을 부분이 있다면 나도 어깨너머로 배우면 되겠지."

"……."

"그럼 앞으로 잘 부탁해."

태연자약한 말에 한숨을 쉬었다. 억지를 쓰는 것도 정도껏이지, 완전 막무가내잖아. 아무렇지도 않게 싱긋 웃어 보이는 소년을 마주하자 머리가 쿡쿡 쑤셔 오기 시작했다. 평안했던 일상이 그리워지는 오후였다.

6. 황태자의 성인식

보고 싶은 내 아가씨에게.

오랜만이야. 자주 연락하고 싶었는데, 자꾸만 이곳저곳을 이동하느라 편지를 쓸 시간이 나지 않았어. 가을걷이도 몹시 저조했던 데다가 이제는 날까지 추워져서 다소 어려움이 있긴 하지만, 구휼 작업은 제법 잘되고 있는 중이야. 처음 왔을 때의 무질서함에 비하면 하늘과 땅 차이라고나 할까.

아침에 일어나 보니 밤새 내린 눈 때문에 온 세상이 하얗게 빛나고 있었어. 그걸 보니 갑자기 네가 생각났어. 네가 가장 좋아하는 거였잖아. 눈. 그리고 눈처럼 하얗고 따뜻하고 달콤한 것. 음, 생각해 보니 조금 아쉽다. 이렇게 오랫동안 못 돌아갈 줄 알았으면 화이트 초콜릿을 좀 더 많이 만들어 주고 가는 건데.

혹시 기억나? 우리가 처음으로 맞이했던 겨울에 있었던 일.

그때 왜, 엑스 경과 모르 경이 눈싸움했잖아. 지나가던 리그 경이 맞는 바람에 분개해서 끼어들고 하나둘씩 사람이 늘어나고, 결국에는 누군가가 너를 맞추는 바람에 난리가 났었지.

그거 알아? 너, 그날 심한 감기에 걸렸잖아.

그때 나 솔직히 연무장에 가기 무서웠다? 각하께서 어찌나 살벌한 표정으로 굴리는지 누구 하나 죽어 나가는 줄 알았거든.

그래서 말인데, 아리스티아. 나갈 일이 있거든 반드시 따뜻하게 챙겨 입고 다녀. 각하도 나도 네 가문의 기사들도 없으니, 혼자 수련한답시고 눈밭에서 무리하다 아플까 봐 걱정돼. 지난번 편지에서도 얘기했지만 너는 반드시 원하는 결과를 얻어 낼 수 있을 거야. 그러니까 조급한 마음에 무리하지 않았으면 좋겠어.

그러고 보니 벌써 약속했던 그날이 다가오고 있네. 이런, 다들 벼르고 있을 텐데, 아무래도 나도 좀 더 분발해야겠어. 혹시 모두 부재중이니 그런 일이 없을 거라고 생각하는 건 아니겠지? 그렇게 생각했으면 오산이야. 기다려, 내 아가씨. 조만간 너에게 특별한 선물이 도착할 테니.

그게 뭐냐고? 당연히 비밀이지. 한 가지 귀띔해 주자면, 네가 좋아하는 거야. 하얗고 따뜻하고 달콤한 거.

이런, 아버지께서 부르신다. 나가야 할 시간인가 봐. 그럼 몸 건강히 잘 지내고 있어. 아프지 말고. 알았지?

너의 기사, 알렌디스.

연둣빛 편지지에 빼곡하게 담긴 글씨를 한번 쓸어 보았다. 편지철을 덮으며 미소를 지었다.

'그러고 보니 오늘이 바로 약속했던 '그날' 이잖아. 저 말이 사실

이라면 오늘 뭔가 특별한 일이라도 일어나는 건가.'

살짝 젖혀진 커튼 사이로 비치는 햇살이 눈부셨다. 나는 침대 휘장을 걷고 나와 창문을 열었다.

짹짹, 새가 지저귀는 소리가 들렸다. 창문 사이로 들어오는 상쾌한 바람에 머리카락이 흩날렸다. 신선한 공기를 가슴 가득 들이마시며 내려다보자, 연둣빛으로 물든 정원이 보였다. 어쩐지 좋은 일이 있을 것만 같은 아침이었다.

"좋은 아침이에요, 두 분."

"안녕히 주무셨습니까, 영애."

문을 열자 호위를 서며 밤을 지새운 두 기사가 보였다. 나는 오전에 휴식하는 시모어 경에게 잘 자라 인사한 뒤 쥬느 경과 함께 연무장으로 향했다.

"어쩐지 기분이 좋아 보이십니다. 뭔가 좋은 꿈이라도 꾸신 겁니까?"

"그건 아니지만, 왠지 오늘은 좋은 일이 있을 것만 같은 기분이 드네요."

"봄이 와서 그러시나 봅니다. 어쨌든 보기 좋군요. 제 친우 녀석이 지금 영애의 모습을 봤다면 무척 좋아했을 겁니다."

"쥬느 경의 친우시라면?"

"혹시 아십니까? 제2기사단 소속으로, 아델 수 리안이라고 합니다. 영애를 몹시 동경하는 녀석이지요."

"리안 경이라고요?"

리안 자작가의 자식이라. 누구지? 그 가문의 문장이 뭐였더라? 기억을 더듬자 문득 떠오르는 얼굴이 있었다. 그 사람인가? 언젠가 나를 마치 강아지를 보는 듯한 눈빛으로 바라보던 그 기사?

맞아. 대신 모셔다 드리겠다고 말하며 쑥스러워 하던 젊은 기사, 그의 옷에 리안 자작가의 문장이 수놓여 있었던 것 같은데.

"혹 잿빛 머리카락의 젊은 기사분이신가요? 진청색 눈동자를 갖고 계시는."

"맞습니다. 아시는군요. 영애께서 자신을 기억하고 있다는 걸 알면 그 친구 무척 좋아할 겁니다."

쥬느 경은 싱긋 미소 지으며 말했다. 그와 함께 이런저런 대화를 나누며 정원을 산책한 뒤, 나는 오전 수련을 위해 연무장으로 향했다. 오늘따라 유난히 가벼운 몸에 만족하며 몸을 풀고 있는데, 붉은 머리카락의 소년이 들어서는 모습이 보였다.

"좋은 아침입니다, 라스 공자."

"어, 오늘따라 표정이 밝네? 간밤에 뭐 좋은 꿈이라도 꿨냐?"

"글쎄요."

"뭐야, 진짜야? 무슨 꿈인데?"

나는 궁금하다는 듯 얼굴을 바짝 들이대는 소년을 뒤로한 채 연무장을 달렸다. 얼마나 시간이 흘렀을까. 숨을 고르기 위해 속도를 늦추는데, 문득 누군가가 따라오는 듯한 느낌이 들었다.

'라스 공자인가?'

그가 먼저 지나가게 하려고 옆으로 비켜서는 순간, 갑자기 뒤에서 누군가가 나를 확 끌어당겼다. 순식간에 온몸이 온기로 둘러싸였다.

"가, 갑자기 뭡니……."

"잡았다, 내 아가씨."

이게 무슨 무례한 짓이냐며 화를 내려다 말고 뻣뻣하게 굳었다. 귓가에 들려오는 다정다감한 목소리. 익숙한 그 음성에 입술이 파르르 떨렸다.

"아, 알렌디스?"

"오랜만이야, 아리스티아."

황급히 뒤로 돌았다. 몹시 친숙한, 그러나 어딘가 조금 달라 보이는 소년이 눈에 들어왔다. 나는 반년 사이에 훌쩍 커 버린 알렌디스를 보며 천천히 눈을 깜빡였다.

'왜 이리 낯설어 보이지.'

하지만 햇살에 반짝이는 그의 머리카락은 처음 만났던 그때처럼 여전히 싱그러운 연둣빛이었고, 다정하게 바라보는 에메랄드색 눈동자에는 내 모습이 가득 담겨 있었다. 가슴 가득 번지는 따뜻한 감정에 나는 활짝 미소를 지으며 그의 품에 매달렸다.

"보고 싶었어, 알렌디스."

"나도. 정말 그리웠어, 내 아가씨. 아, 이제야 살 것 같다."

알렌디스는 자신의 품에 매달리는 나를 마주 안으며 속삭였다. 소중한 것을 만지듯 머리카락을 쓰다듬는 손길은 무척 조심스러웠다. 나는 상큼한 향이 감도는 품에 안겨 스르르 눈을 감았다. 몹시 편안한 기분.

그때, 누군가가 나를 거칠게 잡아끌었다. 뒤를 돌아보자 숨을 몰아쉬고 있는 소년이 보였다.

"이게 무슨 무례한 짓입니까, 공자."

"내가 묻고 싶은 말이야, 그건. 너야말로 이게 무슨 짓이야?"

또 뭐가 문제인지 라스 공자는 붉게 달아오른 얼굴로 고함을 쳤다. 나는 거칠게 잡힌 팔을 빼내며 나도 모르게 얼굴을 찌푸렸다.
"괜찮아?"
"응. 괜찮아."
걱정스레 묻는 알렌디스를 향해 살짝 미소 지었다. 오랜만에 받는 안온한 느낌에 가슴속까지 따뜻해지는 듯했다.
"그런데 아리스티아, 이쪽 분은 누구시지?"
"아, 소개를 깜빡했네. 이쪽은 카르세인 데 라스, 라스 공작가의 차남이셔. 라스 공자, 이쪽은 베리타 공작가의 차남인 알렌디스 데 베리타입니다."
"아, 나랑 동갑이라는 그 공자이신가 보구나."
싱긋 미소를 지은 알렌디스가 손을 내밀었다.
"처음 뵙겠습니다, 라스 공자. 알렌디스 데 베리타입니다. 제가 없는 사이 아리스티아의 친구가 되어 주신 모양이군요."
"······야, 너."
모르는 척 고개를 돌린 카르세인이 내게 말했다. 이게 무슨 무례한 짓이야. 본래 예법에 신경 쓰지 않는 성격이라는 건 알고 있었지만, 같은 지위인 알렌디스에게까지 그럴 줄은 몰랐는데.
"너, 사람 차별하냐?"
"그건 또 무슨 말씀이십니까."
짜증 어린 소년의 말에 건성으로 답하며 알렌디스를 살폈다. 모욕에 가까운 무례에 대해 무어라 화를 낼 법도 하건만, 의외로 그는 아무렇지도 않은 듯 평온한 표정이었다. 정말 괜찮은 건가? 어쨌든 다행이라 생각하며 안도의 한숨을 내쉬는데, 신경질적으로 나를 돌려세운 붉은 머리카락의 소년이 말했다.

"왜 나는 공자고, 저쪽은 이름인데? 말투도 다르고 말이야."

"그야 알렌디스와는 서로 이름을 허락했으니까요. 공자와는 그런 적이 없질 않습니까."

"그, 그럼, 지금부터 나도 이름으로 불러!"

"싫습니다."

"아, 왜!"

"그보다 우선 제대로 인사부터 나누시지요. 초면에 이 무슨 결례입니까."

싸늘하게 쏘아붙이자, 신경질적으로 머리를 흐트러뜨린 소년이 알렌디스를 돌아보았다.

"뭐, 일단 반갑다고 해 두죠. 카르세인 데 라스입니다."

"명성은 익히 들어 알고 있습니다만, 직접 뵙는 것은 처음이로군요. 반갑습니다, 라스 공자."

물 흐르듯 자연스러운 인사에 고개만 까딱여 답례한 소년이 나를 돌아보았다.

"됐지? 그러니까 나도 이름으로 부르라고."

"뭐, 크게 상관은 없습니다만……."

"정말이지? 무르기 없기다? 그럼 불러 봐."

"카르세인. 됐습니까?"

"아, 왜 또 존댓말인데?"

"이름을 부르겠다고 했지, 말을 놓겠다고 하지는 않았습니다만?"

어이없다는 표정으로 바라보다 가슴을 치는 소년을 보자 왠지 웃음이 나왔다. 손으로 입을 가리며 웃음을 참고 있을 때, 갑자기 머리 위에 무언가 묵직한 것이 얹혔다.

"오랜만에 돌아왔는데, 선물 같은 건 안 주는 거야?"

"응? 뭐 갖고 싶은 거라도 있어, 알렌디스?"

"응, 있어. 줄 거야?"

"물론이지. 뭔데?"

"네 애칭."

"내…… 애칭?"

멍하니 되물었다. 애칭이라니. 이름 정도야 친한 사이라면 얼마든지 부를 수 있지만, 애칭은 좀 달랐다. 그것은 혈연이거나 연인 사이에서나 허락되는 것이었으니까. 아주 친한 친구 사이에서도 부를 수 있다고는 하나, 그것은 극히 드문 경우였다.

한참을 망설였다. 어떡하지? 누구보다 똑똑한 알렌디스가 애칭의 의미를 모를 리 없을 텐데. 그저 미소만 짓고 있는 모습을 보자 말문이 막혔다. 거절하자니 그가 상처받을까 두려웠고, 그렇다고 해서 허락하자니 여건이 따라 주지 않았다. 아직 나는 명목상 황태자 전하의 약혼녀가 아닌가. 자칫 잘못해서 책이라도 잡히면 어쩐다지.

고민을 거듭하고 있을 때, 한숨을 내쉰 알렌디스가 말했다.

"친구 사이에 그것도 안 돼?"

"그게……."

"나도 그렇게 바보는 아니야, 아리스티아. 다른 사람 앞에서 애칭을 부르거나 하지는 않을 거라고. 그러니 그건 걱정하지 않아도 돼."

그런 의미였나. 하긴 천재라 불리는 알렌디스가 그것조차 생각지 못했을 리가 없지. 뭐, 그렇다면야.

카르세인이 조금 마음에 걸리기는 했지만 그래도 같은 계파 소속인데 이걸로 트집 잡으려 들지는 않을 것 같았다. 나는 여전히 짜증을 부리고 있는 붉은 머리카락의 소년을 힐끔 바라본 뒤 작게 고개를 끄덕였다.

"미안해, 알렌디스. 빨리 대답해 주지 못해서. 응, 물론이야. 허락할게, 내 애칭."

"고마워, 티아. 그럼 나도 이제 알렌이라고 불러 주지 않을래?"

"……알렌."

아버지를 제외한, 혈연으로 묶이지 않은 사람에게 처음으로 불려 본 애칭의 무게감이 가슴 깊숙이 스며들었다. 온 마음을 바쳐 사랑했던 그에게서 그토록 들어 보고 싶었던 두 음절. 하지만 끝끝내 불리지 못한 그 이름, 티아. 다정하게 애칭을 주고받는 그와 지은을 보면서 부러운 마음을 애써 감추던 날들이 머릿속을 스치고 지나갔다.

문득 가슴이 시렸다. 이제는 나도 그 이름으로 불러 주는 사람이 있다는 것이, 그리고 애칭으로 부를 사람이 있다는 사실이 사무치도록 깊게 다가왔다. 불현듯 눈시울이 뜨거워졌다.

"야, 너 지금 우냐? 왜 울어? 이쪽이 울리기라도 했냐?"

황급히 고개를 숙이는데, 어느새 얼굴을 바짝 들이댄 카르세인이 물었다.

"제가 어떻게 감히 티아를 울리겠습니까. 오해이십니다, 라스 공자."

"잠깐. 그쪽이 왜 쟤를 애칭으로 부릅니까?"

"그야 방금 허락받았으니까요."

인상을 찌푸리는 카르세인을 향해 싱긋 미소를 지은 알렌디스가 나를 돌아보았다.

"라스 공자와 둘이서 대화를 좀 나눌 수 있을까, 티아? 어차피 계속 보게 될 것 같으니, 우리끼리도 좀 친해져야지."

"아, 응. 알았어."

"고마워, 내 아가씨. 그럼 라스 공자, 자리를 옮길까요?"

"……뭐, 좋습니다."

석연치 않은 표정으로 답한 붉은 머리카락의 소년이 알렌디스와 함께 연무장을 빠져나갔다. 왠지 걱정스러웠다. 알렌디스, 정말 괜찮을까? 카르세인이 계속 무례하게 굴면 어떡하지? 분명 마음 상할 텐데. 뭐, 관대하고 어른스러운 그이니 잘 넘어가려나.

걱정스러운 마음으로 저택에 돌아와 간단하게 몸을 씻었다. 응접실에 앉아 책을 펼치자, 잠시 후 들어온 리나가 다과를 내려놓았다.

"매번 고마워, 리나."

"별말씀을요, 아가씨."

"앉아. 같이 들자."

"제가 아가씨와 같이요?"

"응. 요새 바빠서 너와는 별로 시간도 못 보냈잖아."

어릴 때부터 함께 자라 온 리나는 내게 특별한 존재 중 하나였다. 과거에는 더 그랬다. 늘 외로웠던 내게 그녀는 유일한 말벗이자 혈육인 아버지보다도 더 가까웠던 사람이었으니까.

"하지만……."

"괜찮아. 내가 허락하는데 뭘."

리나는 계속 머뭇거렸지만 거듭된 권유에 마지못해 하며 맞은편에 앉았다. 하지만 어색해 하는 것도 잠시, 그녀는 금세 신이 나서 수다를 떨기 시작했다. 찻잔을 기울이며 끊임없이 이어지는 이야기를 듣고 있는데, 갑자기 생각났다는 듯 손뼉을 친 리나가 말했다.

"참, 아가씨. 아까 다과를 들고 오면서 문득 창밖을 봤는데, 글쎄, 베리타 공자님과 라스 공자님이 같이 계시는 게 아니겠어요?"

"응, 둘이서 할 얘기가 있다고 하던걸. 왜, 무슨 일이라도 있었어?"

"어쩐지 두 분 분위기가 심상치 않더라고요. 베리타 공자님께서 뭔가를 말씀하고 계셨는데, 라스 공자님께서 엄청난 표정을 지으시는 거 있죠. 한 대 칠 것 같은 분위기였다니까요?"

"정말? 거기가 어딘데?"

늘 다정하고 차분한 알렌디스가 있으니 괜찮을 줄 알았는데, 역시 말려야 하는 것이었나. 서둘러 몸을 일으키려는데, 잔뜩 흥분한 리나가 손짓을 섞어 가며 말을 이었다.

"분명 질투 때문일 거예요. 두 분 공자님 모두 까마득히 모르고 있던 상대방의 존재를 이제야 알았잖아요? 분명 아가씨를 두고 서로 견제하는 게 틀림없어요."

"질투?"

뭐야, 무슨 소리인가 했더니.

어쩐지 기운이 빠져서 피식 웃었다. 요즘 들어 내내 로맨스 소설

_{남녀 간의 사랑 이야기로, 신분을 초월한 사랑을 소재로 삼은 것이 많다. 따라서 제국에서 로맨스 소}

설을 보는 것은 원칙적으로 금지이나, 귀족 여성들과 글을 아는 일부 평민 계층 여성들 사이에서 매우 큰 인기를 얻고 있다. 유명 작가의 신간이 발매되는 날이면 전국 각지의 서점은 귀족가 하녀들의 방문으로 몸살을 앓을 정도. 가장 인기 있는 소재는 귀족과 평민, 혹은 기사와 레이디 사이의 사랑으로, 최근에는 마담 젬씨의 「달이 일곱 번 차고 지면」이 선풍적 인기를 끌고 있다을 붙들고 산다 했더니, 나와 두 사람을 두고 그런 상상을 했단 말인가.

"말도 안 돼. 두 사람이 왜 서로에게 질투를 한단 말이야? 그것도 나를 사이에 두고?"

"그야 라스 공자님은 몰라도 베리타 공자님은 확실히 아가씨를 좋아하시니까 그렇죠. 공자님께서 안 계시는 사이 아가씨 곁에 새로운 남자가 나타났잖아요? 마음에 드실 리가 없죠. 모르긴 몰라도 베리타 공자님께서 라스 공자님께 뭐라고 한 말씀 하신 게 분명해요."

"알렌디스랑 나는 그냥 친구 사이인걸. 게다가 늘 정중하고 예의 바른 알렌디스가 그럴 리가 있겠어?"

"아가씨와 베리타 공자님이 왜 그냥 친구 사이예요? 청혼까지 받으셨으면서."

"청혼은 무슨. 그건 그저 초면에 분위기를 가볍게 하기 위한 농담 같은 거였지. 그리고 애초에 남자들이 나를 좋아할 리가 없잖아."

내게는 남자를 매혹시킬 만한 매력이 하나도 없으니까. 그러니 그토록 헌신했음에도 그가 나를 단 한 번도 돌아보지 않았겠지. 그러니 지독히도 차가운 여자라고 치를 떨고 너는 내게 아무것도 아니라고 거듭 말했겠지. 가슴 아팠던 기억을 떠올리자, 입가에 절로 씁쓸한 미소가 걸렸다.

"아니, 왜요? 아가씨가 어디가 어때서……."

가라앉은 기분을 알아차렸음인가. 리나가 황급히 무어라 말하려는 순간, 요란한 소리를 내며 문이 열렸다.

"야, 너!"

"또 무슨 일이십니까."

"왜 또 존댓말이야?"

"아까 말씀드렸잖습니까. 말을 놓겠다고 한 적은 없다고요."

"아, 그건 일단 됐고. 너 저놈이랑 무슨 사이야?"

"알렌, 말씀이십니까?"

"그래! 풀떼기 녀석!"

한숨을 쉬며 찻잔을 들어 올렸다. 또 무슨 일이야. 머리가 지끈거리는 것 같아 말없이 잔만 기울이자, 어느새 리나가 비워 준 자리에 풀썩 앉은 소년이 답답하다는 듯 말했다.

"무시하지 말고, 좀! 아무튼 너, 풀떼기 녀석이랑 거리를 두는 게 좋을걸."

"그건 또 무슨 말씀이십니까?"

"풀떼기 저거, 아주 제대로 미친놈이야. 글쎄……."

"그건 저를 일컫는 말씀이십니까, 라스 공자?"

서슴없이 험담을 늘어놓는 모습에 눈썹을 찡그렸다. 아까부터 정말. 아무래도 따끔하게 한마디 해야겠다 싶어 찻잔을 내려놓는데, 익숙한 목소리가 들려왔다. 눈이 마주치자, 안으로 들어서던 연두색 머리카락의 소년이 슬쩍 고개를 숙여 보이며 말했다.

"아, 이런. 허락도 없이 들어와서 미안해, 티아."

"아냐, 괜찮아. 그보다 알렌, 차 마실래?"

"뭔데? 아, 레몬밤이구나. 좋지."

어느새 옆자리에 자리한 알렌디스가 탁자 위에 내려놓은 찻잔을 보고는 고개를 끄덕였다. 나는 한쪽에 비켜서 있던 리나에게 찻잔을 더 가져오라 지시한 뒤 물었다.

"무슨 일 있었어? 분위기가 별로였다고 들었는데."

"응? 아냐. 생각보다 공자와 잘 통하는 것 같아서 놀랐는걸. 눈썰미가 보통이 아니시더라. 그렇지 않습니까, 라스 공자?"

"하. 뭐, 됐습니다. 그렇다고 해 두죠."

눈썹을 꿈틀거리는 카르세인의 모습에 고개를 갸웃했다.

진짜 무슨 일이라도 있었나? 하지만 그렇다고 보기에는 알렌디스의 표정이 너무 평온했다. 게다가 만일 리나의 말과 같은 일이 있었다면 카르세인의 성격상 그냥 넘어갔을 것 같지도 않았고. 뭐, 별일 아니겠지. 사소한 의견 차이 정도야 얼마든지 있을 수 있는 일이니까.

때마침 더운물이 담긴 주전자와 찻잔을 가지고 들어서는 리나의 모습에 상념을 접었다. 잘 말린 잎을 꺼내 차를 우려냈다. 언제 집어 든 것인지, 내가 보던 책을 펼쳐 읽고 있는 알렌디스와 그런 그를 노려보고 있는 카르세인에게 각각 차를 따라 주고서 새하얀 케이크를 한 조각 입에 넣었다.

눈처럼 녹아드는 크림의 맛을 음미하다 문득 떠오르는 생각에 고개를 들었다.

"알렌."

"응? 왜, 티아?"

"그때 그 편지에 있던 얘기 말이야. 조만간 도착한다던 특별한 선물이 뭐였어? 하얗고 따뜻하고 달콤하다던 거."

"아, 그거? 뭐야, 아직도 못 맞춘 거야? 이거 조금 섭섭한걸."

"응? 답이 뭔데?"

"뭐겠어, 당연히 나지. 이래 봬도 나, 따뜻하고 달콤한 남자라니까? 피부도 하얗고."

"이보십시오, 풀떼기. 미쳤습니까? 무슨 그런 말도 안 되는 헛소리를……."

아, 그 얘기였어? 나는 기가 차다는 듯 알렌디스를 바라보는 카르세인과 그런 그에게는 일말의 시선조차 두지 않은 채 나를 향해 미소 짓는 알렌디스를 보며 빙그레 웃음 지었다.

뭐, 정말 특별한 선물이긴 하네. 오랜만에 만나는 친구만큼 반갑고 특별한 선물이 어디 있겠어.

그때, 노크 소리와 함께 들어온 집사가 내게 서찰을 한 통 내밀었다. 어디서 온 거지? 고급스러운 흰색 봉투를 무심코 받아 들었을 때, 겉봉에 찍힌 문장이 눈에 들어왔다. 포효하는 황금 사자. 절로 몸이 굳었다. 갑자기 가슴이 꽉 막히는 것만 같았다.

"어, 황실 문장이네?"

의아하다는 듯한 카르세인의 목소리에 연두색 머리카락의 소년이 책에서 눈을 떼었다. 사자 문장을 일별한 에메랄드빛 눈동자가 걱정을 가득 품은 채 나를 담았다.

"괜찮아, 티아?"

"아, 응. 괜찮아. 후우."

크게 심호흡을 한 뒤 봉인을 뜯었다. 빼곡하게 적혀 있는 내용을 읽어 내리다 입술을 깨물었다. 해가 바뀌었을 때부터 내심 각오는 하고 있었지만, 막상 그날이 다가오고 있다는 사실을 실감하자 깊은 절망감이 들었다.

이제 어떡하면 좋지? 아버지께서도 계시지 않는 지금, 대관절 어떻게 해야 운명에서 벗어날 수 있는 걸까.

"표정이 왜 그래? 뭐 안 좋은 소식이라도 쓰여 있어?"

"아뇨, 그런 것은 아닙니다만."

"그럼 뭔데? 왜 그러는 거냐고."

"괜찮아? 이번엔 또 무슨 일이길래……."

말끝을 흐리는 알렌디스에게 종이를 넘겨주었다. 말없이 내용을 읽은 그가 한숨을 쉬며 서신을 내려놓자, 곧바로 종이를 잡아챈 카르세인이 고개를 갸웃하며 물었다.

"응? 이게 무슨 소리야. 황태자 전하의 성인식에 참석하라니? 게다가 옷을 맞추기 위해 황실 재봉사를 보낸다니? 너, 아직 열둘 아니었어? 왜 네가 벌써부터 이런 곳에 나가야 하는데?"

"저는 황태자 전하의 약혼녀, 이니까요."

"아, 맞다. 그러고 보니 너는 황태자 전하의 약혼녀……. 이런 젠장, 엉뚱한 데 힘을 쏟고 있을 때가 아니잖아."

알아들을 수 없는 중얼거림을 남긴 카르세인이 침묵했다. 나는 걱정스레 바라보는 알렌디스의 시선을 피해 눈을 감았다.

그의 성인식. 몇 해 전 폐하와 약속한 기한이 다가오고 있었다. 나락으로 빠져드는 듯한 느낌. 왜 하필이면 이때, 아버지께서 곁에 계시지 않는 지금이란 말인가.

"……티아."

"응?"

잔뜩 가라앉은 목소리에 눈을 떴다. 어딘가 쓸쓸해 보이는 미소를 지은 알렌디스가 말없이 나를 끌어당겼다. 등을 토닥이는 부드러운 손길, 맞닿은 몸에서 전해져 오는 따스한 체온. 아버지의 품처럼 절대적인 안온함은 없지만, 그저 침묵한 채 나를 보듬는 소년에게서 왠지 한 줄기 위로가 느껴졌다.

 포근한 그 느낌에 취해 살며시 머리를 기댔다. 알렌디스 특유의 상큼한 향에 둘러싸여 있노라니 어두운 절망이 조금은 사라지는 듯했다.

 한결 나아진 기분에 크게 심호흡하는데, 때마침 고개를 돌리던 카르세인과 눈이 마주쳤다. 곧바로 인상을 일그러뜨린 그가 버럭 화를 내며 말했다.

 "뭐하는 짓이야, 지금? 당장 안 떨어져? 아까부터 보자 보자 하니까 말이야. 여자애가 어디서 덥석 안겨, 안기길?"

 "라스 공자."

 "뭡니까? 그쪽도 마찬가지입니다. 이게 대체……."

 "이만 가 봐야 할 시간인 것 같군요. 자칫 잘못하면 예법상 허용되는 시간을 넘을 것 같습니다만."

 느긋하게 답한 알렌디스가 싱긋 미소를 지으며 나를 놓아주었다. 나는 천천히 몸을 일으켜 창밖을 바라보았다.

 '언제 이렇게 시간이 흘렀지?'

 거듭 돌아보는 카르세인과 내일 또 보자며 인사하는 알렌디스를 배웅하고서 침실로 향했다. 아무래도 오늘은 일찍 잠자리에 들어야 할 것 같았다.

성인식이 열리는 날이 가까워질수록 수도 카스티야는 몰려드는 사람으로 붐볐다. 귀족을 상대로 하는 의상실들은 때아닌 호황에 기쁨의 비명을 질렀고, 대대적으로 곡물을 푼 덕에 황실을 찬양하는 소리가 끊이지 않았다. 이런 시기에 지나치게 호화스러운 것이 아니냐며 몇몇 귀족들이 반발한 모양이지만, 아무리 흉년으로 재정이 썩 좋지 않은 상태라 해도 황족의 성인식을 허투루 치를 수는 없는 법이었다. 더욱이 이번에 성년이 되는 사람은 다음 대 황제가 될 황태자가 아니던가.

모두가 흥겨운 분위기였지만, 유독 나는 거기에 편승할 수가 없었다. 황태자 전하의 파트너로 참석해야 하는 탓에 정신없이 바빴지만, 그 와중에도 어두운 절망이 시시때때로 나를 찾아들었기 때문이었다. 하루하루 날짜가 지나갈수록 가슴이 바짝바짝 타들어 갔다.

"조금이라도 더 드셔야죠, 아가씨. 내일 큰일도 치르셔야 하는데……."

"더 들어가지도 않는걸. 그만 먹을래. 그보다 리나, 아버지께 온 소식은 없어?"

"아직 없어요. 너무 걱정 마세요, 아가씨. 곧 연락하시겠죠."

"……그래."

나는 침대 위에 쓰러지듯 몸을 뉘며 생각에 잠겼다. 대체 어떻게 된 걸까. 파견 나간 관료들이 하나둘 수도에 도착하고 있건만, 아버지께서는 아직도 감감무소식이었다.

'뭔가 불미스러운 일이라도 생긴 걸까? 만약 이대로 돌아오지 않기라도 하신다면 어떡하지?'

몹시 불안했던 이별의 날이 떠오르자 가슴 한쪽이 서늘하게 얼어붙었다.

허튼 생각하지 말자, 아리스티아. 나는 작년 생일에 아버지께서 주신 인형을 꼭 끌어안으며 중얼거렸다. 먼 길을 재촉하느라 미처 연락하지 못하셨을 뿐일 거야. 무력으로만 따지면 가문 역사상 최고 실력을 갖추고 계시다는 아버지인데, 그런 분께 무슨 일이 생겼을 리 없잖아. 전쟁터에 나가신 것도 아니고 고작 제국 각지를 시찰하러 가셨을 뿐인데.

동그맣게 몸을 말며 이불을 끌어 올렸다. 며칠 내내 계속된 강행군 때문에 몹시 피곤했지만, 정신은 점점 더 또렷해져만 갔다. 자꾸만 밀려드는 상념에 뒤척거리기를 한참, 밖에서 들려오는 말소리에 눈을 떴다. 무슨 일이지?

잠시 후 안으로 들어온 리나가 조심스레 물었다.

"저, 아가씨, 베리타 공자님께서 뵙기를 청하십니다. 어떻게 할까요?"

"그래? 음, 그냥 들어오시라고 해. 장소를 옮기는 것이 예법이겠지만, 움직일 힘도 없네."

"그래도……. 후우, 하는 수 없죠. 대신 문을 조금 열어 두겠습니다."

"응. 그렇게 해."

천천히 몸을 일으켜 베개에 등을 기대고 앉았다.

대체 무슨 일일까? 황태자 전하의 약혼녀라는 신분 때문에 어려서부터 공식 석상에 참석하곤 한 나와는 달리 대부분의 귀족은 성년이 가까운 나이가 되어서야 처음으로 사교계에 모습을 드러내는 것이 관례였다. 하지만 내일 열리는 연회는 조금 달랐다. 차기 황제의 성년을 기념하는 자리이니만큼 나이 어린 귀족이라 하더라도 대부분 참석할 것이 분명했다. 그렇다면 알렌디스 역시 내일 연회에 참석할 터, 지금쯤이면 준비를 하느라 몹시 바빠야 정상인데.

"오랜만이야, 티아. 잘 지냈냐고 물으려고 했지만, 그렇지 않은 것 같네."

"으응."

"왜 이렇게 얼굴이 상했어, 내 아가씨. 속상하다."

조금 피곤해 보이는 얼굴로 들어선 알렌디스가 침대 옆에 다가와 한쪽 무릎을 꿇고 앉았다. 힘없이 늘어진 내 손을 양손으로 감싸 쥔 그가 말했다.

"얘기할 게 있어서 찾아오긴 했는데. 많이 피곤해 보인다. 그냥 돌아갈까?"

"아냐. 좀 지치긴 했지만, 대화는 할 수 있어. 괜찮아."

"정말 괜찮겠어?"

"응."

힘없이 웃어 보이자 알렌디스는 안쓰럽다는 듯한 표정을 지었다.

"준비는 잘했어?"

"응, 아마도."

"각하께서 안 계셔서 많이 고생했겠다."

"음, 조금?"

조금은 약한 소리를 해도 되지 않을까 싶어서 괜찮다고 말하려다 말고 투정을 부리듯 답했다. 걱정스레 바라보던 그가 감싸 쥔 손을 가볍게 토닥이며 위로의 뜻을 전했다. 나는 맞닿은 손에서 전해져 오는 온기를 느끼며 스르르 미소를 지었다.

한참 동안 침묵이 흘렀다. 뭔가 할 이야기가 있어서 찾아왔다고 하더니, 알렌디스는 평소와는 다르게 계속 머뭇거렸다. 말을 하려다가 입을 다물고 또다시 입을 열려다가 관두고를 반복하는 모습에 고개를 갸웃했다. 대체 무슨 얘기를 하려고 저러는 걸까. 기다리다 못해 이유를 물으려는 순간, 뭔가를 결심한 듯 결연한 표정을 지은 알렌디스가 말했다.

"있잖아, 티아. 실은 그날 라스 공자랑 대화를 나누다가 그간의 얘기를 좀 듣게 됐어."

"응? 어떤 얘기?"

"네가 많이 아팠다는 얘기. 뭔가에 쫓기는 듯 조급해 보였다는 것도 들었어."

"……."

"그 얘길 듣고 많이 속상했어. 혹시나 하는 마음에 편지를 보내긴 했지만, 그런 일이 없기를 바랐거든."

뭐라 할 말이 없어 입을 다물었다. 조근조근 이어지는 목소리에 말없이 귀를 기울였다.

"그래서 말인데, 아직 시기상조일 것 같지만, 괜히 이런 말해서 네가 날 밀어내려 할지도 모르지만 더는 그냥 두고 볼 수가 없을 것 같아."

"응?"

"티아, 내게 조금만, 아주 조금이라도 좋으니까, 네 마음을 열어 주면 안 될까? 네 생각을 알려 주면 안 되는 거야?"

절로 표정이 굳었다. 나는 점점 빠르게 뛰기 시작하는 심장 위에 손을 얹으며 애써 태연한 척 물었다.

"그게 무슨 소리야?"

"너는 내게 늘 다정하지만, 결코 속마음을 보여 주지는 않아. 그래서 나는 몰라. 네가 무엇을 괴로워하는지, 어째서 황태자 전하를 그렇게까지 싫어하는지, 왜 그리도 황실에서 벗어나려고 하는지. 아는 것이 하나도 없어."

"알렌."

"만일 각하께서 계셨다면, 그래서 네가 의지할 수 있는 사람이 있었더라면 이렇게 찾아오지 않았을 거야. 하지만 그게 아니잖아. 분명 내일 성인식에 뭔가 있는데, 그것 때문에 네가 괴로워한다는 것은 아는데, 정작 너를 도울 방법을 모르겠어. 이유를 모르니 해결책을 찾을 수도 없어."

속이 울렁거리기 시작했다. 어둡게 가라앉은 에메랄드색 눈동자를 외면하려 눈을 질끈 감았다.

아무 말도 하지 마. 차가운 목소리가 명령했다. 고작 저런 말에 넘어가 네 어둠을 보여 줄 셈이야? 그러다가 또다시 버림받으면 어쩌려고.

알렌디스를 못 믿는 거야? 또 다른 음성이 말했다. 주위 사람들과 함께 걷겠다고 결심했던 걸 기억해. 무언가를 숨기는 것을 알고 있으면서도 그는 너를 피하는 대신 도울 방법을 묻고 있잖아.

'믿어도 되는 걸까?'

점점 호흡이 가빠 왔다. 또다시 버림받고 싶지 않다면 당장 싫다고 해. 첫 번째 목소리가 말했다. 또 다른 음성이 무어라 반박했지만, 그 소리는 점점 멀어져 갔다. 공연히 잘못 털어놓았다가 소중한 이들에게서 버림받을까 두려웠다. 유일하게 믿고 의지하던 신에게조차 이용당한 사실, 온 마음을 바쳐 섬기고 사랑한 사람에게 헌신짝처럼 내팽개쳐진 기억을 도저히 떨쳐 낼 수가 없었다. 그래서 입술을 꽉 깨문 채 그저 도리질만 했다.

"내게 얘기해 주면 안 될까? 무엇을 그리 두려워하는지, 어떻게 해야 너를 도울 수 있는지."

"……."

"나를 믿어, 티아. 네 짐을 내가 덜어 가 줄게. 얘기해 줘, 무엇을 그렇게 두려워하는지."

짐을 덜어 내고 싶지 않아? 기회를 만났다는 듯, 멀어졌던 두 번째 음성이 다시 속삭였다. 그동안 아무에게도 털어놓지 못하고 속으로만 삭여 왔잖아. 주위 사람들과 함께하겠다던 결심을 그새 잊은 건 아니겠지? 지금 이대로라면 넌 영원히 그 자리에 머무를 수밖에 없어.

나는 질끈 감았던 눈을 뜨며 머릿속에서 끝없이 맴도는 목소리에 답했다. 그래, 네 말이 맞아. 두렵지만, 그렇다고 해서 계속 숨어 버린다면 영원히 벗어날 수 없겠지. 그렇게 사는 것은 싫어. 나는 절대 그 기억 속에 갇혀 평생을 괴로워하고 싶지는 않아.

크게 숨을 들이쉬었다. 무서울 정도로 빠르게 뛰고 있는 심장 위에 손을 얹으며 떨리는 입술을 떼었다.
"……꿈을 꿨어. 길고 긴 꿈을."
"꿈이라고?"
고개를 갸웃하는 소년의 모습에 흠칫 몸을 떨었다. 간신히 짜낸 용기가 사그라지는 것 같았지만, 주먹을 꽉 움켜쥔 채 자꾸만 움츠러드는 혀를 움직였다.
"응. 그 속에서 나는 누군가를 많이 사랑했고, 그 때문에 몹시 힘들었어. 외로웠고, 가슴 아팠고, 몹시 절망스러웠어."
무표정한 얼굴을 마주하자 또다시 두려움이 밀려왔지만, 그렇다고 해서 모든 사실을 있는 그대로 말할 수는 없었다. 열일곱에서 열 살로 돌아왔는데, 그 모든 것이 현실이었다니. 그 누가 그런 말도 되지 않는 소리를 믿을 수 있겠는가. 이것은 믿음 이전에 상식의 문제였다.
"이제는 꿈에서 깨어났지만, 그 기억과 느낌이 아직도 잊히지가 않아."
"……."
"그래서 어떻게든 그 꿈에서 벗어나고 싶었어. 그 아픔을 되풀이하고 싶지는 않았어. 그랬는데……."
비참했던 시간이 떠올랐다. 처음보다는 조금 퇴색하고 빛바랬지만, 그럼에도 결코 쉽사리 잊히지 않는 괴로운 기억도.
"정말로 떨쳐 버리고 싶은데, 자꾸만 날 놓아주질 않아. 간신히 방법을 하나 찾았다고 생각했는데, 시간이 모자라. 이제는 나도 모르겠어. 뭘 해야 하는지, 어떻게 해야 벗어날 수 있는지. 도무지 모르겠어."

파르르 떨리는 손으로 시트를 움켜쥐었다. 심장이 미친 듯 뛰고 점점 가빠 오던 숨이 턱까지 차올랐다. 부옇게 흐려지는 시야를 밝게 하려 필사적으로 눈을 깜빡였다. 무표정하게, 아무런 말없이 그저 듣고만 있던 알렌디스의 얼굴이 서서히 일그러졌다.

서늘한 불안감이 엄습했다. 시트를 쥐고 있는 손에 절로 힘이 들어갔다.

"그렇구나. 심한 악몽을 꿨나 보네. 너무 마음 쓰지 마. 꿈은 꿈일 뿐, 결코 현실이 될 수는 없으니까."

"알렌."

"그런데 말이야, 티아. 조금 섭섭하다."

다정한 말에 눈시울이 붉어지는 것도 잠깐, 손끝이 차갑게 식어 내렸다.

"갑자기 왜 꿈 얘기를 하는 건지 모르겠어. 내가 물었던 건 그게 아니잖아. 왜 말을 돌리려는 거야? 설마 내가 그걸 빌미로 널 어떻게 할까 봐 그래?"

온몸의 피가 차갑게 얼어붙었다. 깊숙이 가라앉은 소년의 눈빛. 문득 한 가지 깨달음이 머릿속을 스치고 지나갔다. 아아, 그랬구나. 상대방을 믿지 못한 사람은 나 혼자만이 아니었어.

"……알렌, 너는 내게 자신을 믿어 달라며, 마음을 열어 달라고 말하고 있지만, 그렇게 얘기하는 너 자신은 정작 나를 믿지 못하는구나."

"티아?"

"애초에 너는 내가 마음을 열어 보이리라고는 생각지 않았던 거야. 그렇지?"

세월이 흘러 조금은 무뎌졌을지언정, 나는 아직 잊지 못했다. 유일하게 마음을 의지했던 신에게 버림받았던 때의 절망과 그에게 걸었던 실낱같은 믿음마저 배신당했을 때의 깊은 좌절을. 그리고 지금 어렵사리 보인 또 다른 신뢰가 눈앞에서 산산이 부서지고 있었다.

"나는 네게 믿음을 주었어. 그런데 믿지 못하겠다면, 더는 네게 해 줄 수 있는 말이 없어."

"……티아."

"차라리 아무것도 묻지 말지그랬어. 그랬다면 최소한 이런 사실을 알아챌 일은 없었을 텐데."

"이러지 마, 티아. 제발."

이제야 겨우 결심이 섰는데. 급격하게 변하지는 못하더라도 조금씩 마음을 열어 보자 생각했는데. 그랬는데.

"그러지 마, 티아. 부탁이야. 내가 잘못했어. 내가 다 잘못했으니. 제발 나를 밀어내지 마."

네가 어떻게 나한테 이럴 수 있어.

"두 번 다시 묻지 않을게. 알려 달라고도 하지 않을게. 내가 전부 잘못했어. 그러니 제발 밀어내지 마. 이렇게 부탁할게."

믿었기에 가슴속 깊은 상처까지 드러내 보였는데, 네가 어떻게 나한테 이럴 수 있어!

"그만 돌아가 줘, 알렌디스."

"티아!"

잡힌 손을 빼냈다. 두 손으로 귀를 막았다. 고개 돌려 외면했다.

더는 그를 보고 싶지 않았다. 간신히 보였던 작은 신뢰가, 겨우 싹틔운 믿음이 짓밟힌 지금, 그 누구도 상대하고 싶지 않았다.

"리나!"

비명과도 같은 외침에 황급히 달려 들어온 리나가 어쩔 줄 몰라 하며 눈치를 살폈다. 안절부절못하는 그녀를 무시한 채 간절히 애원하던 소년이 마침내 고개를 떨궜다. 알렌디스가 무거운 발걸음으로 방을 나갈 때까지 나는 결코 그를 돌아보지 않았다.

"사파이어 핀이 어디 갔지?"

"이것 말고 좀 더 밝은 색으로 가져와. 그래, 그거."

"아가씨, 고개를 살짝 들어 보시겠어요?"

나는 어수선한 주위에서 시선을 떼어 허공을 바라보다. 약혼녀로서 오늘의 주인공인 황태자 전하와 함께 입장해야 하는 탓에 저택의 시녀들은 모두 나를 최고로 만들기 위해 동분서주하고 있었다. 정작 나는 아무런 관심이 없었지만.

불과 어제까지만 해도 오늘이 오는 것을 두려워하고 있었는데, 막상 지금은 아무렇지도 않았다. 그것은 아마도 공허한 마음 탓일 터였다.

설사 일이 잘못된들 어떠하랴. 아버지의 소식이 끊기고 알렌디스에게서 믿음을 배신당한 지금, 나라는 사람은 이미 텅 비어 버린 것을.

 허리를 꽉 죄는 코르셋을 입고 스커트를 풍성하게 보이기 위해 파니에스커트를 부풀리기 위한 허리받이 형식의 속치마로, 기본적으로 철사나 고래수염, 등나무 등으로 테를 만들고, 허리에 끈을 묶어 여미는 방식. 십 년 전까지는 극단적으로 치마를 부풀리는 스타일이 유행하였으나, 현재는 그것이 지나치게 사치스럽고 우스꽝스럽다 하여 자연스럽게 부풀리는 정도로만 사용하며, 파니에를 착용하지 않고 부드럽게 떨어지는 라인의 드레스도 인기를 얻고 있는 추세임까지 착용했음에도 불평 한마디 하지 않는 나를 보며 시녀들이 무어라 소곤거렸지만 아무것도 들리지 않았다. 그저 여기저기서 이끄는 손길에 따라 몸을 움직였을 뿐, 마지막 점검을 마치고 마차에 오르는 순간까지도 꿈속을 부유하듯 몽롱한 기분이었다.

 "괜찮으십니까, 영애? 안색이 영 좋지 않으십니다."

 시모어 경의 걱정 어린 음성도, 근위 기사의 에스코트를 받으며 마차에서 내리는 나를 향한 수군거림도 제대로 들리지 않았다. 그저 공허했다. 이제는 아무래도 상관없었다.

 "제국의 작은 태양, 황태자 전하께 아리스티아 라 모니크가 인사 올립니다."

 "너……. 아니다. 그만 가지."

 예를 갖추며 인사를 건네는 목소리는 분명 내 것임에도 낯설었다. 금방이라도 사라질 것처럼 사그라지는, 현실감이 결여된 듯 몽환적인 음성. 무표정한 얼굴로 인사를 받던 청년의 눈썹이 미미하게 찡그려졌다. 무언가 말을 하려던 그가 고개를 저으며 손을 내밀었다. 나는 차가운 그 손 위에 가볍게 손을 얹고서 대기실을 빠져나왔다.

 연회장에 들어서는 입구 앞에 서서 가볍게 복장을 점검했다. 약혼한 사이였으므로 그와 나는 한 쌍으로 맞춘 옷을 입고 있었다. 그는 은은하게 빛나는 하얀 예복을, 나는 물빛 바탕에 하얀 리본으로 장식한 드레스를.

비뚤어진 리본을 바로 한 뒤 허리를 펴자, 물끄러미 바라보던 그가 가볍게 손짓했다. 목청을 가다듬은 시종이 크게 외쳤다.

"제국의 작은 태양, 루블리스 카말루딘 샤나 카스티나 황태자 전하와 미래의 달, 아리스티아 라 모니크 영애 드십니다."

서서히 문이 열렸다. 나는 등을 곧게 편 채 의식적으로 미소를 지었다. 천천히 걸음을 옮기자, 제국의 차기 주인에게 예를 표하기 위해 허리를 숙이고 있는 귀족들이 보였다. 붉은 카펫 위를 따라 걷다 단상 앞에서 멈춰 서 상좌에 앉아 계시는 황제 폐하를 향해 고개를 조아렸다.

"부황 폐하를 뵙습니다."

"제국의 태양, 황제 폐하를 뵙습니다."

"어서 오라, 황태자. 영애도 어서 오게. 모두 고개를 들라."

그와 내가 예를 갖추고 나자, 폐하께서는 아직도 허리를 숙이고 있는 귀족들에게 몸을 바로 세우라 명하셨다. 모두의 시선이 단상으로 몰리는 가운데, 폐하께서는 근엄한 표정을 지으며 말씀하셨다.

"오늘은 황태자가 장성하여 성년이 되는 날이다. 이 어찌 아니 기쁠 수 있으랴."

"경하드립니다, 황제 폐하. 감축드립니다, 황태자 전하."

모든 사람이 일제히 단상을 향해 허리를 숙였다. 그의 손을 놓고서 나 역시 몇 발짝 뒤로 물러나 한 손으로 치맛자락을 펼치며 예를 갖췄다.

"황실의 전통에 따라 성년이 된 황태자 루블리스 카말루딘 샤나 카스티나에게 태자의 관과 검을 내리노라."

시종이 들고 온 함에서 호화롭게 빛나는 관을 꺼낸 폐하께서 말씀하셨다. 그것은 황제의 관보다는 그 크기나 화려함 면에서 약간 떨어졌지만, 섬세하게 세공된 보석 덕분에 고아한 멋을 뿜어내고 있었다. 샹들리에의 불빛에 반사되어 더욱 화려하게 빛나는 보석 관이 푸른 머리카락 위에 얹히고, 곧이어 화려한 장식이 돋보이는 예식용 검이 주어졌다.

깊게 허리를 숙여 자신에게 경의를 표하는 사람들을 돌아본 그가 말했다.

"모두 고개를 드시오. 이토록 많은 이들이 내 성년을 축하해 주니 무척 기쁘군. 모두에게 고마움을 표하는 바요."

"황공합니다, 전하."

관과 검을 시종에게 넘겨준 그가 내게 다가와 엷게 미소를 띤 얼굴로 손을 내밀었다.

"그대에게."

"……."

"내 성년의 첫 춤을 신청해도 되겠소?"

문득 과거의 한 장면이 떠올랐다. 아직 현실의 혹독함을 모르던 시절, 힘겹게 황후 수업을 받으며 그에 대한 환상을 키워 가던 때의 기억이. 그를 위한 여자로 살아가야 한다는 말을 늘 듣고 자란 나에게 황태자 전하는 그동안 꿈꿔 온 모든 이상형을 합친 것과 같은 사람이었다. 늘 서늘한 태도를 유지하는 것마저도 제국을 이

끌어 나갈 분으로서 당연한 모습이라 생각했을 정도로.
 그랬던 내가 그에게 처음으로 진정한 마음을 주었던 건, 바로 지금 이 순간과 똑같았던 성인식 연회에서의 춤 신청 때문이었다. 처음 와 본 연회장, 구경거리처럼 바라보던 사람들 사이에서 그는 비록 형식적이었을지언정 내게 유일하게 미소를 지어 준 사람이었으므로. 늘 외로웠던 내게 처음으로 손 내밀었던 사람이었기에 그날 나는 그에게 마음을 송두리째 내주었더랬다.
 하지만 지금은······.
 "영광입니다, 전하."
 상념을 떨쳐 내며 그의 손을 잡았다. 과거와 같은 그의 성인식, 과거와 같은 춤 신청, 과거와 같은 차가운 손. 어쩌면 나의 운명도 이처럼 과거와 같이 굴러가는 것은 아닐까. 운명의 개척자란 이름 따위, 사실 아무 소용도 없는 것 아니었을까.
 댄스 플로어에 도착하자, 허리를 휘어 감는 그의 손이 느껴졌다. 대기하고 있던 악단이 악기를 집어 들었다. 웅장하게 시작되는 느린 춤곡에 맞춰 나는 그와 손을 맞잡은 채 천천히 몸을 움직였다.
 성년의 춤, 즉 성인식을 맞이한 자가 처음으로 추는 춤은 오직 주인공과 그 파트너만이 출 수 있었다. 그 때문에 그와 나는 수많은 사람들의 시선 가운데 단둘이서만 춤을 추고 있었다. 과거에는 밤을 새워 가며 연습했음에도 너무 긴장한 탓에 발이 꼬여 비웃음을 샀지만, 지금은 그렇지 않았다. 단 한 번의 연습조차 하지 않았어도, 굽이 높은 신발을 신었어도 이미 익숙해진 몸이 무리 없이 스텝을 밟은 탓이었다.
 "의외로군."

"무엇이, 말씀이십니까?"

그가 움직이는 대로 몸을 맡긴 채 멍하니 발을 놀리고 있을 때, 불현듯 서늘한 음성이 들려왔다. 허공에 떠다니는 정신을 간신히 끌어모아 답하자, 한참 동안 나를 쏘아보던 그가 말했다.

"너 말이야. 오늘 처음으로 춤을 춰 보는 것 아닌가?"

"그렇습니다, 전하."

"헌데 어째서 이렇게 익숙하지?"

그는 잠시 멀어졌던 나를 다시 잡아당겨 끌어안는 자세를 취하며 차갑게 물었다.

"다른 생각을 하고 있는 것이 빤히 보이거늘. 그럼에도 이렇게 익숙한 움직임을 보인다는 것은, 그럴 수 있을 정도로 수없이 춤을 춘 다른 상대가 있단 소리인가?"

"어인 말씀이십니까, 전하. 제가 어찌 감히 그런 일을……."

"그래?"

코웃음을 친 그가 나를 바짝 끌어당겼다. 청년의 얼굴에 비뚜름한 미소가 걸렸다.

"저기 있는 자, 베리타 공작가의 차남이 맞나? 너의 집에 자주 들락거린다는."

귓가에 입술을 바짝 갖다 댄 그가 속삭였다. 그의 시선을 따라 고개를 돌리자 연두색 머리카락의 소년이 눈에 들어왔다. 싱그러운 봄빛을 머금은 머리카락, 에메랄드처럼 빛나는 깊은 눈동자. 한 치의 어긋남도 없이 나를 응시하고 있는 모습에 가슴이 욱신거렸다.

"……마음에 안 드는군."

"저, 전하?"

떨리는 눈을 들어 그를 올려다보았다. 항상 아무런 감정 없이 서늘하기만 하던 바닷빛 눈동자가 차갑게 가라앉아 있었다. 밀려오는 불안감에 몸을 떠는 순간, 다시 한 번 소년을 돌아본 그가 무척 흡족해 보이는 미소를 지었다.

오싹, 소름이 돋았다. 알렌디스의 무엇이 그의 심기를 그리도 건드린 것일까.

귓가에 입술을 가까이 한 그가 무어라 속삭였지만, 아무것도 들리지가 않았다. 허공을 노닐 듯 몽롱하던 기운은 흔적도 없이 사라지고, 찬물을 뒤집어쓴 듯한 냉기가 나를 감쌌다. 심장을 타고 흐르는 피가 서늘하게 얼어붙었다. 온몸이 바들바들 떨리기 시작했다.

그 순간, 음악이 멈추고 우레와 같은 박수 소리가 들려왔다. 하지만 나는 그 자리에서 한 발짝도 뗄 수가 없었다. 내게 시선을 맞추고 있는 그 역시 움직일 생각을 하지 않았다. 입안이 바싹 말라붙었다. 웅성거리는 소리가 점점 멀어져 갔다.

"성년의 첫 춤을 함께해 준 그대에게 감사를."

"저, 저야말로, 영광이었…… 습니다."

한참 후에야 시선을 거둔 그가 나를 감싸고 있던 손을 놓았다. 그러고는 아무 일도 없었다는 듯 태연하게 웃음을 지으며 예를 차렸다. 여전히 떨고 있는 몸을 가누려 애쓰며 간신히 답하자, 그는 사뭇 정중하게 손을 내밀어 내 손을 잡아챘다.

끌려가다시피 단상으로 향했다. 폐하를 향해 묵례한 뒤 몸을 돌리려다 멈칫했다. 손에 힘을 주어 나를 저지한 그가 그대로 걸음을 옮겼다.

'왜, 왜 그러는 거지?'

깜짝 놀라 그를 올려다보았지만, 이미 단상 위에 올라선 뒤였다. 그제야 나를 돌아본 그가 어서 앉으라는 듯 눈짓했다. 폐하께서 앉아 계시는 자리 바로 아랫단에 나란히 놓인 두 개의 의자.

심장이 덜컥 내려앉았다. 머뭇거리며 주위를 돌아보았지만, 어느새 내 어깨 위에 손을 얹은 그가 정중한 몸짓으로, 하지만 힘을 주어 꽉 눌렀다. 정신을 차렸을 때에는 이미 그의 옆에 자리한 후였다.

평소와는 달라 보이는 그 때문에 불안감이 점점 커졌다. 각 나라에서 보낸 사신들이 줄을 지어 선물과 함께 축하 인사를 건네고, 그런 그들에게 폐하께서 감사의 말씀을 전하시는 모습을 미소 띤 얼굴로 보고 있었지만 사실은 두려움과 공포, 의아함과 긴장이 뒤죽박죽 섞여 몹시 혼란스러웠다.

"너."

"네, 네? 부, 부르셨습니까, 전하."

갑작스러운 부름에 소스라치게 놀라 답하자, 눈썹을 찌푸린 그가 말했다.

"이전부터 조금 이상하긴 했다만, 너, 왜 그리 나를 무서워하지?"

"어, 어인 말씀……."

"무슨 얘기인지는 네가 더 잘 알고 있을 텐데. 이유가 뭐지? 어린 시절의 기억이 돌아오기라도 했나?"

"네? 어린 시절이라니요?"

"아닌가 보군. 흠, 그렇다면 혹."

연인에게 속삭이는 양 몸을 기울여 내 귓가에 입술을 갖다 댄 그가 속삭이듯 말했다.

"네 '중간 이름' 때문인가?"

"그, 그걸 어떻게?"

"설마 내가 모르고 있을 거라 생각한 건가?"

"……."

"가능성이 미약하다 하나 황위 계승권을 가진 자의 출현이다. 그것도 신탁으로 부여받아 포기할 수조차 없는 계승권이지. 부황 폐하께서 함구령을 내리셨다고는 하나, 그런 것의 존재를 내가 모를 리가 없지 않은가."

"……저를 어떻게 하실 생각이십니까, 전하."

다가올 운명에서 벗어나기 위해서는 그의 관심에서 멀어져야 한다고 생각했다. 과거와 달리 현재의 나는 차기 황후로서의 교육을 아무것도 받고 있지 않았으니까. 그러니 눈에 띄지 않게 숨죽이고 있으면 그가 지은의 보좌를 위해 나를 황비로 들일 가능성이 줄어들 것이라 생각했다.

최대한 몸을 낮추며 살아왔다. 신탁으로 부여받은 이름을 숨겨 쓸데없는 관심을 받지 않도록 하고, 지은의 출현을 미리 예견하지 않았다. 반려가 따로 있다면 그녀를 황후로 삼으면 그뿐, 포기할 수 없는 황위 계승권을 갖게 된 이상 황실에서는 나를 절대로 놓아주지 않을 것이기에. 그렇다면 계승권을 어찌할 방도를 찾을 때까지 함구하고 있는 편이 조금이나마 그의 관심을 덜 사는 일이라고 생각했다.

"황태자비."

"……."

"그 지위를 한 단계 내려 태자빈으로 삼는 것이 안전하겠지만, 네 가문이 그동안 바쳐 온 충정을 보아 그리하지는 않겠다. 되었나?"

"……."

"그 표정은 뭐지? 정비의 지위를 유지해 주겠다는데. 네 가문의 명예가 더럽혀지는 것이 두려워 그토록 무서워했던 것이 아닌가."

정비의 지위를 유지해 주는 것. 그는 내가 후비가 될까 두려워한다고 생각한 모양이었지만, 정비이건 후비이건 간에 그것은 그저 과거의 비참했던 기억을 되풀이하는 것일 뿐이었다. 내가 그의 정비가 된다 한들, 나중에 지은이 온다는 사실이 없어질 것인가. 후비가 되지 않는다 하여 과거의 전철을 그대로 밟지 않는다는 보장이 어디 있단 말인가.

떨림을 감추려 손을 맞잡았다. 황제 폐하와 약속한 기한의 날은 바로 오늘. 포기할 수 없는 황위 계승권을, 나를 또다시 과거의 운명으로 이끄는 이 족쇄를 벗어 버릴 방법을 찾기 위해 지난 몇 년간 피나는 노력을 했건만, 아직 시간이 부족했다.

'여기서 끝인 걸까?'

눈앞이 아득해졌다. 어제 그 일이 있고서 이제는 어떻게 되든 상관없다 생각했는데, 막상 그 상황이 닥치자 너무도 무서웠다. 아무리 벗어나려고 발버둥 쳐도 결코 벗어날 수 없는 깊은 늪, 끝없이 이어지는 새카만 무저갱이 나를 집어삼키는 것만 같았다.

그때, 멀어지는 정신을 일깨우는 팡파르 소리가 울렸다. 사신들의 행렬이 끝나고 제국 귀족들의 차례가 온 모양이었다.

"제국의 검, 라스 공작가의 하례입니다."

"제국의 태양, 황제 폐하와 작은 태양, 황태자 전하를 뵙습니다. 성년을 감축드립니다, 황태자 전하."

"고맙소, 공작."

의전관의 말에 따라 라스 공작 부처와 카르세인이 걸어 나왔다. 천천히 예를 갖추는 그들의 좌우에는 어느새 서열에 맞춰 서 있는 귀족들의 모습이 보였다.

제국의 공작가는 모두 세 군데. 허나 같은 작위라 해서 대우까지 동등할 수는 없는 법. 제국 의전 서열의 1위는 라스 공작가였다. 2위는 베리타 공작가였고, 3위는…….

"재상가, 베리타 공작가의 하례입니다."

"제국의 태양, 황제 폐하와 작은 태양, 황태자 전하께 인사 올립니다. 황태자 전하의 성년을 감축드립니다."

"고맙소."

떨리는 시선을 바닥에 고정했다. 베리타 공작 부처의 뒤에 서 있는 소년을 차마 바라볼 수가 없었다. 알렌디스, 너는 알까. 믿어 달라고 했던 네 말에 내가 얼마나 고민했는지를. 불신을 담고 있던 네 표정에서 또다시 내쳐졌다는 사실을 깨닫고 다시 한 번 가슴이 무너졌다는 사실을.

흐릿해지는 시야를 애써 가누고 있을 때, 강한 힘이 내 손을 붙들었다.

"지금 뭐하나? 정신 차리도록."

날카로운 분노를 담은 목소리에 정신을 차렸다. 어느새 의전관이 세 번째 가문을 호명하고 있었다.

"제국의 창, 모니크 후작가의 하례입니다."

천천히 자리에서 일어났다. 단상을 내려가다 네 번째 서열에 서 있던 제나 공작과 눈이 마주쳤다. 몹시 완고해 보이는 노인의 보랏빛 눈동자가 나를 매섭게 쏘아보고 있었다.

따가운 시선을 외면하며 자리를 잡고 예를 취하려는 순간, 갑자기 웅성거리는 소리가 들렸다. 뒤를 돌아볼 수는 없었지만, 소란의 중심이 되는 사람이 이쪽으로 걸어오고 있는 것은 느낄 수 있었다.

저벅저벅.

일정한 간격을 두고 들려오는 발소리에 죽어 가던 심장이 빠르게 살아났다. 옆에 멈춰 서는 실루엣에 절망으로 차갑게 식었던 피가 빠르게 돌았다.

"제국의 태양, 황제 폐하와 작은 태양이신 황태자 전하를 뵙습니다. 황태자 전하의 성년을 진심으로 감축드리며, 늦게 귀환한 것에 대한 벌을 청합니다."

그립고도 그리웠던 군청색 제복 자락, 불빛 아래 사르르 흩어지는 은색 머리카락, 너무도 듣고 싶었던 이 목소리······!

"후작, 드디어 귀환했군. 소식이 끊겼단 얘기에 얼마나 걱정했는지 아나?"

"송구합니다, 폐하. 전하의 성인식에 맞추기 위해 일정을 서두르다 보니 그리되었습니다. 벌해 주십시오."

"쯧, 사람하고는. 짐이 미치지 않고서야 모니크를 벌할 리가 없지 않은가. 먼 길 오느라 수고했네. 긴 얘기는 다음에 나누도록 하세나."

"네, 폐하. 그럼 이만 물러가겠습니다. 다시 한 번 성년을 감축 드립니다, 황태자 전하."

조심스레 나를 감싸 안는 따뜻한 손의 주인, 아버지.

"잘 있었느냐, 티아? 그새 조금 자란 것 같구나."

"아빠……!"

다른 가문의 하례가 이어지는 가운데, 단상에서 멀리 떨어진 곳으로 나를 데려온 아버지께서 머리를 쓰다듬으며 말씀하셨다. 투박하지만 다정함이 잔뜩 묻어나는 손길에 갑자기 눈물이 왈칵 솟아올랐다.

"다 큰 숙녀가 이래서야 되겠느냐. 다른 사람들이 흉보겠구나."

한쪽 무릎을 꿇고 앉은 아버지께서 손을 뻗어 젖어 든 볼을 닦아 주셨다. 군청색 눈동자에 가득 담긴 애정을 보자 자꾸만 눈물이 나왔다. 내내 가슴을 옥죄고 있던 긴장이 비로소 녹아내렸다.

"오랜만에 만난 내 딸이 울고만 있으니 마음이 좋지 않구나. 그만 울고 웃어 보렴."

한참 동안 눈물만 닦아 주던 아버지께서 속삭이셨다. 속상하신 듯한 모습에 환하게 웃어 보이려 했지만, 자꾸 흐르는 눈물 때문에 여의치가 않았다.

"이런, 후작, 그대의 딸은 아직 어리군그래."

나지막한 웃음소리에 흠칫 몸을 굳히며 뒤를 돌아보았다. 유쾌하게 웃음을 짓고 있는 황제 폐하와 눈썹을 슬쩍 찌푸리고 있는 황태자 전하가 눈에 들어왔다. 내 어깨 위에 가볍게 손을 얹은 아버지께서 담담한 어조로 답하셨다.

"말씀하신 대로 제 딸아이는 아직 어립니다, 폐하."

"음?"

"벌써 성인이신 전하를 모시기엔 한참 어리지요."

"그래서 어찌하겠다는 것인가?"

고개를 슬쩍 기울인 폐하께서 하문하셨다.

"소신, 이제 슬슬 가문의 후계를 정해 볼까 합니다."

"호오? 설마 재취라도 할 생각인가?"

"설마하니 그럴 리가 있겠습니까, 폐하. 소신의 맹세를 벌써 잊으신 것은 아니겠지요."

"그야 물론이네만. 허, 설마 그럴 생각인가? 다른 사람도 아니고 후작, 자네가?"

"글쎄요."

아버지의 입가에 희미한 미소가 걸리고, 폐하의 얼굴에는 놀라움이 떠올랐다. 여전히 슬쩍 찌푸린 얼굴로 두 분의 대화를 듣던 푸른 머리카락의 청년이 중얼거렸다.

"검술, 후계, 맹세. 하, 그럴 생각이었나."

"……."

"그랬군. 그래서 그런 반응을 보인 것이로군."

쿵쿵, 심장이 빠르게 뛰었다. 뭔가를 생각하는 듯 잠시 침묵하던 그가 말했다.

"이러지 맙시다, 후작. 내 그동안 영애에게 소홀했던 것은 인정하오. 허나 그렇다고 해서 그녀를 부정했던 것은 아니오. 누가 뭐래도 영애는 신께서 정해 주신 내 반려가 아니냔 말이오. 헌데 갑자기 후계라니. 내 솔직히 조금 당혹스럽소."

"그 점에 대해선 드릴 말씀이 없습니다. 하오나······."

"이 일에 대해선 나중에 이야기합시다. 오늘 이 자리에서 할 얘기는 아닌 것 같소. 부황 폐하, 보는 눈이 많습니다. 이만 자리를 옮김이 어떠하십니까?"

"그리하지. 후작, 영애, 그럼 다음에 또 보세나."

선선히 고개를 끄덕인 황제 폐하께서 몸을 돌리셨다. 잠시 나를 쏘아보던 청년 역시 천천히 인파 속으로 사라졌다. 흥미롭다는 듯 주목하고 있던 사람들의 시선이 하나둘 떨어져 나갔다.

"후우."

안도의 한숨이 절로 새어 나왔다. 이제야 비로소 살 것 같았다. 아버지와 폐하, 그리고 전하 사이에서 느껴지던 팽팽한 긴장감, 숨 막힐 정도로 무겁던 공기 때문에 꽉 막힌 가슴이 겨우 뚫린 것 같았다.

어느새 식은땀으로 축축해진 손을 닦아 내며 그가 사라진 쪽을 돌아보았다.

'이제 나는 어떻게 되는 걸까?'

당장은 어떻게 넘겼다고 해도 언젠가는 이 일에 대한 결론이 날 텐데. 차갑게 쏘아보던 바닷빛 눈동자를 떠올리자 온몸의 피가 식어 내리는 것 같았다. 마음속 깊은 곳에서 불안의 샘물이 솟아오르기 시작했다.

7. 녹슨 자물쇠와 은빛 열쇠

아버지께서 돌아오시니 집 안의 공기가 확 바뀐 것 같았다. 텅 빈 것 같던 집이 이제야 비로소 포근하고 든든하게 느껴진다고나 할까.

먼 길을 달려오느라 몹시 피곤하셨을 텐데, 아버지께서는 옷을 갈아입자마자 나를 찾아오셨다.

"수척해 보이는구나. 그동안 무슨 일이라도 있었던 게냐?"

"아뇨. 별일 없었어요."

근심 어린 눈빛을 마주하자 가슴에서 무언가가 울컥하고 올라오는 것 같았다. 하지만 그것과는 별개로 내 입에서는 아무 일도 없었다는 말이 흘러나왔다. 한참 동안 말없이 바라보던 아버지께서 나를 품으로 끌어당겼다. 한숨이라도 쉬신 것인지, 따스한 숨결이 정수리에 와 닿았다.

"그랬느냐? 어쨌든 고생 많았다."

"……."

"연락도 없이 늦게 돌아와서 미안하구나. 불안해 하고 있을 거란 생각을 해야 했는데, 아비의 불찰이다."

"아빠."

"흠, 집사에게 한마디 해야겠구나. 별일이 없었는데도 이렇게 마른 것을 보면 그가 제 본분을 충실히 못한 것이 아니냐."

"그……."

그렇게 티가 났던가. 하긴 그동안 바짝바짝 곤두서는 신경 탓에 음식을 거의 입에 대지 못했으니까. 잠시 망설였다. 어떡하지? 사정을 말씀드릴 수는 없지만, 그렇다고 해서 애꿎은 집사에게 불똥이 튀게 놔둘 수도 없잖아.

"티아."

"네, 아빠."

"묻지 않으마. 네 마음이 편할 때 얘기하거라."

이러지도 저러지도 못하고 있을 때, 아버지께서 내 등을 가볍게 토닥이며 말씀하셨다. 오랜만에 받아 보는 따스한 배려와 믿음. 문득 가슴이 뭉클해졌다.

"감사해요."

"별말을 다 하는구나."

"아버지께서는 별일 없으셨어요? 제국 각지를 다니시느라 몹시 힘드셨을 텐데……."

"행정부에서 미리 방비를 하고 있던 덕에 생각보다는 괜찮았다. 오는 길에 잠시 문제가 생기는 바람에 시간이 지체된 것만 빼면 말이다."

"그랬군요. 다행이네요."

잠시간 침묵이 흘렀다. 포근한 품에서 빠져나오기 싫어 머뭇거리고 있을 때, 나지막한 목소리가 들려왔다.

"너무 걱정하지 말거라."

"……."

"더 이상 언급하지 않으려 했는데, 아무래도 불안해 하는 것처럼 보여서 말이다. 온전히 매듭짓지 못한 탓에 걱정이 되는 모양이구나. 허나 폐하께서는 이미 아비의 뜻을 충분히 이해하셨을 터. 섣불리 나서지는 못하실 게다."

과연 그럴까. 아버지를 못 믿는 것은 아니지만, 정말 괜찮은 걸까. 전하의 표정으로 볼 때, 그리 쉽사리 응해 줄 것처럼 보이지는 않았는데.

"티아."

안타까움이 묻어 나오는 부름에 올려다보자, 깊은 한숨을 내쉰 아버지께서 나를 꼭 안아 주셨다. 나를 감싸 안은 팔이 떨리는 것처럼 느껴졌다. 어찌 그러시느냐고 여쭈려다 말고 멈칫했다. 그 떨림이 내게서 시작되고 있었기에.

"떠나고 싶다……."

저도 모르게 움직인 입술이 한숨과 함께 한마디 말을 토해 냈다. 잠시 멈칫한 아버지께서 말씀하셨다.

"그러자꾸나."

"네? 정말요?"

"그래. 이번 참에 영지에 한번 들러 보는 것은 어떻겠느냐? 아직 한 번도 가 본 적이 없지 않으냐."

"저야 좋지만…….”

"그럼 되었다. 내일 폐하께 휴가 신청을 드릴 테니, 그동안 준비를 하고 있으려무나. 아비와 함께 가자."

선선히 말씀하시는 모습에 고개를 번쩍 들었다. 진심이신가? 몇 달 만에 돌아오셨으니 그동안 밀린 업무가 상당할 텐데. 놀라워하는 걸 알아채신 것인지, 아버지의 입가에 희미한 미소가 걸렸다.

"괜찮다. 내 딸이 바란다는데, 겨우 이 정도쯤 못 들어주겠느냐."

"……감사해요."

부드럽게 머리카락을 쓸어 넘기는 손길에 바짝바짝 졸여 왔던 긴장이 사르르 풀어졌다. 몸이 점점 나른해졌다. 따스한 아버지의 품에 안겨 나는 자꾸만 감겨 오는 눈을 깜빡이다 스르르 잠이 들었다.

오랜만에 돌아온 모니크가의 수장을 그렇게 쉽사리 보내 주지는 않을 것이라 생각했는데, 다음 날 입궁한 아버지께서는 정말로 한 달의 휴가를 받아 오셨다.

제국법에 따라, 건국 이래로 모든 후작가의 영지는 전부 국경 지역에 있었다. 하지만 우리 가문만은 수도에서 이틀 정도의 거리에 영지를 보유하고 있었다. 황가와 우리 가문의 특수한 관계 때문이었다. 그 덕에 수도를 떠난 지 이틀 만에 아버지와 나는 영지에 도착할 수 있었다.

"오랜만이군, 집사. 그동안 잘 지냈는가."

"어서 오십시오, 각하. 저야 그만합니다. 죽을 날만 기다리는 늙은이에게야 무에 큰일이 있겠습니까. 각하께서는 더 좋아 보이시는군요."

"오랜만이야, 집사."

"우리 아가씨, 그새 많이 자라셨군요. 이제는 어엿한 레이디로 보이십니다."

삼 년 만에 보는 낯익은 얼굴에 미소를 지었다. 본래 수도의 저택에 있었지만, 아들에게 업무를 넘겨준 뒤 상대적으로 일이 적은 영지로 내려간 전 집사. 여전히 인자한 노인의 미소에 마음이 푸근해졌다. 처음 와 보는 영지였지만, 어쩐지 금세 적응할 수 있을 것 같았다.

한 달이라는 시간은 정말 빠르게 흘러갔다.

참으로 오랜만이었다. 이처럼 평화로운 한때를 보낸 것은. 가문의 기사들과 함께 수련하고, 아버지께서 처리하시는 서류를 보며 배움을 얻고, 리나와 소소한 대화를 나누며 보내는 평범한 일상. 한껏 날카로워졌던 신경이 이제야 비로소 가라앉는 것 같았다. 가끔 몹시 불안하거나 왠지 허전한 기분이 들기는 했지만, 그럴 때는 모든 근심을 물리쳐 주는 아버지의 품이 있었다.

하지만 평온했던 한 달간의 생활은 아버지의 휴가가 끝나기 사흘 전 수도에서 찾아온 두 사람으로 인해 깨지고 말았다.

"시모어 경, 쥬느 경?"

"오랜만에 뵙습니다, 영애."

"모니크 영애, 그간 안녕하셨습니까?"

새하얀 제복 차림의 두 남자가 고개를 숙여 보였다. 낯익은 얼굴이 반갑기도 했지만, 그보다는 불안감이 앞섰다. 대체 이들이 여기까진 왜 찾아온 거지? 혹 당장 입궁하라는 전하의 전갈이라도 들고 온 걸까?

심장이 빠른 속도로 뛰기 시작했다. 잠시 후 전갈을 받은 아버지께서 응접실로 들어오셨다. 곧바로 군례를 취한 두 기사가 말했다.

"제국에 영광을. 근위 기사단의 시렌트 세 시모어가 제2기사단장을 뵙습니다."

"근위 기사단의 에리튼 수 쥬느가 모니크 후작 각하를 뵙습니다. 제국에 영광을."

"사자에게 충성을. 반갑군, 시모어 경, 그리고 쥬느 경. 헌데 근위 기사가 이곳에는 어쩐 일인가?"

"황태자 전하의 명령 때문입니다."

"전하께서?"

"그렇습니다. 전하께서는 각하의 휴가 기간이 끝난 후에도 영애께서 계속 영지에 계시고자 할 경우, 소관과 쥬느 경에게 영애의 호위를 맡긴다 하셨습니다."

"호위라고?"

가슴이 철렁했다. 근위 기사를 파견한 것 자체야 선례가 있으니 넘어갈 수 있다 쳐도 그 일의 주체가 황제 폐하가 아니라 황태자 전하라는 건 어떻게 받아들여야 하는 걸까. 그는 왜 이런 명령을 내린 거지? 혹 그날의 대화에 대한 답인 걸까? 내게 황실에서 벗어날 수 없다고 간접적으로 경고라도 하려는 것일까?

차갑게 빛나던 바닷빛 눈동자를 떠올리자 등골이 서늘해졌다. 눈썹을 찌푸리며 생각에 잠겼던 아버지께서 고개를 끄덕이셨다.

"흠, 일단 알았네. 우선 딸아이의 거취에 대해서 생각을 좀 해 봐야 할 듯하군. 며칠 걸리지 않을 것이니, 그때까지 이곳에서 머물도록 하게. 나머지는 나중에 얘기하지."

"알겠습니다, 각하."

가볍게 고개를 숙여 보인 두 기사가 집사를 따라 나갔다. 그들의 뒷모습을 물끄러미 바라보던 아버지께서 한숨을 쉬며 말씀하셨다.

"어찌하겠느냐, 티아. 아비와 함께 올라가겠느냐?"

"저는……."

"괜찮다. 솔직하게 얘기해 보렴."

아직은 수도에 올라갈 자신이 없었다. 전하와 마주치는 것이 두려웠다. 늘 신중한 아버지께서 단언하시는 걸 보면 무언가 비장의 한 수가 있는 것 같은데, 그럼에도 자꾸만 불안했다. 아무런 감정이 실리지 않은 목소리로 말하던 그의 모습이 아직도 선했다. 네 가문의 공로를 보아 정비의 지위는 유지해 주겠다던 말과 뭐가 그리 마음에 들지 않은 것인지 무척 흡족하다는 듯 미소 짓던 얼굴도.

알렌디스와 대면하는 것 역시 그랬다. 수도에 올라간다면 그와 마주칠 일이 분명히 있을 터. 아직은 그를 어떻게 대해야 할지 알 수가 없었다. 생각만 해도 가슴이 답답했다.

"……여기에 있고 싶어요."

한참을 망설인 끝에 내린 결론은 회피였다. 나답지 않은 행동인 것은 알고 있었지만, 조금만 더 평온한 시간을 누리고 싶었다.

"그렇구나. 함께 지내지 못한다는 점은 섭섭하지만, 네 뜻이 그렇다면 어쩔 수 없지. 그럼 내킬 때까지 여기에서 지내도록 하려무나. 시간이 될 때마다 내려오겠다."

"감사해요. 그리고…… 죄송해요."

"괜찮다. 전하께서 근위 기사를 보내셨다는 점이 마음에 조금 걸리기는 한다만, 덕분에 네 안전을 걱정할 필요는 없겠구나. 그래도 조심해야 한다, 티아. 무슨 일이 생기면 꼭 연락하고."

"네, 아빠."

걱정스러운 기색이 역력했지만, 아버지께서는 묵묵히 내 의견을 받아들여 주셨다. 여전히 아무것도 묻지 않으시는 모습에 감사하면서도 죄스러워 고개를 푹 숙인 채 응접실을 빠져나왔다.

아버지께서 수도로 떠나신 지 사흘째 되던 날, 아침 수련을 마치고 돌아오는 내게 집사가 한 통의 편지를 건넸다.

'누가 보낸 거지?'

고개를 갸웃하며 봉투를 받아 들다 겉봉에 찍혀 있는 문장을 보고 흠칫 몸을 굳혔다. 교차된 두 개의 열쇠와 그를 둘러싼 동그란 월계수 잎.

'베리타 공작가의 문장.'

그렇게 헤어진 이후 처음으로 받은 알렌디스의 서신. 이 편지에는 무엇이 쓰여 있을까? 혹 그를 밀어낸 나를 비난하는 내용일까? 아니면 너 같은 아이는 두 번 다시 보지 않겠다는 선언?

한참 동안 망설이다 봉인을 뜯었다. 곱게 접힌 연두색 편지지를 펼쳐 머뭇머뭇 글씨를 읽어 나갔다.

안녕, 티아.

서두에는 평범한 인사의 말이 적혀 있었다.

영지로 떠났다는 소식은 들었지만 이제야 펜을 든다. 진작 용서를 구하고 싶었지만, 우리 둘 다 시간이 필요하다고 생각했어.

네 말이 맞았어. 난 너를 믿지 못했고, 네 말을 의심했어. 너라면 답을 안 할지언정 말을 돌리지는 않을 거라는 걸 누구보다 잘 알고 있으면서도 그때는 어리석게도 내게 털어놓고 싶지 않아 말을 돌리고 있다고 생각했어. 곰곰이 생각해 보고서야 겨우 깨닫다니, 정말 바보 같지?

먼저 믿어 달라고 말한 주제에 정작 나는 그렇지 못했다니. 네게 뭐라 할 말이 없네. 미안해, 티아. 정말 미안해.

마지막 부분은 이미 흐릿해진 시야 때문에 잘 읽히지도 않았다. 한 방울, 두 방울 떨어지던 눈물이 줄기가 되어 흘러내렸다. 소리 없이 흐르는 눈물을 훔쳤다. 복잡한 심정으로 편지지를 내려다보다 천천히 서랍에 넣었다.

알렌디스의 두 번째 편지를 받은 날, 몇 번이고 펜을 쥐었다 놓기를 반복했다. 세 번째 편지를 받았을 때, 나는 펜으로 편지지를 톡톡 치기만 했을 뿐 결국 한 글자도 적지 못했다. 그다음 편지도, 또 그다음 편지도 마찬가지였다. 빈 편지지 앞에서 한숨짓는 시간만 늘어날 뿐, 나는 결국 알렌디스에게 답장을 보내지 못했다.

그러던 어느 날, 뜻밖의 손님이 나를 찾아왔다.

"오랜만이다?"

"……카르세인?"

말에서 훌쩍 뛰어내린 소년이 경쾌한 목소리로 인사했다. 나는 타오르는 것처럼 바람에 흩날리는 붉은 머리카락을 보며 고개를 갸웃했다. 뭐지? 왠지 묘하게 분위기가 바뀐 것 같은데. 아니, 지금 그게 중요한 게 아니잖아. 그가 여기에 왜 있는 거야?

"뭐냐? 그 눈초리는. 기껏 여기까지 찾아온 손님에게 말이야."

"아, 죄송합니다. 헌데 여기까진 어쩐 일이십니까?"

"여기서 몇 달간 머무르려고. 야, 그렇게 보지 말라니까? 각하께 허락받았거든."

"아버지께서요?"

"그렇다니까. 그게 다 우리 가문과 너희 가문의 거래 때문이지."

"거래라니요?"

"어라? 몰랐어?"

이게 무슨 소리지? 의아한 마음에 묻자, 카르세인은 오히려 이해가 가지 않는다는 듯 되물었다. 라스가와 우리 가문 사이에 뭔가 교환할 것이라도 있던가. 대체 무엇을 거래했기에 카르세인이 여기까지 내려온 거지?

"지난번에 했던 애기 기억나? 네가 수련하던 검술, 너에게는 맞지 않는다고 했던 거."

"네, 기억하고 있습니다."

"그럼 얘기가 쉽겠네. 모니크가의 검술은 전부 강경 일변도라 여자는 배우기 힘들거든. 하지만 우리 가문은 아니란 말씀이야."

"그래서요?"

"각하께서 본가에 정식으로 요청하셨어. 너희 가문의 것을 하나 넘길 테니, 네게 맞는 여성용 검술을 전수해 달라고."

뭐라고? 무가에 있어 고유 검술은 그 가문의 자존심이자 상징이었다. 그런데 아버지께서는 그런 것을, 비록 한 가지라고는 하나 타 가문에 전수하겠다는 말씀이신가? 나 하나 때문에? 경악을 금치 못하는 나를 향해 피식 웃음을 지은 소년이 말했다.

"아아, 그렇게 걱정하지는 마. 거래 대상은 오직 너와 나뿐이야. 그 외의 타인에게 넘기는 건 허락되지 않아."

"그렇습니까. 다행이군요."

"응. 해서 우선 너에게 우리 가문의 것을 전수해 주기로 했어. 나야 뭐 천천히 전수받아도 되니까. 어쨌든 그래서 내가 널 가르치러 왔단 말이지."

"그렇군요."

푸른 눈동자 가득 장난기가 어렸다.

"자, 스승님이라고 불러 봐."

"……싫습니다."

"왜? 맞잖아. 가르쳐 주러 왔다니까?"

"그래도 싫습니다."

"거 한 번쯤 불러 주면 어디가 덧나냐?"

짜증 어린 표정으로 신경질을 부린 소년이 몸을 돌렸다. 그는 바람에 흩날리는 머리카락을 쓸어 넘기며 걸음을 옮기려다 말고 멈칫 멈춰 섰다. 그러고는 품 안에서 뭔가를 꺼내 던지다시피 건네주었다.
"이게 뭡니까?"
"너, 언제까지 나한테 존댓말 할래?"
"글쎄요."
"아, 몰라. 됐고, 그거 풀떼기 녀석이 보낸 거야. 난 분명히 전달했다?"
풀떼기? 아, 알렌디스.
나는 상큼한 향이 배어 나오는 연두색 봉투를 물끄러미 내려다보았다. 만지작거리기만 하고 펴 보지 않는 나를 멀뚱히 바라보던 카르세인이 답답하다는 듯 말했다.
"아 진짜, 답답해서 못 봐주겠네. 너, 풀떼기랑 싸웠냐?"
싸웠다라. 그렇게 정의할 수 있을까. 그가 다시 손을 내밀고 나는 일방적으로 외면하고 있는 이 관계를?
"너희 둘 웃긴다? 언제는 짜증날 정도로 딱 붙어서 떨어지질 않더니만, 지금은 왜 그 모양이야?"
"……."
"내가 진짜 오는 길에 이거 확 없애 버리려고 했는데, 그 표정만 아니었어도. 아, 됐고! 어쨌든 봐준 건 줄 알아. 그 미친놈이 그렇게 불쌍해 보일 줄 누가 알았겠냐."
마음에 들지 않는다는 듯 혀를 찬 카르세인이 몸을 돌렸다. 고요한 적막이 나를 감쌌다. 나는 손에 든 연두색 봉투를 바라보다 천천히 봉인을 뜯었다.

안녕, 티아.

며칠 전 라스 공자가 갑자기 찾아와서는 곧 모니크 영지로 갈 거라고 얘기하더라. 각하의 허락을 받아 정식으로 가는 거라고. 가문 대 가문의 일이라고 해서 더 묻지는 않았지만, 어쨌든 그가 있다면 네가 외롭지는 않을 것이라고 생각해.

한숨을 쉬며 방으로 돌아왔다. 이번에야말로 답장을 쓰겠다고 다짐하며 편지지를 펼쳤지만, 막상 펜을 집자 또다시 머릿속이 하얗게 비었다. 하지만 아무런 답을 보내지 않기엔 카르세인의 말이 마음에 걸렸다. 알렌디스 역시 마음의 상처가 컸을 것이라 짐작은 했지만, 불쌍해 보였다는 말까지 듣고 나니 가슴에 뭔가가 얹힌 것만 같았다.

'뭐라도 써. 쓰란 말이야.'

몇 번이고 나 자신을 독려해 보았지만, 한 글자도 적어 낼 수가 없었다. 나는 애꿎은 편지지만 노려보다 한숨을 쉬며 펜을 내려놓았다. 빈 편지지를 접어 봉투에 넣고 인장을 찍었다.

지금으로서는 이것이 내가 할 수 있는 최선이었다.

"다시."

"……."

"다시!"

카르세인은 생각보다 무척 엄격한 스승이었다. 조금만 힘겨운 기색을 보여도 그는 나를 무섭게 다그쳤다. 무슨 영문인지는 모르겠지만, 그는 단시간 내에 내 실력을 향상시켜 주겠다는 의욕에 불타고 있었다.

"아, 답답해. 똑바로 못하냐! 좀 더 힘을 줘서, 그래. 야, 그게 아니잖아!"

못마땅한 눈초리로 나를 노려보고 있던 소년이 신경질을 부렸다. 잔뜩 짜증을 부리고는 있지만, 팔과 허리의 위치, 검의 각도 등을 하나하나 짚어 가며 교정해 주는 그는 좋은 스승이었다. 카르세인이 지적해 준 부분을 생각하며 검을 휘두르다 보면 나 자신도 실력이 일취월장하는 것이 느껴질 정도랄까.

영지에 온 지도 반년.

어느새 뜨거운 여름이 지나고, 이제는 점점 선선해지고 있었다. 나는 제법 서늘해진 바람을 맞으며 슬쩍 미소를 지었다. 온몸이 타는 듯한 느낌이 들 때까지 수련하고, 리나의 잔소리에 괴로워하며 피부를 관리하던 시간도 이제 곧 안녕인가.

"오늘은 여기까지. 많이 나아졌는데?"

"웬일이야? 칭찬을 다 해 주고."

"난 검술에 대해선 허튼소리 안 해. 정말 많이 늘었어, 너. 이대로 꾸준히 수련만 하면 몇 년 안에 기사 작위를 노려 볼 수도 있을 것 같은데?"

"설마. 어쨌든 고마워, 카르세인."

두 계절을 함께 보내면서 나와 카르세인의 사이도 많이 달라졌다. 가장 큰 변화라고 한다면 드디어 둘이 말을 편하게 하기 시작했다는 점일까. 아니지. 그는 처음부터 말을 놓았으니, 둘이라기보다는 그냥 내가 말을 편하게 하기 시작했다고 하는 게 맞으려나.

흐르는 땀을 닦아 내며 저택으로 향했다. 제법 서늘해졌다고는 해도 아직은 뜨거운 햇볕 아래에서 오랜 시간을 보낸 탓에 온몸이 뜨끈뜨끈했다. 끈적거리는 몸을 씻고 아래층으로 내려오자, 대기하고 있던 시녀가 차와 케이크를 내왔다.

넘실거리는 붉은색 찻물을 물끄러미 바라보다 옆을 돌아보았다. 오늘도 어김없이 문가에 서 있는 새하얀 제복 차림의 기사, 시모어 경.

"오늘도 수고가 많으시네요. 차 한 잔 드릴까요?"

"아닙니다, 영애. 괜찮습니다."

"그러지 말고 목이라도 좀 축이세요. 그리 서 계시는 모습을 보니 마음이 영 편치가 않네요."

"……알겠습니다. 감사합니다, 영애."

금발의 기사에게 찻잔을 넘겨주고서 나는 새콤한 히비스커스의 맛을 음미하며 오늘 온 편지를 살폈다.

'어디 보자. 이건 카르세인에게 온 거고, 이건 알렌디스가 보낸 거네.'

연둣빛 편지 봉투의 봉인을 뜯는데, 어느새 내 옆에 와서 털썩 주저앉은 카르세인이 부루퉁한 목소리로 말했다.

"뭐야, 또 편지야? 이번엔 또 뭐라는데?"

"저리 가, 카르세인. 남의 편지는 왜 보려는 거야?"

"아, 더러워서 안 본다. 치사하기는."

붉은 머리카락을 흐트러뜨리며 짜증을 부린 카르세인이 자신에게 온 편지를 끌어당겼다. 그와 내가 하는 양이 우스웠던 것일까. 나는 슬그머니 웃음 짓는 시모어 경을 향해 멋쩍게 미소를 지으며 봉투를 열었다. 처음에는 답장을 보내는 것조차 어려웠지만, 두 계절이 넘는 동안 편지 왕래가 꾸준하게 이어지면서 어색하던 알렌디스와의 사이도 조금씩 회복되고 있었다.

안녕, 티아.
지난번 편지에 대한 답장은 잘 받았어. 그리고 그동안의 이야기에 대해서도 곰곰이 생각해 봤어. 네가 편지에서 조금씩 말했던 걸 정리해 보니 이런 얘기가 만들어지더라. 너는 한 사람—나는 아마도 그 사람은 황태자 전하일 거라 생각해.—에게 모든 걸 바쳤지만 버림받았고, 그 결과 각하께서 돌아가시고, 네 가문 역시 풍비박산되었다는 이야기가 말이야.
만일 그렇다면 그건 정말이지 끔찍한 악몽이라 생각해. 그것도 아주 질이 좋지 않은.

빼곡히 적힌 편지를 절반 정도 읽었을 때, 리나가 들어와 한 통의 서찰을 내밀었다. 겉봉에 찍힌 사자 문장을 보자 절로 몸이 굳었다. 아버지께서 함께 영지에 계시던 때 이후로 처음 받아 보는 황실의 서찰이었다.
"뭔데 그래? 설마 또 싸우기라도 했……."
짜증 어린 목소리로 무어라 말하던 소년이 천천히 입을 다물었다. 푸른 눈동자가 사자 문장에 고정되어 있었다. 있는 듯 없는 듯 조용하던 시모어 경마저 주시하는 모습에 긴 한숨이 새어 나왔다. 미처 다 읽지 못한 연두색 편지지를 내려놓고서 나는 머뭇머뭇 황실의 서찰을 집어 들었다. 크게 숨을 들이쉬며 황실 특유의 화려한 필체를 읽어 나갔다.

고급스러운 하얀 종이에는 황태자 전하께서 다음 주 초에 국경 지역의 시찰차 수도를 떠나신다는 사실과 도중에 모니크 영지를 방문하실 터이니 만반의 준비를 갖추라는 내용이 적혀 있었다.

오후 늦은 시간. 나는 선선한 바람을 맞으며 카르세인과 두 근위 기사, 그리고 영지의 가신들과 함께 외성으로 향했다. 영지를 방문하는 황태자 전하를 맞이하기 위해서였다.

수도에 있는 내 말보다는 못하지만 제법 매끄러운 갈기를 쓰다듬으며 고개를 젖혀 보았다. 오늘따라 유독 맑은 하늘이 시리도록 푸르게 보였다.

우리 영지는 공작령에 준하는 크기였고, 수도를 가는 길목을 지키는 마지막 방어 기지 역할을 겸하고 있었기에 국경 지역에서나 볼 수 있는 이중 성벽을 갖고 있었다. 그중에서도 외성을 둘러싼 단단한 성벽과 방어 무기는 모니크 영지의 큰 자랑거리였다.

그 두 개의 성벽 중 외성의 성문 근처에는 아침부터 모여든 영지민들이 장사진을 이루고 있었다. 제국 황실과 우리 가문의 관계는 제국민이라면 누구나 알고 있을 정도로 유명했으므로 우리 영지 사람들은 대체로 제국에 대한 충성심이 매우 높은 편이었다. 그런 그들에게 황태자 전하와 근위 기사단의 방문은 놓치고 싶지 않은 구경거리일 것이었다.

내성을 나선 적이 그리 많지 않았던 탓일까. 여기저기서 호기심 어린 시선이 쏟아지는 것이 느껴졌다. 나는 잠시 그쪽을 바라보다 천천히 고개를 돌렸다. 그냥 나왔으면 모르겠지만, 지금은 전하를 맞이하러 온 것이기에 저들에게 호응해 줄 수가 없었다.

생각보다 제법 많은 시간이 흐른 후에야 여러 필의 말발굽 소리가 들렸다. 그가 도착한 모양이었다.

"제국의 작은 태양, 황태자 전하께 아리스티아 라 모니크가 인사 올립니다. 누추한 영지에 왕림해 주셔서 영광입니다."

"오랜만에 보는군, 그대. 그간 잘 지냈소?"

"황은에 힘입어 잘 지냈습니다. 전하께서도 무탈하셨는지요?"

"그만하오. 걱정해 주어 고맙소."

지켜보는 눈이 많다는 것을 의식했는지, 그는 평소의 차가운 표정 대신 엷게 미소 띤 얼굴이었다. 문득 시선이 마주쳤다. 다정한 태도와는 달리 서늘하게 가라앉은 바닷빛 눈동자. 절로 몸이 굳었지만, 나는 애써 태연한 척 다시 말에 올랐다.

"제국이여, 영원하라!"

누군가가 선창하자, 여기저기서 앞다투어 외치는 소리가 들려왔다. 슬쩍 입꼬리를 들어 올린 그가 좌우로 늘어선 사람들을 향해 손을 흔들었다.

와아아! 터져 나오는 환호성에 귀가 먹먹했다.

"반년만인가."

"네? 아, 네. 그렇습니다, 전하."

화들짝 놀라 답했다. 물끄러미 나를 바라보던 청년이 왼편을 돌아보며 말했다.

"오랜만이오, 라스 공자."

"오랜만에 뵙습니다, 전하. 그간 강녕하셨습니까."

"그럭저럭 지냈소. 흠, 어떻소, 수련은 잘되어 가오?"

"부족한 실력이나마 최선을 다하고 있습니다."

"그렇군. 내 공자에게 거는 기대가 크오."

"황공합니다, 전하. 기대에 어긋나지 않도록 열심히 정진하겠습니다."

감사를 표하는 카르세인에게 가볍게 고개를 끄덕여 보인 그가 시선을 돌렸다.

어느새 저 멀리 내성의 두터운 성벽이 보였다. 대기하고 있던 병사들이 황급히 군례를 취한 뒤 성문을 내렸다. 내성으로 들어설 때까지 무언가 생각에 잠겨 있던 그가 말했다.

"모니크 영지가 수도로 오는 길목의 마지막 방어 기지라고 했던가?"

"그렇습니다, 전하."

"흠, 그래서인가. 방비가 철저하군. 무기도 잘 관리한 듯하고."

"과찬이십니다, 전하. 그저 주어진 임무에 충실하고자 노력할 따름입니다. 아, 이제 지척이로군요. 저곳이 바로 영주 저택입니다."

넓게 펼쳐진 대로를 지나 도착한 곳은 아름다운 저택이었다. 수도의 집과는 달리 벽돌로 쌓아 올린 저택 외벽에는 담쟁이덩굴이 한가득 드리워져 있었다. 가을 햇살 아래 조금씩 붉은색을 입고 있는 초록 잎사귀들이 스쳐 지나가는 바람에 알록달록 물결을 그려 냈다. 그 색 고운 파도 아래, 좌우로 늘어서 있던 모든 이들이 허리를 숙여 예를 갖췄다.

"제국의 작은 태양, 황태자 전하를 뵙습니다!"

냉랭하게 일어나라 명한 푸른 머리카락의 청년이 말에서 훌쩍 뛰어내렸다. 황황히 내려서는 근위 기사들을 따라 나 역시 말에서 내렸다.

"중식을 거르셨다는 전갈을 받았기에 조금 이른 시간이지만 만찬을 준비해 두라 일렀습니다. 어찌하시겠습니까, 전하. 바로 모실까요?"

"우선 먼지부터 씻어 내고 싶은데."

"그러하십니까. 그럼 먼저 방으로 모시겠습니다."

눈치 빠르게 다가온 집사가 깊숙이 허리를 숙였다. 나는 노인의 안내를 받아 사라지는 그의 뒷모습을 잠시 바라보았다.

아차, 내가 이러고 있을 때가 아니지. 무엇 때문에 기분이 상한 것인지, 나는 어딘가 불편해 보이는 표정의 카르세인을 일별하며 주방으로 향했다. 다른 때라면 이유를 물었겠지만, 지금은 몹시 바빴다.

"조리장?"

"아, 오셨습니까, 아가씨."

"응. 바쁜 건 알지만, 잘되고 있나 궁금해서. 만찬 준비는 어떻게 되고 있지?"

"우선 황태자 전하와 아가씨, 그리고 라스 공자 세 분 것에 더해 여유분으로 이 인분 정도를 더 준비하고 있습니다. 혹 부족한 것은 아니겠지요?"

"아, 응. 전하와 공자, 그리고 내 것만 준비하면 될 것 같아."

이번에 그를 따라온 수행원들은 대부분 근위 기사였던 탓에 만찬 자리에 동석할 자격이 없었다. 인솔자인 부단장이야 가능하겠지만, 그는 근위 기사들의 배치 때문에 몹시 바쁜 상황. 따라서 전하와 동석할 수 있는 사람은 오직 나와 카르세인뿐이었다.

"알겠습니다, 아가씨. 다른 것은 세 분 모두 동일하나, 지시하신 대로 몇 가지 요리 및 와인, 그리고 디저트는 다르게 올라갈 것입니다."

"좋아. 주의 사항은 잘 기억하고 있겠지?"

"물론입니다. 전하께는 생선 요리 대신 구운 버섯 요리를 올리되 간은 최대한 약하게 하고, 와인은 제국력 900년 벨로트산 적포도주와 제국력 928년 프레이아산 백포도주로, 디저트는 달지 않고 상큼한 레몬 타르트로 하라고 하셨습니다. 맞습니까?"

"응, 맞아. 쉽지 않겠지만, 까다로운 분이시니 조금만 더 수고해 줘. 총력을 기울여 전하의 음식을 만들되 라스 공자에게도 소홀함이 없도록 하고. 조리장의 실력을 믿겠어."

"감사합니다, 아가씨. 실망시켜 드리지 않겠습니다."

나는 크게 외치며 허리를 굽히는 중년 남자의 어깨를 가볍게 두드려 준 뒤 주방을 나왔다. 잠시 대화를 나눌 생각으로 카르세인을 찾았지만, 어느새 그는 푸른 머리카락의 청년과 함께 식당으로 들어서는 중이었다.

'이런, 아무래도 이유는 나중에 물어봐야겠네.'

상석에 자리한 그의 오른편, 카르세인과 마주 보는 자리에 앉았다. 숨소리조차 들려오지 않는 정적 속에서 우리는 말없이 포크를 놀렸다. 모두 고급 예법을 터득한 사람답게 완벽한 손놀림을 자랑했던 터라, 우리를 둘러싼 공간은 식기 부딪히는 소리 하나 없이 고요했다.

전채와 맑은 스프를 들고 나자, 소리 없이 다가온 시녀들이 각각 접시를 내려놓았다. 전하께는 생선 대신 버섯을 주재료로 하여 만든 음식을, 나와 카르세인에게는 각자가 즐겨 찾는 생선 요리를. 자신의 앞에 놓인 접시를 내려다본 푸른 머리카락의 청년이 잠시 멈칫했다.

"어찌 그러십니까, 전하. 뭔가 미흡한 점이라도 있으신지요."
"……아무것도 아니니, 그리 신경 쓰지 않아도 되오."
"알겠습니다. 음, 공자께선 어떠하십니까. 입에 맞으시는지요?"
"어, 나야 뭐 괜찮…… 습니다, 영애."

무심결에 반말을 하던 카르세인이 아차 하는 표정을 지었다. 재빨리 존대로 말을 마무리하는 그를 무심한 표정으로 돌아보던 청년이 말없이 포크를 집었다. 서빙 하인이 다가와 각각의 잔에 음료를 따랐다. 전하와 카르세인에게는 백포도주, 내게는 술 대신 간단한 과일 음료를.

새콤한 셔벗을 즐긴 후 요리에 곁들여진 백포도주를 한 모금 입에 머금은 푸른 머리카락의 청년이 알 수 없는 표정으로 나를 돌아보았다.

'또 뭐가 잘못됐나?'

흠칫 놀라 이유를 묻자, 그는 또다시 아무것도 아니라고 답했다. 어쩐지 마음이 무거워졌다. 그의 말이 사실이라면 왜 그리 쳐다본단 말인가.

집요하리만큼 이어지던 시선은 입가심용 샐러드를 물린 뒤 디저트가 나올 때까지 계속되었다. 각자의 앞에 놓인 후식을 흘낏 쳐다본 그가 재차 나를 돌아보았다. 나는 몹시 불편한 마음에 눈길을 피하려 슬쩍 자세를 고쳐 앉았다. 대체 왜 그러는 거야?

묘하게 가라앉은 분위기 속에서 겨우겨우 만찬을 끝내고서 그를 응접실로 안내했다. 거듭 눈치를 보며 포크를 놀린 탓일까. 더부룩한 가슴 위에 손을 얹으며 시녀에게 눈짓했다. 재빠르게 고개를 숙여 보인 뒤 방을 나섰던 그녀는 잠시 후 돌아와 테이블 위에 찻주전자와 찻잔, 작은 단지를 내려놓았다.

어디 보자. 캐모마일 한 잔, 히비스커스 두 잔. 지시한 대로 잘 준비한 것 같네. 나는 옅게 우려낸 캐모마일을 은수저로 저어 본 뒤 그의 앞에 내려놓았다. 그러고는 거듭되는 시선을 모르는 척 피하며 각설탕 하나를 찻잔에 넣어 카르세인에게 내밀었다.

"감사합니다, 영애."

"별말씀을."

카르세인을 향해 살포시 미소 짓고서 내 몫의 찻잔을 끌어당겼다. 그제야 시선을 거둔 청년이 찻잔을 천천히 들어 올렸다. 노란 찻물을 한 모금 마신 그가 말했다.

"라스 공자."

"네, 전하."

여유로운 표정으로 깍지를 끼고 의자에 기대앉은 그가 한쪽 입꼬리를 끌어 올리며 말했다.
"고맙소. 내 약혼녀가 영지에 홀로 있다 하여 여러모로 걱정이었거늘. 공자와 같은 실력자가 함께 있는 것을 보니 한결 안심이 되는군."
카르세인은 잠시 답이 없었다. 어딘가 싸늘한 침묵이 흘렀다. 왠지 모를 불안한 기분에 나는 들고 있는 찻잔을 조심스럽게 내려놓았다. 머뭇머뭇 입을 열려는데, 그보다 한발 앞선 서늘한 목소리가 들려왔다.
"왜 그러시오, 라스 공자?"
"……아닙니다, 전하."
"흠, 그렇소?"
잠시 카르세인을 지그시 바라보던 그가 나를 돌아보았다.
"그래, 내 약혼녀께선 언제쯤 수도로 귀환할 생각인가?"
"전하?"
나는 지나치게 다정한 말투와 내용에 잠시 당황했다. 왜 이러는 거지? 카르세인 앞이라 체면치레를 하는 것이라고 보기에는 조금 과도한데. 평소였다면 답을 하지 않는 것에 대해 서늘한 질책이 날아왔을 텐데, 그는 아무렇지 않은 표정으로 재차 물어 왔다.
"음? 언제쯤 귀환할 생각이오?"
"아, 아직 정한 바는 없습니다. 어찌 그러시는지요, 전하."
"그대가 오래도록 자리를 비우니 왠지 허전해서 말이오. 부황 폐하께서도 그대를 많이 보고 싶어 하시는 것 같고."
"저, 전하?"
몹시 당혹스러웠다. 대체 왜 이러는 거지? 말을 더듬는 나를 보며 슬쩍 입꼬리를 들어 올린 그가 찻잔을 향해 손을 뻗었다. 얼어붙은 공기 속에서 홀로 차를 즐기던 그는 그제야 생각났다는 듯 말했다.

"라스 공자."

"네, 전하."

"그대에게는 미안하나 지금부터는 오랜만에 만난 내 약혼녀와 단둘이 시간을 보내고 싶은데."

갑작스럽게 떨어진 말에 가슴이 철렁 내려앉았다. 각오는 하고 있었지만, 막상 그와 단둘이 남게 된다는 생각을 하니 두려워졌다. 뻣뻣하게 굳은 몸으로 찻잔만 내려다보는 사이, 머뭇거리는 카르세인을 향해 재차 축객령이 떨어졌다.

"뭔가 더 할 말이라도?"

묵묵히 앉아 있던 카르세인이 느릿하게 자리에서 일어났다. 정중하게 허리를 숙여 인사하는 카르세인의 어깨가 어쩐지 흔들리는 것처럼도 보였지만, 나는 그곳에 신경 쓸 여유가 없었다. 서늘한 공포가 나를 점점 휘어 감고 있었다.

"너."

낮게 깔리는 차가운 목소리. 나는 흠칫 몸을 떨며 간신히 고개를 들어 올렸다. 어느새 냉랭한 태도로 돌아온 그가 눈매를 좁힌 채 나를 바라보고 있었다.

"네, 저, 전하."

"정말이지 이해가 안 가는군. 그 모순된 태도는 대체 뭐지?"

"그, 그것이 무슨 말씀……."

"극히 소수만이 아는 사실을 어떻게 알고 있는 거지? 뭐, 좋아.

그 정도야 모니크가의 역량으로 알아냈다 하더라도 어째서 꺼리는 상대를 그렇게까지 세심하게 배려하는 건가. 그것이 네 천성인가? 지금도 이렇게 떨고 있을 정도로 무서워하는 주제에 그 모순된 태도는 뭐냔 말이다."

"네? 그, 그게 무슨……."

"아직도 모르겠나? 생선 요리, 와인, 디저트, 그리고 차?"

생선, 와인, 디저트, 그리고 차? 대체 무슨 얘기지? 곰곰이 곱씹어 보다 문득 깨달았다. 온몸의 피가 싹 빠져나가는 것만 같았다.

"이제야 알아들었나 보군."

"그, 그……."

"그, 뭐?"

그의 물음이 제대로 들리지 않았다. 머릿속이 온통 하얗게 변했다. 의식조차 하지 못했다. 생선 요리를 싫어한다는 것, 와인 중 제국력 900년 벨로트산 적포도주와 제국력 928년 프레이아산 백포도주를 가장 즐겨 마신다는 것, 디저트는 달지 않고 상큼한 맛이 나는 것을 선호한다는 것, 약한 불면증 때문에 해가 저문 이후로는 숙면을 유도한다는 캐모마일 차만을 마신다는 것, 그리고 진한 맛이라면 뭐든지 싫어한다는 것. 이 모든 것은 극히 일부만이 알고 있을 뿐 외부에는 전혀 알려지지 않은 그의 취향이라는 사실을.

이 모든 것은 그토록 그의 주위를 맴돌았던 그 시절, 어떻게든 그의 관심을 조금이라도 받고 싶은 생각에 면밀한 관찰을 통해 알아낸 것들이었다. 이렇게라도 하면 나를 알아줄까 싶어서, 혹여 돌아봐 줄까 싶어서, 내 사랑을 조금이나마 인정해 줄까 싶어서 하나둘 파악해서 궁내부에 알려 주곤 했던 것들이었다.

그토록 되풀이하지 않겠다고 다짐한 주제에 내 몸은 나도 모르게 과거처럼 그의 눈치를 보고 있었다. 절대 반복하지 않겠다고 다짐한 주제에 어느새 몸에 배어 버린 습관으로 그의 취향에 맞춰 요리를 준비하라 지시하고 있었다.

무엇을 위한 삼 년이었나? 대관절 무엇을 위해 길다면 긴 그 세월 동안 몸에 맞지도 않는 검술을 수련해 가며 애태웠던 거지? 그의 여자로 살기 위해 바쳤던 열일곱 해를 지우기에 지난 삼 년은 그리도 많이 부족했나?

허탈한 웃음이 나왔다. 이렇게 두려워하면서도 무의식중에 그를 챙긴 것을 보면, 이미 습관이 되어 버린 이 몸과 마음이 그에게서 벗어나지 못하고 있는 것은 아닐까. 비록 지금은 밀어내려 애쓰고 있어도 이러다가 언젠가는 또다시 그의 주위를 맴돌고 있는 것은 아닐까. 또다시 그의 사랑을 바라 마음을 다치고, 지은을 향해 웃는 그를 보며 애태우고, 그러다가, 그러다가⋯⋯.

"무슨 생각을 그렇게 하는 건가. 어디에 정신을 놓고 있는 거지?"

반쯤 넋을 놓고 있다가 싸늘한 목소리에 고개를 돌렸다. 한 겹의 막이 쳐진 것처럼 흐릿하게 변한 시야에 흔들리는 푸른빛이 보였다. 크게 숨을 들이쉬며 눈을 깜빡이자 어이가 없다는 듯 나를 바라보던 그가 말했다.

"마지막으로 다시 한 번만 묻겠다. 너, 어째서 나를 두려워하지?"

"⋯⋯."

"이토록 세심하게 내 취향을 파악할 정도면서 왜 정작 나는 그렇게 피하는 건가. 도저히 이해가 안 되는군. 정비의 지위를 보장해 준다 하였으니, 황위 계승권 때문도 아닐 터. 왜 그리 내 여자가 되는 걸 거부하는 거냔 말이다."

"⋯⋯전하."

어디선가 위험 신호가 울리는 듯한 기분이 들었다. 그만, 제발 그만해. 더는 나를 다그치지 마⋯⋯!

"모든 이들이 너를 가리켜 신이 내린 내 반려, 신탁의 아이라고 하지 않나. 어째서 거부하지? 어차피 넌 내 여자가 될 운명이 아닌가."

"착각하지 마라. 너는 내게 아무것도 아니니."

어디선가 윙윙거리는 소리가 들려왔다. 눈앞에 앉아 있는 청년의 말 위로 또 다른 소리가 겹쳐 들렸다. 보다 냉랭한, 하지만 똑같은 높낮이를 가진 또 하나의 목소리가.

"네 가문의 후계자가 되기 위해서인가? 차기 황후의 자리를 거부하는 이유가?"

"모니크가는 지금도 충분히 영화를 누리고 있는데, 가문을 위해서 황후가 될 이유도 없을 터."

생각에 잠긴 표정으로 말하는 청년의 뒤로 그보다 조금 나이 들어 보이는 또 다른 그가 보였다.

"황태자비가 된다면 네 아이가 내 후계자가 될 것 아닌가. 제아무리 모니크가라 한들 일개 후작과는 비교할 수 없는 삶일 터인데."

"네 아이는 절대 나의 후계자가 되지는 못할 것이다."

그만! 제발 그만!
뭔가 툭 끊어지는 것 같았다. 똑같은 얼굴의 두 청년이 보기 싫어 눈을 감았다. 냉랭한 목소리가 듣기 싫어 귀를 막았다. 손끝까지 퍼져 나가는 한기에 온몸이 얼어붙었다. 차가운 표정이, 서늘한 목소리가, 얼음장 같은 냉기가 나를 놓아주지 않았다. 세상이 온통 깨진 거울처럼 금이 가고 있었다.
쨍! 째쟁!
"그만! 그만! 제발 그만! 아악! 아아악!"
서둘러 다가오는 그의 뒤로 싸늘하게 웃고 있는 과거의 그가 보였다. 당황한 표정으로 이마를 짚어 보는 그의 뒤로 냉정하게 나를 내치던 과거의 그가 보였다. 휘청거리는 나를 붙잡으며 황궁의를 불러오라 소리치는 그의 뒤로 피 흘리는 나를 버려둔 채 지은을 따라 나가던 과거의 그가 보였다.
빙글빙글. 세상이 돌았다. 칠흑 같은 어둠이 나를 덮었다. 어느새 나는 익숙해진 심연으로 끝없이 떨어지고 있었다.

눈을 떴을 때, 세상은 온통 흰색과 검은색으로 뒤덮여 있었다. 주위의 모든 것이 흑백으로 보이는 기현상에 나는 천천히 눈을 깜

빡였다. 아무렴 어때? 이렇게 포근하고 안락한데.

"일어나셨어요, 아가씨?"

"……."

"좀 괜찮나 싶으면 또 이렇게 쓰러지시니. 정말 속상해요, 아가씨."

"……."

호들갑을 떠는 이 여자는 누구지? 아, 그래. 리나다. 어린 시절부터 함께했던, 내 전속 시녀 리나.

"깨어나셨다고 전하고 올게요. 잠시만 계세요, 아가씨!"

후다닥 달려 나가는 소리가 들렸다.

나는 카펫에 수놓인 가문의 문장을 멍하니 바라보다가 창밖으로 시선을 옮겼다. 그토록 푸르던 하늘 역시 온통 잿빛으로 물들어 있었다. 아무런 기쁨도 슬픔도 없어 보이는 무심한 색깔. 아름다운 그 색채에 취해 나는 한참 동안 하늘을 바라보았다.

"일어났나?"

"야, 대체 어떻게 된 거……. 아니, 이제 정신이 드셨습니까, 영애."

천천히 고개를 돌렸다. 무어라 말을 건네는 두 남자. 대체 뭐라고 하는 건지 알 수가 없었다. 말소리는 들리고 있으나 그 의미가 전달되지 않기에. 그것은 마치 새의 울음소리나 물 흐르는 소리와도 같았다.

"황궁의."

청년의 짧은 한마디에 중년 남자가 앞으로 나섰다. 곁으로 다가온 남자가 말을 건넸다.

"모니크 영애, 정신이 드십니까?"

"……."

"영애, 제 말이 들리지 않으십니까?"

"……."

옆에서 계속 들리는 목소리가 귀찮아 고개를 돌렸다. 고요해 보이는 잿빛 하늘이 몹시도 마음에 들었다. 나는 시끄러운 말소리를 무시한 채, 창밖만을 바라보았다.

"……당장 후작에게 연통을 넣도록."

"명을 받듭니다."

"전하, 일정에 차질이 빚어지고 있습니다. 더는 지체하실 시간이 없습니다."

"그렇다고 당장 떠나자는 건가?"

"하오나 전하."

"내 약혼녀다. 게다가 다른 가문도 아니고 모니크가의 영애가 아닌가. 이대로 두고 갈 수는 없다. 조금 늦어지기야 하겠지만, 후작이 올 때까지 기다리도록. 이틀이면 될 것이다."

"명을 받듭니다."

끝없이 들리던 말소리가 멈추고 적막이 내려앉았다. 그 고요함에 빠져들려는 순간, 침묵을 깨고 들려오는 음성이 있었다.

"너."

"……."

"……되었다. 나중에 얘기하지. 일단 쉬도록."

뭔가 말하려던 청년이 입술을 꾹 다문 채 돌아섰다. 머뭇거리던 카르세인도 결국 그를 따라 나갔다.

모두가 나가고 홀로 남은 방 안에 침묵이 가득 찼다. 포근한 정적 속에서 나는 스르르 눈을 감았다.

잿빛 하늘이 까맣게 물들었다가 다시 제 색을 찾았을 때, 문득 좁은 창을 통해 하늘을 보는 것이 지겨워졌다. 좀 더 넓은 색채의 바다에 빠지고 싶어 나는 비틀거리는 걸음으로 창가에 다가섰다. 창문을 활짝 열어젖히자 탁 트인 시야에 아름다운 잿빛 하늘이 들어왔다. 아무리 봐도 질리지 않는 그 안에서 헤엄치다 웅성대는 소리에 아래쪽을 내려다보았다.

창가 아래쪽에 위치한 작은 연무장에서 푸른 머리카락의 청년과 붉은 머리카락의 소년이 검을 맞대고 있었다. 두 사람의 주위에는 근위 기사들이 동그랗게 원을 그린 채 주변을 경계하고 있었다. 탐색하듯 상대를 살피던 카르세인이 검을 부딪쳐 들어갔다.

거듭되는 공방을 지켜보다 고개를 들었다. 잿빛 하늘을 재차 눈에 담으려는데, 갑자기 여러 사람이 동시다발적으로 검을 뽑는 소리가 들려왔다.

'아, 시끄러워.'

귀를 막으며 내려다보자 서로의 목에 검을 겨누고 있는 두 사람이 보였다. 만일을 대비해 근위 기사들이 검을 뽑아 들고 카르세인을 경계하고 있었다. 잠시 대치 상태로 서 있던 카르세인이 먼저 검을 내리자, 천천히 검을 내린 청년이 무언가 말을 건네고는 뒤돌아섰다. 멍하니 서 있던 카르세인이 신경질적인 기세로 연무장 바닥에 검을 던졌다.

그 모습을 잠시 바라보다 나는 다시 하늘로 시선을 옮겼다. 고요함이 마음에 들었다.

"아가씨."

"……."

"정신 좀 차려 보세요, 아가씨. 각하께서 오셨어요."

"이게 대체 무슨 일이냐. 티아가 어째서 저러고 있는 것이지?"

익숙한 목소리에 고개를 돌렸다. 뽀얗게 먼지가 내려앉은 은빛 머리카락과 군청색 제복. 시선이 마주치자, 아버지의 얼굴이 서서히 일그러졌다.

그때, 한 무리의 사람이 안으로 들어섰다.

"이렇게 빨리 다시 보게 될 줄은 몰랐소. 이런 일로 부르게 되어 유감이오, 후작."

"황태자 전하를 뵙습니다. 연통을 받자마자 달려왔습니다만, 이것이 대체 어찌 된 일입니까?"

"본인도 영문을 모르겠소. 갑자기 쓰러진 후 계속 저 상태요. 황궁의도 그저 뭔가에 충격을 받은 것 같다고만 했을 뿐, 정확히는 모르겠다고 하더군."

"……그렇습니까."

"도움이 될까 하여 이것저것 조금 살펴보았소만, 이렇다 할 점은 없었소. 아, 어쩌면……."

"무언가 짚이시는 점이라도 있으십니까?"

"흠, 아니오. 공연히 넘겨짚고 싶지는 않소."

"그러하십니까. 알겠습니다, 전하."

고개를 숙여 예를 갖춘 아버지께서 내게로 다가오셨다. 나는 한참 동안 말없이 그저 바라보기만 하시는 아버지를 물끄러미 올려다보았다. 계속되는 시선의 교차 속, 군청색 눈동자가 불안하게 흔들렸다.
"무슨 일이냐, 티아. 어찌 또 이러는 것이야?"
"……."
"무엇이 그리도 충격적이었더냐? 이리 숨어 버릴 정도로 너를 힘들게 한 것이 대관절 무엇이야? 응? 얘기해다오."
"……."
"무어라 한마디라도 해 보렴. 이리 입을 꾹 다물고 있으니 답답하구나."
"……."
"혹 늦게 와서 화라도 난 것이냐? 미안하다. 이럴 줄 알았다면, 너를 홀로 두고 가지 말 것을 그랬구나."

몹시 다정한 말투긴 했지만, 잘 이해가 되지 않았다. 오직 말소리만 들려올 뿐 그 의미까지는 전달되지 않았기에. 대관절 내게 뭐라고 말씀하고 계시는 걸까? 천천히 눈을 깜빡이며 고개를 갸웃하자, 아버지의 얼굴에 한 줄기 균열이 일어났다. 꽉 다물려 있던 입술 새로 억눌린 목소리가 흘러나왔다.
"정신 차리지 못하겠느냐?"
"……."
"이대로 넋을 놓은 채 살아갈 생각이더냐?"
"……."
"티아!"
"……."

한 번 생긴 균열은 일파만파 퍼져 나갔다. 딱딱하게 굳어 있던 얼굴이 잔뜩 일그러지고, 억눌린 듯하던 목소리가 조금씩 커지고 있었다. 고요한 마음에 자꾸 파문을 일게 하는 그 음성이 듣기 싫어 두 손으로 귀를 막았다.

그 순간, 잔뜩 힘이 들어간 손이 내 팔을 잡아챘다. 힘을 주어 귀를 막은 손을 떼어 낸 아버지께서 한탄하듯 말씀하셨다.

"내 너를 잘못 키웠구나. 어린것이 고생하는 게 안쓰러워 그저 보듬기만 하였더니, 이리도 나약한 아이가 되었어."

"……."

"툭하면 정신을 놓다니, 그러고도 네가 모니크가의 직계라 할 수 있느냐. 그런 정신으로 검술을 배우겠다 한 것이냐. 고작 이런 정신력으로 가문을 잇겠노라 하였어!"

"……."

"아리스티아 라 모니크!"

왠지 모를 슬픔이 묻어 나오는 그 호통 소리에 온통 잿빛이던 세상이 색채를 입기 시작했다. 흘러가는 소리처럼 들리던 의미 없는 말들의 조합이 조금씩 들려오기 시작했다. 무감각하던 몸에 하나 둘 감각이 돌아왔다.

내 몸이 사정없이 흔들리고 있었다. 꽉 잡힌 양어깨에 아픔이 느껴졌다.

'이게 대체?'

자조 섞인 분노가 감도는 군청색 눈동자. 낯설디낯선 그 눈빛에 놀라 나는 잔뜩 굳은 얼굴을 향해 황급히 손을 뻗었다.

"아버지?"

"정신이 들었느냐?"

"어째서 여기에?"

"그 정도로 넋을 놓고 있었더냐."

"⋯⋯."

"후우, 일단 되었다. 오늘은 좀 쉬거라. 내일 다시 얘기하자."

무언가를 말씀하려다 말고 삼킨 아버지께서 천천히 몸을 일으키셨다. 그 모습에 팔짱을 낀 채 문가에 기대 있던 푸른 머리카락의 청년이 벽에서 몸을 떼었다.

"미거한 여식의 모습을 보여 드려 송구합니다, 전하."

"아니오, 후작. 음, 지금 같은 때 이런 말을 건네게 되어 마음이 영 좋지 않소만, 본인은 이만 가 봐야 할 듯하오. 더는 지체할 수가 없다는군."

"괜찮습니다. 심려치 마십시오."

"고맙소. 그보다 영애와 잠시 대화를 나눌 수 있게 해 주겠소?"

"그리하십시오."

굳게 문이 닫힌 후에도 그는 아무런 말이 없었다. 대체 무슨 얘기를 하려고 저토록 뜸을 들이는 걸까. 침묵이 길어질수록 점점 더 불안해졌다. 고개를 푹 숙인 채 시트만 만지작거리기를 한참, 서늘한 기운이 많이 사라진 목소리가 들려왔다.

"들었겠지만, 나는 당장 떠나 봐야 한다."

"네, 전하."

"너."

"⋯⋯."

"⋯⋯되었다. 그냥 쉬도록. 그럼 다음에 보도록 하지."

자리에서 일어나려는 나를 제지한 그가 말했다. 뭔가 할 얘기가 있었던 게 아니었나? 의아했지만, 차마 물어볼 용기가 나지 않아 그저 돌아서는 그의 뒷모습만을 바라보았다. 푸른 머리카락이 흩날리고 하얀 망토 자락이 펄럭였다.
쿵, 문이 닫혔다.

잠이 오지 않았다. 눈을 감고 잠을 청해 보았지만, 그럴수록 머리는 더욱 맑아지기만 했다.
아무래도 안 되겠다 싶어 몸을 일으켰다. 살짝 열린 커튼 사이로 비치는 달빛 덕분에 방은 그리 어둡지 않았다. 시리도록 푸른 달빛 아래에서 상념에 잠겼다.
황태자 전하와 나, 과거와 현재, 그리고 운명.
열 살로 돌아와 눈을 떴을 때, 꿈이 아닐까 생각했다. 하지만 그 생각은 신탁을 받자마자 산산이 부서졌다. 어린 시절로 돌아온 것이 꿈인지 현실인지는 중요하지 않았다. 그보다 중요한 것은 내가 신에게서조차 버림받았다는 사실, 그리고 신이 말하는 운명이라는 것을 보란 듯 부수어 주겠다는 결심뿐.
끔찍했던 과거를 반복하고 싶지 않아 필사적으로 방법을 찾았다. 하지만 그것은 생각보다 쉽지 않았다. 황실에 매여 있는 가문의 운명 때문에 복수 같은 것은 생각할 수도 없었거니와, 어느새 조금씩 소중해진 주변 사람들의 목숨을 걸고 도박을 하고 싶지도 않았으니까. 게다가 내게는 과거와는 달리 황위 계승권마저 존재했다. 조금만 이상행동을 해도 반역죄로 몰리기 쉬운.

그 모든 난관 속에서 어렵사리 찾아낸 방법이 있었지만, 아쉽게도 그것은 많은 시간을 필요로 했다. 그렇기에 그동안 황실과 엮이는 것을 극도로 피하고, 그의 관심을 받지 않도록 조심하며 목표를 향해 달려왔다. 과거와는 다르게 아버지께 사랑받으면서도, 여러 기사들에게 아낌을 받으면서도, 알렌디스와 카르세인에게 끝없이 베풂을 받으면서도 마음을 열어 보일 수가 없었다. 내게는 주변을 돌아볼 여유가 없었으니까.

처음에는 그래도 괜찮았다. 열심히 노력하면 반드시 운명을 바꿀 수 있을 거라 생각했다.

하지만 시간은 계속 모자랐고, 내가 택한 길은 점점 멀어져만 갔다. 그럴수록 마음이 다급해졌다. 매일매일 불안에 떨며 불면의 밤을 보냈다. 어쩌면 운명은 바꿀 수 없는 것이 아닐까. 그에게서 영영 벗어날 수 없는 것이 아닐까. 결국은 또다시 상처받고 목숨마저 잃게 되는 것이 아닐까, 라는 생각 때문에.

이틀 전의 사건은 아마도 그렇게 안으로 곪아 들어가던 상처가 급기야 터지고 만 것이 아닐까. 무의식중에 그의 취향을 기억하고, 그에게 맞춰 행동하고, 그의 눈치를 살피는 내 모습에서 나는 과거의 나를 발견했다. 숨 막히게 죄어 오는 과거의 족쇄에 넋을 놓았다. 인정하지 않겠노라며 격렬하게 거부한 신이 나를 비웃고 있는 것만 같았다. 그것 보라고, 그것이 네 운명이라고, 아무리 발버둥 쳐 봐야 결코 벗어날 수 없다고 말하면서.

'하지만……'

입술을 깨물었다. 정말로 그럴까. 언뜻 보기에는 과거와 그리 달라진 것이 없는 것 같지만, 지난 만찬에서 보여 준 그의 모습은 내가 기억하던 것과는 사뭇 달랐다. 그동안 그에게서 조금씩 느껴지던 위화감은 아마도 과거의 그와 지금의 그는 어딘가 다르다는 사실, 바로 그 때문인 모양이었다.

정확하게 집어낼 수는 없지만 무언가 변화한 것은 확실했다. 과거의 그였다면 내가 그의 취향을 충족시켜 주었다는 사실을 결코 인식하지 못했을 테니.

불현듯 한 가지 궁금증이 떠올랐다. 변화한 것이 확실하다면, 과연 무엇이 변한 것일까? 머릿속을 더듬으며 과거와 현재를 비교해 보려 했지만, 기억이 너무 많은 탓에 일일이 떠올릴 수가 없었다. 막막한 기분에 한숨을 쉬었다.

그때, 테이블 위에 놓여 있는 편지지와 펜이 보였다. 그래, 저거다. 나는 달빛을 받아 빛나는 은색 종이를 펼쳐 들고서 펜을 잉크에 적셨다. 생각을 정리할 때는 역시 적는 게 최고지.

톡톡, 펜으로 종이를 쳤다. 막상 적어 보자 생각하고 나니 오히려 손이 움직여지지 않았다.

"후우."

한참을 망설이다가 천천히 펜을 놀렸다. 은색 편지지 위에 첫 문장이 유려하게 그려졌다.

과거, 열 살.

시작이 어려웠을 뿐, 일단 첫 문장을 적자 온갖 기억이 봇물처럼 터져 나왔다. 열 살, 황제 폐하를 알현. 열한 살, 황후 수업. 열두 살, 황후 수업. 열세 살, 그의 성인식…….

과거의 내가 한 살씩 나이를 먹을수록 감정이 점점 더 북받쳐 올랐다. 삽시간에 차오른 눈물이 종이 위로 뚝뚝 떨어졌다. 하지만 나는 펜을 멈추지 않았다. 아니, 멈출 수가 없었다. 내가 글을 쓰는 것인지, 아니면 펜이 내게 글을 쓰도록 유도하는 것인지도 모를 정도로 과거에 있었던 일을 적고 또 적었다.

얼마나 시간이 흘렀을까. 팔이 점점 굳고 손놀림이 느려지는 것이 느껴졌다. 몸이 너무 무거웠다. 하지만 점점 늘어지는 육체와는 달리 정신은 오히려 더욱더 맑아졌다. 괴롭고 슬펐던 온갖 기억이 선명하게 떠올라 머릿속에서 맴돌았다.

검은 글씨가 빼곡하게 적힌 편지지가 수북하게 쌓여 갔다. 이따금 누군가가 마실 것과 먹을 것을 놓고 가는 것이 느껴졌지만 신경 쓰지 않았다. 제멋대로 움직이는 팔을 멈출 수가 없었다. 자꾸만 감겨 오는 눈을 비비며 머릿속에 떠오르는 기억을 적고 또 적었다.

열넷, 열다섯, 열여섯 살의 일화가 지나고, 드디어 열일곱. 죽음을 맞이하던 순간까지 적기를 마쳤을 때에서야 비로소 스르르 눈이 감겼다. 뻣뻣하게 굳은 팔이 툭 떨어졌다.

"어?"

어느새 주위의 풍경이 바뀌어 있었다. 사면이 거울로 이루어진 방. 여긴 어디지? 분명 열일곱까지 적고 눈을 감았던 것 같은데. 그렇다면 여기는 꿈속인가? 주위를 둘러보았지만, 온통 거울로 막혀 있는 탓에 나갈 길이 보이지 않았다.

어떡하지? 어떻게든 출구를 찾으러 두리번거리는데, 문득 정면에 놓인 거울에 비친 내 모습이 보였다. 아직 다 자라지 못한 열세 살 소녀. 천천히 손을 뻗자, 거울 속의 소녀도 나를 향해 손을 뻗었다. 차가운 금속을 사이에 두고 두 손이 맞닿는 순간, 거울 속 소녀의 모습이 바뀌었다. 열 살 정도 되어 보이는 어린아이의 모습으로. 깜짝 놀라 왼쪽을 돌아보자 그곳에도 열 살 소녀가 보였다. 오른쪽도, 뒤도 마찬가지였다.

대체 어떻게 된 거지?

상황을 이해할 수가 없어 눈을 깜빡이는데, 갑자기 정면을 제외한 삼면의 거울 속 소녀들이 움직이기 시작했다.

작은 여자아이가 책을 읽고 있었다. 깜깜하던 창밖이 밝아 올 때까지 아이는 졸린 눈을 비비며 책을 읽고, 옆에 있는 종이에 내용을 정리했다. 거울 밖에서 내가 지켜보고 있는 동안, 어린 소녀는 자신의 생활을 계속했다. 책을 읽고, 내용을 외우고, 예법과 춤을 익히고, 사람을 다스리는 법을 배웠다. 아무도 없는 밤이면 혼자 우는 때도 있었지만, 그녀는 단 한 번도 누군가에게 약한 소리를 한 적이 없었다.

소녀는 황제 폐하를 알현했다. 싸늘하기만 한 황태자도 만났다. 며늘아기라고 불러 주는 황제를 향해 환하게 웃고 있는 여자아이와 그런 그녀를 노려보고 있는 황태자도 보였다. 황제는 두 사람의 만남을 주관하며 반려가 될 사이이니 함께 시간을 보내라 당부했지만, 황태자는 결코 나타나지 않았다. 그래서 소녀는 가끔은 홀로, 때로는 황제와 함께 시간을 보냈다.

열세 살, 황태자의 성인식 때 춤을 추다가 발이 꼬인 소녀는 신랄하게 비웃음을 당했다. 지켜 주는 사람 하나 없이 위로하는 척 비웃음을 보내는 귀족들 사이에서 소녀는 바들바들 떨고 있었다.

그 일 이후, 점점 감정이 보이지 않던 소녀의 얼굴에서 완벽하게 표정이 사라졌다. 햇살을 머금었다 칭송받던 눈동자에서도 빛이 사라졌다. 그녀에게 남은 것은 오직 아무런 감정도 보이지 않는 얼굴, 고요하게 가라앉은 눈동자뿐이었다.

열넷, 열다섯. 사교계에 나간 소녀는 비웃음을 사지 않기 위해서 죽을힘을 다해 노력했다. 언제부턴가 그녀는 제국의 꽃이라 칭송받기 시작했다. 때때로 황태자의 뒷모습을 바라보는 소녀의 눈에는 간절함이 담겨 있었지만, 그것은 아주 잠깐일 뿐이었다.

열여섯, 검은 머리카락의 여인이 나타나면서 그녀의 세상은 무너졌다.

열일곱, 소녀는 짧은 생을 마감했다.

도끼가 번뜩이는 빛을 마지막으로 삼면의 거울이 까맣게 변했다. 그 대신 정면의 거울에서 환하게 빛이 났다. 나와 손을 맞대고 있던 소녀가 움직이기 시작했다. 수도에 있는 저택 연무장을 향해 달리는 여자아이의 모습이 보였다. 갑자기 뛰어들어 엉엉 우는 소녀를 당황한 표정으로 달래는 은발 기사가 보였다. 황제를 알현하고 나오던 날 소녀를 바라보는 황태자의 눈빛을 보았다. 그것은 삼면의 거울에서 봤던 것처럼 냉랭하기 그지없었지만 그뿐이었다. 시간이 지날수록 점점 더 차갑게 대하던 예전과는 달리 그는 이따금 적의를 보일 뿐 별다른 감정을 내보이지 않았다.

열한 살, 소녀는 검술 수련을 시작했다. 다른 거울의 소녀들과는 달리 아이의 얼굴에는 표정이 살아 있었다. 소녀는 간간이 아버지나 연두색 머리카락의 소년을 향해 살며시 미소를 짓곤 했다.

열두 살, 황태자는 귀찮아하면서도 아픈 아이를 집까지 데려다 주었다.
 열세 살, 소녀는 불안에 떨며 황태자의 성인식에 나갔다. 그저 무시하고 냉담하게 굴던 과거와는 달리 그는 소녀에게 알 수 없는 관심을 보였다. 황태자비의 자리를 거절하려는 사실을 알아차렸을 때, 과거였다면 네가 감히 나를 무시하느냐며 분노했을 황태자는 화를 내는 대신 나중에 얘기하자며 이성적인 반응을 보였다. 피를 흘리는 데도 그저 버려두고 나갔던 과거와는 달리, 당황한 기색으로 혼절한 소녀의 상태를 살피는 황태자의 모습이 보였다.
 와장창! 쨍!
 정면의 것을 제외한 모든 거울이 와르르 무너지며 깨져 나갔다. 창백하게 질린 얼굴로 죽은 듯 쓰러져 있던 정면 거울의 소녀가 눈을 떴다. 잠시 주위를 두리번거리던 소녀의 눈과 거울 밖의 내 눈이 마주쳤다. 빙긋 웃으며 내 쪽으로 다가온 그녀가 무어라 말을 걸었다.
 나는 그녀의 입 모양을 읽어 내기 위해 눈을 크게 떴다.
 "아, 직, 도, 같, 아, 보, 이, 니?"
 "……아니."
 고개를 저었다. 거울이 보여 준 과거와 지금의 내 모습은 확연하게 달랐으니까.
 거울 속 소녀가 생긋 웃었다. 모든 근심을 떨쳐 낸 듯 그녀는 환하게 웃으며 내게 손을 흔들었다. 그 모습이 몹시 행복해 보여 나도 소녀를 향해 미소를 지었다. 거울 속 소녀가 점점 멀어졌다.
 환한 빛이 나를 덮쳤다.

"……꿈이었구나."

천천히 몸을 일으키며 중얼거렸다. 편지지로 뒤덮인 테이블 위에 엎드려서 잠든 탓에 온몸이 욱신거렸다.

수북하게 쌓인 편지지를 집어 들고서 빼곡하게 적혀 있는 내용을 다시 읽어 보았다. 그것은 전부 거울의 방에서 봤던 내용과 같았다.

피식 웃음이 나왔다.

'바보였구나, 아리스티아. 과거와 현재는 이미 달라져 있었는데, 나는 운명을 조금씩 바꿔 가고 있었는데.'

어리석게도 깨닫지 못하고 있었다. 두드러지지는 않아도 현재가 조금씩 변화하고 있다면, 기억 속의 미래 역시 얼마든지 변화할 수 있다는 것을.

항상 답답했던 가슴 한구석이 뻥 뚫리는 듯한 느낌이었다. 홀가분한 마음으로 자리에서 일어서려는 순간, 수북이 쌓인 은색 언덕 속에서 유독 눈에 띄는 연두색을 발견했다.

알렌디스의 편지.

'맞아. 그러고 보니 그동안 정신이 없어서 끝까지 못 읽었지.'

나는 편지지 더미에서 간신히 빼낸 연두색 종이를 펼쳐 들었다.

안녕, 티아.

지난번 편지에 대한 답장은 잘 받았어. 그리고 그동안의 이야기에 대해서도 곰곰이 생각해 봤어. 네가 편지에서 조금씩 말했던 걸 정리해 보니 이런 얘기가 만들어지더라. 너는 한 사람—나는 아마도 그 사람은 황태자 전하일 거라 생각해.—에게 모든 걸 바쳤지만 버림받았고, 그 결과 각하께서 돌아가시고, 네 가문 역시 풍비박산되었다는 이야기가 말이야.

만일 그렇다면 그건 정말이지 끔찍한 악몽이라 생각해. 그것도 아주 질이 좋지 않은.

하지만 말이야, 티아. 아무리 생생했더라도 그건 악몽일 뿐이야. 네가 지금 서 있는 현실과는 달라. 생각해 봐. 너는 꿈에서 네 주위에 아무도 없었다고 했어. 심지어는 각하와도 사이가 좋지 않았다고 했지. 하지만 지금은 어때? 각하께선 바쁘신 와중에도 한 달에 한 번씩 꼬박꼬박 영지에 가실 정도로 너를 생각하고 계시고, 네 주위엔 다른 사람들도 있잖아.

만일을 대비해서 악몽이 보여 준 미래를 피하고자 하는 것은 좋아. 하지만 거기에 얽매여서는 안 된다고 생각해. 악몽에 사로잡혀 당면한 현실을 외면하는 건 어리석은 일이 아닐까?

넌 똑똑한 사람이니까 분명 현명하게 극복해 낼 수 있을 거야. 그러니 기운 내.

알렌디스.

'맞아. 응. 네 말이 맞았어, 알렌디스.'

내가 있는 이 현실은 과거와는 다른 것이었어. 쉽지는 않겠지만, 더는 얽매이지 않으려고 해. 그 과거는 다시 돌아오지 않으니까.

나는 미래를 바꾸고 있었으니까. 그리고 운명을 바꿀 수 있다는 작은 가능성을 엿보았으니까.

문득 아버지가 보고 싶었다. 내가 어딘가 이상하다는 것을 알면서도 혹 마음을 다칠까 저어하여 아무것도 묻지 않았던 아버지. 얼마나 속상하셨을까. 얼마나 다그쳐 묻고 싶으셨을까. 하나밖에 없는 딸의 마음이 점점 죽어 가는 걸 알면서도 더 다칠까 두려워 차마 묻지 못하던 그 심정은 과연 어떤 것이었을까.

감정이 북받쳐 올랐다. 당장 아버지를 만나 그 품에 안기고 싶었다. 지금까지 나를 괴롭히던 일들을 모두 말씀드리고 싶었다.

휘청거리는 다리에 억지로 힘을 주어 자리에서 일어났다. 비틀비틀 걸음을 옮긴 끝에 간신히 문을 열자, 굳은 듯 서 계시는 아버지의 모습이 보였다. 뽀얗게 먼지 앉은 제복 차림 그대로 아버지께서는 문 앞에 서 계셨다.

눈물이 핑 돌았다. 못해도 하룻밤은 지났을 텐데, 지금껏 내가 나오기만을 기다리고 계셨던 것일까. 나는 비틀거리는 걸음으로 아버지를 향해 한 발, 한 발 다가갔다. 입술 사이로 떨리는 목소리가 흘러나왔다.

"아버지."

"그래."

잔뜩 잠긴 목소리. 나는 아버지의 품을 향해 쓰러지듯 몸을 던졌다. 서둘러 나를 끌어안은 아버지께서 머리카락을 연신 쓸어내리셨다. 그 손길에서 안도의 느낌이 절절히 묻어 나왔다. 나는 든든한 품에 몸을 맡긴 채 작게 속삭였다.

"우리 이제 수도로 돌아가요, 아버지. 말씀드릴 것이 정말 많아요."

"……그러자꾸나."

한껏 고개를 들어 시선을 마주하며 활짝 웃음을 지었다. 걱정스레 바라보던 아버지의 얼굴에도 스르르 미소가 걸렸다. 구름 한 점 없는 새파란 가을 하늘 아래, 찬란하게 빛나는 아침 햇살이 우리를 내리쬐고 있었다.

8. 그렇게 각자의 시간은 흐르고

 구름 한 점 없는 하늘이 눈부시도록 새파랬다. 산들바람조차 불어오지 않는 가을의 정원은 몹시 고요했다. 벽돌로 쌓아 올린 저택의 외벽, 알록달록 물들어 있는 담쟁이덩굴이 제 자태를 뽐냈다.
 나는 그 붉은색과 녹색의 커튼을 바라보며 한숨을 쉬었다.
 '아, 심심해. 이럴 줄 알았으면 그냥 내가 하겠다고 하는 건데.'
 저택의 고용인들은 지금 수도에 가기 위한 여장을 꾸리느라 몹시 분주했다. 본래는 나 역시 저 안에 있어야 했지만, 바쁘게 뛰어다니는 나를 본 집사가 아직 쉬셔야 한다며 한사코 만류하는 바람에 어쩔 수 없이 모든 일을 위임하고 나온 참이었다.
 어디 보자. 뭘 하면서 시간을 보낸다지? 이제 와 다시 들어가 봤자 아무것도 못 하게 할 텐데. 그렇다고 해서 바쁘신 아버지를 붙들고 한가롭게 대화를 나눌 수도 없는 노릇이고. 나는 뭔가 할 일이 없을까 곰곰 생각하다 손뼉을 쳤다.

'맞아, 카르세인이 있었지.'

곧장 몸을 돌려 연무장으로 향했다. 하루 종일 안 보이는 것으로 보아 검술을 수련하고 있을 것이 분명했다. 정원을 빠져나가 조금 더 걷자, 멀리서 붉은색이 어른거리는 것이 보였다.

'역시 여기 있었구나.'

수련이 끝나기를 말없이 기다렸지만, 제법 시간이 흘렀는데도 카르세인은 멈출 줄을 몰랐다. 온몸이 흠뻑 젖었음에도 검을 놓을 생각이 전혀 없어 보이는 모습에 망설였다.

'어떡하지? 그냥 돌아가야 하나.'

아무래도 안 되겠다 싶어 몸을 돌리는데, 갑자기 무언가가 툭 떨어지는 소리가 들렸다. 황급히 돌아보자 낯익은 검 한 자루가 바닥에 뒹굴고 있는 모습이 눈에 들어왔다. 깜짝 놀라 다가가다 멈칫 멈춰 섰다. 바닥에 떨어진 검을 바라보는 소년의 표정이 무척 낯설었기에.

"젠장."

신경질적으로 땅을 걷어찬 소년이 털썩 드러누웠다. 이제라도 그냥 돌아설까? 아무래도 기분이 영 좋지 않아 보이는데. 잠시 망설이고 있을 때, 흐트러진 숨을 고르던 소년이 손으로 눈을 가리며 인사했다.

"왔냐."

"아, 응. 열심히 하네?"

"뭐, 그다지."

평소답지 않은 태도에 고개를 갸웃했다. 혹시 무슨 일이라도 있는 건가.

"야."

"응?"

"괜찮냐?"

"아, 응. 괜찮아."

"그래. 다행이네."

"응. 걱정하게 해서 미안해."

"……알면 아프지나 말던가."

애가 정말 왜 이러지? 평소라면 내가 네 걱정 따윌 왜 하느냐, 라던가 약해 빠졌다는 식으로 말해야 하는데? 예상 밖의 대답에 눈을 동그랗게 떴다. 무슨 일 있느냐고 물으려는데, 갑자기 몸을 벌떡 일으킨 카르세인이 떨어뜨린 검을 다시 집어 들었다.

"또 수련하게?"

"엉. 너도 할 거 아니면 방해하지 말고 그만 네 볼일 봐."

"……응, 알았어. 그럼 먼저 갈게."

귀찮다는 듯 손을 휘휘 저어 보인 소년이 다시 검을 휘두르기 시작했다. 뭐야, 대체. 왜 저렇게 변한 거지? 그동안 무슨 일이 있었던 거야.

"티아, 여기 있었구나."

갑자기 들려오는 목소리에 뒤를 돌아보았다. 언제 나오신 것인지 아버지께서 나를 바라보고 계셨다.

"날씨가 좋구나. 잠시 걷겠느냐."

무언가 하고 싶은 말씀이 있으신 듯, 아버지께서는 내 머리를 가볍게 쓰다듬으며 물으셨다.

아버지와 함께 가을꽃이 흐드러지게 피어 있는 정원을 걸었다. 한참 동안 말없이 경치만 감상하던 아버지께서 말씀하셨다.

"내일이면 출발할 수 있을 것 같더구나. 섭섭하지 않느냐? 정이 많이 들었을 텐데."

"그렇긴 하지만, 이제는 돌아가야지요. 그리 멀지는 않으니 이따금 들러 볼까 생각하고 있습니다."

"그렇느냐."

잠시 침묵하던 아버지께서 말씀하셨다.

"놀라지 않았느냐?"

"네?"

"그날 말이다. 놀라게 했다면 미안하구나."

"아."

혹 넋을 놓고 있는 내게 호통을 쳤던 것이 마음에 걸리신 걸까? 어쩐지 기분이 좋아졌다. 따뜻한 기운이 가슴 가득 번졌다. 나는 이렇게나 사랑받고 있었던가.

"놀라긴 했지만, 그렇게 하시지 않았다면 깨어나지 못했을 거예요. 감사해요."

"……."

"그동안 저 때문에 많이 속상하셨던 거 알아요. 정말 죄송해요."

"아니다. 이제는 괜찮은 것이냐?"

"네, 아빠."

"그래, 그렇다면 되었다."

안도하는 기색이 역력한 아버지를 향해 환하게 미소를 지었다. 이제는 조금 편안하게 살 수 있을 것 같았다. 나는 이제 과거와는 달라진 현재를 깨달았으니까. 현재가 바뀌었다면, 미래 역시 변할 수 있다는 것을 알게 되었으니까. 비록 아직까지 바뀐 것은 없지만, 작은 가능성을 얻게 된 것으로도 충분히 만족스러웠다.

다음 날. 나는 아버지, 카르세인과 함께 섭섭해 하는 가신들의 배웅을 받으며 수도로 출발했다. 영지로 내려갈 때에는 바깥 풍경을 구경했지만, 지금은 그럴 시간이 없었다. 내게는 따로 할 일이 있었으니까.
"아, 이건 이렇게. 그렇구나."
"그래, 수고했다, 티아. 잠시 쉬자꾸나."
서류를 내려놓고 한숨을 쉬었다. 아버지께서 하시는 일은 그동안 내가 배워 온 것과는 많이 다른 탓에 단순히 정리하는 것만으로도 정신적인 피로가 상당했다. 나는 뻑뻑한 눈을 깜빡이다 고개를 갸웃했다. 한쪽 팔로 턱을 괸 채 창밖만 내다보고 있는 붉은 머리카락의 소년이 눈에 들어왔기에.
'카르세인, 무슨 생각을 저렇게 하는 걸까.'
뭔가 말을 붙이려는 순간, 마차가 심하게 요동치다 멈춰 섰다. 갑작스러운 사태에 나는 순간적으로 균형을 잃고 앞으로 고꾸라졌다. 아, 안 돼.
"괜찮아?"
단단히 받치는 힘과 온몸 가득 전해져 오는 따뜻한 온기. 질끈 감았던 눈을 뜨자, 조금 당황한 표정으로 나를 바라보고 있는 카르세인의 얼굴이 보였다. 반사적으로 잡아챈 듯, 그의 팔이 내 허리에 감겨 있었다.

갑자기 얼굴이 화끈 달아올랐다. 너, 너무 가깝잖아.

"아, 응. 괜찮아. 고마워, 카르세인."

나는 붉어진 얼굴을 돌리며 황급히 몸을 뗐다. 흐트러진 매무새를 가다듬으며 자리에 앉았을 때, 창 밖에서 젊은 남자의 목소리가 들려왔다.

"각하, 괜찮으십니까?"

"괜찮네. 대체 무슨 일인가?"

"요 며칠 이 근방에 비가 내렸다고 하더니, 바퀴가 진창에 빠진 모양입니다."

"그런가. 잠시 내려야겠군."

고개를 끄덕인 아버지께서 마차 문을 여셨다. 두 사람이 먼저 내리고 난 뒤 나 역시 진창을 피해 발을 디뎠다. 바퀴가 진창 깊숙이 박힌 것을 보아하니, 언뜻 봐도 제법 많은 시간이 걸릴 듯했다.

"무료하실 테니 잠시 근처라도 돌아보고 오십시오. 복구하려면 시간이 제법 걸릴 듯합니다."

"아, 네. 그럴게요."

젊은 기사의 말에 순순히 고개를 끄덕였다. 어차피 이곳에 있어 봐야 신경 쓰이게만 할 뿐 그리 도움이 되지는 않을 것 같았다. 아버지께서는 그다지 맘에 들지 않는 기색이셨지만, 어쩔 수 없다는 듯 내게 너무 멀리는 가지 말라 당부하셨다.

진창에서 조금 벗어나자마자 보이는 풍경에 절로 탄성이 나왔다. 이 근방에 이런 곳이 있었던가. 구름 한 점 없는 새파란 하늘 아래 끝없이 펼쳐져 있는 황금빛 들판은 참으로 아름다웠다. 살랑살랑 불어오는 바람에 금색 물결이 넘실거렸다. 이름 모를 들꽃들이 춤추는 모습을 바라보다 나는 묵묵히 따라오고 있는 카르세인을 돌아보며 물었다.

"경치가 참 좋다. 그렇지?"

"응."

"고생하고 있을 기사들에겐 미안하지만, 그냥 지나쳤으면 아까웠겠다."

"그러게."

"카르세인도 이런 풍경은 본 적 없지?"

"응."

아름다운 풍경에 들떠서 이것저것 묻다 멈칫했다. 아까 전부터 단답형으로만 답이 되돌아오고 있다는 걸 깨달았기에. 무언가에 골몰하고 있는 모습이 무척 낯설었지만, 상념을 방해하지 않기 위해 조용히 입을 다물었다. 말없이 풍경을 감상하며 벌판을 걸었다.

"아리스티아."

"응?"

몇 발자국 앞서 걷고 있는데, 갑자기 등 뒤에서 나를 부르는 목소리가 들려왔다. 황금빛 파도 속에서 소년이 나를 바라보고 있었다. 때마침 불어온 바람에 붉은 머리카락이 흩날렸다. 그 모습이 활활 타오르는 불꽃처럼 아름다워 나는 잠시 넋을 잃고 그를 바라보았다.

"저기, 음."

그는 쉽사리 말을 꺼내지 못하고 머뭇거렸다. 나는 한참을 기다려도 침묵하는 소년을 의아하게 바라보았다. 어제부터 대체 왜 그러는 걸까.

"카르세인?"

"음, 그러니까……. 아, 그래. 너, 내게 하려던 말 있는 거 아니었냐?"

"응? 그 얘기였어? 당분간 검술 교습을 쉬었으면 해서. 한 달에서 두 달 정도. 괜찮을까?"

"그래, 알았어."

"화났어?"

"아니, 마침 잘됐네. 사실 나도 개인적인 수련 시간이 부족했거든."

제멋대로라며 화를 낼 줄 알았는데, 카르세인은 의외로 선선히 승낙했다. 뭔가 애매한 기분. 마음이 상한 것 같지는 않아 안심이 되면서도 한편으로는 조금 섭섭했다. 이러지 말자, 아리스티아. 나를 지도해 주느라 그의 개인적인 시간이 줄어든 것은 사실이잖아. 친구로서 도움이 되지는 못할망정 방해하지는 말아야지.

"저기, 아리스티아."

"응?"

"그……."

한참을 망설이던 그가 입을 여는 순간, 멀리서 나를 찾는 소리가 들려왔다. 이런. 곧 돌아가겠노라고 답한 뒤 다시 돌아보았지만, 카르세인은 이미 꺼내려던 말을 삼킨 후였다.

무슨 일이냐고 거듭 물어봐도 그는 끝끝내 답해 주지 않았다. 꾹 다문 입술에서 단호함이 묻어 나와서 나는 더 이상 묻는 것을 포기한 채 걸음을 옮겼다. 어쩐지 아쉬웠다.

불시의 사고로 시간을 지체한 탓에 우리는 예상했던 시간보다 조금 늦게 수도에 들어왔다. 라스 공작가 앞에 도착하자 마차에서 훌쩍 뛰어내린 카르세인이 정중하게 고개를 숙여 인사했다.

"그동안 감사했습니다, 각하."

"고마웠네, 라스 공자. 내 약속은 반드시 지킬 터이니 언제든 찾아오도록 하게."

"알겠습니다. 살펴 가십시오. 조심해서 가, 아리스티아. 두 달 뒤에 보자."

"응. 안녕, 카르세인."

부드럽게 출발하는 마차의 창문 밖으로 카르세인이 보였다. 어딘가 쓸쓸해 보이는 표정. 왠지 눈을 뗄 수가 없어서 나는 한참 동안 창밖을 바라보았다. 붉은 머리카락이 하나의 점이 되었다가 보이지 않게 될 때까지.

수도의 저택에 오자 비로소 집에 돌아온 것만 같았다. 영지도 좋았지만, 여기야말로 내가 나고 자랐던 곳이니까. 업무도 팽개치고 급하게 달려온 탓에 아버지께서는 나를 내려 주자마자 곧바로 황궁으로 향하셨다. 홀로 남은 나는 무척 반가워하는 고용인들의 인사를 받으며 하루 종일 짐을 정리하는 작업을 감독했다.

반나절 동안 바쁘게 움직인 탓일까. 모든 일을 끝내고 나자 물

먹은 드레스처럼 몸이 축축 처졌다.

"많이 피곤하시죠, 아가씨."

"응, 좀 피곤하네. 오늘은 일찍 자야겠다."

"그러시는 게 좋겠어요. 각하께서 오시면 제가 말씀드릴게요."

"그럼 부탁해."

건성으로 답하며 비칠비칠 몸을 뉘었다. 흐트러진 머리카락을 정리하며 눈을 감는데, 문득 생각 하나가 머릿속을 스치고 지나갔다. 이런, 깜빡하고 있었네.

"참, 리나."

"네, 아가씨."

"내가 따로 보관하라고 했던 것, 어디에 뒀어?"

"은색 봉투 말씀하시는 거지요? 아가씨 집무실 책상 첫 번째 서랍에 넣어 뒀어요."

"응. 고마워. 너도 고생했으니 오늘은 푹 쉬도록 해."

"감사합니다, 아가씨."

침실 옆의 문을 열자 새롭게 집무실로 꾸민 작은 방이 보였다. 널찍한 책상에 다가가 첫 번째 서랍을 열었다. 그 안에는 각종 필기도구와 함께 단단히 봉인된 은색 봉투가 놓여 있었다.

그날 밤 감정에 북받쳐 적었던, 과거 열 살부터 열일곱 살까지의 삶이 적힌 기록. 당시에는 정신이 없어 잊고 있었지만, 이성이 돌아오고 난 후 나는 다른 사람들이 보기 전에 이것부터 챙겨 단단히 봉인했다. 기억 속 과거가 꿈이건 현실이건 간에 이런 기록을 작성했다는 것 자체가 상당한 위험을 초래하는 행동이었으므로.

제국이 쇠락하면서 한동안 황권이 약해지고 귀족이 득세했지만,

현 황제 폐하께서 즉위하신 이후에는 황권이 점차 강화된 탓에 지금은 양자가 아슬아슬한 균형을 맞추고 있는 상태였다. 폐하께서 황권을 이토록 강화하실 수 있었던 것은 라스 공작가와 베리타 공작가, 그리고 우리 가문을 비롯한 뜻있는 귀족들의 조력이 있었기 때문이었다. 훌륭한 군주 아래에 인재가 모인다는 말이 있듯이 이번 대 황제파의 수장들은 유독 그 능력이 뛰어났다. 그렇기에 그들에 대한 폐하의 신뢰와 유대 관계 또한 매우 굳건했다.

그런 상황에서 황제파의 핵심 세력이라 할 수 있는 모니크가의 장녀가 이런 기록을 작성했다는 사실이 알려진다면? 아버지에 대한 신뢰가 두터운 폐하께서는 웃어넘기실지 몰라도 어떻게든 황제파의 세력을 약화하고자 하는 귀족파는 절대로 그냥 넘어가지 않을 것이 분명했다. 비록 꿈 이야기에 불과하다 하더라도 어쨌든 이것은 정통 후계자인 황태자 전하를 비방하고 모독하는 내용으로 오해할 소지가 충분했으니까.

공연한 불씨를 만들 필요는 없으므로 소각하는 것이 좋겠지만, 나는 이것을 차마 없애 버릴 수가 없었다. 그래서 우선 아무도 보지 못하도록 단단하게 봉인했다. 차후엔 비밀 장소로 옮겨 보관하거나 그저 단순한 서류나 책처럼 보이도록 위장해 둘 생각이었다.

봉투를 다시 집어넣는데, 문득 서랍 한쪽에 놓인 편지철이 눈에 들어왔다. 단정하게 철한 색색의 편지지를 보자 알렌디스가 생각났다.

돌아왔다고 편지를 쓸까 하다 그냥 돌아섰다. 오랜만에 수도에 돌아왔으니 아무래도 직접 만나러 가는 편이 나을 것 같았다.

다음 날.

나는 오랜만에 직접 우려낸 차를 들고 서재로 향했다. 아버지께서 차나 한잔하자며 청하셨기 때문이었다. 무슨 일로 부르시는지 대충 짐작은 했지만, 아버지께서는 찻잔을 모두 비울 때까지 아무런 말씀이 없으셨다.

나는 빈 찻잔을 내려놓고도 침묵하시는 아버지를 물끄러미 바라보았다. 아무래도 내가 먼저 운을 띄워야 하려나.

크게 숨을 들이쉬며 찻잔을 내려놓았다. 내게 고정되어 있는 군청색 눈동자를 바라보며 천천히 입을 열었다. 어차피 수도에 올라오면 말씀드리려고 결심했던 터라, 말을 꺼내는 것은 생각보다 그리 어렵지 않았다.

과거의 생을 적으면서 그동안 꾹꾹 참아 왔던 감정을 많이 풀어낸 것일까. 예상했던 것보다 훨씬 담담한 어조로 이야기를 이어 나갈 수 있었다. 할 말이 참으로 많고도 많았기에 나는 오후가 지나고 짙은 어둠이 깔릴 때까지 계속해서 이야기했다. 과거의 '꿈'을, 그동안의 사연을.

열여섯 번째 생일을 얼마 남겨 두지 않았던 어느 날 지은이 등장한 것, 그로 인해 황후의 자리에서 밀려나 황비로서 입궁한 것까지 말한 뒤 잠시 목을 축였다.

그간의 사연을 말하는 동안 내내 침묵하던 아버지께서 말씀하셨다.

"그러니까 그 꿈에서 네가 열여섯 살이 되던 해에 검은 머리 여아가 나타났단 말이냐. 하늘에서 뚝 떨어진 것처럼 갑자기?"

"네. 그래서 모두 그녀야말로 진정한 신탁의 아이라고 했어요."

"그래."

딱딱하게 굳은 표정을 보며 결심했다. 아버지께서 속상해 하실 만한 이야기는 적당한 선에서 끊자고. 그래서 나는 그녀가 그의 사랑을 독차지하는 바람에 몹시 불행했다고, 그저 불미스러운 사건에 휘말려 반역죄로 누명을 썼노라 답했다. 그것만으로도 아버지의 표정은 점점 무겁게 가라앉았다.

"그랬구나."

"네."

"그래, 그토록 생생한 꿈이었더냐? 그동안 마음고생이 심했겠구나."

"아빠."

믿지 않으실지도 모른다고 생각했는데. 아니, 지난번 일도 있고 하니 오히려 나약하다고 혼내실지도 모른다고 생각했는데. 진위여부에 대해서는 한 치의 의심도 보이지 않은 채 도리어 나를 위로하는 아버지의 무한한 신뢰에 가슴이 벅차올랐다.

옷자락에 걸린 주전자와 찻잔이 부딪치면서 요란하게 깨지는 소리가 났다. 낮은 것이긴 했지만, 갑자기 탁자를 뛰어넘은 내 모습에 놀란 아버지의 얼굴이 보였다. 반사적으로 팔을 뻗은 아버지 덕분에 너른 품에 안착한 나는 단단한 무릎 위에 앉아 양팔을 목에 감았다.

"티아?"

당황한 기색이 역력한 목소리에 나는 든든한 품에 얼굴을 묻으며 답했다.

"감사해요."

"그것이 무슨 말이더냐?"

"믿어 주셔서 감사해요, 아빠."

물기 어린 목소리를 알아채셨음인가. 아버지께서는 말없이 당신의 품에 안긴 내 머리카락을 느릿하게 쓰다듬으셨다. 부드러운 손길에 점점 나른해졌다. 스르르 눈이 감기려는 찰나, 나지막한 목소리가 들려왔다.

"내가 내 딸을 모르겠느냐."

"……."

"티아, 너는 허튼소리를 하는 아이가 아니잖느냐. 아비는 네 말을 믿는다."

"아빠."

"그래서 그리도 싫다 하였구나. 꿈이라 한들, 이토록 생생하게 얘기할 정도라면 네가 받는 압박은 더 컸을 테지."

멍하니 올려다보는 나를 향해 아버지께서는 계속 말씀하셨다.

"이야기를 듣다 보니, 그동안 왜 그리 불안해 보였는지 알 것 같더구나."

"……."

"황실에 대한 말을, 그것도 반역이라는 내용까지 담긴 이야기를 어찌 함부로 할 수 있었겠느냐. 한낱 꿈이라 해도 감히 입에 담지 못했을 게다. 그래서 그리 말라 갔던 것이로구나."

"저를, 꾸짖지 않으실 건가요?"

"무엇 때문에 말이냐. 고작 꿈 때문에 이런 것이냐고?"

간신히 고개를 끄덕이자, 희미하게 미소 지은 아버지께서 말씀하셨다.

"그래. 겨우 꿈 때문에 고민할 정도로 나약하냐고 할 수도 있겠지. 세상엔 분명 너보다 힘든 일을 겪고 있는 사람도 많을 테니 말이다. 하지만 티아."

"네, 아빠."

"각자의 고민에 대해서 어찌 경중을 따질 수 있겠느냐. 누구나 자기 자신이 가장 소중한 법이거늘. 너에게는 그것이 가장 큰 고민이 아니었더냐."

"……."

"무엇보다도 너는 스스로 극복했다 하지 않았느냐. 그것으로 충분하다. 객관적으로 보아 작은 고민이었다 하더라도 스스로 극복했다면 나약하다고 할 수는 없지 않겠느냐. 아비는 자신의 힘으로 이겨 낸 네가 자랑스럽다."

따스한 말씀에 비로소 안심했다. 그렇지만 한편으로는 의아한 생각도 들었다. 그럼 그때는 왜 그러신 거지? 의문을 담아 머뭇머뭇 올려다보자, 머리카락을 쓰다듬던 아버지의 손이 잠시 멈칫했다.

"이전에는 왜 그랬는지 궁금한 모양이구나."

"네, 조금."

"그때는 말이다. 크흠, 그러니까……."

아버지께서는 보기 드물게 망설이는 기색이셨지만 이내 한숨을 내쉬며 말씀하셨다.

"무언가를 불안해 하고 있다는 건 알고 있었지만, 원행을 다녀온 뒤로 훨씬 심해진 것이 보이더구나. 자꾸만 눈에 밟혔으나 말하고 싶지 않은 것 같아 몇 번이고 참았단다."

"……."

"조금씩 말라 가는 것이 보여 불안했고, 연통을 받자 가슴이 철렁했다. 넋을 잃고 있던 너를 보는 순간 하늘이 무너지는 것 같았다. 진즉 다그쳐서 털어놓게 했더라면 이렇게까지 되지는 않았을 거라고 자책했다. 손 한번 써 보지 못하고 네 어미를 보냈는데, 너마저 잃을까 봐 겁이 났다."

"……."

"무엇보다 그 지경이 될 때까지도 아비에게 말하지 않은 것이 섭섭했다. 그토록 신뢰를 주지 못한 아비였나 싶어 자신에게 화가 났다."

단단한 목에 두른 팔에 저절로 힘이 들어갔다.

"그래서 지나치게 다그쳤던 것 같구나. 미안하다, 티아."

"아니에요, 아니에요."

젖어 드는 목소리로 답했다. 고개를 떨구었다. 아버지께서 그렇게까지 생각하셨을 줄은 몰랐는데, 너무 죄송해서 뭐라 드릴 말씀이 없었다.

"죄송해요, 아빠. 제가 잘못했어요."

"아니다. 아비가 미안하구나."

"진즉 말씀드리지 못해서 죄송해요. 정말 죄송해요."

"이제는 괜찮다고 하니 되었다. 대신에 말이다. 이런 일이 또 있어서는 안 되겠지만, 다음에는 고민이 있으면 아비에게도 얘기해 주렴."

"그럴게요. 꼭."

희미하게 미소를 지은 아버지께서 몸을 일으키셨다. 허공에 붕 뜨는 느낌에 눈이 크게 뜨였다.

"아, 아빠?"

"흠, 바닥을 치우라고 해야겠구나."

"아."

바닥을 내려다보자, 쏟아진 찻물과 깨진 자기 조각으로 엉망이 된 카펫이 보였다. 순간의 충동에 못 이겨 저지른 일에 민망해져서 나는 든든한 품에 얼굴을 파묻었다.

절도 있는 걸음걸이를 따라 규칙적인 진동이 느껴졌다. 그 느낌이 좋아 살며시 볼을 비볐다. 감사해요. 정말 감사해요, 아버지.

"밤이 늦었구나. 그만 자야지."

어느새 침대 위에 나를 내려놓은 아버지께서 이불을 덮어 주며 말씀하셨다. 토닥토닥. 부드럽게 다독이는 손길에 눈이 스르르 감겼다. 나지막한 목소리를 뒤로한 채, 나는 꿈의 세계로 몸을 맡겼다.

아버지와 함께 아침을 들고 있는데, 이제는 익숙한 얼굴이 되어 버린 황궁의 전령이 왔다. 황태자 전하께서 부재중인 지금 폐하께서 나를 왜 찾으시는 건지 궁금했지만, 어차피 조만간 돌아왔다고 인사를 드리러 갈 생각이었기에 순순히 초대에 응했다.

"제국의 태양, 황제 폐하께 아리스티아 라 모니크가 인사 올립니다."

"오, 영애, 무척 오랜만이군. 이제 완전히 귀환한 것인가?"

"그렇습니다."

"다행이군. 그럼 이제 후작을 자주 볼 수 있겠군그래."

"네?"

고개를 갸웃하자, 폐하께서는 허허 웃음을 지으며 말씀하셨다.

"영애가 영지에 내려가 있는 동안 말일세. 정계에 진출한 이후로 단 한 번도 쉬지 않았던 후작이 글쎄, 그간 밀린 휴가를 달라고 하지 뭔가."

"아."

그러고 보니 아버지께선 처음 영지에 내려갈 때 한 달간 휴가를 받기도 하셨고, 그 이후로도 한 달에 한 번씩은 내려오셔서 하루나 이틀 정도를 보내고 돌아가시곤 했다. 수도에서 영지까지가 이틀 거리임을 감안하면, 한 달에 일주일 정도는 휴가를 받으셨다는 이야기가 된다. 오묘한 표정을 짓는 나를 바라보던 폐하께서 빙그레 미소를 지으셨다.

"그런 표정을 지을 필요는 없네. 무뚝뚝하던 후작이 사실은 그리도 딸 사랑이 지극했다니. 다행이지 뭔가. 후작 부인이 그렇게가 버린 이후로 감정이란 없어진 줄 알았는데 말일세."

"……."

"하긴 그래 보여도 한때는 세기의 로맨티시스트라고 불린 사람이었지. 무려 맹세를 사용할 정도였으니."

세기의 로맨티시스트? 아버지께서? 뭔가 상상이 될 듯 말 듯한 말씀에 눈만 깜빡이자, 폐하께서는 다시 한 번 미소를 지으며 찻잔을 들어 올리셨다.

"그래, 루브는 잘 다녀갔는가? 모니크 영지에 들르는 일정이라

들었네."

"네, 얼마 전 다녀가셨습니다."

"그래."

나지막한 음성을 끝으로 폐하께서는 침묵하셨다. 생각에 잠긴 표정으로 창밖을 응시하시는 모습에서 뭔지 모를 짙은 감정이 묻어 나오고 있었다.

"곧 겨울이 오겠군."

상념을 방해하지 않기 위해 묵묵히 찻잔만 기울이다가 나는 갑작스럽게 들려오는 목소리에 깜짝 놀라 고개를 들었다. 양손으로 찻잔을 감싼 채 여전히 시선을 창밖에 두고 있는 폐하의 모습이 눈에 들어왔다.

"영애는 겨울을 좋아하는가?"

"네, 좋아합니다."

"……그런가. 그건 정반대구먼."

"네, 폐하? 반대라니요?"

"아니, 아무것도 아닐세."

창밖에서 눈길을 뗀 폐하께서 찻잔을 내려놓으며 말씀하셨다.

"그래, 일은 배울 만하던가?"

"아직 걸음마 수준이라, 그럭저럭 할 만합니다."

"호, 그런가? 후작의 성격상 딸이라고 봐줄 것 같지는 않거늘. 생각보다 잘 따라가고 있나 보군. 대견하네."

폐하께서 웬일이시지? 당장 후계자 수업을 관두라거나 황실로 들어오라 하시는 건 아닐까 하고 잔뜩 긴장했는데. 의아했지만, 나는 그것을 내색하는 대신 그저 찻잔을 기울이며 대화만 나눴다.

제법 길었던 티타임을 마친 뒤 아버지를 만나러 제2기사단 건물로 향했다. 내궁을 빠져나와 외궁으로 향하면서 폐하께서 하신 말씀을 떠올렸다.

'흠, 설마 봐주고 계신 건가? 이상하다. 아버지께선 공적인 면에선 딸이라고 해서 특별히 봐주실 분이 아닌데.'

생각에 잠겨 걷다 보니 어느새 제2기사단 건물에 도착해 있었다. 여기저기서 반갑게 인사하는 기사들에게 화답하면서 복도를 걷다가 익숙한 붉은 머리카락을 발견했다. 설마 카르세인?

"모니크 영애 아니십니까. 오랜만에 뵙습니다."

붉은 머리카락의 남자는 카르세인이 아니라 그의 형인 라스 경이었다. 반가움과 섭섭함이 어우러져 묘한 감정이 들었지만 나는 애써 그런 기색을 감추며 인사했다.

"오랜만이에요, 라스 경."

"반년 만에 뵙는군요. 영지에는 잘 다녀오셨습니까?"

"네, 신경 써 주셔서 감사드립니다."

"단장님을 뵈러 가시는 길이십니까?"

"네. 경께서도?"

"그렇습니다. 그럼 제가 모셔도 되겠습니까?"

"물론이지요. 감사합니다."

선명하게 붉은 머리카락을 보자 자꾸만 카르세인이 떠올랐다. 정말 무슨 일이 있는 건 아니겠지. 들판에서의 일도 그렇고, 마지막에 봤던 모습도 그렇고, 어쩐지 평소와는 많이 달라 보였는데.

"카르세인은 잘 지내고 있나요?"

"세인 말씀이십니까. 흠, 잘 지낸다고 할 수 있을지 모르겠습니다."

"네? 혹 무슨 일이라도?"

"아, 아프거나 한 건 아닙니다만, 어딘가 달라지긴 했습니다. 분명 하루 종일 검술만 수련하는 것은 똑같은데 예전과는 조금 달라 보이는 게. 음, 절실함이 느껴진다고나 할까요?"

절실함이라. 나는 황비가 되는 것을 모면하기 위해 그랬다지만, 카르세인은 무엇을 위해서 절실하게 수련하고 있는 것일까. 검술에 있어서는 늘 여유롭던 그가.

"어서 오너라, 티아. 경도 왔군."

"오, 영애, 오랜만일세."

집무실에 들어서자 익숙한 목소리가 나를 반겼다. 아버지, 그리고 라스 공작. 제1기사단에 있어야 할 그가 왜 여기에 있는 것일까? 조금 의아했지만, 일단 고개를 숙여 인사를 건넸다.

"오랜만에 뵙습니다, 공작 전하. 그간 안녕하셨습니까?"

"그렇다네. 영지에 내려갔다 들었는데, 이제 돌아왔나 보군."

"그렇습니다."

"다행이군. 그동안 이 친구가 어찌나 영애의 걱정을 하던지, 눈 뜨고 볼 수가 없었다네. 이것 참, 딸 없는 사람은 서러워서 살겠나."

"아르킨트."

"알았네. 그만하지."

아버지의 표정을 본 라스 공작이 피식 웃으며 답했다. 조심조심 자리에 앉자, 공작과 눈짓을 교환한 아버지께서 내게 말씀하셨다.

"티아, 각 기사단의 편제와 특징에 대해서는 알고 있느냐?"

"네, 알고 있어요."

"그렇다면 제1기사단의 단장은 라스가에서, 제2기사단의 단장은 우리 가문에서 맡고 있는 것 역시 알고 있을 테지."

"네, 물론이에요."

"그럼 얘기가 쉽겠구나. 본디 각 기사단의 차기 단장은 서로의 업무 방식을 배우기 위해 타 기사단에서 단장의 보좌관직을 수행하는 것이 전통이란다. 여기 라스 경이 아비의 보좌관을 맡고 있는 것도 그 때문이지. 그래서 말이다."

"네, 아빠."

"그동안은 우리 가문의 후계자가 없었기에 전통을 따를 일도 없었지만, 이제는 사정이 달라지지 않았느냐."

가볍게 고개를 끄덕이자, 라스 공작이 내게 말했다.

"농담인 줄 알았는데, 케이르안의 말로는 영애가 본격적으로 후계자 수업을 받기 시작했다더군. 폐하께서도 묵인하셨다고 하고. 해서 말일세. 진정 가문을 이을 작정이라면 기사단 업무도 조금씩 배워 둬야 하지 않겠나. 영애만 가능하다면 내년 봄부터 내 보좌관 일을 맡아 줬으면 하는데, 어찌 생각하는가?"

"하지만 저는 아직 견습 기사도 아닌……."

"세인에게서 얘기는 들었네. 견습 기사 정도는 될 실력이라고 하던데, 뭘 그러나. 입단 시험만 치르면 간단하게 해결될 것을."

"그러시다면, 공작 전하의 뜻에 따르겠습니다."

"그럼 그리하는 걸로 알겠네. 궁금한 것이 있다면 이 녀석에게 물어보게나. 많은 도움이 될 것이니."

빙그레 웃어 보인 공작이 라스 경의 어깨를 두드리며 말했다.

"그리하겠습니다. 라스 경, 앞으로 많은 지도 편달 부탁드려요."

"저야말로 잘 부탁드립니다, 영애."

"그럼 됐군. 흠, 케이르안, 나는 먼저 일어나겠네. 업무가 조금 밀려서 말이지."

"그렇게 하게. 또 보세나."

가볍게 고개를 끄덕여 보이는 라스 공작에게 인사하고서 나는 라스 경이 하는 일을 눈여겨보며 보좌관이 해야 할 일을 빼곡하게 정리했다.

진짜 많구나. 산더미 같은 일을 보자 왠지 한숨이 나왔지만, 그래도 그것보다는 과거와는 다른 삶을 점점 만들어 가고 있다는 생각에 내심 기뻤다.

얼마나 시간이 지났을까. 오늘은 그만하자는 아버지의 말씀에 뒷정리를 하고 집무실을 나서는데, 허겁지겁 달려온 기사가 보고했다.

"내궁에 화재가 발생했습니다. 즉시 가 보셔야 할 듯합니다."

"화재라고? 알았다. 경은 지금 즉시 현장으로 가서 진화 작업을 돕도록. 라스 경, 단원들에게 소집 명령을 내리고, 내게 보고할 필요 없이 바로 투입하게."

"알겠습니다."

두 기사가 빠른 속도로 사라지자, 아버지께서는 나를 돌아보며 말씀하셨다.

"티아, 먼저 집에 돌아가 있거라. 아비는 좀 늦을 것 같구나."

"네, 아빠. 조심하세요."

"그래."

아버지께서는 다시 한 번 당부하신 뒤에야 성큼성큼 걸음을 옮겨 사라지셨다.

내궁에 화재라니. 대체 어디에 불이 났을까. 생각에 잠겨 복도를 걷다 멈칫 멈춰 섰다. 설마 그곳은 아니겠지? 그럴 일이야 거의 없겠지만, 나는 혹시나 하는 마음에 바쁘게 뛰어가는 시종 하나를 붙잡았다.

"내궁에 화재가 났다고 들었는데, 정확한 장소가 어디지?"

"누구신데 그런……. 헛, 모니크 영애시군요. 실례했습니다. 화재가 난 곳은 정원입니다."

"정원? 어디에 있는 정원 말인가."

"베르 궁의 정원입니다."

쿵쿵. 심장이 빠르게 뛰었다.

'안 돼. 왜 하필 거기야. 거기엔…….'

"영애? 괜찮으십니까?"

"……괜찮다. 어서 가서 진화 작업에 힘쓰도록."

"그럼 실례하겠습니다."

나는 바쁘게 뛰어가는 시종을 보며 눈을 질끈 감았다.

가면 안 돼, 아리스티아. 자칫 잘못하면 조금은 벗어났다 생각한 폐하의 관심이 다시 돌아올지도 몰라. 그냥 집으로 돌아가. 공연히 위험을 자초할 필요는 없어. 나 하나 간다고 해서 그리 달라질 것도 없잖아.

떨어지지 않는 발을 떼어 마차가 있는 곳을 향해 걸었다. 한 걸음, 두 걸음, 두 걸음 반.

'아, 안 되겠어.'

우뚝 멈춰 섰다. 도저히 그대로 돌아갈 수가 없었다. 머리는 지금 가서는 안 된다고 끊임없이 외치고 있지만, 가슴은 그를 용납하지 못했다. 아니, 용납할 수가 없었다.

뒤로 돌아섰다. 거추장스러운 치맛자락을 양손에 꼭 붙잡고 베르 궁을 향해 달렸다. 갑작스러운 뜀박질에 숨이 차올랐지만 아랑곳하지 않고 속도를 높였다.

과거의 내가 열다섯쯤 되었을 때, 늘 며늘아기라고 부르며 예뻐해 주던 폐하께서 나를 조그만 정원에 데리고 가신 적이 있었다. 이런저런 대화를 나누면서 산책을 하던 중, 그분께서는 갑자기 한 그루의 나무 앞에서 멈춰 서서 저것이 무엇인지 아느냐고 물어 오셨다. 생전 처음 보는 생김새에 모르겠다고 답하자 폐하께서는 빙긋 웃으며 말씀하셨다. 저것은 그 자체도 희귀하지만 꽃을 보기는 더더욱 어려운 나무라고.

"그렇게 희귀하다니, 어찌 생겼을지 몹시 궁금합니다. 폐하께서는 어떤 꽃이 피는지 알고 계시는지요?"

"짐도 한 번밖에는 보지 못했구나. 저 나무는 희귀하게도 겨울에 꽃을 피운단다. 달빛을 받으면 더욱 아름답게 빛나는 은색 꽃이지."

인자한 미소로 답해 주던 폐하의 말씀이 생생하게 떠올랐다. 이내 혀를 차시던 모습도. 당시 폐하께서는 이 년 전, 그러니까 과거의 내가 열셋이던 때에 정원에 화재가 나는 바람에 그 나무도 불에 그을렸다고 하셨다. 다행히 죽지는 않았지만, 처음으로 봉오리가 맺혔다가 타 버린 그때 이후로 꽃이 피는 것을 보지 못했다며 몹시 안타까워 하셨더랬지.

그때는 그저 그런가 보다 하고 무심히 넘겼는데, 열여섯이 되어 입궁한 뒤에도 계속되는 그의 외면에 조금씩 지쳐 가고 있던 어느 날 나는 그 나무를 다시 보게 되었다. 불에 그을려 죽다 살아난 나무와 죽지 못해 살아가고 있던 내 처지가, 한창 꽃 피워야 할 나이에 서서히 스러져 가고 있던 나와 꽃을 피우지 못하는 나무의 신세가 어찌 그리도 같아 보이던지. 한참을 멍하니 서서 나무를 바라봤더랬다.

그날 이후로 나는 마음이 아파 견디기 힘들 때면 그곳으로 갔다. 나무를 하염없이 바라보고 있노라면 나를 아껴 주시던 폐하의 모습이 떠올라 조금은 위안을 얻을 수 있었다.

꽃을 피우지 못하는 이름 모를 나무가 언젠가 내 머리카락 색과 같은 아름다운 은빛 꽃을 피워 낸다면, 나도 거듭되는 굴욕과 상심의 나날에서 벗어날 수 있을지도 모른다고 생각했다. 정성을 다해 나무를 돌봤다. 하루하루 꽃이 피기를 손꼽아 기다렸다. 하지만 나는 열일곱의 어느 날 죽음을 맞이할 때까지 결국 그 꽃을 보지 못했다. 그랬던 적이 있었다.

"어서 물을 길어 와!"

"불이 더 번진다!"

숨이 턱에 차도록 뛰어 도착하자, 여기저기 연기가 피어오르고 있는 정원의 모습이 보였다. 우왕좌왕하는 시녀와 시종들, 간간이 보이는 기사들 사이로 오직 그때의 그 나무만이 눈에 들어왔다.

타닥타닥 타들어 가는 불씨가 나무를 향해서도 뻗어 가고 있었다. 입술을 꽉 깨물었다. 당장에라도 뛰어들고 싶었지만, 이성은 절대로 나서서는 안 된다고 끊임없이 경고하고 있었다.

'폐하께선 어째서 아직도 오시지 않는 거지? 두 공작은? 아버지는?'

치맛자락을 움켜쥐고 있는 손에 힘이 잔뜩 들어갔다. 자꾸만 앞으로 나서려는 다리를 붙들었다.

'안 돼. 조만간 다른 사람들이 올 거야. 아직 늦지 않았어. 이대로 돌아서서 곧장 집에 돌아가면 되는 거야.'

금방이라도 불길에 휩싸일 것 같은 나무가 눈에 밟혔지만, 애써 외면하며 돌아섰다. 그 순간, 반짝이는 무언가가 시야를 스치고 지나갔다. 설마, 설마.

불길이 번지고 있다는 것도 잊은 채 떨리는 발걸음을 떼었다. 거리가 가까워질수록 심장이 쿵쿵 뛰었다. 마침내 나무 앞에 다가섰을 때, 나는 내 눈을 의심했다. 검은 연기 속에서 유독 아름답게 반짝이는 그것. 곧게 뻗은 가지에는 은빛 꽃봉오리가 맺혀 있었다.

"피하십시오!"

넋을 잃고 꽃봉오리를 바라보다 고함 소리에 놀라 돌아보았다. 어느새 불똥이 튄 것인지 치맛자락이 타닥타닥 소리를 내며 타들어 가고 있었다. 들고 있던 천으로 옷을 내리쳐 불을 끈 젊은 기사가 말했다.

"모니크 영애가 아니십니까. 이곳은 영애께서 오실 만한 곳이 아닙니다. 위험하니 어서 돌아가십시오."

"괜찮습니다. 상황을 보아하니 제가 필요할 것 같군요."

"그게 무슨……!"

나는 기가 차다는 듯 바라보는 남자를 외면한 채 단호하게 돌아섰다. 크게 숨을 들이쉬고서 최대한 목소리를 높여 소리쳤다.

"우왕좌왕하지 마라, 궁내부! 그대들은 겨우 이 정도 일로 당황할 만큼 형편없는 자들인가!"

워낙 소란스러운 탓에 모든 이가 듣지는 못했지만, 최대한 힘을 준 목소리는 주변의 이목을 끌기에는 충분했다. 나는 하나둘 돌아보는 사람들을 향해 빠르게 지시를 내렸다.

"시종들, 불길이 향하는 방향의 낙엽을 모두 걷어 내고 흙을 뿌려 덮어라! 시녀들, 당장 베르 궁에 들어가 눈에 띄는 천은 모두 물에 적셔 아래층으로 전달하고 물을 길어 와!"

"모, 모니크 영애? 영애께서 왜 여기에?"

"지금 그게 중요한가. 궁내부, 어서 움직이지 못하겠나! 정원이 다 탄 뒤에야 정신을 차릴 텐가!"

"아, 알겠습니다!"

황급히 답한 시종과 시녀들이 재빠르게 흩어졌다. 그들을 통해 주변으로 명령이 전달되기 시작하면서 우왕좌왕하는 이들이 차츰 줄어들었다.

"기사 여러분은 뭣들 하시는 겁니까. 흙을 퍼서 불길을 덮으세요, 당장!"

나는 멍하니 나를 바라보던 기사들에게 차가운 목소리로 명령을 내렸다. 대체 어디다 정신을 팔고 있는 거야.

다시 한 번 다그치자, 그제야 정신을 차린 이들이 뿔뿔이 흩어졌다. 이제야 비로소 체계적으로 돌아가기 시작하는 진화 작업을 보며 나는 정신없이 지시를 내렸다. 다른 곳으로 더 번지기 전에 서둘러서 불길을 잡아야 했다.

얼마나 시간이 흘렀을까. 이 정도면 됐다 싶어 안도의 한숨을 내쉬는데, 언제 도착하셨는지 팔짱을 낀 채 나를 바라보고 있는 폐하의 모습이 눈에 들어왔다. 놀란 듯한 라스 공작과 감탄하고 있는 베리타 공작, 굳은 표정의 아버지도 보였다. 갑작스러운 지휘 체계의 변경은 혼란만을 불러일으키는 법. 그런 사실을 모를 리 없던 폐하께서 아마도 그냥 지켜보자고 하신 모양이었다.

"……제국의 태양, 황제 폐하께 아리스티아 라 모니크가 인사 올립니다."

"수고했네."

"송구합니다. 폐하의 윤허 없이 이 같은 일을 행하였으니, 벌하여 주십시오."

"상을 내려도 모자랄 판에 벌이라니. 당치도 않네. 이만하기 다행일세. 영애의 빠른 지휘가 없었다면 불가능했을 것이야."

"황공합니다, 폐하."

한동안 침묵하던 폐하께서 한숨을 내쉬며 말씀하셨다.

"내 후작의 얼굴을 봐서라도 그만 포기할까 했거늘. 이를 어찌할꼬. 볼수록 탐이 나는구나."

"폐하."

"미안하네, 후작. 아무래도 조금 더 지켜봐야 할 것 같군. 어차피 어느 길을 택하건 영애가 성년이 될 때까지는 시간이 있지 않은가."

포기할까 했다는 말씀에 움찔했다. 다시 살아난 유예 기간의 존재가 가슴을 찔렀다. 조금 전의 선택에 후회는 없었지만, 그래도 어쩐지 마음이 무거웠다.

곳곳이 그을린 정원을 돌아보았다. 불길에 휩싸일 뻔했다가 간신히 살아난 나무를 보자 무거웠던 마음이 조금은 가벼워진 듯했다. 가냘프게 흔들리는 은빛 꽃봉오리를 보자 뭐라 형언할 수 없는 기분이 들었다.

'너를 살려 냈으니, 이제는 내게 한 번도 허락하지 않았던 꽃을 보여 줄 거니?'

갑자기 불어온 바람에 가지가 흔들렸다. 마치 고개를 끄덕이는 것처럼 보이는 그 모습에 스르르 미소를 지었다.

나는 너를 살려 낸 걸 후회하지 않아. 넌 나와 같은 존재였으니까. 네가 꽃을 피워 낸다면 나도 과거에는 못했던 일들을 잘해 나갈 수 있을 거란 생각이 들어. 그러니 우리 둘 다 힘내 보자. 남은 기간 최선을 다해 노력할 테니, 너는 반드시 나에게 꽃을 보여 줘야 해. 알았지?

은은하게 반짝이는 은빛 꽃봉오리를 향해 속삭이며 허리를 곧게 폈다. 검게 그을린 정원에서 피어오르는 회색 연기를 헤치면서, 나를 기다리고 있는 아버지를 향해 걸음을 옮겼다.

"걱정 끼쳐 드려서 죄송해요."

거듭되는 사과에도 말없이 바라보던 아버지께서는 한참 뒤에야 한숨을 내쉬며 나를 품으로 끌어당기셨다. 나는 단단한 가슴에 머리를 기대며 슬쩍 눈치를 살폈다.

"화나셨어요?"

"……아니다. 어디 다친 곳은 없느냐?"

"네, 괜찮아요."

"옷이 그을렸구나."

"아, 아까 불똥이 튀어서. 으음, 금방 꼈어요. 괜찮아요."

아무렇지도 않게 대답하다가 아차 했다. 이런, 바보같이. 황급히 괜찮다 말하자, 다시 한 번 한숨을 내쉰 아버지께서 말씀하셨다.

"어찌 그리도 닮았더냐?"

"네? 그게 무슨……."

"아니다. 괜찮다면 되었다. 그만 돌아가자꾸나."

오늘따라 무척 쓸쓸해 보이시는 모습에 집에 돌아오는 내내 마음이 불편했다. 잘 자라 말하고 돌아서는 아버지의 뒷모습이 몹시 외로워 보여서 나는 나도 모르게 아버지의 제복 끝자락을 붙들었다.

"음? 어찌 그러느냐?"

"……잠이 오지 않을 것 같아서요. 같이 계셔 주시면 안 될까요?"

아버지의 입가에 희미한 미소가 걸렸다.

"나를 위로하는 것이더냐?"

"……."

"아직 어린 네게 걱정을 끼치다니, 참으로 못난 아비로구나. 고맙다, 티아."

나는 한결 편안한 표정으로 머리카락을 쓰다듬어 주시는 아버지를 향해 스르르 미소를 지었다.

옷을 갈아입고 돌아오시겠다는 말씀에 고개를 끄덕인 뒤 리나를 불러 간단하게 목욕을 마쳤다. 상쾌한 기분으로 침실로 돌아오자 나를 기다리고 있던 아버지께서 이불을 끌어당겨 꼼꼼하게 덮어 주셨다. 저도 모르게 움직인 입술이 한 단어를 토해 냈다.

"아빠."

"그래."

"저……."

잠시 머뭇거렸다. 어떡하지? 황궁에서의 일을 언급할까 했는데, 괜한 말씀을 드리는 것 같기도 하고. 왜 그러냐는 듯 바라보는 군청색 눈동자를 응시하다 그냥 다른 말을 꺼냈다. 공연히 얘기했다가 다시 쓸쓸한 기분이 드실까 두려웠다.

"저, 더 열심히 할 수 있어요."

"음?"

"힘들까 봐 배려해 주신 거죠? 저는 괜찮아요. 그러니 좀 더 많은 것을 가르쳐 주셨으면 해요."

"그래, 알았다."

고개를 끄덕인 아버지께서 담담하게 말씀하셨다.

"그리하자꾸나. 다소 힘들기야 하겠지만, 위험한 행동을 했던 벌이라 생각하면 되겠지. 너도 알다시피 아비는 공적인 일에선 사정을 봐주지 않는단다. 단단히 마음먹어 두렴."

"……네, 아빠."

입꼬리가 파르르 떨렸지만, 나는 애써 미소를 지으며 대답했다. 어쩐지 등골이 서늘했다.

"아가씨, 차 좀 드시고 하세요."

"그럴 시간도 없는걸. 거기 두고 가."

아무리 해도 끝이 보이지 않는 일감에 소리 없는 비명을 질렀다. 과거에 황비로서 일할 때에도 이 정도는 아니었던 것 같았다. 그 때엔 궁의 내정에 관한 것만 처리하면 됐지만, 지금 해야 할 일은 적어도 그 배 이상이었으므로.

가문의 안살림은 이미 오래전부터 내 차지였지만, 후계자가 되기 위한 수업을 받고 있는 지금 나는 그것뿐만 아니라 가문의 온갖 대소사를 다 돌봐야 했다. 아무리 후작가라 한들 보통의 귀족 가라면 이 정도로 일이 넘치지는 않지만, 안타깝게도 본가는 모니크가였다. 대대로 기사단장을 겸임하고 있는 데다 다른 가문에게는 없는 특수성마저 갖고 있는.

제국에 있는 대부분의 귀족 가문과 그들의 성향을 암기하는 것이나 정치적인 감각을 키우는 방법 같은 것은 이미 과거에 습득했지만, 전통적인 무가의 후계자가 되기 위해서는 기사로서의 소양 역시 키워야 했다. 검술이나 마창술, 전시를 대비한 전술과 전략, 일반 병사를 지휘하는 방법 등.

그뿐인가. 기사단장이 되기 위해서는 기본적인 소양에 덧붙여 기사들을 통제하고 지휘하는 법을 알아야 할 뿐만 아니라, 기사단과 관련된 각종 행정 업무를 처리하는 능력 역시 필요했다. 덕분에 나는 이 모든 것을 한꺼번에 배우느라 몸이 열 개라도 부족할 지경이었다.

"조금만 쉬었다가 하세요, 아가씨. 오전 내내 일만 하셨잖아요. 너무 피곤해 보이시는 걸요."

"하지만 아버지께서 돌아오실 때까지 이걸 다 끝내야 하는걸."

가볍게 손사래를 치며 아버지께서 오늘까지 정리해 두라고 하신

『전술의 역사 – 제국의 3대 전쟁을 중심으로』를 뒤적였다. 요점을 뽑아 종이에 옮겨 적고 있는데, 잉크병 깊숙이 깃펜을 담가도 촉이 적셔지지 않았다. 벌써 다 썼나? 새 걸 뜬은 지 얼마 지나지 않은 것 같은데.

잠시 펜을 내려놓고서 책상 첫 번째 서랍을 열었다. 뻐근한 어깨를 주무르며 새 잉크병을 찾는데, 문득 색색의 편지지가 묶인 편지철이 눈에 들어왔다. 그 순간 생각 하나가 머릿속을 스치고 지나갔다. 어, 그러고 보니?

"리나."

"네, 아가씨."

"혹시 그동안 나한테 뭐 온 것 없어? 서찰이라던가, 방문 요청이라던가."

어째서 그동안 알렌디스에게서 연락이 없었지? 수도에 돌아온 지도 벌써 보름을 훌쩍 넘어 삼 주가 되어 가고 있는데. 물론 바빠서 그런가 보다, 라고 생각할 수도 있겠지만, 영지에 있을 때조차 한 주에 한 번씩은 꼬박꼬박 편지를 보냈던 그가 방문은커녕 짧은 전갈조차 보내지 않았다는 것은 뭔가 이상했다.

"서, 서찰이요? 어, 없었는데요, 아가씨."

우물쭈물하는 리나의 모습에 눈을 가늘게 떴다. 평소의 그녀답지 않게 더듬거리는 것이나, 시선을 마주치지 못하고 있는 점이 영 미심쩍었다.

"나한테 뭐 숨기고 있는 거 있지? 얘기해 줘, 리나."

"그게요, 그러니까……."

"응."

"사실은 베리타 공자께서 보내신 편지가 있었는데…….."
"그래? 그런데 왜 난 못 봤지?"
"아가씨 집무실에 가져다 두려고 했는데, 마침 그걸 각하께서 보시곤 전하지 말라고 하셨어요."

뜻밖의 말에 고개를 갸웃했다. 이게 무슨 소리야. 아버지께서 왜 그런 일을 하셨단 말이지?

"왜?"
"한동안 일에 집중하셔야 한다고, 아가씨도 그러길 원하셨다고요."
"그래? 다른 말씀은 없으셨고?"
"음, 아가씨에게는 알리지 말라고 하신 거랑 조금 불쾌해 보이셨던 것 빼고는 없었어요. 죄송해요."
"리나, 네가 모시는 사람은 아버지가 아니라 나야. 아무리 아버지께서 그렇게 지시하셨다 하더라도 내게 말해 줬어야지."
"네. 정말 죄송해요, 아가씨."

리나는 고개를 푹 숙이며 사죄했다.

"가자. 준비해 줘."
"어, 어딜 가시려고요?"
"베리타 공작저."
"하, 하지만 방문 요청도 넣지 않으셨……. 알겠습니다, 아가씨. 최대한 빨리 준비해 드릴게요."

내 표정을 본 리나는 어서 준비하겠다며 사라졌다. 방문 요청을 넣지도 않고 타 가문을 방문하는 건 분명 예의에 어긋나는 일이었지만, 리나의 말을 토대로 추측해 보건대 아버지께서는 내가 알렌디스와 교류하는 것을 탐탁지 않게 생각하고 계신 것 같았다. 그렇기에 어쩔 수 없었다. 정식으로 방문 요청을 넣게 된다면 그 사실을 알게 된 아버지께서 막으실지도 모르는 일이었으니까.

"어머, 모니크 영애?"

"오랜만에 뵙습니다, 공작 부인. 방문 요청도 하지 않고 찾아온 결례를 용서하세요."

"아니에요. 이렇게 직접 찾아와 줘서 얼마나 다행인지 모르겠군요. 알렌디스를 만나러 왔겠죠?"

"네, 그렇긴 합니다만……."

"바로 안내하라고 하겠어요. 정말 고마워요, 영애."

"네? 아, 네. 감사합니다, 공작 부인."

반가운 기색이 역력한 공작 부인의 모습에 고개를 갸웃했다. 무례한 방문을 다소 불쾌하게 느낄 것이라 생각했는데, 오히려 그녀는 내가 반가워서 어쩔 줄 모르는 듯했다. 뭐가 다행이라는 건지, 또 무엇이 고맙다는 건지 이해할 수는 없었으나 일단 순순히 고개를 끄덕였다. 안내를 마치자마자 급하게 사라지는 시녀의 모습에 다시 한 번 의구심이 솟았지만, 어깨를 으쓱하며 문을 가볍게 두드렸다.

따뜻해 보이는 크림색 벽지가 발린 방 안, 널찍한 책상 위에 온갖 책과 서류가 잔뜩 쌓여 있었다. 그 안에 파묻혀 있던 연둣빛 머리카락의 소년이 난생처음 들어 보는 냉랭한 목소리로 말했다.

"뭐야? 내가 아무도 들어오지 말라고 했을 텐데?"

무척 낯선 그 음성에 방에 들어서려다 말고 멈칫 멈춰 섰다. 평소와 같은 따스함 대신 차가움이 잔뜩 묻어 나오는 목소리, 싸늘하기 그지없는 태도. 멍하니 눈을 깜빡였다.

 내가 잘못 들은 걸까. 아닌데. 여기엔 알렌디스와 나, 둘밖에 없잖아.

 "당장 나가."

 "……."

 "나가라는 말 안 들……. 티아?"

 신경질적으로 고개를 들던 알렌디스가 멈칫했다. 조금 마른 것처럼 보이는 얼굴에 씁쓸한 미소가 맺혔다.

 "또, 인가."

 "……."

 "돌아왔단 얘기는 들었는데."

 "……."

 "그런데 네게서 연락이 오질 않아. 티아, 아직 날 용서하지 못한 거야?"

 "……알렌."

 움찔하며 몸을 굳힌 소년이 잠시 후 벌떡 일어섰다. 그 바람에 가득 쌓여 있던 서류들이 우수수 떨어졌다. 바닥에 잔뜩 흐트러진 종이를 밀치며 다가온 그가 내게 손을 뻗었다. 에메랄드색 눈동자가 파르르 떨리고 있었다.

 "이제는 목소리까지 들리는 건가."

 그의 손이 뺨에 닿으려는 순간, 나는 나도 모르게 한 걸음 뒤로 물러섰다. 흔들리는 눈빛에 흠칫 놀랐다. 상처받은 듯한 표정을 보자 정신이 번쩍 들었다. 내가 지금 무슨 짓을 한 거야.

 황급히 팔을 뻗어 굳은 듯 멈춰 있는 알렌디스의 손을 감싸 쥐었다. 맞잡은 손에서 전해져 오는 온기에 힘입어 머뭇머뭇 입을 열었다.

"알렌."

"……티아?"

"미안. 내가 좀 늦었지."

"……."

"직접 찾아오려고 했는데, 짬이 안 났어. 정말 미안해, 알렌. 마음 많이 상했어?"

멍하니 서 있던 알렌디스가 나를 와락 끌어안았다. 그새 머리 하나는 더 커진 듯한 소년의 품에 폭 안기자, 잔뜩 잠긴 목소리가 들려왔다.

"티아."

"응."

"티아, 정말 너야? 응? 내 아가씨가 맞아?"

"응."

"티아."

"응, 알렌."

알렌디스는 나를 하염없이 부르며 품에서 놓아주지 않았다. 나는 느껴지는 축축한 느낌에 깜짝 놀랐다. 설마 지금 우는 거야, 알렌디스?

"이제는 널 보지 못하는 줄 알았어."

"그럴 리가 없잖아."

"그때 일도 그렇고. 네 꿈에 대해 언급한 편지 이후로 연락이 없어서 이제는 아예 마음의 문을 닫아 버린 줄 알았어. 또 조급했던 건가, 하고 겁이 났어."

"난 이제 괜찮아. 걱정하게 해서 미안해."

조심조심 팔을 뻗어 등을 토닥였다. 직접 방문하겠다는 생각에 연락하지 않았던 것이 몹시 미안해졌다. 이럴 줄 알았으면 편지라도 보내는 건데.

얼마나 시간이 지났을까. 한참 후에야 나를 풀어 준 알렌디스가 어색한 미소를 지었다. 조금 붉어진 듯한 에메랄드색 눈동자가 따스한 빛을 머금은 채 나를 담고 있었다.

"미안, 티아. 많이 놀랐어?"

"음, 조금?"

"그랬구나. 놀라게 해서 미안."

"아냐. 연락 못한 내가 미안하지. 그런데 알렌, 무척 바빠 보이네. 내가 방해한 건가?"

"방해는 무슨, 내 아가씨라면 언제나 환영이지. 음, 자리를 옮길까? 여긴 앉을 만한 곳이 없네."

빙긋 미소 지은 알렌디스가 손을 내밀었다. 그 위에 손을 얹으며 돌아서는데, 바닥에 떨어진 서류 사이에서 반짝이는 은빛 편지지가 보였다.

'응? 은빛? 저 색깔 편지지를 쓰는 사람은 거의 없을 텐데?'

눈을 크게 뜨고 바라보자, 몹시 익숙해 보이는 반듯한 글씨체가 보였다. 어라, 저건…….

"티아?"

의아한 듯 부르는 알렌디스 때문에 편지지에서 눈을 뗐다. 하지만 나는 그의 안내를 받아 응접실에 도착할 때까지도 눈앞에서 아른거리는 은빛 편지지의 잔상에서 벗어날 수가 없었다. 조금 먼 거리 때문에 확신할 수는 없었지만, 만일 잘못 본 것이 아니라면 그 편지의 발신인은 분명 내가 잘 알고 있는 사람이었으므로.

"뜨거운 물하고 레몬 한 조각 부탁해."

줄을 당긴 알렌디스는 잠시 후 들어온 시녀에게 싱긋 웃으며 말했다. 멍하니 서 있던 시녀는 알렌디스가 주문을 되풀이하고 나서야 허둥대며 사라졌다.

왜 저러지? 설마하니 신참 시녀에게 이런 일을 맡긴 건 아닐 테고. 의아한 것은 마찬가지였던 듯 시녀가 사라진 쪽을 바라보던 알렌디스는 조금 후에야 나를 돌아보며 물었다.

"마지막으로 봤을 때보다 훨씬 좋아 보인다, 티아. 영지는 어땠어?"

"이런저런 일이 많았지만, 괜찮았어."

"다행이다. 사람들은 어땠어?"

"음, 가신들은 처음 본 사람도 많았지만 다 친절했고, 기사들도 좋은 사람들이었어. 뭐, 가끔 시모어 경이나 카르세인과 충돌 비슷한 걸 일으키기도 했지만 심하지는 않았으니까."

"시모어 경이라면 그때 그 근위 기사?"

"응."

순간 알렌디스의 눈썹이 꿈틀거리는 것처럼 느껴졌다. 응? 뭔가 거슬리는 점이라도 있나? 천천히 눈을 감았다 뜨자, 평온한 표정으로 나를 바라보고 있는 소년이 보였다. 아무래도 내가 잘못 본 모양이네.

"그렇구나. 근데 라스 공자와 기사들이 충돌을 일으켰다는 건 무슨 얘기야?"

"가끔 시비 비슷한 게 있었다고 해야 하나. 그래도 결투나 주먹다짐까지 간 적은 없었어."

"그래?"

"응. 알렌도 알다시피 카르세인이 말투가 좀 거칠잖아. 처음에는 그것 때문에 티격태격했거든. 그래도 나중엔 다들 잘 지냈어. 떠난다고 했을 때는 아쉬워하기까지 하던걸. 그리고 보니 카르세인, 잘 지내고 있으려나? 수도로 올라올 때 좀 이상해 보였는데."

상념에 빠지려던 때, 어느새 나타난 시녀가 뜨거운 물이 담긴 주전자와 찻잔을 내려놓았다. 레몬 조각이 담긴 접시도 있었다. 생각에 잠긴 듯한 표정으로 그 모습을 바라보던 알렌디스가 나를 돌아보았다.

"잠시만 자리를 비워도 될까, 티아? 뭐 좀 가져올 게 있어서."

"응, 알았어."

가볍게 고개를 끄덕이자, 알렌디스는 빙그레 미소를 지어 보이며 자리에서 일어났다. 잠시 후 돌아온 그의 손에는 조그만 상자가 들려 있었다. 저게 뭘까? 궁금해 하는 것을 알아차렸는지, 알렌디스는 상자를 내게 넘겨주며 열어 보라 말했다. 교차된 열쇠 문장이 새겨진 나무 상자의 뚜껑을 열자, 그 안에는 푸른빛과 보랏빛이 감도는 말린 꽃잎이 가득 들어 있었다.

"이게 뭐야, 알렌? 처음 보는 것 같은데."

"이건 우리 영지에서만 나는 꽃이야. 블루멜로우라고 해."

차근차근 설명한 알렌디스가 찻잔에 말린 꽃잎을 넣었다. 물을 붓자 영롱한 푸른색이 한가득 번졌다. 몹시 아름다운 그 모습에 나도 모르게 탄성이 나왔다.

"와, 예쁘다."

"그렇지? 근데 이건 이게 다가 아냐. 잘 봐, 티아."

알렌디스는 레몬 조각을 잡고서 푸른빛이 감도는 찻잔 위에 즙을 몇 방울 떨어뜨렸다. 그러자 놀랍게도.

"색이 변했어……."

"어때, 예쁘지?"

푸른색이 온데간데없이 사라진 찻잔에는 어느새 맑은 분홍빛이 넘실거리고 있었다. 이게 어떻게 된 거지? 절로 눈이 휘둥그레졌다. 찻잔을 이리저리 돌려 가며 살펴보자 쿡쿡 소리 내서 웃은 알렌디스가 내게 상자를 건넸다.

"자."

"응?"

"선물이야. 네 생각이 나서 준비해 뒀는데, 좋아하는 것 같아서 다행이다."

"이거 귀한 거 아냐? 베리타 영지에서만 자라는 거라면서."

"괜찮아. 어차피 널 위해 준비한 거였는데, 뭐."

"정말?"

뜻밖의 선물에 활짝 미소를 지었다. 고맙다고 얘기하려는데, 나를 물끄러미 바라보던 알렌디스가 갑자기 고개를 세게 흔들었다.

"왜 그래, 알렌?"

"처음 본다, 그렇게 웃는 모습."

"응?"

"그렇게 환하게 웃는 거, 처음 봐."

"음, 이상해?"

"아니. 하지만 티아, 다른 데 가선 그렇게 웃지 마. 응?"

"응? 농담도, 참."

나는 후후 웃으며 상자를 다시 들여다보았다. 푸른색과 보라색이 어우러진 상자 안에서는 말린 꽃 특유의 향기가 은은하게 번져 나왔다. 진짜 신기하네. 어떻게 저게 분홍색으로 변하지?

"티아."

"응?"

"……이젠 괜찮아?"

"이런저런 일이 많긴 했지만, 이젠 괜찮아. 걱정해 줘서 고마워."

"그래, 다행이네."

알렌디스는 뭔가 더 말하려다가 말고 그냥 고개를 끄덕였다. 무슨 얘기를 하려던 것이었는지 궁금하긴 했지만, 굳이 묻지는 않았다. 꿈이라는 이유를 빌려 많은 부분을 털어놓은 이상 이제 더는 과거의 이야기를 하고 싶지 않았다.

색깔만 봐도 달콤해 보이는 분홍빛 차를 마시며, 나는 알렌디스와 그동안 있었던 이런저런 일들을 도란도란 이야기했다. 반년 동안 보지 못한 탓인지 과거의 일을 제외하더라도 그간 밀린 이야기는 참으로 많았다.

빈 찻잔을 다시 채우다 깜짝 놀랐다. 언제 이렇게 시간이 흘렀지? 어느새 어두워지기 시작한 창밖의 풍경에 서둘러 자리에서 일어났다. 리나의 말을 생각해 보면, 아무래도 아버지께서 오시기 전에 집에 돌아가는 편이 좋을 것 같았다.

"알렌, 그만 가 봐야 할 것 같아."

"아. 그래, 벌써 시간이 이렇게 됐구나."

알렌디스는 아쉬움이 역력한 기색으로 말했다. 섭섭한 것은 나역시 마찬가지였지만, 지금은 돌아가 봐야 했다. 벌써 가느냐며 붙잡는 공작 부인에게 다음에 또 들르겠노라 인사하고서 나는 알렌디스와 함께 마차로 향했다.

"이젠 자주 편지할게. 그런데 검술은 이제 그만두는 거야?"

"아주 그만두는 건 아니지만, 예전처럼 전념하지는 못할 것 같아. 나도 이제 슬슬 아버지를 도와야지."

"아, 그럼 아까 그 서류들이 그거였어?"

"어? 응. 그렇지."

잠시 당황한 듯하던 알렌디스는 곧바로 고개를 끄덕이며 답했다. 서로의 길이 점점 달라진다는 생각에 조금 섭섭하긴 했지만, 언젠가는 이렇게 될 거라는 사실쯤은 이미 알고 있었기에 나는 그저 말없이 웃어 보였다.

"티아."

마차에 오르려다 나를 부르는 목소리에 뒤를 돌아보았다. 고개를 갸웃하자 풀기 없이 웃어 보인 알렌디스가 말했다.

"아, 아무것도 아냐."

"응. 잘 있어, 알렌. 편지할게."

"저기……."

다시 뒤를 돌아보았다. 어딘가 불안한 표정으로 나를 바라보고 있는 알렌디스. 왜 그러지? 의아해 하는 나를 향해 그는 방금 떠올랐다는 듯 말했다.

"아까 그 블루멜로우, 아끼지 말고 마셔. 다 마시면 또 줄게."
"정말? 고마워. 잘 마실게."
빙그레 미소 지었다. 여전히 머뭇거리는 모습에 잠시 기다렸지만, 그는 아무런 말도 하지 않았다. 잘 지내라 얘기하고 다시 마차에 오르려는데, 다급하게 나를 부른 알렌디스가 말했다.
"있잖아, 티아. 음, 그러니까……. 맞아. 내가 데려다 줄게."
"나야 좋지만, 번거롭지 않겠어?"
"괜찮아. 금방 준비하라고 할게. 오랜만에 만났는데, 그냥 보내려니까 기분이 영 그래서 그래."
"응, 그럼 부탁할게. 고마워, 알렌."
마차를 준비시키겠다며 알렌디스가 사라지고 난 뒤, 나는 내가 오르기만을 기다리고 있던 마부에게 먼저 돌아가라 말했다. 알렌디스와 내가 친분이 두터움을 알고 있기 때문인지 그는 별다른 반발 없이 고개를 끄덕였다.
얼마 지나지 않아 말발굽 소리와 함께 마차 한 대가 도착했다. 제법 쌀쌀해진 날씨를 보여 주듯, 말의 입에서는 하얀 김이 뿜어져 나오고 있었다.
"기다리느라 많이 추웠지? 어서 가자."
"응."
그리 시간이 흐른 것 같지도 않은데, 창밖으로 보이는 바깥은 어느새 어둠이 짙게 깔려 있는 모습이었다. 어떡하지? 아버지께서 돌아오실 시간이 다 된 것 같은데.
베리타 공작가와 우리 가문의 저택은 그렇게 멀지 않은 곳에 위치하고 있기에 우리는 출발한 지 얼마 지나지 않아 목적지에 도착할 수 있었다. 정문을 지키고 있는 기사들을 걱정스레 바라보았지만, 반갑게 고개를 숙여 보일 뿐 별다른 언급이 없는 것으로 보아 다행히 늦지는 않은 모양이었다.

"데려다 줘서 고마워, 알렌."

"아냐, 티아. 많이 늦은 것 같은데 어서 들어가 봐."

"응, 갈게. 조심해서 가."

어서 들어가 보라는 알렌디스에게 손을 흔들어 주고 돌아서는 순간, 저 멀리서 다각다각 하는 소리가 들려왔다. 저택을 향해 다가오는 또 다른 마차에는 은빛 방패와 교차하고 있는 네 자루 창의 문장이 선명하게 새겨져 있었다. 이런, 하필이면 왜 지금이야.

이러지도 저러지도 못하는 사이, 빠른 속도로 다가온 마차가 멈춰 섰다. 곧이어 문이 열리고 한 사람이 내려섰다. 속으로 한숨을 쉬었다. 어둠 때문에 잘 보이지는 않았지만, 은은하게 빛나는 은빛 머리카락만은 선명하게 눈에 들어왔기에.

"아빠."

"오랜만에 뵙습니다, 각하."

"베리타 공자가 아닌가. 오랜만이군."

성큼성큼 다가온 아버지께서 무뚝뚝하게 고개를 끄덕이며 말씀하셨다.

"베리타 공자를 만나고 오는 길인가 보구나."

"……네."

"늦은 시간이니 어서 들어가자꾸나. 베리타 공자, 내 딸을 데려다 줘서 고맙네."

"아닙니다, 각하. 그럼 다음에 또 뵙겠습니다. 안녕, 티아. 다음에 보자."

"조심해서 가, 알렌…… 디스."

간신히 말을 이어 붙이며 나는 아버지를 슬쩍 올려다보았다. 너무도 자연스럽게 흘러나온 애칭 탓에 나도 모르게 그만 알렌이라고 부를 뻔했기 때문이었다. 하지만 어둠 속에 가려져 있는 탓인지 아버지의 표정에서는 아무것도 읽어 낼 수가 없었다.

"그럼 조심해서 가게. 티아, 들어가자."

"……네, 아빠."

층계를 다 오를 때까지 묵묵히 걷기만 하던 아버지께서는 복도를 절반쯤 지났을 때에야 비로소 나를 돌아보셨다.

"늦은 시간이지만, 아비와 차라도 한잔하겠느냐?"

"아, 네. 그럴게요."

왠지 죄를 지은 듯한 기분에 슬금슬금 눈치를 살피며 서재로 향했다. 푹신한 의자에 마주 보고 앉자, 아버지께서는 낮게 한숨을 쉬며 말씀하셨다.

"그래, 잘 다녀왔더냐?"

"……네, 죄송해요."

"무엇이 말이더냐?"

"그러니까, 말씀도 안 드리고 외출한 거요."

내 답을 들은 아버지께서는 곧게 뻗은 눈썹을 가운데로 모으며 침묵하셨다. 말을 고르시는 듯한 모습에 말없이 기다리자 잠시 후 낮은 목소리가 정적을 가르며 들려왔다.

"장래엔 어찌 될지 모를지언정, 너는 아직 황태자 전하의 약혼녀가 아니더냐. 영명한 터이니, 다른 가문의 영식들과 깊은 교류를 맺는 것에 대해서 이러쿵저러쿵 말들이 나올 수도 있다는 것쯤은 잘 알고 있을 게다."

"……."

"그동안 네가 베리타 공자나 라스 공자와 교류하는 것을 막지 않았던 것은 그들과 지내면서 기뻐하는 걸 보았기 때문이었단다."

잠시 숨을 고른 아버지께서 다시 말씀하셨다.

"하지만 네가 쓰러진 후에 황태자 전하의 성인식이 있기 전날 베리타 공자가 다녀갔단 얘기를 들었다. 갑작스럽게 축객령을 내렸단 소리도. 그 이후로 많이 힘들어 보였단 말도 들었다."

"……."

"그렇잖아도 황태자 전하께서 계시지 않아 더욱 이목이 몰리기 쉬운 상태이거늘. 마음의 안정을 얻기는커녕 상처만 받고 있다면 굳이 위험을 무릅쓰고 그와의 교류를 허락할 이유가 없지 않느냐. 아비는 네가 즐겁기를 바라지, 그 때문에 마음 상하는 것은 보고 싶지 않구나."

"하지만 아무리 그래도 편지까지……."

이해가 되지 않는 것은 아니었지만, 그래도 편지까지 가로챈 건 너무하셨다는 생각에 볼멘소리로 중얼거렸다. 물끄러미 나를 바라보던 아버지께서 한숨 섞인 목소리로 말씀하셨다.

"그래, 그것도 이미 들었더냐?"

"네."

"그 점은 미안하게 됐구나. 그 편지 내용이 무엇일지 알 수가 없어서 그리했다. 이제 간신히 괜찮아진 것 같은데 혹시라도 또 마음 상할까 봐 걱정이 되었단다."

"……."

"밝은 모습으로 일에 몰두하는 네 모습이 보기 좋아서 아비가 욕심을 부렸다. 미안하구나."

어쩐지 죄송스러워졌다. 이유 없이 그러신 것도 아니고, 나를 걱정해서 하신 일이었다는데. 미안하다 말씀하시는 모습을 보고 있으려니 마음이 영 좋지 않았다.

"투정 부려서 죄송해요."

"아니다. 아비가 미안하구나. 흠, 네게 온 편지는 봉인된 채로 두었단다. 가져가겠느냐?"

"아니에요. 이제는 괜찮겠다고 생각되시면 그때 주세요. 정말 죄송해요. 저는 그것도 모르고."

"……아비가 밉지는 않더냐?"

"그럴 리가 없는 거 아시면서."

배시시 웃으며 옆자리로 옮겨 가 슬쩍 머리를 기대자, 작게 한숨을 쉰 아버지께서 내 머리카락을 쓸어 넘기셨다.

"그래, 즐거운 시간 보냈느냐?"

"네. 아, 맞다. 아까 차 한잔하자고 하셨죠? 잠시만요."

줄을 당겨 시녀에게 뜨거운 물을 가져오라고 하고서 나는 알렌디스에게 선물 받은 상자를 아버지께 보여 드렸다.

"이게 무엇이더냐?"

"알렌디스에게서 선물로 받은 거예요. 베리타 영지에서만 나는 귀한 꽃이라고 하던데, 차로 우려내니까 색이 참 예뻤어요."

"그렇느냐."

잠시 침묵하던 아버지께서 문득 생각났다는 듯 나를 부르셨다.

"티아."

"네?"

"그, 아까 말이다. 베리타 공자가 널 애칭으로 부르더구나."

뭐라 드릴 말씀이 없어 그저 어색하게 웃었다. 역시 들으셨구나. 아무 말씀 없으시기에 혹시 못 들으셨나 했는데.

"크흠, 아직까지 널 애칭으로 부를 수 있는 사람은 이 아비밖에 없다고 믿고 있었는데……."

"……."

"흠흠, 어쩐지 조금 섭섭하구나."

"아, 아빠, 그게, 그러니까……."

서운한 기색이 역력한 모습에 몹시 난감해졌다. 이 일을 어쩐다지. 말을 더듬으며 어떻게든 변명을 해야겠다고 생각하고 있을 때, 똑똑 문을 두드리는 소리가 들려왔다. 절로 안도의 한숨이 나왔다. 이제 산 건가.

시녀가 찻잔과 뜨거운 물이 담긴 주전자를 놓고 나간 후, 나는 아버지께서 애칭에 대해 뭔가 말씀을 더 꺼내시기 전에 재빨리 찻잔을 끌어당겼다. 말린 꽃잎을 한 스푼 넣고 뜨거운 물을 붓자 선명한 푸른색이 조금씩 번져 나왔다. 처음 만들어 보는 것이라 조금 걱정되긴 했지만, 나는 조심조심 꽃잎을 걸러 낸 뒤 아버지께 찻잔을 건넸다.

"색이 참 예쁘죠?"

"……그래, 그렇구나."

"레몬즙을 넣으니까 분홍색으로 변하더라고요. 참 신기했어요."

"그랬느냐."

묵묵히 찻잔을 기울이시는 모습에 고개를 갸웃했다. 잘못 우려냈나? 이상하다. 아까랑 비슷한 맛인 것 같은데.

"어떠세요?"

"뭐, 향은 그냥 그렇다만. 내 딸이 타 준 거라서 그런가, 괜찮구나."

그래서 맛있으시다는 걸까, 아니면 아니라는 걸까. 알쏭달쏭한 기분으로 바라보자 차를 한 모금 마신 아버지께서 말씀하셨다.

"흠, 그럼 오늘 안에 해 두라는 것은 다 못 했겠구나."

"아, 네. 죄송해요, 아빠. 내일 아침까진 꼭 완성해 둘게요."

"아니다. 밤을 새우면서 할 필요까지야 있겠느냐."

"그래도."

"되었다. 아직 어린 딸을 혹사시키는 아비가 되고 싶지는 않구나. 시간이 많이 늦었으니, 오늘은 이만 잠자리에 들도록 해라. 대신 오늘 못한 몫은 차후에 반드시 보충해야 한다."

"네, 그렇게 할게요."

가볍게 고개를 끄덕이고서 자리에서 일어났다. 이제는 잠자리에 들어야 할 시간이었다.

활짝 열린 창문 사이로 들어오는 햇살이 눈부셨다. 반짝이는 빛의 물결을 따라 들어온 차가운 공기가 방 안을 기분 좋게 맴돌았

다. 나는 아침 특유의 신선한 공기를 가슴 깊이 들이마시며 살며시 미소 지었다. 상쾌한 아침이었다.

"일어나셨어요, 아가씨? 좋은 아침이에요."

조심스레 들어서던 리나가 활짝 웃으며 인사를 건넸다. 탁자 위에 물컵을 내려놓은 그녀가 흥얼흥얼 콧노래를 부르며 침대를 정리했다. 원래 밝은 성격이긴 했지만, 오늘따라 유독 기분이 좋아 보이는 모습에 의아했다. 뭔가 좋은 일이라도 있나.

"리나, 뭐 좋은 일이라도 있어? 오늘따라 기분이 좋아 보이네."

"아이 참, 아가씨도. 오늘이 겨울맞이 대청소 날이잖아요. 방도 새로 단장하고, 이 커튼이랑 카펫도 싹 갈아야지요."

"대청소? 벌써?"

"벌써라니요. 이것도 늦은 거예요. 올해는 이것저것 일이 많이 생기는 바람에 집사님이 조금 늦게 하자고 하셨거든요. 우리 아가씨, 그동안 너무 일에 치여 사셨나 보네요. 계절이 바뀌는 것도 모르고 계신 걸 보니."

안쓰럽다는 듯한 리나의 말에 나는 새삼 날짜를 계산해 보았다. 그러네. 며칠 뒤면 벌써 마지막 달이구나. 본격적으로 일을 배우기 시작했던 때가 얼마 전이었던 것 같은데, 언제 이렇게 시간이 흐른 거지.

"그러네. 벌써 겨울이구나."

"그런 의미에서 오늘은 좀 꾸며 보시는 게 어때요? 겨울 여왕님을 영접할 겸해서요."

"뭐야, 그게."

"에이, 그러지 마시고요. 아가씨는 너무 꾸미는 데 관심이 없으세요. 사교계에 데뷔도 하셨는데, 이제는 조금씩 가꾸셔야지요."

"됐어. 어차피 수련하러 나갈 건데 뭘."

나는 고개 저어 거절의 뜻을 표했다. 별로 그러고 싶은 생각도 그럴 필요도 없었으니까. 어차피 하루 종일 일이나 수련하는 것밖에 하질 않는데, 꾸미는 게 무슨 소용이란 말인가.

하지만 리나는 내 말을 듣는 둥 마는 둥하며 온갖 종류의 머리끈을 늘어놓았다. 빨간 것, 노란 것, 푸른 것 등 화장대 위에 한가득 놓인 머리끈은 그 색깔도 종류도 참으로 다양했다. 나는 알록달록한 색의 향연을 잠시 바라보다 고개를 갸웃했다. 내게 머리끈이 저렇게 많았던가? 어쩐지 못 보던 것들도 있는 것 같은데.

"왜 그러세요, 아가씨?"

"응? 왠지 종류가 좀 늘어난 것 같아서."

"……그럴 리가요. 워낙 관심이 없다 보니 헷갈리신 거겠죠. 자, 어떤 게 더 좋으세요? 진분홍? 붉은색? 아니면 연두색이나 노란색?"

잠시 멈칫했던 리나는 금세 서너 종류의 머리끈을 내밀며 물었다. 나는 방글거리는 리나를 보며 한숨을 쉬었다. 아니, 그러니까 그렇게 신경 쓸 필요 없다니까.

"아무거나 괜찮아. 적당히 골라 줘."

"그럼 진분홍으로 할게요. 그나저나 아가씨, 아무리 여기사가 된다고 하셔도 그렇지, 외모에 이렇게 관심이 없으셔서 어떡해요. 자고로 여자란 가꿔 줘야 하는 법이라고요. 저만 해도 말이죠, 대충 하고 다닐 때랑 조금이라도 꾸몄을 때랑은 대접이 천지차이라니까요?"

"응? 그게 무슨 소리야? 혹시 애인이라도 생겼어?"

그러고 보면 요즘 들어 부쩍 외모에 관심을 보였던 것 같기도 하고. 고개를 갸웃하며 묻자, 리나는 조금 당황한 표정으로 손사래를 쳤다.

"에이, 아니에요. 애인은 무슨. 저는 그냥……."

"맞구나. 누군데? 나도 아는 사람이야?"

"정말 아니에요. 전 그냥 아가씨께서 좀 더 예쁘게 보이셨으면 하는 마음에……."

"아니긴. 내가 보기엔 맞는 것 같은데. 누구지? 시종? 기사? 네 이상형이 짙은 머리카락에 키가 크고 듬직한 남자였으니까, 아무래도 기사이려나?"

"정말 아니라니까요!"

나는 펄쩍 뛰는 소녀를 보며 빙그레 웃음을 지었다. 빨갛게 달아오른 얼굴로 거듭 아니라며 부인하던 리나가 입술을 삐죽이며 말했다.

"이건 불공평해요. 저는 아가씨한테 이것저것 다 말씀드렸는데, 정작 아가씨는 아무런 얘기도 안 해 주시고."

"응? 내가 뭘?"

"보세요. 아가씨는 제 이상형도 아시는데, 정작 제게는 어떤 남자를 좋아하는지조차 안 알려 주시잖아요. 생각해 보니 되게 섭섭하네요."

"……."

"그런 의미에서 아가씨는 어떤 분이 좋으세요? 듬직한 분? 다정한 분? 아니면 친근한 분?"

기회를 잡았다는 듯 눈을 반짝인 리나가 물었다. 이상형이라, 글쎄. 과거였다면 망설임 없이 황태자 전하라고 답했겠지만, 현재 나는 사랑 같은 걸 할 생각 따윈 전혀 없었다. 온 마음과 정성을 바쳐 사랑했지만 결국 보답 받지 못했던 아픔이 아직도 가슴속 깊이 박혀 있었으니까.

그러니 이상형이랄 것도 없겠지만, 그래도 굳이 꼽겠다면 아마도 그런 남자가 아닐까. 두 번 다시 버림받는 아픔을 겪지 않도록, 그래, 내 앞에 무릎을 꿇고서 절대로 버리지 않겠다는 맹세를 해 줄 그런 남자.

씁쓸하게 미소를 지었다. 하긴 어떤 남자이건 간에 무슨 상관이겠는가. 어차피 황실과의 혼약에 묶여 있는 이상 무엇 하나 내 마음대로 할 수 없는데.

그렇게 생각하면 답은 하나였다. 이상형이건 뭐건 간에 어쨌거나 황태자 전하만큼은 아니라는 것.

"……늦었다. 나가 봐야겠네."

"아이 참, 정말 이러실 거예요?"

"이따 봐, 리나. 감독 잘하고."

나는 눈을 흘기는 리나를 일별하며 자리에서 일어났다. 리나는 몹시 부루퉁한 얼굴이었지만, 내 방은 네게 맡기겠다는 말에 말없이 고개를 끄덕였다.

대청소 준비를 하는 고용인들 때문인지 어수선한 저택을 빠져나와 연무장으로 향했다. 수련을 방해하지 않기 위해 인기척을 죽였음에도 안에 들어서자마자 여러 개의 시선이 따라붙었다. 나는 어딘가 기대에 찬 눈초리로 바라보는 기사들을 보며 고개를 갸웃했다. 왜들 저런 눈으로 나를 쳐다보는 걸까.

"좋은 아침입니다, 아가씨."

"안녕히 주무셨어요, 리그 경? 좋은 아침이네요."

나는 활짝 미소 띤 얼굴로 인사를 건네 오는 중년 기사를 향해 마주 웃음을 지었다. 수련용 목검을 찾으러 돌아서는데, 갑자기 등 뒤에서 환호성이 들려왔다. 침음을 삼키는 소리도.

"역시 진분홍색!"

"크흑, 이럴 수가."

깜짝 놀라 다시 돌아보자 눈에 띄게 밝은 표정으로 싱글벙글하는 젊은 기사와 그런 그를 억울하다는 듯 노려보는 몇몇 기사, 그리고 안타까운 표정으로 나를 바라보는 다른 기사들이 보였다.

'뭐지? 진분홍색이라면 혹시 이 머리끈 말인가? 에이, 설마. 내 머리끈 색깔이 저들과 무슨 상관이 있다고.'

하지만 그렇게 생각하기에는 뭔가 이상했다. 연무장에는 이것 말고는 진분홍색의 다른 무언가가 존재하지 않았던 데다가 나를 바라보는 저 시선도 어쩐지 마음에 걸렸다. 혹시 조금 전 왠지 머리끈이 늘어난 것처럼 보이던 일과 지금 이 상황이 관련되어 있는 걸까.

아무래도 리나를 추궁해 봐야겠다고 생각하며 걸음을 옮기는데, 뒤에서 누군가가 부르는 소리가 들렸다.

"아가씨, 여기 계셨군요."

"응? 집사가 여기까진 웬일이야? 대청소 감독하느라 한창 바쁜 시간일 텐데."

"황궁에서 서신이 왔습니다. 아가씨께 온 것입니다."

집사가 내미는 것은 푸른 바탕에 금빛 펄이 촘촘히 뿌려진 화려한 봉투였다. 어, 처음 보는 거네. 황가의 문장이 찍혀 있는 것으로 보아 황궁에서 보낸 것이 분명한데.

무심코 편지를 받아 들다 멈칫했다. 푸른 봉투에는 발신인의 성격을 반영하듯 똑똑 끊어지는 정자체로 쓴 서명이 있었다. 루블리스 카말루딘 샤나 카스티나. 황실에서 사용하는 유려한 글자체임에도 어딘가 냉정하고 차갑게 끊는 듯한 느낌이 묻어나오는 서명.

'어째서 그가 내게 편지를 보냈을까.'

엄습해 오는 불안한 기분에 나는 한참을 망설이다 봉인을 뜯었다. 봉투와 마찬가지로 푸른 바탕에 금빛 펄이 촘촘하게 뿌려져 있는 화려한 편지지에는 은은하게 빛나는 하얀 잉크로 몇 줄이 적혀 있었다.

수도로 귀환했다는 얘기는 들었다. 이제 몸은 괜찮은가?
내달 초 수도에 도착할 예정이다. 그때쯤 한번 봤으면 좋겠군.
그럼.
루블리스 카말루딘 샤나 카스티나.

오늘은 말일에서 나흘 전.
그의 귀환까지는 약 일주일이 남아 있을 뿐이었다.

외전

그들은 오래오래 행복하게 살았을까

외전. 그들은 오래오래 행복하게 살았을까

루블리스는 지금 심기가 몹시 불편했다. 반역죄라는 명분하에 개국 공신 가문 중 하나였던 모니크 후작가를 멸문시키고, 그 가문 출신이었던 황비를 참수한 지도 어언 삼 년. 황비가 존재했을 때 그는 머리카락 한 올조차도 보기 싫어할 정도로 그녀를 증오했지만 그녀의 부재를 절실하게 느낀 지금 루블리스는 증오는커녕 황비에 대한 그리움에 몸이 달 지경이었다.

"루브, 뭐하고 있어요?"

궁내부장이 올린 서류를 보고 황당해 하던 루블리스는 갑자기 들려오는 목소리에 슬쩍 인상을 찌푸렸다. 신이 내려 준 여인, 황제의 유일한 반려자, 축복받은 신탁의 아이라는 그녀, 지은. 그의 앞에는 자신의 심기를 매우 불편하게 만든 원흉인 그녀가 서 있었다.

"황후, 그대에게 물을 것이 있는데."

"뭔데요?"

"오늘 올라온 서류인데, 이 내용이 사실이오?"

"어디 좀 봐요."

내용을 살펴보던 지은이 고개를 갸웃했다. 무슨 소리인지 잘 모르겠다며 몇몇 표현의 의미를 물어 오는 그녀를 바라보던 루블리스의 미간에 주름이 잡혔다. 짜증이 울컥 치밀어 올랐지만, 루블리스는 핀잔하고 싶은 마음을 꾹 누른 채 그녀가 묻는 문구의 뜻을 하나하나 설명해 주었다. 예전의 그라면 다소 불만스러워도 이해하고 넘어갔을 텐데, 서류 하나 제대로 읽지 못하는 모습이 오늘따라 몹시 거슬렸다.

"응, 맞는데. 이게 왜요?"

"……무슨 생각으로 이렇게 일을 처리한 거요?"

서류를 거칠게 내려놓은 루블리스가 말했다. 그가 조금 전까지 보고 있던 것은 오늘 오전 궁내부장이 제출한 탄원서였다. 최근에 지은이 새롭게 도입한 복지 정책에 대한 궁인들의 불만이 빼곡하게 기재되어 있는.

루블리스는 신경질적으로 탁자를 다닥다닥 두드렸다. 생각할수록 기가 막혔다. 요즘 들어 궁인들의 얼굴에 불만이 가득하다 싶더니, 황후라는 여자가 이런 말도 안 되는 짓을 벌였을 줄이야.

"뭐가 문제인지 모르겠소, 황후?"

"네, 어디가 이상해요? 며칠 동안 고심한 건데."

뭐가 문제인지 전혀 모르겠다는 지은의 표정을 보자 루블리스는 화를 내려던 마음조차 사라지는 것을 느꼈다. 그는 불현듯 깨달았다. 아무리 설명하고 가르쳐 줘도 이 여자는 결코 이곳에 완벽하게 동화되지 못할 것이라는 사실을.

"됐소. 내가 좀 바빠서 그러니, 이만 나가 보시오."

"음, 많이 바빠요? 요새는 얼굴 보기도 힘드네요. 황후궁에도 잘 안 찾아오고."

"오늘은 황후궁에 가 보도록 할 테니, 먼저 가서 쉬고 있으시오."

"하지만······. 알겠어요. 이따 꼭 와야 해요?"

짜증 어린 기색을 이제야 눈치챈 것인지, 지은은 뭐라고 말을 하려다 말고 순순히 수긍했다. 검은 물결이 눈앞에서 사라지자마자 자리를 박차고 일어난 루블리스는 거칠게 머리를 쓸어 넘기며 서성거렸다.

'도대체 저 여자는!'

이제는 이 세계에 적응할 때도 되지 않았나? 최고의 선생을 붙여 적잖은 세월 동안 가르쳐 왔건만, 아직도 저 모양이라니. 물론 처음 왔을 때보다야 많이 나아진 것도, 나름대로 적응하려고 노력하는 것도 알고 있었지만, 그럼에도 불구하고 도무지 마음에 차는 구석이 없었다. 자꾸만 부족한 부분이 보여 미칠 지경이었다. 어째서 처음에는 그런 점을 알아차리지 못했는지, 생각 같아서는 멍청했던 자신의 눈을 후벼 파고 싶은 심정이었다.

루블리스는 연신 거칠게 머리를 쓸어 넘겼다. 황비가 있었을 때, 그는 궁내부의 일 같은 것에는 전혀 신경 쓸 필요가 없었다. 그녀가 알아서 완벽하게 처리했으니까. 아마도 그 때문에 그는 지은이 이토록 황후의 자리에 어울리지 않는 여자라는 사실을 몰랐던 모양이었다.

한참 동안 화를 삼키던 루블리스는 깊은 한숨을 쉬며 궁내부로 향했다. 갑작스러운 황제의 방문에 깜짝 놀란 사람들이 허둥지둥 일어나 예를 갖췄다. 대충 손을 휘저어 업무 복귀를 명한 그는 황급히 뛰어나온 궁내부장의 안내에 따라 집무실에 들어갔다.
 "황제 폐하, 이곳까지는 어인 행차이십니까. 신을 부르시지 않고요."
 "긴말하지 않겠다, 궁내부장. 전 황비가 시행하던 황궁 내 고용인의 처우에 대한 서류를 가져와라."
 "저, 전 황비⋯⋯. 그런 건 없습니다!"
 "원칙대로라면 그렇겠지. 반역죄로 처형되었으니, 전 황비와 관련된 서류를 남겨 둘 수는 없는 법. 허나 짐은 그대가 차마 그것을 폐기하지 못했을 거란 사실을 안다. 벌하지 않겠다. 그러니 어서 가져오도록."
 "⋯⋯송구합니다, 폐하. 찾아오겠습니다."
 그의 짐작대로 궁내부에서는 황비와 관련된 서류를 폐기하지 않고 있었다. 본디 반역자와 관련된 물건을 갖고 있는 것은 중죄였다. 뿐만 아니라, 자칫 잘못하면 보유자 역시 역심을 품고 있다는 오해를 살 가능성이 높았다. 그러나 그 모든 것을 알면서도 궁내부장은 황비가 작성한 서류들을 폐기하지 않고 있었다. 아니, 못한 것이겠지. 지은의 행태를 보았을 때, 그녀에게 맡겨 두어서는 일이 제대로 돌아가지 않았을 테니.
 꽁꽁 숨겨 놨던 것인지, 꽤 오랜 시간이 흐른 후에야 나타난 궁내부장은 덜덜 떠는 손으로 서류를 바쳤다. 제법 두터운 그것을 펼쳐 본 루블리스는 자신의 짐작이 맞았음에 깊은 한숨이 새어 나오는 것을 느꼈다.

 황궁 내 고용인의 복지에 관한 정책. 지은이 고안한 것은 시종 및 시녀, 상·중·하급 하인과 하녀 모두 그 자신과 가족이 아플 경우 황궁의에게 치료받도록 한다는 것이었다. 그에 반해 황비가 시행하던 정책은 시종/시녀와 그들의 가족이 아플 경우에는 황궁의에게 보이지만, 하인, 하녀의 경우에는 급을 막론하고 필요한 만큼의 치료비를 지급하도록 되어 있었다. 발생한 치료비는 양자 모두 일정 금액으로 분할하여 매달 봉급에서 차감하게끔 되어 있었고.

 루블리스는 다시 한 번 한숨을 쉬었다. 언뜻 보기에는 지은의 정책이 황비의 것보다 효율적으로 보였지만, 사실은 그렇지 않았다. 이곳은 다름 아닌 황궁이었다. 고용인의 신분에 차이가 없는 하급 귀족가라면 몰라도 궁인의 지위가 사 계급으로 나뉘는 황궁의 경우는 이야기가 달랐다.

 황궁에서 일하는 고용인은 크게 사 계급으로 분류할 수 있었다. 그중에서도 시종/시녀와 하인/하녀 사이에는 많은 차이가 존재했는데, 그것은 전자의 경우 하급 귀족 출신인 경우가 대부분이고, 후자의 경우 거의 평민 출신이라는 것에 기반하고 있었다. 실제로 사 계급 중 가장 낮은 지위인 하급 하인/하녀는 귀족 출신인 시종/시녀의 시중을 드는 것이 주된 업무일 정도였다. 바로 여기에서 지은이 시행하는 정책의 문제점이 존재했다.

 황궁의는 그 자부심이 매우 높을 뿐만 아니라 그 자신도 대부분 귀족 출신이기 때문에 특별한 경우가 아니고는 평민을 치료하려고 하지 않았다. 그런데 지은은 하인과 하녀까지도 황궁의가 치료하도록 함으로써 그들의 반발을 삼과 동시에 평민과 같은 대우를 받는다는 점에서 시종과 시녀들의 기분을 상하게 했다.

또한 황궁의가 무상으로 진료하는 것은 오직 황족뿐, 황실에 고용된 의원이라고 해서 황궁에서 근무하는 이들까지 모두 무료로 치료해 주는 것은 아니었다. 그러므로 황궁의의 진료를 받은 자는 치료비를 지불해야 하는데, 그 비용이 적을 리가 없었다.

따라서 비록 하급 귀족 출신이더라도 많은 봉급을 받아 치료비의 부담이 덜하고 황실에서 파견된 의원에게 치료받는 것을 영광으로 생각하는 시종과 시녀들은 아무런 문제가 없을지 모르나, 그들에 비해 적은 봉급을 받는 하인과 하녀들은 중병이 아닐 경우 필요한 만큼의 치료비를 지급받아 적당한 의원에게 치료를 받는 것이 이득이었다.―기존의 정책에서는 중병일 경우 황후 또는 황비의 승인을 얻어 황궁의에게 진료를 받을 수 있는데, 이 경우에는 황후 또는 황비의 명령에 의해 파견되는 것이고, 중병은 치료해 주면서 공부도 되기 때문에 황궁의의 반발이 상대적으로 적은 편이었다.― 황실에서 무료로 치료비를 지원해 주는 것이 아니라 차후에 봉급에서 삭감하기 때문에 더욱 그랬다.

그렇기에 그리 심하지 않은 병에 걸렸어도 반드시 비싼 황궁의에게 진료 받도록 한 지은의 정책에 대해 하인과 하녀들 역시도 불만을 품게 된 것이었다.

"탄원서까지 냈으니, 짐이 이 서류를 달라고 한 이유를 알겠지? 이 건은 내일 중으로 황후가 다시 처리할 것이니 그리 알도록."

"황공합니다, 황제 폐하. 황은에 거듭 감읍할 따름입니다."

루블리스는 한숨을 삼키며 자리에서 일어났다. 아무리 그래도 그 자신이 나서서 번복하는 것보다는 그녀 스스로 뜻을 철회하는 쪽이 보기에 좋을 터. 어차피 황후가 아닌 그의 뜻으로 번복한다는 것쯤이야 다들 알겠지만, 이 정도로 체면을 살려 줬으면 충분했다.

"루브, 생각보다 일찍 왔네요?"
"이 건, 내일 다시 기존의 방식으로 바꾸시오."
"왜, 왜요? 내가 바꾼 방식이 더 효율적이잖아요."
"진심으로 그렇게 생각하나?"
정말로 모르겠다는 표정에 루블리스는 울컥 치솟아 오르는 짜증을 참지 못하고 버럭 고함쳤다.
"어느 귀족이 평민과 똑같은 대우를 받는 데 가만있나? 어느 평민이 그 비싼 치료비를 내고 황궁의에게 진료를 받나? 이런 말도 안 되는 정책을 시행하겠다니, 대체 생각이 있기는 한 건가?"
"치료비를 내야 한다고요?"
"그쯤은 당연한 것 아닌가! 어느 황궁의가 황족이 아닌 자를 무상으로 진료한단 말인가? 황후, 머리가 있으면 생각을 하라, 제발!"
"루브, 난, 난 몰랐어요. 왜 그렇게까지 화를 내요? 나도 노력하고 있는 것 알잖아요."
까만 눈에 눈물이 고이는 것을 보자 몹시 불쾌해진 루블리스는 진정하기는커녕 더 크게 고함쳤다.
"매번 노력, 노력. 말만 하고 나아지는 것이 없는데, 그놈의 노력은 대체 어디다 기울이고 있나? 처음에야 몰랐으니 그럴 수 있다 쳐도 사 년쯤 됐으면 이제는 좀 알 때도 되지 않았나? 무엇 하나 제대로 하는 것 없고, 뭐라 말을 좀 하려 하면 울기나 하고. 대체 그대는 제국의 황후가 뭐라고 생각하나? 황후라는 이름이 아깝다! 정말 그대가 신이 정해 준 내 반려가 맞기는 한 건가? 황비의 반의반만이라도 따라가 보라, 좀!"

"루브, 당신."

소리 없이 눈물만 뚝뚝 떨구던 지은은 루블리스의 마지막 말에 거칠게 얼굴을 닦아 내며 표독스럽게 말했다.

"당신, 왜 이래요? 아무것도 모르는 사람 끌어다가 황후 자리에 앉힌 건 당신이었잖아. 날 사랑한다면서 아주 어릴 때부터 정해져 있었다는 약혼녀도 버린 당신이었잖아! 왜, 이제 와서 그녀가 아쉬워요? 그렇게 치를 떨면서 싫어하다가 결국은 반역죄로 몰아서 참수까지 시켜 놓고, 이제 와서 황비가 그리워? 그래요?"

"그만하라."

역린을 무참하게 찔린 탓에 극도로 분노가 치밀어 올랐지만 루블리스는 간신히 화를 눌러 참으며 경고했다. 그러나 지은은 그 경고를 듣는 둥 마는 둥 하며 계속해서 악을 썼다.

"왜, 내가 못할 말 하기라도 했어요? 다 사실이잖아. 이제 와서 그리운 이유가 뭐겠어. 양심의 가책이라도 느껴서? 사랑했다는 사실을 뒤늦게 깨달아서? 아니잖아. 내가 당신 눈에 안 차니까 이제 와서 그녀의 일 처리 솜씨가 그리워진 거잖아요? 뭐? 내가 노력을 안 해? 나라고 뭐 매일 놀고먹은 줄 알아요? 삼 년 동안 밀려든 일 때문에 얼마나 애먹었는데. 당신이 제대로 도와주기나 했어? 나, 나름 노력한다고 당신 안 볼 때 이 악물고 공부했어. 하루에 열두 시간도 넘게 거의 매일 공부만 했다고!"

"그만하라 하였다."

루블리스는 이를 악물며 내뱉듯 말했다. 하지만 지은은 멈출 줄을 몰랐다.

"그러니 그녀는 어땠겠어? 황비가 죽은 이후로 귀에 못이 박히도록 들은 얘기가 뭔지 알아요? 내 앞에서야 쉬쉬하지만, 돌아서기만 하면 다들 황비는 이랬는데, 황비는 저랬는데. 매일매일 비교당했어. 그렇게 완벽한 황후감이었다면서요? 하, 걔는 뭐 천재라서 처음부터 완벽하게 일 처리했겠어? 어릴 때부터 차기 황후감으로 자랐다면서요? 평생 동안 노력했겠지. 아마 뼈를 깎는 노력이었을 거야. 그런데 그런 애를 당신이 그렇게 무시하고, 괴롭히고, 결국엔 비참하게 죽인 거 아니었어요? 그런데 이제 와서 뭐? 황비의 반의반이라도 닮아 보라고?"

"그만하랬지!"

화가 머리끝까지 솟은 루블리스가 손을 휘두른 것과 지은이 화끈거리는 뺨을 감싸며 주저앉은 것은 거의 동시였다. 믿을 수 없다는 듯 바라보는 검은 눈에 눈물이 가득 고이는 것을 외면하며, 루블리스는 야멸차게 몸을 돌렸다.

한참을 망연자실하게 앉아 있던 지은은 갑자기 벌떡 일어나 밖으

로 뛰쳐나갔다. 깜짝 놀란 시녀들이 허겁지겁 그녀의 뒤를 따랐다.
'아마 다 들었겠지.'
보나마나 뒤에서 비웃을 것이라는 생각에 울컥 화가 치솟은 지은은 따라오지 말라고 앙칼지게 소리치고는 몸을 휙 돌려 홀로 황후궁을 빠져나갔다.
한참을 걸어 황후궁 정원 구석진 곳에 도착한 지은은 털썩 주저앉아 멍하니 하늘을 올려다보았다. 새까만 하늘 한가득 반짝이는 별들을 보자 이곳은 그녀가 살던 곳이 아니라는 것이 다시 한 번 실감났다. 왈칵 눈물이 났다.
"엄마, 아빠, 지수야."
황후가 되기를 원한 적 없었다. 야자를 끝내고 집에 터덜터덜 돌아가는 길에 우연히 유난히 반짝이는 동전을 발견하고 신기해서 주웠을 뿐이었다. 그러고는 갑자기 어지럼증이 밀려와 정신을 잃고 쓰러졌을 뿐인데, 눈을 떠 보니 세상이 완전히 달라져 있었다. 이상한 복장의 외국인이 뭐라고 말을 걸지를 않나, 혀가 꼬부라지는 말투로 여기는 황궁이라느니, 제국이라느니 하지를 않나.
헛소리하지 말라고, 집에 보내 달라 했으나 아무도 귀 기울여 듣지 않았다. 혹시 꿈인가 싶어 잠을 청해 봤지만, 며칠이 지나도 그대로였다.
조금씩 불안감이 밀려올 무렵, 척 보기에도 높은 지위에 있을 것 같은 남자가 찾아왔다. 티끌 한 점 없는 고급스러운 옷, 냉기 어린 태도에서 전해져 오는 위압감, 그리고 지구상에는 존재하지 않는 선명한 푸른색 머리카락. 스스로를 황태자라 소개한 그는 자신이 신탁의 아이라는 말이 나오고 있으니 일단 이곳에 머무르라 말했다.

그렇게 며칠이 지나 이것이 꿈이 아닌 현실이고, 이곳은 자신이 살던 지구와는 완전히 다른 곳이며, 수업 시간에 들었던 근세 유럽과 비슷한 세계라는 사실을 깨달았을 무렵, 황제가 서거하고 황태자가 새로운 황제로 즉위했다. 자신과는 관계없는 일이라 생각하며 어떻게든 집에 돌아갈 방법만 궁리하고 있을 때, 갑자기 무슨 공작이라는 자가 찾아와 자신이 진정한 신탁의 아이라며 신이 정해 준 황제의 반려라고 했다. 그러고는 대관식과 함께 결혼식을 치를 거라 말했다.

말도 안 되는 소리라 생각했다. 그동안 조금 친해지기는 했어도 차갑기 그지없는 그 남자와 결혼을 하라니. 그것도 제 아버지가 돌아가셨을 때조차 눈물 한 방울조차 흘리지 않은 냉혈한과. 하지만 공작은 거듭해서 나를 설득했다. 알고 보면 황제도 따뜻한 사람이라고, 겉으로 내색하지 않을 뿐 나를 무척 아끼고 있노라고. 그리고 약간의 협박을 곁들였다. 황궁 밖은 무척 험한 세상이며, 여자 홀로 살아가기는 더욱 어려울 것이라고.

그 말을 듣자 문득 무서워졌다. 인권이라는 개념이 없는 이 세상, 뭐가 뭔지 하나도 알 수 없는 낯선 곳에서 홀로 살아갈 수는 없었다. 그래서 어쩔 수 없이 초야는 나중으로 미룬다는 조건하에 황제와의 결혼을 승낙했다.

스스로를 합리화했다. 공작의 말대로 어쩌면 그가 자신을 사랑할지도 모른다고. 차가운 성정의 사람이 자신에게는 다소 누그러지는 것을 보면 아마 그럴 것이라고, 여자는 제가 사랑하는 남자보다는 자신을 사랑해 주는 남자에게 시집가는 편이 더 낫다는 말도 있지 않느냐고 자위하면서.

황후가 되고 난 후, 책에 파묻혀 정신없는 하루하루를 보냈다. 오직 말만 할 줄 알았을 뿐, 자신은 이 세계에 대한 아무런 배경지식이 없는 것뿐만 아니라 글조차 읽지 못했으니까. 하지만 이 세계의 글은 아무리 공부해도 쉽게 늘지 않았고, 황후의 기본 소양이라면서 깐깐한 귀부인이 가르치는 예법은 가뜩이나 잘 굴러가지 않는 머리를 지끈거리게 했다. 그나마 지옥 같은 그 생활을 버틸 수 있었던 건, 온갖 불평을 말없이 들어주는 루블리스 덕분이었다.

그러던 어느 날 보게 된 사람이 '그녀'였다.

거듭되는 수업에 진저리치며 무작정 황후궁을 뛰쳐나왔던 날, 자신을 찾는 시녀들을 피해 수풀 속에 숨어 있다가 보게 된 그녀. 햇빛을 받아 반짝반짝 빛나는 은색 머리카락을 길게 늘어뜨린 채, 한 손에는 연한 크림색 양산을 든 지수 나이 또래의 소녀는 무척 작고 가냘팠다. 금방에라도 바닥에 닿을 듯한 긴 길이의 드레스를 입고 있음에도 소리 없이 사뿐사뿐 걷는 그녀는 척 보기에도 기품이 흘러넘쳤다.

순간 깨달았다.

저것이 바로 예법 선생이 얘기하던 우아한 걸음이라는 것을, 귀족 영애란 저런 사람을 일컫는 것이란 사실을.

어떤 사람일지 몹시 궁금해서 시녀들에게 그녀의 정체를 물어보았지만, 모두 난처한 듯 자리를 피할 뿐 누구도 답해 주지 않았다. 그나마 나이 어린 시녀가 흘린 '황―'이라는 한 글자만이 유일한 단서였을 뿐, 루블리스 역시 인상을 굳히며 몰라도 된다고만 했다.

아마 황녀일 거라 생각했다. 시녀의 말도 그렇고, 나이를 보아도 그랬다. 게다가 황궁에 살 수 있는 사람은 황족이 유일했으니까.

친해지고 싶어 며칠 관찰을 해 본 결과, 그녀는 일정한 시간에 내궁 구석에 있는 작은 정원을 산책한다는 사실을 알게 되었다. 우연을 가장해서 그녀에게 접근했다. 신비로운 황금색 눈동자를 살짝 내리깔며 그림처럼 우아하게 인사하는 그녀가 정말 마음에 들었다. 고저가 거의 느껴지지 않는, 그리 크지도 작지도 않은 음성에서는 루블리스와는 다른 의미에서의 카리스마가 묻어 나왔다. 역시 황족은 다르다며 감탄하고, 닮고 싶다 생각하며 동경의 대상으로 삼았다.

하지만 그녀는 늘 자신에게 거리를 두었다. 섭섭한 마음으로 결의를 다졌다. 반드시 친해지겠노라고, 그래서 그토록 우아하게 행동할 수 있는 비법을 배워 자신도 위엄 있는 황후가 되어 보겠노라고.

그래서 그녀가 황비, 즉 황제의 두 번째 부인임을 알았을 때, 심한 충격을 받았다. 루블리스에게 다른 여자가 있을 것이라고는 전혀 생각하지 못했다. 하물며 그녀일 거라고는 더더욱. 조금씩 마음을 열고 있었던 차에 알게 된 엄청난 사실에 혼란스러웠고, 그녀에게 몹시 미안했다. 태어날 때부터 그의 부인으로 예정되어 있었다는데, 갑자기 나타난 자신 때문에 약혼자를 빼앗긴 것이었으니까.

아무것도 모르는 자신을 보며, 제가 루블리스의 이야기를 늘어놓을 때마다 그녀가 느꼈을 심정을 생각하자 도저히 가만히 있을 수가 없어 사과를 위해 찾아갔다. 차라리 밉다고 소리라도 치면 마음이 편했을 것 같은데, 그녀는 의외로 별다른 표정 변화가 없었다. 그저 처음부터 황후는 자신의 자리가 아니었던 거라며 담담하게 이야기했을 뿐.

어떻게 그럴 수 있는지 이해가 되지 않았다. 자신이었다면 배신한 약혼자와 그를 앗아 간 여자를 증오했을 텐데, 그녀는 그런 기색도 없었다. 그 모습에 오히려 화가 나서 아무 말이나 생각나는 대로 내뱉었다. 한참 퍼부은 후에야 말이 너무 심했다는 생각에 우물쭈물 사과하려 했지만, 고개를 들자마자 마주친 낯선 모습에 자신은 무어라 한 마디도 하지 못했다. 늘 잔잔하던 황금색 눈동자에서 타오르는 차가운 불꽃, 냉기가 뚝뚝 묻어 나오는 고저 없는 음성에 몸이 굳었다.

그럴 거면 왜 황후가 되겠다고 했느냐는 말에 가슴 한쪽이 서늘해졌다. 자신의 결정에 책임은 져야 하는 것 아니냐고, 그렇게 돌아갈 생각만 하며 눌러앉아 있을 자리가 아니라는 말에 양심이 찔렸다. 낯선 세계에 팽개쳐져 안온한 잠자리와 먹을 것을 보장받기 위해 황후의 자리에 올랐을 뿐, 자신은 황후라는 지위가 어떤 것인지 제대로 생각해 본 적이 한 번도 없었으므로. 평생 그 자리를 위해 노력해 왔을 그녀의 차가운 분노에 한없이 작아지는 자신을 느꼈다.

루블리스에게 자신을 내버려 두고 그녀에게 잘해 주라 말했다. 마음이 아팠지만, 그것이 옳은 일이라 생각했다. 그래서 거듭되는 설득에도 못 본 체했다.

하지만 막상 그가 자리를 뜨자 불안해졌다. 마주 보고 앉아 있을 그들이 떠오르자 가슴이 철렁 내려앉았다.

냉랭한 듯 무심한 듯 카리스마를 뿜어내는 그와 그녀, 지배하는 자의 위엄과 기품이 묻어 나오는 두 사람. 참으로 잘 어울리는 한 쌍이었지만, 아무리 생각해 봐도 자신보다는 그녀가 루블리스의 곁에 있는 것이 옳았지만, 그럼에도 함께 있을 두 사람을 생각하자 기분이 나빴다. 혹시라도 그가 그녀에게 빠져들까 걱정스럽고, 자신을 사랑한다 했던 건 착각이었다며 냉정하게 내칠까 두려웠다.

 황비궁 근처를 빙빙 맴돌았다. 잔뜩 굳은 표정으로 돌아오는 루블리스의 눈치를 살피며 은근슬쩍 애교를 부렸다. 내키지 않으면 앞으로는 가지 말라 얘기하며, 순순히 수긍하는 그를 향해 활짝 미소 지으며 스스로를 합리화했다. 원래 사이가 나빴으니 자신이 끼어든 거라 할 수는 없다고, 유혹하거나 해서 빼앗은 것이 아니니 잘못 없다고. 자신에게는 루블리스밖에 없지만 그녀는 그 말고도 가진 게 많으니 괜찮을 거라고, 그러니 그녀에게 죄책감을 가질 이유는 없다고.

 그녀가 그의 아이를 가졌다는 사실을 알았을 때, 배신감에 몸을 떨었다. 며칠 전 찾아갔을 때까지만 해도 아무 말도 하지 않았던 그녀에 대한 미움이 솟아올랐다.

 엷게 미소 짓는 그를 보며 질투하고, 그녀에게 쏟아지는 찬사를 보며 이를 악물었다. 분명 그의 곁에 서 있는 것은 자신임에도 왠지 모를 패배감이 들었다.

 그는 아무런 변명도 하지 않았다. 그는 그저 앞으로는 그녀를 찾지 않을 것이라고, 자신만을 아끼고 사랑할 것이라고 말했다. 그녀의 아이를 받아들이는 것은 정말로 힘들었지만, 그래도 최대한 사랑해 주려고 했다. 용납하지 못하겠다고 외치는 가슴을 무시하며 사랑해 주지는 못하더라도 최소한 아이를 미워하지는 않겠노라고 애써 다짐했다.

그러나 그 아이는 결국 세상의 빛을 보지 못했다. 그녀를 안쓰럽게 생각하면서도 다른 사람이 낳은 그의 아이를 보지 않아도 된다는 사실에 기뻐하는 스스로가 참으로 잔인하다 생각했다. 만일 유산의 이유를 알았더라면 달랐을지도 모르지만, 그때의 자신은 그녀가 왜 아이를 잃었는지 알지 못했다. 서투른 예법 때문에 사교계에서 멸시당하는 탓에 자신에게는 이미 떠도는 소문을 전해 줄 측근 시녀가 하나도 없었으므로.

그의 아이를 가졌다는 사실을 알게 됐을 때, 기쁘면서도 한편으로는 심란했다. 예전의 자신처럼 참담한 심정일 그녀가 떠올랐기에. 그래서 그를 졸라 근위 기사 둘만을 대동하고 궁 밖으로 나갔다.

처음으로 보는 궁 밖의 풍경에 시간가는 줄 모르고 돌아다녔다. 그만 돌아가자는 근위 기사들을 무시하며 '조금만 더'를 외치고 있을 때, 복면인들의 습격을 받았다. 난생처음 받아 보는 살기에 몸이 굳어 도망갈 생각조차 못한 채 그대로 배를 찔렸다.

눈을 떠서 아이를 잃었다는 사실을 알게 되었을 때, 그녀를 찾아가 아이를 잃은 슬픔을 함께 나누고 싶었다. 그녀와 자신 모두 아이를 잃어 본 사람이니, 슬픔을 나누면 함께 이길 힘을 얻을 수 있을 것이라 생각했다.

그러나 자신은 제나 공작에게서 믿을 수 없는 소식을 들었다. 범인은 그녀의 친정인 모니크 후작가의 기사였다고, 그녀의 아버지와 그녀 모두 한통속이었다고.

그럴 리가 없다고 생각했다. 제 약혼자를 앗아 간 것에 대해서조차 화를 내 본 적 없던 그녀가 이제 와서 자신을 미워할 이유가 없었으니까. 하지만 그녀에 대한 믿음은 이어지는 공작의 말에 조금씩 무너졌다. 그는 그녀가 유산했을 때의 일을 설명해 주면서 그녀가 자신 때문에 아이를 잃었다고 생각한다고, 그래서 원망을 품고 있노라고 말했다.

믿음과 의심이 뒤섞여 혼란스러웠던 마음은 황비궁을 찾았던 루블리스가 그녀에게 죽임을 당할 뻔한 후에야 명쾌하게 풀어졌다. 그를 찌른 것이나 자신을 습격한 것 모두 제 아이를 잃은 것에 대한 책임을 묻겠다며 그녀가 벌인 일이 분명했다. 만일 그녀가 배후가 아니었다면 그리 쉽게 사형 선고가 내려질 리가 없었다. 귀족 중의 귀족이라는 그녀의 친정이 멸문당하도록 다른 귀족들이 두고 볼 리가 없었다.

죗값을 받아야 한다고 생각했다. 그래서 그녀의 참수 현장을 참관했다. 감옥에서 끌려 나와 초라한 모습임에도 마지막 순간까지 우아하고 당당한 그녀, 끝끝내 용서를 구하지도 한 마디 사과의 말을 남기지도 않는 그녀를 보자 복잡한 심정이 들었다.

증오했다. 자신과 그를 죽이려 했고, 끝끝내 자신의 아이를 죽인 그녀를. 동경했다. 마지막 순간까지도 자신은 결코 가질 수 없는 우아함과 당당함을 간직한 그녀를. 배신감을 느꼈다. 자신의 우정을 저버린 그녀에게. 서글펐다. 그녀는 자신에게 단 한 번도 따뜻한 마음을 준 적이 없었음을 알고 있었으므로.

마지막 순간까지도 자신을 비참하게 하던 그녀를, 끝끝내 저를 무시하던 그녀를 끝까지 바라볼 수 없어 고개 돌렸었다. 그랬었다.
"티아, 나는 너를 증오한다. 증오해! 끝까지 내게 패배감만을 안겨 준 너를, 죄책감만을 안겨 준 너를, 절망을 느끼게 해 준 너를 증오한다!"
그래, 나는 너를 증오한다.
그토록 동경하여 따라다녔음에도, 친자매처럼 지내자고 그리도 쫓았음에도 내게 마음 한 자락 열지 않았던 네가 밉다. 그날 그런 일이 있었다는 사실도, 네게는 죄가 없다는 사실도 단 한 번도 입 밖에 내지 않은 탓에 한참이 지나서야 진실을 깨닫게 한 네가 밉다. 아무리 죄책감에 몸부림쳐도 미안하다 한 마디 할 수조차 없게 먼저 가 버린 네가 밉다.
그리고 이제 유일하게 너보다 많이 받았던 그의 사랑마저 조금씩 떠나고 있음에 나는 네가 밉다. 아무리 노력해도 너를 따라잡기는 요원함에 내게 이토록 깊은 절망을 안겨 준 네가 증오스럽다. 죽도록 노력해도 너처럼 될 수 없는데, 너와 나를 계속하여 비교하게 만든 네가 증오스럽다. 네가 없었다면, 아니, 네가 조금만 덜 노력했더라면 그와 나는 너와 함께 행복할 수도 있었을 것이기에 나는 네가 참으로 증오스럽다.
"그래, 나는 너를 증오해. 너를……."
눈물이 흘렀다. 화가 났다. 자신이 무슨 죄가 있기에 낯선 세계에 끌려와서 이 고생을 하고 있는 건지 이해가 되지 않았다.
가족이 보고 싶었다. 아직까지도 눈을 감으면 생생하게 떠오르는 그들이 보고 싶었다. 엄마의 품에 얼굴을 묻고 소리 내어 엉엉 울고 싶었다. 사람들의 말에 의하면 자신은 신탁의 아이, 신의 사랑을 받는 축복의 아이라는데, 어째서 자신을 이렇게 괴롭히는지 모르겠다는 생각이 들었다.

"이깟 게 다 무슨 소용이야! 이깟 능력 따위가!"

꽃을 하나 뚝 꺾어 든 지은이 손을 가져다 대자, 하얀빛이 나오며 부러진 가지가 다시 붙었다.

분명 경이로운 능력이나 하나도 고맙지 않았다. 축복을 줄 것이면 그녀와 같은 능력을 줄 것이지, 이딴 치유 능력이 무슨 소용이란 말인가. 최고의 의료진에게 둘러싸인 데다가 깨끗한 환경에서 살아 병에 걸릴 일도 거의 없는데.

지은은 깜깜한 어둠 속 황후궁을 바라보며 몸을 떨었다. 이제 그녀는 갈 곳이 없었다. 돌아갈 곳이라고는 오로지 저곳뿐인데, 어슴푸레 보이는 황후궁이 마치 무저갱 같아 보여 차마 발걸음이 떨어지지 않았다. 사랑이 식어 가는 것이 뻔히 보이는데, 루블리스의 마음을 잡을 방도를 알지 못해 답답했다. 절대적으로 지지해 줄 자가 하나 없는, 고아와 다름없는 이 세계에서 평생을 살아가야 한다는 사실에 눈앞이 깜깜했다.

그녀를 이곳에 보낸 신이 원망스러웠다.

어떻게든 그의 마음을 잡아야 한다.

지은은 결심했다. 그가 다시 마음을 돌리면 좋겠지만, 그렇지 않더라도 결코 그녀를 버릴 수 없도록 하는 방안을 마련해야 했다. 이대로 가다간 황비처럼 그에게 버려지기 십상이었다.

어둠 속에 잠겨 있는 황후궁을 향해 걸음을 옮기는 지은의 눈빛이 독하게 빛났다.

며칠 동안 지은의 궁에 발걸음하지 않았던 루블리스는 그녀가 조심스럽게 보낸 전언을 받고 황후궁으로 향했다. 요즘 들어 영 마음에 차지 않기는 했지만, 어쨌든 황비마저 내치고 맞이한 사람이니 최소한의 도리는 하자고 애써 마음을 다잡았다.

"루브, 왔어요?"

평소답지 않게 잔뜩 치장한 지은이 웃으며 맞이하는 것을 보고서도 그는 무덤덤한 어조로 물었다.

"무슨 일로 보자고 했소, 황후?"

"부부 사이에 별다른 일이 있어야만 보나요. 그저 오랜만에 저녁이나 같이 들까 해서요."

"그런가. 그러도록 하오."

어쩐지 평소와는 달라 보이는 모습에 조금 의아했지만, 루블리스는 별말 없이 식당으로 향했다. 생글거리며 말을 붙여 오는 지은에게 건성으로 답하던 루블리스는 시녀들이 들고 들어오는 요리를 보며 슬쩍 미간을 좁혔다.

"이게 다 뭐요, 황후?"

"제가 살던 세계에서 즐기던 음식들이에요. 예전에 몇 가지 만들어 드리지 않았나요?"

"그랬던 것 같기도 하군."

"없는 솜씨지만 직접 만들어 봤어요. 마음에 들었으면 좋겠네요."

"그런가. 수고했군."

"참, 지난번에 얘기한 건은 원래대로 처리하라 했어요."

"그렇군."

루블리스는 짤막하게 답하며 포크를 들었다. 잘해 보자고 애써 마음을 다잡긴 했지만, 이제는 그녀와 함께 있는 시간이 영 즐겁지가 않았다. 끝없이 말을 걸어오는 지은이 어쩐지 귀찮다 생각하며 그는 가까운 접시에 있는 고기를 조금 덜어 입으로 가져갔다. 그러고는 곧장 인상을 찌푸렸다.

"이건 뭐지?"

"아, 그건 불고기라고 해요. 어때요, 괜찮아요?"

"……조금 짜군."

맛이 없는 것은 아니지만, 그의 입맛에는 맞지 않았다. 그녀가 만든 음식은 모두 조금 짰다.

말없이 포크를 내려놓던 루블리스는 문득 몇 년 전의 일을 떠올렸다. 두 공작이 은퇴를 선언했던 날, 답답한 가슴을 부여잡고 있던 그에게 지은은 직접 만든 거라며 온갖 음식을 내밀었더랬다. 그때는 모양도 형편없고 지금보다도 훨씬 더 짰지만 그 마음 씀씀이에 감격해 말없이 그것들을 다 먹었던 기억이 있었다.

하지만 지금, 지은이 그를 위해 음식을 만든 것은 그때와 같건만 그는 더 이상 그녀의 행동에 감동받지 않았다. 오히려 입맛에 맞지 않는 음식 때문에 짜증만 났다.

"그, 그래요? 지난번에는 잘 드시지 않았어요? 이상하다. 저번보다 간도 덜 했는데."

"원래 간이 센 것을 좋아하지 않소. 아직도 그것을 몰랐소?"

"어, 그랬나요? 난 내 입맛이랑 같은 줄 알았는데. 여기서 나오는 요리 모두 맛이 괜찮길래, 당신도 나랑 같은 줄 알았죠."

"……나오는 음식이 같다 하여 함께 조리하는 것은 아니잖소. 설마 그것도 모르는 거요?"

"그래요? 같은 종류면 같이 조리하는 것 아니었어요?"

전혀 몰랐다는 반응에 루블리스는 깊은 한숨을 삼키며 자리에서 일어났다.

"마저 안 드세요?"

"됐소. 먼저 일어날 테니 황후는 마저 드시오."

루블리스는 괜히 입맛만 버렸다 생각하며 중앙궁으로 돌아와 다시 저녁을 차리라 명령했다. 입안 가득 맴도는 짠맛 때문에 연신 물을 들이켠 그는 나온 요리를 한입 먹고는 슬쩍 인상을 찌푸렸다. 또 이랬다.

대부분의 사람은 잘 모르는 일이었지만, 실상 그는 상당한 미식가였다. 해서 그의 입맛을 만족시킬 수 있는 음식은 그리 많지 않았다.

그래도 몇 년 전에는 까다로운 그에게도 만족스러운 수준의 요리가 나왔던 것 같은데, 언제부터인가 갑자기 음식 맛이 조금 변했다. 하지만 그리 만족스럽지는 않아도 그럭저럭 먹을 만한 수준이었기에 루블리스는 여태껏 음식에 대해 별다른 말을 한 적은 없었다. 그러나 지은의 짠 음식을 먹고 온 지금, 과거에 맛보았던 만족스러운 수준의 요리가 그리워진 그는 시종을 시켜 수석 조리장을 불렀다.

"폐, 폐하, 부르셨습니까."

"그래, 물어볼 것이 있다. 수석 조리장이 된 지 얼마나 되었느냐?"

"사, 삼 년 되었습니다, 폐하."

"삼 년이라."

루블리스는 슬쩍 고개를 기울였다. 생각해 보니 맛이 바뀌기 시작한 것이 그때쯤이었던 것도 같았다.

"그럼 그 전에 있던 자는 어찌 되었지?"

"그, 그자는……."

"대답하라."

"삼 년 전, 모니크가 반역 사건의 연루자로…… 처형되었습니다."

"조리장이 반역 사건의 연루자라? 어찌해서?"

"원래 저, 전 황비의 궁에 있던 자였으나 그녀의 명으로 폐하의 조리장이 되었기에 모니크 가문과 관련 있는 자라 하여 처형된 것으로 알고 있습니다, 폐하."

루블리스는 피식 웃었다.

전 황비, 전 황비. 요즘 들어 가는 곳마다 그녀의 얘기를 듣지 않는 적이 없는 것 같았다.

"그래, 너도 전 황비와 관련된 서류라도 가지고 있나?"

"그, 그런 것은 없습니다! 정말로 없습니다, 폐하!"

며칠 전 궁내부장과의 일을 떠올리며 생각 없이 툭 내뱉었던 루블리스는 극구 부인하며 사시나무 떨 듯 떠는 수석 조리장의 모습에 눈을 가늘게 떴다. 아무리 반역죄가 얽힌 일이라고는 해도 저 것은 지나치게 격렬한 반응이 아닌가.

"가져오라."

"어, 없습니다, 폐하!"

"두 번 말하지 않겠다. 가져오라."

"저, 전 황비와 직접 관련된 것은 없습니다. 정말입니다."

"직접 관련된 것은 없다? 그럼 뭐지? 전 조리장과 관련된 것인가?"

"그, 그것이……."

"네 목이 떨어져야 갖고 오겠느냐."

덜덜 떨면서도 거듭 부인하던 중년인은 루블리스가 냉기 어린 눈초리로 매섭게 노려보았을 때에야 겨우 주방으로 뛰어 들어갔다. 그러고는 잠시 후 작은 수첩을 하나 가지고 돌아왔다.

"이, 이것입니다, 폐하."

조리장이 내미는 수첩을 받아 든 루블리스는 말없이 그것을 펼쳐 보았다.

제국력 961년 겨울, 아가씨께 앞으로 황태자 전하를 위한 요리를 개발하라는 명을 받다.

제국력 962년 여름, 아가씨께서는 아직도 만족하지 못하신 듯하다. 미식가이신 황태자 전하를 만족시키기 위해서는 더 노력해야 한다고 당부하셨다.

제국력 962년 겨울, 회심의 작품을 만들었으나 황태자 전하께서 좋아하실 법한 음식이 아니라며 퇴짜를 맞다. 아가씨께서는 황태자 전하께서 좋아하시는 음식의 목록이라며 쪽지를 하나 주셨다. 쪽지에는 '오리고기, 소고기, 신선한 야채를 좋아하시며, 생선, 돼지고기, 샐러리는 싫어하심. 간을 최대한 약하게 하고 재료 자체의 맛을 살린 음식을 좋아하시며, 냄새가 나는 음식은 잘 드시지 않음'이라 적혀 있었다. 황태자 전하께서는 한 번도 음식투정을 하신 적이 없다는데, 아가씨께서는 그분이 미식가인지, 어떤 음식을 좋아하시는지 어떻게 아셨을까? 그래도 회심의 작품이 아까우니 레시피는 적어 둬야지.

제국력 963년 봄, 황태자 전하께서 좋아하신다는 음식으로 최고의 맛을 내는 데 성공하다. 아가씨께서도 흡족하신 듯하다. 혹시나 잊을까 봐 레시피는 수첩 뒤에 꼼꼼히 적어 두었음.

제국력 963년 겨울, 장장 팔 개월을 노력한 끝에 황태자 전하께서 싫어하시는 생선의 획기적인 요리법을 개발하다. 냄새도 나지 않고 간도 세지 않아 만족하실 듯하다. 아가씨께서는 황태자 전하께서 싫어하시더라도 몸에 좋은 음식이라면 여러 가지 방법으로 개발해 보라 하셨다. 역시 레시피는 뒤에 첨부하다.

제국력 964년 여름, 불쌍한 아가씨. 곧 황후 폐하가 되실 줄 알았던 아가씨께서 황비가 되신다 한다. 뭐라 위로의 말씀을 드려야 할지 몰라 망설이는 내게 아가씨께서는 그저 황비궁으로 따라오라고만 말씀하셨다. 황제 폐하께서 좋아하실 음식을 좀 더 개발해 보라는 말씀과 함께.

제국력 964년 가을, 아가씨께서는 입궁 한 달 만에 내궁의 모든 것을 다 파악하신 듯하다. 입궁하고 처음으로 갖는 폐하와의 만찬 직후, 아가씨께서는 폐하께서 몹시 흡족한 기색이셨다며 내게 중앙궁의 조리장이 되라 명하셨다. 서빙 하녀의 말에 따르면 폐하는 내내 무표정하셨다는데, 아가씨께서는 어떻게 그렇게 확신하시는 것일까? 어쨌든 오늘 내갔던 요리들의 레시피를 첨부하다.

제국력 965년 여름, 아가씨께서 반역죄로 참수당하셨다고 한다. 주위 사람들은 나더러 괜히 얽히지 말고 도망가라 했지만 나는 그럴 수 없다. 아무도 알아봐 주지 않는 날 이끌어 요리사로서 최고의 자리까지 올려 주신 아가씨의 은혜를 저버린다면 나는 인간도 아니다. 빌어먹을 황제! 아가씨께서 자신을 위해 얼마나 노력했는지 그는 절대로 모를 것이다. 저주받아라, 황제여! 언젠가는 반드시 신벌을 받기를 지옥에서 기원하겠다.

"하."

수첩을 끝까지 다 읽은 루블리스는 발치에 엎드려 벌벌 떨고 있는 수석 조리장을 차갑게 내려다보았다. 그가 이것을 없애지 못한 이유는 분명했다. 중간 중간 끼어 있는 레시피 때문이겠지. 허나 아무리 그렇다고 한들 이런 내용을 담은 수첩을 가지고 있다니, 괘씸하기 짝이 없었다.

"소, 송구합니다, 폐하. 송구합니다! 제발 자비를 베풀어 주십시오!"

"자비를 베풀어 달라?"

"어리석은 자라 생각하시어 부디 한 번만 자비를……."

"끌고 가라."

"폐하, 제발!"

"좋다. 내 자비를 베풀어 목숨만은 살려 주기로 하지. 수석 조리장을 황궁 밖으로 추방하고, 모든 직위를 해제하며 재산의 절반을 몰수한다. 향후 수도에 다시 돌아오는 일이 있으면 목숨을 취할 것이다."

연신 고개를 주억거리며 감사하다 외치는 중년인을 끌어내라 명한 루블리스는 침실까지 성큼성큼 걸었다. 냉기를 풀풀 날리다 못해 살기마저 어린 기세에 지나가던 궁인들은 모두 황급히 자리를 피하며 예를 갖췄다.

살벌한 기세로 문을 열어젖힌 루블리스는 혼자가 되자마자 수첩을 집어 던졌다. 그러고도 분이 풀리지 않아 주변을 휘휘 둘러보던 그는 작은 테이블 위에 수북이 올려져 있는 서류를 발견했다. 며칠 전 궁내부장에게 전 황비와 관련된 서류를 모두 가져오라 했었는데, 아마도 그것인 모양이었다.

거칠게 서류를 집어 든 루블리스는 그대로 침대에 드러누웠다. 두툼한 종이 뭉치를 사납게 팔랑팔랑 넘겨 보던 손이 점점 느려지다가 이윽고 멈췄다. 조심스레 서류를 내려놓은 그가 한 손으로 이마를 짚었다.

궁내부장이 가져온 서류의 대부분은 내궁의 운영 지침과 관련된 것이었고, 나머지는 루블리스 자신과 관련된 서류였다. 아마도 황비인 그녀가 계속해서 궁내부의 일을 맡을 수는 없다고 생각했는지, 내궁의 운영과 관련된 서류는 언젠가 그 일을 맡아야 할 황후를 위해 그녀가 직접 작성한 모양이었다. 최대한 관용어와 미사여

구를 빼고 상세하게 서술한 점, 여인 특유의 동글동글한 글씨로 적혀 있는 점을 보아하니 확실했다. 어째서 궁내부장이 위험을 무릅쓰고 이 서류를 남겼는지 알 만했다. 그것은 아무것도 모르는 사람에게조차 큰 도움이 될 정도로 상세한 문서였으니까.

하지만 그보다 루블리스의 머릿속을 복잡하게 만든 것은 그 자신과 관련된 서류였다.

황비가 직접 작성한 것도, 아닌 것도 있는 종이 뭉치는 상대적으로 얇았다. 황제와 관련된 사항은 쉽게 노출되면 안 되는 탓에 아주 사소한 내용들이 거의 다였지만, 그곳에는 그에 대한 관심이 없으면 결코 알아낼 수 없는 것들이 적혀 있었다. 좋아하는 의복의 디자인과 옷감, 선호하는 색깔, 그리고 그가 즐겨 마시는 차의 종류와 온도, 우려내는 시간 등. 마주한 시간이 거의 없음에도 그에 대해 세세하게 알고 있던 그녀는 서류의 마지막 부분에서 아주 사소한 것이라도 그의 취향에 맞춰 세심하게 보필할 것을 당부하고 있었다.

아리스티아 라 모니크.

늘 너, 또는 황비라고 불렀던 탓에 오랜 세월을 함께했음에도 단 한 번도 입 밖으로 꺼내어 불러 본 적 없는 이름. 그렇기에 반쯤 잊어버리고 있었던, 희미해진 기억을 한참 동안 더듬은 후에야 간신히 떠올렸던 그녀의 이름.

며칠 전 지은과의 싸움 이후, 루블리스는 그제야 그녀가 있었기에 자신의 삶이 편안하고 매우 만족스러웠다는 사실을 깨달았다. 일단 한 번 그런 사실을 인식하고 나자, 지난 삼 년간 까마득히 잊고 있었던 그녀의 모습이 선명하게 떠올랐다.

허리까지 오던 은빛 머리카락과 햇빛을 머금었다 사람들이 칭송하던 황금색 눈동자, 절제된 몸가짐과 조용하고 차분하던 목소리.

늘 고요한 호수와 같던 여자.

항상 담담한 모습에 그녀는 자신에게 아무런 감정이 없다고 생각했다. 인형 같은 여자라고, 계파만 생각하는 독한 여자라며 꺼리고 증오했다. 그녀는 루블리스 자신이 아닌 '황제'를 위해 만들어진 여자일 뿐이라 생각했다.

항상 웃어 주는 지은을 보며 그녀는 진정 자신을 사랑한다고 생각했다. 스스럼없이 대하는 모습과 서슴없이 드러내 보이는 감정을 보며, 그녀는 '황제'가 아닌 루블리스 자신을 봐 주는 여자라 생각했다.

하지만 지금 루블리스는 자신의 생각이 맞는지 의구심이 들었다. 황제를 위해 만들어진 여자라 생각한 황비는 밖으로 드러내 보이지 않았던 그의 취향까지도 알고 있었다. 입궁하기 전과 후, 단 두 번 함께했던 만찬 시간 동안 그녀는 그를 세심하게 관찰해서 입맛을 파악했다. 황제가 아닌 그 자신을 봐 주는 여자라 생각한 지은은 그를 사랑한다 말하면서도 사 년이 넘는 시간 동안 어떤 것을 좋아하는지조차 모르고 있었다. 늘 함께 식사하면서도 그녀는 그를 살피기는커녕 당연히 그녀와 같은 입맛일 것이라 생각하고 있었다.

그를 위해 입궁하기 전부터 몇 년에 걸쳐 요리사를 준비시킨 여자와 본인이 직접 만든 요리를 가져오는 여자. 과거에는 당연히 후자가 그를 진정으로 생각하는 여자라 생각했다. 그러나 그렇다고 해서 전자가 그를 위하지 않았다고 할 수 있을까?

루블리스는 그동안 한 점 의심을 가지지 않았던 견고한 생각의 탑이 조금씩 무너지는 것을 느꼈다.

'아리스티아 라 모니크.'

너는 어떤 여자였지? 내 손으로 너를 처형했는데, 왜 이제 와서 너는 나를 이렇게 흔들고 있는가.

너의 진실은 무엇이지? 내게 단 한 번도 보여 주지도 말하지도 않았던 네 감정은 무엇이었나.

네가 없는 지금, 이제야 나는 내가 보내 버린 너란 여자가 궁금하다.

네가 없는 지금, 이제야 나는 내가 귀 기울여 듣지 못한 네 이야기가 듣고 싶다.

네가 없는 지금, 이제야 나는 한 번도 부르지 않았던 네 이름을 불러 본다.

아리스티아, 티아라고.

−버림 받은 황비 2권에서 계속됩니다.−

부록

설정집 I.
독자 서평 I.

설정집 I. 작위에 따른 중간 성

A. 황족

'샤나'를 중간성으로 쓰며, 황위 계승권을 가진 적통 황족과 황후만이 '중간 이름'을 부여받을 수 있다.—신탁으로 중간 이름을 부여받은 아리스티아는 극히 예외적인 경우. 신탁으로 부여받은 중간 이름과 황위 계승권은 포기할 수 없다.— 황녀의 경우, 시집을 가면 중간 이름을 버리는 대신 중간 성은 가지고 갈 수 있으며, 남편의 중간 성 역시 사용한다.

ex1) 루블리스 카말루딘 샤나 카스티나
: 황태자. 루블리스가 퍼스트 네임first name, 카말루딘이 미들 네임middle name으로 중간 이름이 존재하는 것을 보아 황위 계승권을 가진 적통 황족임을 알 수 있다.

ex2) 지은 아이린느 샤나 카스티나
: 과거 지은의 풀 네임full name. 황후임을 알 수 있다.

ex3) 에르니아 샤나 데 라스
: 라스 공작 부인. 황족의 중간 성을 사용하고 있는 것으로 보아 황녀임을 알 수 있다.

B. 공작

'데'를 중간 성으로 사용한다.
ex) 카르세인 데 라스, 알렌디스 데 베리타

C. 후작

'라'를 중간 성으로 사용한다.
ex) 아리스티아 라 모니크

D. 백작

'세'를 중간 성으로 사용한다.
ex) 시렌트 세 시모어

E. 자작

'수'를 중간 성으로 사용한다.
ex) 아델 수 리안

F. 남작

'로'를 중간 성으로 사용한다.

G. 단승 작위

초대 황제부터 이어져 내려오는 제국법에 따르면, 카스티나 제국에서 가문의 작위는 오로지 후계자 한 사람에게만 물려줄 수 있으며, 그 외의 형제들은 스스로 공을 세워 작위를 받지 않는 한 단승 작위를 받는다. 남자 형제가 존재하는 한 여자는 작위를 받을 수 없으며, 장자가 후계자가 됨이 원칙이다.

그러나 여자 형제 혹은 장남이 아닌 형제가 뛰어날 경우, 가주는 후계자 경합을 통하여 가문의 후계자를 선출할 수 있다. 가문의 후계자로 선출되지 않은 자는 단승 작위를 받아 본가의 가신으로 활동하며, 그 아들과 딸의 대에 가서는 작위를 물려줄 수 없다. 즉, 방계혈족은 2대째부터 성만 있을 뿐 중간 성을 받을 수 없으며, 사실상 그 지위가 평민과 같다.

단승 작위의 경우, 본가의 작위에서 두 단계 아래의 작위를 받으며 중간 성은 본가의 중간 성에 'ㄴ[=n]' 받침을 붙인다. 즉, 공작가의 경우 '데'를 사용하므로 단승 작위를 받은 자는 '덴'이라는 중간 성을 사용하며, 백작이다. 본가가 자작가 이하일 경우 단승 작위를 부여하지 않으며, 후계자가 아닌 자는 2대 방계와 마찬가지로 중간 성이 없이 본가의 성만 따르는, 사실상 평민이다.

ex) 카르세인이 후계자가 되지 못했을 경우, 라스 경이 공작 위를 물려받게 된다면 자동적으로 카르세인 덴 라스 단승 백작이 된다. 알렌디스도 마찬가지로 알렌디스 덴 베리타 단승 백작이 된다.

ex) 후작가의 사람이 후계자가 되지 못했을 경우 '란'이라는 중간 성을 사용하여 xxx 란 ooo 단승 자작이 된다.

ex) 백작가의 사람이 후계자가 되지 못했을 경우 '센'이라는 중간 성을 사용한다. 티아 가문의 기사단 중 일인인 프리어 센 리그 경이 여기에 해당하며, 단승 남작이다.

독자 서평. 티아, 작은 은빛 아가씨

작성자: 스펀지북

　나는 글을 쓰는 작가이되 글을 읽는 독자이다.
　하지만 로맨스의 '로' 자만 봐도 닭살이 돋는 좀 특이한 체질의 남자이기도 하다.
　항상 좋아하는 글은, 무협이네 판타지네 하며 때리고 부수는 글이다. 그런 장르를 선호하는 나로서는 처음 이 글을 읽기까지가 상당히 어려웠다.
　간혹 투데이베스트에 오르는 글의 제목을 보며, '음, 버림받은 황비가 사랑받는 이야기겠군' 이라고 반은 비웃음을 가지고 본 적도 있는 듯하다.

　하지만 어느 날 무슨 바람이 불었을까?
　그저 그렇게 당기지도 않던 제목을 클릭했고, 회귀라는 장르를 처음 접하게 되면서 조금은 더 진중하게 다가가지 않았나 싶다.
　그리고 프롤로그는 나에게 신선한 충격으로 다가왔다.

본문에서는 티아가 짧은 생이지만 평생을 가꾸고 준비한 것을 엉뚱한, 그것도 전혀 말도 되지 않는 상황에서 당연한 듯이 뺏기고, 마음을 오해받고, 믿음을 배신당한다는 설정이 조밀조밀한 단어와 섬세한 시각으로 가슴에 깊이 박혀 들어왔다.

더군다나 간혹 등장하는 물체에 대응한 비유에서는 거의 현대 드라마 작가들 수준의 노련한 묘사를 선보이기도 했는데, 이는 조악한 필력으로 작은 글을 쓰는 본인에게는 더더욱 경악의 순간으로 다가오기도 했고, 그로 인해 펜을 떨어뜨릴 뻔하기도 했다.

하지만 글쓴이의 섬세한 성격이 곳곳에 반쯤 드러난 보석처럼 박혀 있어 쉽사리 헤어 나오지도 못한 채, 끌려 들어가듯 글 속에 파묻혀 허우적거리다 보니 어느새 정독을 완료하게 되었고, 현재 86화에 이르러 좀 더 작가의 의도를 파악하고자 재정독을 하고 있는 참이다.

이 글을 보고 있는 분들에게 바라는 부분은 글씨 하나하나를 절대 놓치지 말고 대충 넘기지도 말라는 것이다.

코멘트를 하나씩 보다 보면 이미 본문에 드러난 이야기를 다시금 꺼내 혼선을 주는 분들이 있다. 하지만 자세히 글을 들여다봤다면 전혀 의문이 되지 못하는 이야기이기에 이렇게 말하는 것이다.

작가는 상당히 섬세하고, 또 그의 글은 매우 정교하다.

본인이 생각하기에는 글을 처음부터 끝까지 다 써 놓고 몇 번의 리메이크와 다듬질을 거쳐 나오는 것 같은 완성도를 느꼈기에 얼마나 각고의 노력과 세심한 성격과 고뇌가 있었는지 짐작조차 하기 힘들다.

복선은 복선 나름대로, 그리고 드러난 부분은 드러난 부분대로 묘하게 어울려 하나를 놓쳐도 다시금 놓친 부분을 더듬더듬 잡고 가게 만드는 대단한 작품이라고 생각한다.

이 글을 쓴 작가에게 한마디 하자면.

'당신, 정말 잘 썼다. 그리고 고맙다. 이런 글을 읽게 해 줘서' 라고 말하고 싶다.

그리고 티아의 사랑스러움은 그녀가 처음 버림 받는 시점부터 사랑스러웠다라고 말하고 싶다.

끝으로.

부인에게 추천을 해 줬고, 부인 역시 애독을 하고 있다.

심지어는 내 글보다 당신의 글을 더 좋아하고 있다.

하……

* 본 서평은 독자분의 글을 허락을 받고 올린 것입니다. 흔쾌히 허가해 주신 '스펀지북' 님께 감사드립니다.

BLACK LABEL CLUB 007
버림 받은 황비 1

1판 1쇄 발행 2013년 9월 30일
1판 16쇄 발행 2020년 6월 17일

지은이 정유나
펴낸이 신현호
편집부장 예숙영
편집 박상희
편집디자인 한방울
영업·관리 김민원 조은걸 조인희
물류 이순우 최준혁 박찬수

펴낸곳 ㈜디앤씨미디어
출판등록 2002년 5월 1일 제117-90-51792호
주소 서울시 구로구 디지털로 26길 111 JnK디지털타워 503호
대표전화 (02)333-2513 팩스 (02)333-2514
전자우편 dncbooks@dncmedia.co.kr
디앤씨북스 블로그 http://blog.naver.com/dncbooks

ISBN 978-89-267-6190-8 (04810)
ISBN 978-89-267-6212-7 (SET)